HEYNE BÜCHER

HEATHER GRAHAM

VERSTRICKUNG DES HERZENS

Roman

Deutsche Erstausgabe

WILHELM HEYNE VERLAG
MÜNCHEN

HEYNE ROMANE FÜR »SIE«
Nr. 04/246

Titel der Originalausgabe
CAPTIVE

Aus dem Amerikanischen
von Eva Malsch

Umwelthinweis:
Dieses Buch wurde auf
chlor- und säurefreiem Papier gedruckt.

Printed in Germany 1998
Umschlagillustration: Jean Monti / Agentur Schlück
Umschlaggestaltung: Atelier Ingrid Schütz, München
Satz: Fotosatz Prechtl, Passau
Druck und Bindung: Elsnerdruck, Berlin

ISBN 3-453-13962-3

Für Kate und Chris Ryan, Linda und Dean Ryan, Sharon Spiak und Carl Litwin, Kathryn Falk und Kenneth Rubin — Danke für den Hummer im Chumley's, das Steak im Le Bar Bar, das dunkle Bier im Jekyll & Hyde, die Flipper-Parties und so viele andere schöne Stunden.
Danke, daß ihr mir geholfen habt, die Arbeit mit dem Vergnügen zu verbinden. Nun habe ich einen weiteren Grund, für meinen Job dankbar zu sein.

PROLOG

GEFANGEN

Florida, Anfang Herbst 1837

Sie war dem Tod so nahe, daß sie das Metall der Klinge fast schmeckte, die ihren Hals bedrohte, den pulsierenden Strom ihres eigenen Blutes beinahe spürte ...

Aber dann ertönte ein durchdringender Ruf, und der Krieger, der sie ermorden wollte, hielt inne. Der Stahl berührte ihre Kehle nicht mehr, und der Befehl ließ das Geschrei der Indianer verstummen. Eben erst hatten sie die Schlacht gewonnen, und sie feierten den Sieg, stahlen ihren Opfern Schmuck und Münzen, ermordeten oder skalpierten sie, gaben grausam verstümmelten Gestalten den Gnadenstoß.

Jetzt erstarrten sie alle, tiefe Stille sank herab. Teela schaute den Krieger an, das tintenschwarze Haar, den nackten, mit Bärenfett beschmierten Körper, die haßerfüllten dunklen Augen.

Sie haßte ihn allerdings genauso. Sie hatte nichts mit dem Trupp der U.S. Army zu tun und sich den Soldaten nur angeschlossen, um diesen gräßlichen Ort zu verlassen. Grauenvoll — und doch so schön im Glanz des Sonnenuntergangs ... Bald würden Mond und Sterne schimmern, eine frische Brise würde die Hitze des Tages mildern.

Und sie würde wahrscheinlich sterben, wenn die Finsternis die wunderbare Wildnis verhüllte.

Vielleicht schwebte sie in dieser furchtbaren Gefahr, weil die meisten Mitglieder der Eskorte — hartgesottene, skrupellose Männer — unter ihrem Stiefvater gedient, diese Sümpfe monatelang durchstreift und gegen Seminolen oder andere Stämme gekämpft hatten. Nur wenige Weiße waren bei den Indianern so verhaßt wie Michael Warren — und offensichtlich auch seine Tochter.

Doch manche Soldaten verhielten sich genauso brutal wie die sogenannten Rothäute. Deshalb durfte sie den Indianern nichts verübeln. Andererseits hatte sie ihnen kein Leid angetan. Einige ihrer Begleiter, unschuldige Grünschnäbel, verdienten einen so grausamen Tod in der Wildnis einfach nicht. Teela ebensowenig.

»Bastard!« fauchte sie den Krieger an, der ihr Haar immer noch festhielt, trat mit aller Kraft in seinen Unterleib und versuchte sich zu befreien, selbst wenn sie nur ein paar Sekunden gewinnen würde, eine kurze Atempause.

Schmerzerfüllt schrie er auf, ließ ihr Haar los und krümmte sich zusammen. Sie wollte davonlaufen. Aber der Indianer packte sie und warf sie zu Boden. Über ihrer Brust zitterte das Messer, an dem bereits das Blut zahlreicher Männer klebte.

Wieder erklang jene kraftvolle, gebieterische Stimme. Während Teela blinzelte und nach Luft rang, wurde der Krieger von ihr weggezerrt, und sie wagte sich nicht zu fragen, warum. Sie sprang auf und ergriff die Flucht. Kampflos wollte sie nicht sterben.

Umgehend krallten sich starke Finger in ihr Haar und rissen sie zurück. Verzweifelt wehrte sie sich und wurde erneut zu Boden geschleudert. So wie zuvor.

Nein. Diesmal war es noch schlimmer. Denn der Mann saß auf ihren Hüften, klemmte sie zwischen seine Schenkel und preßte ihre Unterarme, die er mit einer Hand umklammerte, hinter ihrem Kopf ins Erdreich. Ihr langes kastanienrotes Haar versperrte ihr die Sicht, und beinahe erstickte sie daran, als sie Atem holte.

Da wurden die zerzausten Strähnen von ihren Wangen gestreift. Sie öffnete den Mund, um zu schreien. Aber kein Laut kam über ihre Lippen. Wie gebannt starrte sie in Augen, die sie genauso zu fesseln schienen wie die muskulösen Arme und Beine.

Es waren blaue Augen. Ein Blau, das im Zorn wie Kobalt funkeln und vor Belustigung wie ein Sommerhimmel leuchten konnte. Blaue Augen in einem bronzebraunen Gesicht, die sie schon einmal fasziniert hatten.

Running Bear — Laufender Bär.

Diesen Namen hatte ihm sein Volk in den dunkelgrünen Schatten der Sümpfe gegeben. Der Name paßte zu ihm, seit er seine Kindheit beendet und den schwarzen Trank getrunken hatte, denn er war bärenstark und doch geschmeidig, und er konnte sich blitzschnell bewegen. Weil er ihr Interesse geweckt hatte, wußte sie Bescheid über ihn.

Jetzt war er halbnackt, nur mit einer engen Hose aus Rehleder, Silberketten und Lederstiefeln bekleidet, die Muskelkraft seiner Brust und der breiten Schultern deutlich zu sehen. In seinem ebenholzschwarzen Haar zeugten die Wellen vom Blut der Weißen, das durch seine Adern floß, ebenso wie die blauen Augen. Sein Gesicht zeigte Merkmale beider Rassen, mit hohen, breiten Wangenknochen, einem eigenwilligen Kinn, einer schmalen Nase, einer hohen Stirn und vollen, sinnlichen Lippen.

Um seinem Blick zu entrinnen, senkte Teela die Lider.

Ihr Herz schlug wie rasend. Viel zu gut kannte sie diese Augen. Und sie spürte erneut das blaue Feuer.

Nun nannte er sich Running Bear. Aber er hatte James McKenzie geheißen, an jenem Abend, an dem er ihr zum erstenmal begegnet war, im weißen Rüschenhemd mit roter Weste, in dunklen Breeches und schwarzen Stiefeln. Sie hatte ihn in der Welt des weißen Mannes gesehen, seine Eleganz auf der Tanzfläche beobachtet, seinen Argumenten gelauscht, die er so beredsam vorzubringen wußte. Alle Frauenherzen pochten schneller vor Erregung, denn obwohl er einem zivilisierten Gentleman glich, umgab ihn eine gefahrvolle, hypnotisierende Aura.

Er war jedoch kein zivilisierter Gentleman, er hatte sich nur verkleidet, und er spielte die Spiele der Weißen. Im blauen Feuer seiner Augen glühte eine wilde Bitterkeit. Nicht mit Waffen hatten die Weißen seine Familie getötet. Nach der Flucht seines Stammes vor den amerikanischen Siedlern war eine Fieberseuche im Sumpfgebiet ausgebrochen und hatte zahlreiche Indianer dahingerafft. Um ihres Vaters willen haßte er Teela.

Trotzdem schien er sie zu begehren, was sie entsetzte und zugleich faszinierte. Irgend etwas zwang sie, seine Nähe zu suchen, obwohl sie besser davongelaufen wäre. Er gehörte nicht zu ihrer Welt. Einerseits wollte sie beteuern, sie sei nicht schuld an den Taten ihres Vaters, andererseits grollte sie ihm, weil er sie so rückhaltlos verachtete. Wie auch immer, er hatte sie unwiderstehlich in seinen Bann gezogen.

»Schau mich an!« befahl er. Beinahe hätte sie gelacht. Inmitten dieser halbnackten, mit Federn und Silberketten geschmückten, mit Messern und Äxten und Gewehren bewaffneten Wilden klang sein makelloses Englisch absurd. Genausogut hätte er sie bitten können, ihm eine Tasse Tee einzuschenken.

Sie öffnete die Augen und überlegte, was seine Ankunft bedeuten mochte. Würde sie am Leben bleiben oder einfach nur etwas langsamer sterben?

Nicht einmal er konnte etwas an der Tatsache ändern, daß sie Michael Warrens Stiefkind war, die Tochter des Mannes, der seinem Volk so viel angetan hatte.

Entschlossen biß sie die Zähne zusammen und bekämpfte ihr Zittern. Nein, er würde sie nicht einschüchtern. Von Anfang an war er verbittert gewesen. Er hatte sie nie geliebt, nicht einmal gemocht, sondern gehaßt, vielleicht auch sich selbst, weil es eine Weiße war, zu der er sich hingezogen fühlte. Aber diese seltsamen wilden

Flammen loderten zwischen ihnen, ob es ihm gefiel oder nicht. Damals hatte sie ihre Angst verborgen. Auch jetzt wollte sie ihm die Stirn bieten.

»Offensichtlich gehörst du zu diesen roten Kriegern. Worauf wartest du?« forderte sie ihn heraus. »Töte mich! Bringen wir's hinter uns! Nimm dir doch ein Beispiel an deinen Leuten, die diese Männer skrupellos niedergemetzelt haben!«

»Es war ein fairer Kampf«, entgegnete er, und seine Augen verengten sich.

»Nein, ein Hinterhalt.«

»Der Kommandant deiner Truppe hat die Vernichtung zweier Stämme angeordnet — von Männern, Frauen und Kindern, von Babies im Mutterschoß ... Und da sollten die Krieger Gnade walten lassen?«

»Natürlich, du kennst keine Gnade ...« Teela verstummte zögernd. Was den Captain betraf, hatte James die Wahrheit gesagt. »In dieser ganzen verdammten Hölle gibt es keine Barmherzigkeit. Ich weiß, daß ich sterben muß. Also laß mich nicht länger leiden. Mach ein Ende!«

»Ein Ende?« Spöttisch hob er die Brauen und neigte sich zu ihr hinab. »Aber wir Wilden ziehen es vor, unsere Opfer endlos lange zu martern. Besonders die widerspenstigen ...«

Obwohl ihr das Blut in den Adern zu gefrieren drohte, glaubte sie, ihre Haut müßte verbrennen — überall, wo er sie berührte. Sie hörte die Stimmen der Krieger, die in den Habseligkeiten der Soldaten wühlten. Vor allem suchten sie Lebensmittel. Das wußte Teela. Die weißen Militärs wandten jene besondere Taktik an, die Indianer auszuhungern, um ihre Kapitulation zu erzwingen.

»Warum hast du diese Männer begleitet?«

Inzwischen war nächtliches Dunkel hereingebrochen, verbarg die Leichen und die Krieger, die sorgfältig die Taschen der Toten durchstöberten, auf der Suche nach ein paar Bissen.

Das konnte sie ihnen nicht übelnehmen. Oft genug war sie erschauert, wenn ihr Stiefvater genüßlich seine brutalen Attacken gegen die Indianer geschildert hatte. Nicht alle Soldaten waren so unmenschlich. Viele strebten ein friedliches Zusammenleben mit den Ureinwohnern an. Aber auch sie bekamen die Konsequenzen jener grausigen Manöver zu spüren, die Colonel Warren als militärische Glanzleistungen bezeichnete.

»Nun, warum hast du die Männer begleitet?« wiederholte James ärgerlich.

»Ich wollte weg ...«

»Wohin?«

»Nach Charleston.« Sie hatte keine andere Möglichkeit gesehen und beschlossen, davonzulaufen. Niemals war es ihr gelungen, irgend jemandem klarzumachen, daß sie Warren ebenso abgrundtief verabscheute wie jeder einzelne seiner Feinde. James hatte sie von Anfang an gedrängt, ihren Stiefvater zu verlassen.

Plötzlich sprang er empor, behende wie ein Panther. Teela erwog einen neuen Fluchtversuch. Wenn sie St. Augustine erreichte ... Aber ehe sie sich bewegen konnte, zerrte er sie auf die Beine und preßte sie an seine Brust. »Närrin! Du gehst nirgendwohin!«

»Hast du nicht immer wieder gesagt, daß ich aus diesem Land verschwinden soll?«

»Leider wolltest du nicht auf mich hören.«

»Ich bin doch weggerannt ...«

»Zu spät. Wenn du jetzt fliehst, wirst du's nicht überleben.«

Ein heftiges Schwindelgefühl erfaßte sie. Ringsum lagen Tote, die sie nicht anzuschauen wagte. Tränen brannten in ihren Augen. Einige dieser Männer hatte sie gehaßt. Aber andere ...

Was mochte James empfinden? Vielleicht hatte er an diesem Abend weiße Freunde verloren. Sein Bruder und sein Neffe waren weiß. Und er stammte von einem weißen Vater ab. Er hatte versucht, sich aus den Kämpfen herauszuhalten. Doch es war unmöglich gewesen.

Als sie einen gellenden Schmerzensschrei hörte, stockte ihr Atem. Vielleicht verspürte ihr Feind ein gewisses Mitleid, wenn er es auch niemals zugeben würde. Er erteilte einen Befehl in der Muskogee-Sprache. Dann umfaßte er Teelas Oberarm und zog sie mit sich. »Schau nicht hinunter — und nicht nach hinten.«

Vergeblich bemühte sie sich, die Spuren des Gemetzels zu ignorieren. Auf der Leiche eines Army Corporals lag ein lebloser Seminole, Federn um den Kopf, den nackten Oberkörper blau bemalt. Im Tod schienen sie sich zu umarmen. Eine gräßliche Kälte durchdrang Teelas Glieder, ihre Zähne klapperten. Bald würde sie zu schluchzen beginnen. Nein, niemals vor den Augen dieses Mannes ...

Er hob sie auf eine schöne braune Stute, schwang sich hinter ihr in den Sattel, und sie verließen den Schauplatz des Hinterhalts.

Welches Ziel sie ansteuerten, wußte Teela nicht. Da James' Volk ständig auf der Flucht war, gab es kaum noch Dörfer, nur mehr in der abgeschiedenen Tiefe des Sumpfs. Manche Indianerinnen rächten sich noch grausamer als die Männer an den Weißen, und so hoffte sie, er würde sie nicht in ein Lager bringen, wo Frauen wohnten. Zu den Folterwerkzeugen der Seminolen gehörten Nadeln, mit denen sie die Haut ihrer Opfer zerkratzten, oder sie schnitten ihnen Ohren und Nasen ab ...

Während sie dahinritten, fühlte sie sich elend. Die Erinnerung an den gnadenlosen Angriff lastete bleischwer auf ihrer Seele. Hatten einige weiße Soldaten den Überfall überlebt? Wurden sie jetzt gemartert?

Zunächst glaubte sie, James hätte das Pferd am Fluß nur gezügelt, damit sie trinken konnten. Aber dann sah sie das kleine, hastig errichtete Quartier zwischen den Bäumen. Kohlpalmenblätter bildeten das Dach, am Boden lagen mehrere Pelzdecken.

Weit und breit ließ sich keine Menschenseele blicken, und dafür war Teela dankbar, obwohl er sie ziemlich unsanft auf die Füße stellte. Sie mochte den Mitgliedern seines Stammes nicht begegnen.

Als sie zum Ufer ging, folgte er ihr. »Wolltest du aus Florida abreisen, um in die eleganten Salons zurückzukehren, in die Welt der vornehmen Gesellschaft, wo junge Damen von deiner Sorte hingehören?«

Ärgerlich straffte sie die Schultern. »Ich wollte *nirgendwohin* zurückkehren!«

»Also hast du nur versucht, dieser schrecklichen Wildnis zu entrinnen.«

»Ja«, flüsterte sie mit bebenden Lippen und drehte sich zu ihm um, »und den Kämpfen und dem Grauen und dem Tod. Dein Freund war drauf und dran, mir die Kehle aufzuschlitzen.«

Lässig verschränkte er die Arme vor der nackten Brust. Rabenschwarzes Haar fiel auf seine Schultern, ein schlichtes Band ohne Federschmuck umwand seinen Kopf. »Wenn das geschehen wäre, hätte ich ihn getötet, ganz langsam.«

»Wie tröstlich! Dann hätte ich mich im Himmel über deine Rache freuen können.«

»Oder in der Hölle«, bemerkte er trocken. »Warum hast du das Haus meines Bruders verlassen?«

»Weil mir nichts anderes übrigblieb.«

»Jarrett hätte dich niemals hinausgeworfen.«

»Trotzdem — ich hatte keine Wahl.« Er ging zu ihr, und sie wollte zurückweichen. Aber hinter ihr plätscherte der Fluß. James ergriff ihre Hand und preßte sie an seine Brust. »Bist du vor dem Krieg davongelaufen? Oder *davor?* Vor bronzebrauner Haut?«

Mit aller Kraft riß sie sich los. »Ich fürchte mich nicht vor dir . . .«

»Schon vor langer Zeit hättest du dich fürchten und in dein *zivilisiertes* Charleston zurückkehren müssen.

Sobald du einen Fuß in dieses Gebiet hier gesetzt hattest!«

»Geh doch zum Teufel!« zischte sie.

»Sicher werde ich bald im ewigen Höllenfeuer landen.« Er packte ihre Schultern, drückte sie an einen knorrigen Zypressenstamm, und sein warmer Atem streifte ihr Gesicht. »Wurdest du nicht vor diesem Krieg gewarnt? Wußtest du nicht, daß wir die Weißen ausrauben, vergewaltigen, martern und ermorden? Daß die Rothäute frei in der Wildnis herumlaufen?« Ohne seine Stimme zu erheben, verlieh er ihr einen eindringlichen Klang. »Oder war's dir egal? Hat's dich amüsiert, mit einem Indianerjungen zu spielen und dann den Rückzug anzutreten, ehe du dich verbrennen konntest?«

»Jeder, der dich anrührt, wird von deinem Haß verbrannt, von deiner Leidenschaft und Verbitterung ...«

Erschrocken verstummte sie, als er das Oberteil ihres Kleids und das Hemd zerriß. »Dann spür dieses Feuer!«

Ein fordernder Kuß zwang sie, die Lippen zu öffnen. Begierig erforschte seine Zunge ihren Mund. Sie wollte schreien und ihn hassen, die betörenden Flammen nicht fühlen, die er in ihr entfachte. Wie eine Tigerin wehrte sie sich, trommelte mit beiden Fäusten gegen seine Brust. Aber er warf sie zu Boden, auf einen weichen Teppich aus Zypressennadeln und Moos. Der Duft der Erde verstärkte die sinnliche Atmosphäre.

Während er rittlings auf Teelas Hüften saß, umklammerte er ihre Handgelenke. Sie bekämpfte ihn nicht mehr, starrte ihn nur an, zornig und anklagend. Plötzlich ließ er sie los. Sie rührte sich noch immer nicht.

»O Gott, was soll ich nur mit dir machen?« seufzte er leise, strich über ihren Hals, zog das zerfetzte Kleid und das Hemd auseinander.

Seine Hand liebkoste eine erhärtete Brustwarze, und Teela wußte genau, was er mit ihr machen, wie er sie küssen würde, hungrig und trotzdem zärtlich und so verführerisch. Ja, sie spürte das Feuer. Es brannte in ihrem Herzen und in ihrer Seele, versengte ihr Fleisch. »Bastard«, hauchte sie atemlos.

»Vielleicht bin ich das. Schick mich doch weg. Befiehl mir zu gehen. Aber du mußt es ernst meinen.«

Selbst wenn die ganze Welt zusammenbrechen würde — sie wollte nicht, daß er sie verließ. »Bastard ...«

»Das hast du bereits gesagt«, stöhnte er und schlang die Finger in ihr Haar. Dann spürte sie seinen Mund an ihrem Hals, auf ihren Brüsten. Seine Zunge spielte mit einer Knospe und sandte heiße Ströme durch ihren ganzen Körper.

Ungeduldig riß er das Kleid und die Unterwäsche noch weiter nach unten, seine Hände glitten über ihre Hüften und Schenkel, gefolgt von seinen aufreizenden Lippen.

Sie stieß einen halb erstickten Schrei hervor, versuchte ihr Verlangen zu bezähmen und kämpfte auf verlorenem Posten. Denn das Feuer brannte immer heller, vom Wind der Wildnis geschürt, und trug sie auf süßen Wellen himmelwärts. Sie schloß die Augen und schlug sie wieder auf, begegnete James' glühendem Blick und sah, wie er sich seitwärts neigte, um seine Breeches zu öffnen.

Ehe sie wußte, wie ihr geschah, nahm er sie in die Arme und drang in sie ein. Ihr zitternder Körper nahm ihn auf, und er schien sie ganz und gar auszufüllen. Mit jeder verlockenden Bewegung führte er sie näher an den Zauber heran, den sie bereits kannte.

Immer schneller, immer wilder . . . Starke Muskeln preßten sich an ihre Brüste, harte Hüften forderten sie auf, dem leidenschaftlichen Rhythmus zu gehorchen. Und dann schien sein flüssiges Feuer alles in ihrem Innern zu verzehren. Bebend klammerte sie sich an ihn, von heftigen Erschütterungen erfaßt — bis sie langsam vom gleißenden Himmel zur Erde zurückkehrte, ins weiche Moos, ins mondhelle Dunkel, in die Arme des Mannes, der sie umfangen hielt.

Nach einer Weile streckte er sich neben ihr aus und starrte zu den Sternen hinauf. Teela zog ihr langes Haar unter seinem Rücken hervor, versuchte das zerrissene Kleid zusammenzuraffen und spürte, wie er sie beobachtete.

Doch das Kleid war ebenso hoffnungslos ruiniert wie die Unterwäsche. Sie streifte die Fetzen von ihrem Körper, stand auf und kniete am Flußufer nieder, um ihr erhitztes Gesicht mit klarem Wasser zu kühlen. Als er sich zu ihr setzte, flüsterte sie bitter: »Spür das Feuer.«

»Du hättest es besser wissen müssen. Mit einem Indianerjungen spielt man nicht.«

»Oh, ich spiele niemals.« Seufzend schaute sie zu ihren zerrissenen Sachen hinüber. »Heute nacht werde ich jämmerlich frieren.«

»Keine Bange, ich wärme dich. Und morgen früh überlegen wir, was du anziehen kannst.«

Entschlossen hob sie ihr Kinn. »Ich habe nicht vor, hier zu übernachten.«

»Nachdem du zu spät die Flucht ergriffen hast, bist du mein Gast.«

»Wohl eher deine Gefangene.«

»Wie du meinst. Jedenfalls bleibst du hier.« Er hob sie hoch und trug sie zu dem Unterschlupf, wo er seine wenigen Habseligkeiten verwahrte. Schnell errichtet, ebenso schnell wieder zerstört. Wenn er die Wildnis durchstreifte, brauchte er fast kein Gepäck. Was immer er benötigte, fand er überall in diesem Land, das er so gut kannte — und das er behalten wollte. Niemals würde sich sein Volk dem weißen Mann unterwerfen.

Er setzte sie auf die Decken, und als sie erschauerte, legte er ein Fell um ihre Schultern. Dann reichte er ihr eine lederne Wasserflasche, und sie trank in durstigen Zügen.

»Wenn ich gehen wollte, könntest du mich nicht zurückhalten«, behauptete sie. »Ich bin zwar in eleganten

Salons aufgewachsen, aber inzwischen kenne ich mich in deinem Zypressen- und Palmendschungel aus.«

»Oh, eine Herausforderung?« James hob die Brauen. »Spar dir die Mühe. Du wirst mir nicht entkommen.«

»Verdammt ...«

»Möchtest du unbedingt einem Krieger in die Arme laufen, der die Skalps schöner weißer Frauen sammelt.«

»Nicht alle Seminolen sind Barbaren.«

»Was für ein liebenswürdiges Zugeständnis, Miss Warren!«

»Und du bist eher ein Weißer als ein Seminole. Sogar deine Mutter war ein Mischling. Das hast du mir erzählt.«

»Schau mir ins Gesicht, dann wirst du merken, daß ich ein Indianer bin. Das Leben hat mich dazu gemacht ...«

»... zu einem grausamen Mann!«

»Genug für diese Nacht, Teela.«

Krampfhaft schluckte sie und streckte sich auf den Pelzdecken aus. Nach einer Weile spürte sie, wie er sich zu ihr legte. Er umarmte sie, und seine nackte Brust wärmte ihren Rücken.

Genug für diese Nacht ...

Am Morgen hatte sie geglaubt, sie könnte an Bord eines Schiffes gehen und ein neues Leben beginnen. Oder sie würde ihr altes Leben weiterführen, das sie so leichten Herzens aufgegeben hatte, in dem sie jetzt Schutz suchen wollte vor dem Grauen.

Beinahe wäre sie gestorben, und jetzt ... Sie hatte mit einem Indianerjungen gespielt.

Nein, es war kein Spiel gewesen. Sie liebte ihn, obwohl er alles haßte, was sie verkörperte, und sie nur mit wilder Leidenschaft begehrte. Dafür verabscheute er sich selbst. Er war ihr Feind. Aber er hatte ihr das Leben gerettet. Und nun hielt er sie im Arm.

Wenn sie auch gedroht hatte, ihn zu verlassen — sie wußte nur zu gut, daß sie nicht allein durch den Sumpf wandern konnte. Wie sollte sie den Seminolen, die ihr begegnen mochten, glaubhaft erklären, sie sei ihnen friedlich gesinnt?

O Gott, was würde ihr die Zukunft bringen? Unter ihren geschlossenen Lidern brannten Tränen. Bevor sie in die Zukunft blickte, mußte sie sich an die Vergangenheit erinnern — an die Nacht, wo sie jenes wilde Feuer zum erstenmal gespürt hatte. So lange war es noch gar nicht her.

1

Die *Marjorie Anne* durchpflügte türkisblaues Wasser. Nie zuvor hatte Teela Warren einen so schönen Tag erlebt. Am hellblauen Himmel zogen kleine weiße Wolken dahin. Eine sanfte Brise wehte ihr ins Gesicht, während sie im Bug des Schiffs stand.

Bald würde sie Tampa erreichen, die rauhe Stadt, die rings um den Militärposten Fort Brooke entstanden war, das Tor zur Wildnis. An Bord hatte sie manchmal das süße Versprechen künftiger Abenteuer vernommen. Nicht immer war das Wetter so mild gewesen. Wütende Stürme hatten die *Marjorie Anne* umhergeschleudert. Aber es hatte ihr gefallen. Sie fühlte dabei irgend etwas Wildes, etwas, das ihr die Freiheit verhieß, etwas, das sie vergessen ließ ...

Glücklicherweise wurde ihre Eskorte bei jedem Unwetter seekrank. Trenton Wharton war fast eins neunzig groß und über zweihundert Pfund schwer, Buddy MacDonald noch größer und schwerer. Mühelos konnten sie ein halbes Dutzend erwachsener Männer auf einmal hochstemmen und eine mutwillige junge Frau in die Schranken weisen. Aber einer Schiffsreise zeigten sie sich nicht gewachsen.

Das spielte natürlich keine Rolle. Auf dem Atlantik konnte sie ihnen ohnehin nicht entwischen und ihr Gesicht nur in den Wind halten und träumen. Von der Freiheit.

Ihre Finger umklammerten die Reling, und sie sah das Land immer näher rücken.

Wann Teela und Michael Warren begonnen hatten, einander zu verabscheuen, wußte sie nicht. Vielleicht ließe sich einiges ändern, wenn sie die Zeit zurückdrehen könnte. Als er ihre Mutter geheiratet hatte, war sie noch sehr jung gewesen, der geliebte Vater erst seit einem knappen Jahr tot. Warren behandelte die Stieftochter wie einen seiner Soldaten. Um ihr Disziplin beizubringen, schlug er sie manchmal sogar mit Reisig. Die Mutter versicherte, er sei ein guter Mann, aber eben ein Soldat und fest entschlossen, in seinem Haushalt ebenso strenge Ordnung zu halten wie in seinem Heer.

Aber er war kein guter Mann, wenn er auch täglich betete und regelmäßig zur Kirche ging.

Der Mutter zuliebe versuchte Teela, das Gute in ihm zu entdecken, doch sie sah nur seine Grausamkeit.

Er genoß es, andere Menschen leiden zu sehen. Oft genug hörte sie das Vergnügen aus seiner Stimme heraus, wenn er mit Freunden und Offizieren im Salon des Plantagenhauses in Charleston saß und seine Erlebnisse schilderte. Er liebte den Krieg und freute sich am Tod seiner Feinde.

Mit besonderer Vorliebe tötete er die Indianer, diese ›Ausgeburten der Hölle‹, wie er sie nannte.

Gemeinsam mit Andy Jackson hatte er die Creek bekämpft. Dann war Jackson Präsident der Vereinigten Staaten und erst vor kurzem von seinem Freund Martin Van Buren abgelöst worden.

Nun lebte Jackson zurückgezogen auf seiner Plantage. Seine Überzeugung, die Indianer müßten weiter nach Westen ziehen, bestimmte die amerikanische Politik immer noch. Daran hatte sich nach den Creek-Kriegen und der traurigen Auswanderung der Cherokees nichts geändert. Die Rothäute mußten Florida verlassen — von diesem Grundsatz wich die Regierung nicht ab. Die Indianer waren jedoch ebensofest entschlossen, in ihrer Heimat zu bleiben. Auf diese Weise dauerten die Kämpfe an, die Michael Warren so beglückten.

1812, im Krieg gegen die Briten, war er mehrfach für seine Heldentaten ausgezeichnet worden. Doch diese Orden bedeuteten ihm nicht viel. Den Kampf gegen die Indianer nahm er viel wichtiger.

Wegen seiner militärischen Pflichten hielt er sich nur selten zu Hause auf. Solange die Mutter lebte, war Teelas Leben einigermaßen erträglich, da die Army ihren Stiefvater zumeist von der Plantage fernhielt. Aber während des letzten Sommers, als man ihn zum Kommandanten im sogenannten ›Höllenloch‹ Florida ernannt hatte, war Lilly Warren gestorben.

Teela hatte sich gelobt, so lange daheim zu bleiben, wie die kranke Mutter sie brauchen würde. Danach wollte sie der Plantage, ihrem einstigen Erbe, den Rücken kehren. Auf der Eigentumsurkunde stand nun Michael Warrens Name, obwohl Teelas leiblicher Vater das Haus eigenhändig gebaut hatte.

So schwer ihr der Abschied von ihrem Heim auch fiel — sie konnte nicht mehr mit Warren unter einem Dach wohnen.

Bedauerlicherweise war sie noch minderjährig. Nach dem Begräbnis der Mutter erklärte der Stiefvater, wie er sich Teelas Zukunft vorstellte. Unmißverständlich teilte sie ihm mit, sie würde abreisen und seine Anweisungen nicht länger akzeptieren. Das war ein verhängnisvoller Fehler. Er sperrte sie in ihrem Zimmer ein und ließ sie von seinen Soldaten bewachen. Trotzdem gelang es ihr zu fliehen, doch sie wurde gewaltsam zurückgebracht — von dem Mann, den sie auf Wunsch ihres Stiefvaters heiraten sollte.

Vor dem Traualtar sagte sie einfach nein. Natürlich war Warren wütend über die Blamage. Am Abend schlug er sie mit seinem Gürtel. Aber wenn er ihr auch Tränen in die Augen trieb, er konnte sie nicht zur Kapitulation zwingen.

Als die Kämpfe zwischen der Regierung und den Seminolen einen neuen Höhepunkt erreichten, hielt sich Warren zumeist in Florida auf. Daheim wurde Teela strenger denn je bewacht, eine Flucht war unmöglich.

Immer heftiger tobte der Krieg. Im Sumpfgebiet, das die Indianer so gut kannten, konnten sie wie aus heiterem Himmel zuschlagen, sich verstecken, plötzlich wieder aus dem Dunkel auftauchen und erneut angreifen. Zahlreiche Soldaten fielen. Vielleicht würde auch Michael Warren sterben ...

Es war falsch, um den Tod eines Menschen zu beten, und Teela wollte es auch nicht tun. Statt dessen hoffte sie, er würde einfach im Sumpf verschwinden.

Aber er war nicht verschwunden. Er hatte seine Stieftochter nach Florida beordert. Nun stand sie an der Reling der *Marjorie Anne* und näherte sich der Küste des wilden Landes, in dem ein so brutaler Krieg geführt wurde.

Seufzend beobachtete sie die Wellen. In diesem Land hatten schon viele die Freiheit gesucht. Teela las manchmal in Zeitungen und Magazinen die Berichte über Sklaven, die ihren Herrn entflohen und sich den Indianern anschlossen. Seit Jahrzehnten wurden die Creek und andere Indianer von den Weißen immer weiter nach Süden getrieben und gesellten sich zu fast ausgestorbenen Stämmen. Nun wurden die Creek, die Seminolen, die Muskogee sprachen, und die Mikasukis, die den Hitichi-Dialekt pflegten, von den Weißen unter dem Sammelnamen Seminolen zusammengefaßt — Cimarrons, Renegaten, Flüchtlinge.

Verträge waren unterzeichnet und gebrochen worden. Immer neue Kämpfe tobten. Und nach dem wilden Gemetzel, das als Dade-Massaker in die Geschichte einging, verschlimmerte sich die Situation. Wie Teela den Zeitungsartikeln entnahm, huldigten die Seminolen einem neuen Helden, ihrem Kriegerhäuptling oder *mico* Osceola. Unter seiner Führung lernten die Indianer, zu kämpfen und davonzulaufen, zu töten und zu zerstören und dann im Sumpf zu verschwinden. Obwohl die Weißen glaubten, ein paar tüchtige Army-Truppen müßten genügen, um die Unruhen zu beenden, stürzten die Seminolen das Land in einen schrecklichen Krieg. Die Amerikaner waren Expansionspolitiker, die neue Gebiete erschließen wollten, ganz egal, ob dort Indianer lebten oder nicht. Und so befahlen sie den Seminolen, nach Westen auszuwandern, in die Reservate.

Manche wurden tatsächlich vertrieben, aber viele blieben in den Sümpfen, wo sie sich schnell wie der Wind bewegten, lautlos wie das Flüstern der Abenddämmerung, und weiße Siedler niedermetzelten — Männer und Frauen und Kinder. Doch auch ganze Indianerdörfer wurden von den Weißen ausgerottet.

Trotzdem kämpften die Seminolen weiter, wobei sie eine geradezu unheimliche Raffinesse entwickelten. Hilflos stand die gut ausgebildete Army der U.S.-Regierung dem Guerillalampf der Ureinwohner gegenüber.

Nur ein Mann wie Michael Warren würde darauf bestehen, seine Stieftochter unter so gefährlichen Umständen nach Florida zu holen, dachte Teela. Aber er war der Ansicht, sie müßte seinen Befehlen gehorchen, oder sie würde es verdienen, von Wilden ermordet zu werden. Außerdem stand ein Waffenstillstand bevor. Im März hatte man einen neuen Vertrag ausgehandelt.

Doch diese Vereinbarungen wurden ebensowenig eingehalten wie die vorangegangenen. Die Soldaten fielen erneut über Indianerdörfer her, die Seminolen griffen die Farmen und Plantagen der Weißen an.

Während Teela zur Wildnis der Halbinsel segelte, dauerte der Krieg an, entlang der Ostküste bis zum Atlantik und an der Westküste am Golf von Mexico.

Wenn Teela ihren Stiefvater auch haßte, sie freute sich auf Florida, die exotischen Vögel, über die sie so viel gelesen hatte, und die Sonnenuntergänge. Nicht einmal die Moskitos fürchtete sie oder das beschwerliche Leben im Militärstützpunkt Fort Brooke, wo Warren stationiert war.

Zu Lillys Lebzeiten hatte sich Teela bemüht, die Wünsche der Mutter zu erfüllen, Gäste bewirtet, oft auf dem

Spinett gespielt und Balladen gesungen, Teeparties und Bälle besucht, charmant geflirtet, wie es ihre Gesellschaftsschicht erwartete. Regelmäßig ging sie zur Kirche, betreute Arme und Kranke. Das alles tat sie gern. Vor allem die Krankenpflege verschaffte ihr eine tiefe Befriedigung, und sie hätte gern Medizin studiert.

Aber nun war Lilly gestorben, ein neues Leben begann. Von wachsender Abenteuerlust erfaßt, blickte sie diesem wilden Land entgegen, seiner Schönheit und seinen Gefahren. Allerdings mußte sie auch mit Problemen rechnen. Michael Warren hatte sie sicher nicht grundlos zu sich bestellt. Vermutlich würde er sie wieder verloben, diesmal mit einem reichen alten Mann, der stark genug wäre, eine widerspenstige Frau zu zähmen.

Niemals, gelobte sie sich. Michael Warren konnte sie nicht zu einer Heirat zwingen. Und da ihn der Krieg vollauf beschäftigte, sah sie in der Wildnis von Florida bessere Chancen, ihre Freiheit zu gewinnen, als in Charleston, wo man strenge gesellschaftliche Regeln befolgte.

Plötzlich ertönte die Schiffsirene, und Teela beobachtete hektische Aktivitäten an Bord. Die Besatzung trimmte die Segel und wendete die *Marjorie Anne*, um den Hafen des Forts anzusteuern.

Fasziniert schaute sie zu den hohen Wällen und Türmen hinüber. Mehrere armselige Holzhäuser umgaben die Festung. Aber die kleine Gemeinde Tampa lag in einer atemberaubenden Landschaft. Der grün schimmernde Fluß verlor sich zwischen dichten Bäumen. Im aquamarinblauen Wasser der Bucht schienen unzählige Diamanten zu funkeln. Weiße Strände erstreckten sich an der Küste wie leuchtende Seidentücher, die man hingeworfen hatte, um alles Häßliche zu verbergen.

»Gleich legen wir an, Miss Warren.« Teela drehte sich zu dem leichenblassen Trenton um. Auch das Gesicht des armen seekranken Buddy war fast so weiß wie die Sandstrände.

»Sieht nicht besonders aus«, meinte er entschuldigend, »aber mit der Zeit gewöhnt man sich dran.« Er stammte aus Tennessee, ein sommersprossiger Farmerssohn, in der militärischen Tradition aufgewachsen. Die Soldatenpflicht ging ihm über alles. Aber er besaß ein gutes Herz, und sie war gerührt, weil er sie aufzumuntern versuchte.

»Oh, es sieht wundervoll aus«, widersprach sie, und sie mußte nicht einmal lügen. So schäbig die kleine Stadt auch wirkte — die Küste und das Meer und der Himmel erstrahlten in magischer Schönheit.

Inzwischen hatten sie den Hafen erreicht. Gellendes Geschrei ertönte, halbnackte Männer kletterten in der Takelage umher, während das Schiff an seinem Liegeplatz schaukelte und vertäut wurde. Die Laufplanke sank hinab, aber bevor irgend jemand an Land gehen durfte, eilten die Soldaten an Bord und sprachen mit dem Captain.

»So ist das immer«, erklärte Trenton. »Zuerst müssen Informationen ausgetauscht werden.«

»Jedenfalls ist es eine gute Neuigkeit, daß Tampa noch steht und noch nicht in Schutt und Asche liegt«, bemerkte Buddy.

Nachdem die Soldaten das Schiff verlassen hatten, kam der freundliche alte Captain Fitzhugh zu Teela. Bei seinem Anblick mußte sie ein Lächeln unterdrücken. Er war ein seltsamer kleiner Mann, mit rundem Bauch, dünnen Beinen und winzigen Füßen, das Gesicht voller weißer Barthaare. Ständig schien er sich irgendwelche Sorgen zu machen. »O Miss Warren, ich bin ganz verzweifelt! Eigentlich wollte Ihr Stiefvater Sie hier begrüßen. Aber er mußte nach Norden reiten, um die Heiden zu bekämpfen.« Mit einer dramatischen Geste bekreuzigte er sich.

»Ach, wie schade!« log Teela, und ihre Augen glänzten.

»Nur keine Bange. Unsere guten Freunde Josh und Nancy Reynolds, die einen großartigen Laden in der Stadt betreiben, kümmern sich um Sie und bringen Sie nach Cimarron. Dort wartet ein Army-Trupp, der Sie zu Ihrem Vater eskortieren wird.«

»Vielen Dank, Captain.« Erleichtert atmete sie auf. Also durfte sie das Wunder dieser neuen Welt vorerst allein genießen. Sie ergriff Fitzhughs Arm und ließ sich die Laufplanke hinabführen, um ihren Fuß zum erstenmal auf Florida-Boden zu setzen.

Auf dem Kai stand eine hübsche, rundliche Frau. Braune Locken hingen unter einem breitrandigen Hut herab. Mit einem freundlichen Lächeln begrüßte sie Captain Fitzhugh, dann reichte sie Teela die Hand. »Willkommen, Miss Warren! Wie schön, daß Sie endlich da sind! Wir haben schon so viel von Ihnen gehört. Ich bin Nancy Reynolds, und das ist Josh«, fügte sie hinzu und zeigte auf einen hochgewachsenen, kräftig gebauten Mann, der hinter ihr stand.

»Freut mich, Sie kennenzulernen, Miss Warren. Keine Angst, hier beurteilen wir die Leute nicht nach Charleston-Maßstäben.«

»Josh!« schimpfte Nancy und stieß ihren Ellbogen zwischen seine Rippen.

Leicht verwirrt hob Teela die Brauen. Offenbar war die Geschichte von der vereitelten Hochzeit bis in die Wildnis gedrungen. Doch das störte sie nicht, im Gegenteil. Immerhin hatte sie das Interesse des warmherzigen Ehepaars erregt. »Danke, Mrs. Reynolds — Mr. Reynolds. Ich bin ja so froh, daß ich hier bin.«

»Tatsächlich?« fragte Josh und musterte sie ungläubig. »Die meisten jungen Damen würden unsere abgeschiedene, arme kleine Stadt verachten.«

»Nun, obwohl sie in einer so entlegenen Gegend leben, haben Sie schon von mir gehört.«

»Oh, für Klatschgeschichten haben wir nichts übrig ...«, begann Nancy, dann lachte sie etwas verlegen. »Sicher werden Sie sich wohl in unserer Wildnis fühlen.«

»Das reinste Paradies!« behauptete Josh.

Zwanzig Minuten später betraten sie den Laden. Die Reynolds versorgten mehrere Händler und Marketender, die regelmäßig ins Landesinnere zogen, mit Waren. Wie Josh seinem Gast erklärte, war dort nicht mehr viel von der Zivilisation der Weißen übriggeblieben. Zu oft hatte die Army ihre verschiedenen Posten verlassen müssen. Entweder wurden die weißen Siedler von den Indianern vertrieben oder von Fieberkrankheiten, die schon mehr Menschen hinweggerafft hatten als der Krieg.

Aber trotz diverser Schwierigkeiten florierte das Geschäft der Reynolds. Sie verkauften Lebensmittel, Arzneien, Werkzeuge, Kleider, Stiefel, Alkohol und sogar Nutztiere, außerdem Kokosnüsse und die Federn exotischer Vögel, von Indianern gesammelt.

Hinter dem Laden lag eine Wohnküche, ein großer, zugiger Raum. Im Herd knisterte ein helles Feuer. Die Frühlingstage waren immer noch kühl. Überall schwirrten kleine Kinder herum, das älteste hatte eben erst seinen siebten Geburtstag gefeiert.

Was für ein sonderbares Paradies, dachte Teela. Aber während sie mit den Kindern Verstecken spielte, erkannte sie, daß sie schon lange nicht mehr so glücklich gewesen war. Josh bediente einige Kunden, und Nancy suchte derbe Stiefel für ihren Gast hervor.

Was für ein gemütliches Heim, dachte Teela. Wenn doch Michael Warren niemals hierherkommen würde ...

Sie lag gerade auf den Knien und warf der dreijährigen Tochter des Hauses einen Ball zu, als sie plötzlich spürte, daß sie beobachtet wurde. Verwirrt wandte sie sich zur Tür und begegnete dem Blick eines großen Mannes mit ebenholzschwarzem Haar.

»Verzeihen Sie, ich wollte Sie nicht erschrecken.« Er sah ungewöhnlich gut aus, kraftvoll und elegant zugleich.

Kreischend rannte das kleine Mädchen zu ihm. »Onkel Jarrett! Onkel Jarrett!«

Er schwenkte sie hoch in die Luft, küßte ihre Wange

und stellte sie wieder auf den Boden. Inzwischen hatte Teela sich erhoben und schaute ihn abwartend an. »Miss Warren, ich bin Jarrett McKenzie. Meine Frau und ich wohnen weiter unten am Fluß, und wenn Sie einverstanden sind, würden wir Sie gern bei uns aufnehmen, bis Lieutenant Argosy zurückkehrt und Sie zu Ihrem Vater bringt.«

»Ja, natürlich, vielen Dank.«

»Sicher sind Sie sehr enttäuscht, weil Sie Ihren Vater nicht angetroffen haben.«

»Meinen Stiefvater.«

»Ah ... Es muß schwierig für Sie sein, ohne ihn, in diesem fremden Land ...«

»So leicht bin ich nicht zu erschrecken, Mr. McKenzie.«

»Sehr gut«, erwiderte er lächelnd. »Mein Schiff liegt im Hafen. Am besten lasse ich Ihr Gepäck gleich an Bord bringen, Miss Warren. In einer Stunde möchte ich aufbrechen, solange es noch hell ist.«

»Danke.« Als er sich zur Tür wandte, die in den Laden führte, rief sie leise: »Mr. McKenzie!« Er drehte sich um und hob die Brauen. »Warum tun Sie das für meinen Stiefvater? Irgendwie habe ich das Gefühl, Sie mögen ihn nicht besonders.«

Unbehaglich zuckte er die Achseln. »Nun, ich würde Sie nicht allein in diese Wildnis schicken, Miss Warren.«

»Jedenfalls mögen Sie meinen Vater nicht.«

»Das habe ich nicht behauptet«, entgegnete er zögernd.

»Mr. McKenzie, ich mag ihn auch nicht.«

Zu ihrer Verwunderung lachte er. »Dann hoffe ich, Sie bleiben möglichst lange bei uns in Cimarron.« Mit diesen Worten verließ er die Küche.

Sie sah ihn erst wieder, als die Reynolds sie an Bord seines Schiffes begleiteten und ihr zahlreiche Ratschläge erteilten. Im Sumpfgebiet mußte sie sich vor Fieberkrankheiten hüten, vor Insektenstichen, Schlangen und Krokodilen.

»Glücklicherweise gibt's nur vier gefährliche Schlangen«, erklärte Nancy, »die Klapperschlange, die Zwergklapperschlange, die Korallenotter und die Wassermokassinschlange. Wenn Sie die in Ruhe lassen, tun sie Ihnen nichts.«

Das Schiff war nicht so groß wie *Marjorie Anne,* und die Besatzung bestand nur aus fünf Mann. Während Teela den gutgemeinten Anweisungen lauschte, sah sie, wie einer der Seemänner die Augen verdrehte, und sie mußte lächeln.

Dann erklang die tiefe Stimme ihres Gastgebers hinter ihr. »Allem Anschein nach ist sie eine intelligente junge Dame, Nancy«, meinte Jarrett, »und sie kann sicher gut auf sich aufpassen.«

»Wer gewarnt ist, der ist auch gerüstet«, entgegnete Nancy. »Also, meine Liebe, seien Sie vorsichtig!« mahnte sie und umarmte Jarrett. »In diesem Beutel ist eine Decke für das Baby. Gib dem kleinen Schatz einen Kuß von mir. Und Tara auch. Sag ihr, ich besuche sie bald. Wahrscheinlich traut sie sich nicht hierher. Die Siedler glauben, die Seminolen könnten Tampa jederzeit angreifen.«

»Sicher nicht, solange *ich* in der Nähe bin«, erwiderte Jarrett und schenkte ihr ein aufmunterndes Lächeln. Dann küßte er ihre Wange und schüttelte Joshs Hand. »Und jetzt verschwindet von meinem Schiff! Die Fahrt dauert gute vierundzwanzig Stunden, und ich will endlich meine Frau und mein Kind wiedersehen.«

»Wenn wir Ihnen helfen können, wir sind jederzeit für Sie da, Teela!« rief Nancy, während ihr Mann sie energisch an Land führte.

Das Schiff legte ab, und Teela winkte dem freundlichen Ehepaar zu. Dann hielt sie den Atem an. Zwei uniformierte Männer rannten den Kai entlang.

»Ihre Freunde?« fragte McKenzie.

»Nicht direkt«, antwortete sie etwas beklommen. »Meine Eskorte.«

»Wachhunde?«

»Eigentlich sind's keine üblen Burschen.«

»Sollen wir zurückfahren und sie an Bord holen?« erbot er sich höflich.

»O nein, bitte nicht.«

»Sicher können die beiden den Weg nach Cimarron auch allein finden.«

Seufzend blickte sie ins Wasser. »Vielleicht sollten wir doch umkehren. Mein Stiefvater wird sich furchtbar aufregen, wenn er hört, wir hätten meine Beschützer absichtlich zurückgelassen.«

»Tatsächlich?«

Teela wandte sich zu ihm und sah einen fast teuflischen Glanz in seinen Augen.

Verschwörerisch flüsterte er ihr zu: »Dann müssen die beiden natürlich hierbleiben ... Volle Kraft voraus!« befahl er seinen Leuten. »Setzt alle Segel! Verschwinden wir von hier, so schnell wie möglich.«

Lächelnd beobachtete Teela die Aktivitäten, hochzufrieden mit den ersten Erfahrungen, die sie in der fremden Wildnis gesammelt hatte.

2

Cimarron

Während James über den Rasen ritt und das Heim seines Bruders betrachtete, schlug sein Herz höher. Zusammen mit Jarrett hatte er dieses Haus erträumt und erbaut, und er liebte es.

Sie hatten beabsichtigt, ein zweites Haus für ihn selbst zu errichten. Obwohl beide zumeist bei den Seminolen aufgewachsen waren, hatten sie einen Teil der Jugend bei ihrem gütigen schottischen Vater verbracht und die Kultur der Weißen ebenso kennengelernt wie die indianische. James wußte, wie man ein solches Haus plante und baute. Genausoviel verstand er von der Viehzucht und Feldwirtschaft. Er kannte auch die Werke Defoes, Bacons, Shakespeares und anderer Autoren, ebenso wie Beethovens und Mozarts Musik.

Als blutjunger Mann hatte er eine Indianerin liebgewonnen und sich ihrem Clan angeschlossen, weil er gebraucht worden war. Zu den Vorfahren seiner Mutter zählte ein *mico.* Deshalb wurde er mit dem Amt des Häuptlings betraut und lebte mit seinem Stamm in einem großen, schönen Dorf. Bis der Krieg begonnen hatte ...

Aber obwohl er dem weißen Feind erbittert grollte — er liebte seinen Bruder, so wie er den Vater geliebt hatte. Daran konnten die gräßlichen Kämpfe nichts ändern.

»James!«

Als der Ruf zu ihm drang, stieg er ab und sah seine Schwägerin Tara die Verandastufen herunterlaufen. Lachend nahm er sie in die Arme. Sie war eine schöne Blondine mit blauen Augen, zart wie Porzellan und doch stark und entschlossen, genau die richtige Frau für seinen Bruder.

Mißbilligend musterte sie seine Kleidung — eine Drillichhose, eine ärmellose Lederweste und Mokassins. »Du wirst dich erkälten. Wenn der Frühling auch begonnen hat — es ist immer noch kühl.«

»Unsinn, ich friere nie. Was macht meine Tochter?«

»Oh, sie blüht und gedeiht. Ein unglaublich hübsches, kluges Mädchen! Und sie kann großartig mit dem Baby umgehen.«

»Wie entwickelt sich mein Neffe, der kleine Racker?«

»Prächtig, aber so darfst du ihn nicht nennen«, protestierte Tara. »Er ist doch erst sechs Monate alt, und in diesem Stadium sind alle Kinder die reinsten Engel.«

»Dabei wird's nicht mehr lange bleiben, da er der Sohn meines Bruders ist«, warnte James. »Und Jennifer geht's gut?« Seine Stimme klang ein wenig gepreßt. Manchmal konnte er die Angst nicht bezwingen. Er war dem Krieg sogar dankbar, der ihn daran hinderte, allzu gründlich nachzudenken, zu wünschen, er könnte selbst sterben, dem unheilbaren Schmerz in seiner Seele entrinnen — seinem Haß gegen die Weißen . . .

»Natürlich«, versicherte Tara und ergriff seine Hand. »Komm, ich bringe dich zu ihr.« Während sie zum Haus wanderten, fragte sie: »Gibt's Neuigkeiten?«

»Nur über Colonel Warrens letzte Schandtaten.«

»Davon habe ich schon gehört«, seufzte sie bedrückt.

Warren, dessen Macht in den militärischen Kreisen des Territoriums ständig wuchs, war ein blutrünstiger Bastard. Im Lauf der Kämpfe hatte James festgestellt, daß man mit vielen Weißen vernünftig reden konnte — sogar mit jenen, die in der Seminolen-Emigration nach Westen die einzige Lösung des ›Indianerproblems‹ sahen. Die meisten U.S.-Soldaten weigerten sich auch, Frauen und Kinder zu töten. So wie in der Indianerwelt gab es bei den Weißen gute und böse Menschen. Warren gehörte eindeutig zu den letzteren.

Seit Kriegsbeginn kämpfte James immer wieder gegen das Volk seines Vaters, weil ihm nichts anderes übrigblieb. Wenn auf seine indianischen Verwandten und Freunde geschossen wurde, feuerte er zurück. Aber er hatte niemals die Plantagen der Weißen niedergebrannt, weder Frauen noch Kinder getötet.

Wann immer es möglich war, übernahm er die Rolle des Vermittlers. Er half den Seminolen, die sich dem Diktat der Weißen beugen und nach Westen ziehen wollten, und er kämpfte für jene, die sich nicht aus ihrer Heimat vertreiben ließen. Oft genug mußte er gefährliche Gratwanderungen bewältigen. Doch es gelang ihm, seine respektable Position in Indianerkreisen zu verteidigen, ohne die Freundschaft der Weißen zu verlieren, die ihm nahestanden. Im Grunde haßte er diesen Zwiespalt. Seit dem Tod

Naomis und seines Kindes fürchtete er, eines Tages könnte er sich von seinem Zorn hinreißen lassen und wilde, grausame Rache an den Weißen üben ...

Die beiden waren nicht niedergeschossen oder mit Bajonetten erstochen worden (wie die Frauen und Kinder und alten Leute in dem Dorf, das Warren kürzlich überfallen hatte), sondern an einer Seuche gestorben.

Viel zu lebhafte, grauenvolle Erinnerungen ... Auf der Flucht waren sie erkrankt. Die weißen Soldaten trieben sie immer tiefer in den Sumpf hinein — Soldaten, die alle Indianer getötet hätten, alte und junge, Männer und Frauen und Kinder.

Als James' Familie vom Fieber befallen wurde, verhandelte er gerade in der Nähe von Fort Brooke mit Vertretern der amerikanischen Regierung, beauftragt von entmutigten, kriegsmüden Seminolen, die sich bereiterklärt hatten, in den öden, dürren Westen zu ziehen. Dort sollten die Indianer mit dem Segen der Weißen ein freies Leben führen.

Von Freunden erfuhr er, seine Frau sei unfähig, die Flucht fortzusetzen. So schnell er konnte, ritt er zu ihr. Aber er kam zu spät, ebenso wie sein Bruder, der am Boden kniete und die tote Schwägerin im Arm hielt. Jarretts Tränen tropften auf das schöne, fahle Gesicht.

Schluchzend preßte James seine Frau an sich, bis seine Tränen versiegten.

Auch sein Kind hatte er verloren. Er wollte nicht weiterleben. Tagelang trauerte er, ohne Nahrung, ohne Wasser. Und Jarrett war bei ihm geblieben.

Nein, er konnte den Bruder niemals hassen. Aber ein heißer, fast übermächtiger Zorn gegen die Weißen und quälende Rachsucht erfüllten sein Herz.

»Wie viele Menschen wurden bei Warrens Überfall getötet?« fragte Tara und holte ihn in die Gegenwart zurück.

»Fast hundert. Kurz zuvor ließ er verlauten, die Indianer, die innerhalb eines Monats nach Westen übersiedelten, würden Kleidung, Lebensmittel und Goldmünzen bekommen. Viele Frauen, die von der Flucht völlig erschöpft waren und ihre Kinder verhungern sahen, glaubten ihm. Wäre ich rechtzeitig zu ihnen gelangt, hätte ich sie eines Besseren belehrt. Aber ich hielt mich gerade bei Micanopy auf, während sie südlich von St. Augustine lagerten. Sie wollten sich ergeben, und Warren fiel nachts über sie her. Gegen diese unmenschliche Attacke protestierten sogar die Florida-Siedler, die den Indianern feindlich gesinnt sind. Aber er behauptete, er habe geglaubt, das Lager würde von Seminolen-Kriegern bewohnt, die einen Angriff auf die Farmen der Weißen planten.«

Die Einzelheiten wollte er Tara nicht zumuten. Die Soldaten hatten alle Leichen verscharrt. Trotzdem sickerten gewisse Information durch. Den Kindern hatte man einfach die Köpfe eingeschlagen — warum sollte man Kugeln vergeuden? Frauen waren aufgeschlitzt, alte Männer verstümmelt und regelrecht abgeschlachtet worden.

»Nun wissen wir, was von der Feuerpause zu halten ist, die für den März vereinbart wurde.«

James runzelte die Stirn.

»O Gott, es tut mir so leid«, beteuerte Tara. »Bitte, denk daran, nicht alle Weißen sind so . . .«

». . . wie Warren«, vollendete er den Satz. »Trotzdem — es gibt viel zu viele von seiner Sorte.«

Inzwischen hatten sie die Veranda erreicht. Tara führte ihn zu der Wiege, die sanft im Wind schaukelte. Darin lag sein kleiner Neffe Ian und schlief friedlich. James lächelte. Zweifellos war der Junge ein echter McKenzie, mit dichtem, glänzendem schwarzem Haar. »Vor diesem Engel mußt du dich in acht nehmen«, erinnerte er Tara.

Belustigt drohte sie ihm mit dem Finger. »Und jetzt . . .«

Mehr konnte sie nicht sagen. James' fünfjährige Tochter Jennifer stürmte aus dem Haus und warf sich in seine Arme. »Daddy!«

Liebevoll hob er sie hoch, drückte sie ganz fest an seine Brust, spürte ihren lebhaften Herzschlag, roch Taras Parfüm, das sie ausprobiert hatte. Nichts auf der Welt bedeutete ihm so viel wie Jennifer.

Seit dem Tod seiner Mutter und seiner Schwester wohnte sie bei Tara und Jarrett, und sie verstand, daß der Vater sich nur selten um sie kümmern konnte. Für ihr Alter war sie schon sehr vernünftig.

Voller Stolz betrachtete er ihr hübsches, goldbraunes Gesicht, die bernsteinbraunen Augen mit den grünen Pünktchen, von der Mutter geerbt. Pechschwarze Locken reichten ihr bis zur Taille, und sie war so elegant gekleidet wie die kleinen Kinder der Weißen, weil Tara immer wieder hübsche Sachen für sie nähte.

In diesem Haus wurde sie mit Liebe überschüttet.

Armes Kind, dachte James, was habe ich dir angetan? So wie er selbst würde sie stets zwischen zwei Welten hin und her wandern und sich zerrissen fühlen. Er drückte seine Tochter wieder an sich, und über ihre Schulter hinweg schaute er die Schwägerin an. *Danke,* formten seine Lippen.

»Wie gut du aussiehst, Daddy!« Jennifer nahm sein Gesicht zwischen ihre dicken Händchen. »So formi-dabel! Und so gefährlich! Ganz einfach toll!«

Erstaunt über diese Ausdrucksweise einer Fünfjährigen, wandte er sich zu Tara, die unbehaglich errötete.

»Nun ja, du erregst großes Aufsehen in dieser Gegend«, erklärte sie. »Neulich kamen Chloe, die Tochter der Smithsons, und ihre Kusine Jemma Sarne zum Tee.«

»Und?« fragte er verständnislos.

»Die beiden sind blutjunge Mädchen und leicht zu beeindrucken. In ihren Augen bist du ein grandioser ...«

»Wilder?«

»James!«

»Schon gut. Also plappert meine Tochter diesen Unsinn nach.«

»Du bist ja auch sehr attraktiv, James. Das habe ich dir schon oft genug gesagt.«

»Und du bist außer meinem Bruder die einzige weiße Person, die ich mag. Verschone mich mit deinen Freunden, die für edle, grandiose Barbaren schwärmen.«

»So ist es doch gar nicht ...«

»O Tara, ich habe deine Parties oft genug besucht, um zahlreiche Angebote von scheinbar sittsamen Damen zu erhalten, die mich in meiner Trauer trösten wollten. Seltsam, welche Wirkung ich erziele, wenn ich in meiner hocheleganten europäischen Kleidung auftrete ... Würden mich diese Damen im Lendenschurz sehen, in voller Kriegsbemalung, wären sie wohl nicht so fasziniert.«

»Vielleicht wärst du überrascht.«

»Dann frag doch einmal die Väter dieser illustren Mädchen, wie es ihnen gefiele, wenn ihre Töchter eine Affäre mit einem Halbblut hätten.«

»So voreingenommen, wie du tust, bist du gar nicht. Immerhin habe ich schon einige Gerüchte über deine Liebschaften gehört.«

Er seufzte unmutig und stellte Jennifer auf den Boden. »Siehst du Othello da drüben?« Er zeigte auf seinen hochbeinigen braunen Hengst. »Nimm ihn am Zügel und führ ihn zu den Büschen, da wächst saftigeres Gras.«

Erfreut und sichtlich stolz, weil ihr eine so wichtige Aufgabe anvertraut wurde, rannte sie davon.

James schaute ihr nach. Dann wandte er sich wieder zu seiner Schwägerin. »Tara, ich bin ein unglücklicher, verbitterter Mann. Sicher, seit Naomis Tod habe ich mich mit einigen Frauen eingelassen. Doch das waren keine ›Liebschaften‹. Ich überlege mir sehr genau, bei wem ich Trost suche. Denn ich habe nichts zu geben. Deine kichernden Freundinnen amüsieren und ärgern mich gleichermaßen. Erst werfen sie mir begehrliche, schmachtende Blicke zu, dann laufen sie davon, sobald ihre gestrengen Väter ins Zimmer kommen. Aber ich habe ohnehin keine Lust, mit irgendwelchen Frauen zu flirten, weder mit roten noch mit weißen oder gestreiften, wie du's mal formuliert hast.«

»Wart's doch ab. Morgen gebe ich eine Party. Nur gute alte Freunde, keine Soldaten, nicht einmal Tyler Argosy. Übrigens, er hat mir einen seltsamen Brief geschrieben. Er wollte nach Fort Brooke reiten, um das Kind irgendeines Kommandanten abzuholen. Aber er ist verhindert, und deshalb soll es vorerst bei uns wohnen. Jarrett wird's mitbringen. Heute abend oder morgen kommt er nach Hause, und wir werden seinen Geburtstag feiern. Du bleibst doch hier?«

»Tara ...«

»Hör mal, James, es ist der Geburtstag deines Bruders.«

»Also gut, dann werde ich mich wieder mal herausputzen und zur Schau stellen und den Leuten zeigen, wie zivilisiert sich ein Wilder benehmen kann.«

»James!«

»Tut mir leid. Mein Groll gilt nicht dir. Natürlich bleibe ich hier. Ich muß ohnehin einiges mit Jarrett besprechen, und ich möchte ihn wiedersehen.«

Lächelnd küßte sie seine Wange. »Dann werde ich Jeeves jetzt sagen, daß du zum Dinner bleibst und bei uns übernachtest. Dein Zimmer ist bereit, so wie immer.«

»Danke. Eine gute Mahlzeit und ein weiches Bett — das kann ich wirklich gebrauchen.«

»Gleich bin ich wieder da«, versprach sie und eilte ins Haus.

Ein paar Minuten später kehrte Tara McKenzie auf die Veranda zurück.

James schaute nach Westen, zur Grenze des Anwesens, wo dichte Büsche und Bäume wuchsen. Im goldenen Licht des Sonnenuntergangs schimmerte seine Haut wie Kupfer. Sie sah die breite, kraftvolle Brust unter der offenen Weste, die muskulösen Schultern und Arme.

In diesem Augenblick sah er tatsächlich wie ein grandioser Wilder aus. Unwillkürlich erschauerte sie. Mochte der Himmel allen beistehen, die jemals seinen Zorn erregen würden ...

Tara kehrte unbemerkt ins Haus zurück und ließ ihn mit seinen Gedanken allein.

3

In erstaunlich kurzer Zeit erreichte Jarrett McKenzies Schiff den heimatlichen Kai am Flußufer. Die Sonne hatte den Zenit eben erst überschritten. Schon seit mehreren Stunden stand Teela im Bug und schaute sich fasziniert um.

Jarrett beobachtete sie lächelnd. Warrens Tochter! Wer hätte das gedacht? *Stieftochter,* verbesserte er sich. Darauf hatte sie energisch hingewiesen.

Doch sie war in Michael Warrens Obhut aufgewachsen und irgendwie dem Bösen entronnen, das ihm wie eine unheilbare Krankheit anzuhaften schien. Ein lebhaftes, kluges, offenherziges Mädchen — und bildschön ...

Zum Glück führte er eine gute Ehe. Sonst wäre es ihm vielleicht schwergefallen, seiner Frau zu erklären, warum sich ein so reizvolles Geschöpf an Bord seines Schiffes befand, noch dazu ohne Anstandsdame.

Teela Warrens kastanienrotes Haar schimmerte im Sonnenlicht, die grünen Augen, die ein herzförmiges Gesicht mit einer zierlichen kleinen Nase und provozierend geschwungenen dunklen Brauen beherrschten, glichen einer Sommerwiese. Für eine Frau war sie ziemlich groß, und sie besaß eine schlanke, wohlgeformte Figur. Ihr rastloses Temperament wirkte genauso bezaubernd wie ihre offensichtlicheren Vorzüge. Sicher würde sie Tara ebensogut gefallen wie ihm.

Und es freute ihn diebisch, daß er einen Entschluß gefaßt hatte, der Warren ärgern würde.

Am vergangenen Abend hatte er sich eine Zeitlang mit Teela unterhalten. Liebevoll erzählte sie von ihrer Mutter und gab zu, die Klatschgeschichten würden der Wahrheit entsprechen. Sie habe vor dem Traualtar tatsächlich nein gesagt. Aber ihr sei nichts anderes übriggeblieben. Das amüsierte ihn. Allem Anschein nach war sie eine Kämpfernatur. Und wenn sie glaubte, man würde sie hier verurteilen, mußte sie diese Wildnis voll tapferer Flüchtlinge erst noch richtig kennenlernen.

Er würde sie sehr gern in seinem Haus beherbergen, so lange sie es wünschte. Doch sobald der Stiefvater nach ihr schicken würde, konnte Jarrett nichts mehr tun. Nicht Warren hatte ihn um seine Gastfreundschaft gebeten, sondern ein alter Freund, Lieutenant Tyler Argosy. Dessen Brief hatte er erhalten, als er nach Tampa geritten war, um Vorräte zu kaufen. Tyler — oder ein tüchtiger junger Soldat namens John Harrington — sollte das Mädchen eskortieren, weil beide das Terrain und die Gefahr kannten, die von seiten der Indianer drohte. Wie Jarrett erfahren hatte, wollte Warren seine Stieftochter mit Harrington verheiraten, der einer gutsituierten, in politischen Kreisen einflußreichen Familie entstammte.

Sicher wird John Harrington der geplanten Hochzeit mit gemischten Gefühlen entgegenblicken, dachte Jarrett belustigt. Da er die junge Dame nicht kennt, muß er sie für eine weibliche Version von Michael Warren halten. Und nun erwartet ihn eine angenehme Überraschung ...

Jarrett befahl seinen Leuten, das Schiff zur Anlegestelle zu steuern, und ging zu Teela, die an der Steuerbordreling stand. »Was halten Sie von Cimarron, Miss Warren?«

Verwundert schüttelte sie den Kopf. »Höchst ungewöhnlich ...« Nicht einmal in Charleston, wo man großen Wert auf prächtige Residenzen legte, hatte sie ein schöneres, eleganteres Haus gesehen. Mächtige Säulen säumten die Veranda, die sich an der ganzen weißgetünchten Fassade entlangzog. Trotz des kühlen Wetters war die Tür geöffnet.

Während Jarrett McKenzie und die Besatzungsmitglieder an Land sprangen, eilte eine schöne blonde Frau über den Rasen herab und winkte eifrig.

Tara McKenzie, dachte Teela, die Frau, die der Captain vergöttert. Am letzten Abend hatte er kaum ein Thema angeschnitten, das sich nicht um seine Gemahlin und seinen kleinen Sohn drehte. Nun rannte er ihr entgegen, mit ausgebreiteten Armen. Er hob sie hoch, preßte sie an seine Brust, und sie küßten sich — so leidenschaftlich und zärtlich, daß Teela rasch wegschaute.

Glücklicherweise gab es genug zu sehen. Am Kai herrschte reges Leben und Treiben, obwohl er nur zu einem einzigen Anwesen gehörte. Mehrere Männer liefen aus dem Haus und von den Feldern heran, schüttelten den Besatzungsmitgliedern die Hände, schleppten Kisten und Fässer den Hang hinauf. Als sie Teela entdeckten, lächelten sie ihr freundlich und neugierig zu.

»Miss Warren!« Nun hatte sich der Hausherr wieder an sie erinnert. Sie wandte sich zu dem Ehepaar, das am Fuß der Laufplanke stand, und ging an Land. Zu ihrer eigenen Verblüffung empfand sie eine plötzliche Scheu.

Doch dazu bestand kein Grund. Tara McKenzie umarmte sie herzlich. »Willkommen auf Cimarron! Wie ich gestehen muß, bin ich etwas überrascht, denn ich habe Tylers Brief entnommen, Jarrett würde ein Kind hierherbringen.«

»Ein Kind bin ich nicht mehr«, erwiderte Teela, »aber ich befinde mich immer noch in der Obhut meines Vormunds.«

Tara nickte. Was dieses Thema anging, behielt sie ihre Meinung für sich. »Wir freuen uns über Ihren Besuch. Und Sie sind gerade rechtzeitig angekommen. Heute abend geben wir eine kleine Party, um den Geburtstag meines Mannes zu feiern. Unsere kleine Gemeinde wird Sie sicher mit offenen Armen aufnehmen — vor allem, weil wir endlich wieder Gesprächsstoff brauchen«, fügte sie scherzhaft hinzu.

»Jag ihr doch keine Angst ein!« mahnte Jarrett.

»Oh, sie wird sich genauso an den Tratsch und Klatsch gewöhnen wie ich. Kommen Sie, meine Liebe, ich zeige Ihnen das Haus.«

Arm in Arm wanderten die beiden Frauen über den gepflegten Rasen, und Tara zeigte ihrem Gast, in welcher Richtung die nächsten Nachbarn wohnten.

»Haben Sie hier keine Angst vor den Indianern?« fragte Teela.

»Nein«, erwiderte Tara schlicht. Mittlerweile hatten sie die Veranda erreicht. Dort stand eine große schwarze Frau, ein Baby im Arm.

Lächelnd wollte Tara nach dem Kind greifen, aber Jarrett kam ihr zuvor. »Darf ich, Jeanne?« bat er höflich, obwohl es schließlich sein eigener Sohn war. Als er das Baby in die Luft schwenkte, kreischte es fröhlich.

»Ian McKenzie«, verkündete Tara, und Teela beobachtete das Kind entzückt. »Herzlichen Glückwunsch! Was für ein hübscher kleiner Junge!«

»Danke. Möchten Sie ihn mal halten?«

»Wenn Sie's erlauben . . .«

Jarrett reichte Teela seinen Sohn, der grinsend einen einzelnen Zahn entblößte und nach ihrem Haar griff. Belustigt hielt sie die winzigen Fingerchen fest. Zum erstenmal, seit sie gemeinsam mit ihrer Mutter Arme und Kranke gepflegt hatte, spielte sie wieder mit einem Baby.

»So ein süßes Kind!« rief sie begeistert und drückte Ian an sich, der angenehm nach Seife duftete. Dann legte sie ihn in die Arme der farbigen Kinderfrau.

»Freut mich, daß Sie sich so schnell mit ihm angefreundet haben.« Tara führte ihren Gast in die Eingangshalle.

Bewundernd musterte Teela das glänzend polierte Parkett und die Tapete, die der neuesten europäischen Mode entsprach. »Oh, das glaube ich einfach nicht. Ein solches Haus! Hier!«

»Danke«, entgegnete Jarrett, »das betrachte ich als Kompliment.«

»So war's auch gemeint.«

»Jetzt haben Sie auf Cimarron ein Zuhause gefunden, für alle Zeiten, wenn Sie wollen«, erklärte Tara lachend, »nachdem Sie gelobt haben, was dem Herzen meines Mannes am nächsten steht — seinen Sohn und sein Haus.«

»Da muß sie erst mal *deine* Vorzüge würdigen«, protestierte er.

»Ihre Frau ist bildschön und liebenswert, Mr. McKenzie«, versicherte Teela feierlich.

»Gut, nun darf sie bleiben«, gestattete er großzügig. »Für immer.«

»Dann haben Sie ja noch genug Zeit, das restliche Haus zu besichtigen, Miss Warren«, meinte Tara. »Ich zeige Ihnen jetzt erst mal Ihr Zimmer, damit Sie sich frisch machen können.«

»Vielleicht braucht sie ein bißchen Ruhe«, bemerkte Jarrett. »Heute nacht hörte ich sie stundenlang an Deck umherwandern.«

»Oh, tut mir leid, ich wollte Sie nicht stören«, entschuldigte sich Teela. »Aber ich konnte einfach nicht widerstehen — ich mußte das Ufer betrachten. Nie zuvor habe ich ein so tiefes Dunkel gesehen.«

»Ja, manchmal kann einem dieses Land angst machen«, meinte Tara leichthin. »Wenn Sie müde sind, sollten Sie sich hinlegen. Ich lasse Ihnen Badewasser bringen. Kurz vor Sonnenuntergang erwarten wir unsere Gäste. Bis dahin sind Sie bestimmt wieder frisch und munter.«

»Ich würde gern ein wenig schlafen«, gestand Teela.

»Und du, Jarrett?« fragte Tara ihren Mann. »Möchtest du dich auch ausruhen?«

»Eigentlich habe ich was anderes vor ...«

Als er sie wieder umarmte und küßte, wandte sich Teela rasch ab. In ihren Augen brannten Tränen. Sie fand es wundervoll, daß diese beiden liebenswürdigen Menschen glücklich miteinander waren. Aber sie hatte sich noch nie in ihrem Leben so einsam gefühlt.

Seltsam — als Michael Warren beschlossen hatte, sie zu verheiraten, war ihr der Bräutigam keineswegs unsympathisch gewesen. Doch sie hatte ihn nicht geliebt. Jetzt, wo sie die McKenzies beobachtete — oder *nicht* zu beobachten versuchte, wußte sie, wonach sie sich gesehnt hatte. Nach leidenschaftlicher Liebe. Wenn sie die nicht fand, wollte sie ein unabhängiges Leben führen.

So leicht zu erträumen, so schwer zu erreichen ...

Tara befreite sich lachend aus den Armen ihres Mannes, führte Teela eine geschwungene Treppe hinauf und öffnete eine Tür. »Das ist Ihr Zimmer. Hoffentlich finden Sie dort alles, was Sie brauchen. Wenn nicht, läuten Sie bitte nach Jeeves.«

»Danke, das ist sicher nicht nötig.«

Ehe Teela die Tür schloß, sah sie, wie die McKenzies eng umschlungen den Flur entlanggingen. Müde kleidete sie sich aus und sank aufs Bett. Wie schön es hier ist, dachte sie. Zweifellos würde Warren jemanden nach ihr schicken. Aber bis es soweit war, wollte sie den Aufenthalt in diesem Haus genießen und nicht an die bedrohliche Zukunft denken.

Seufzend schloß sie die Augen, und wenige Minuten später schlief sie ein.

Als es an der Tür klopfte, erwachte sie. »Teela, bald treffen unsere Gäste ein!« rief Jarrett. »Kommen Sie runter, wenn Sie fertig sind!«

»Vielen Dank!«

Während sie geschlafen hatte, mußten die Dienstboten heißes Wasser und ihr Gepäck ins Zimmer gebracht haben. Hastig wusch sie sich und schlüpfte in ein Abendkleid. Nachdem sie ihr zerzaustes Haar frisiert und hochgesteckt hatte, ging sie in die Halle hinunter.

Inzwischen war Cimarron auf die Party vorbereitet worden. Die Vorder- und die Hintertür, die zu hohen Bäumen und den Ställen führte, standen offen. Über den Veranden hingen Lampions. Auch die Türen der Salons und Wohnräume zu beiden Seiten der Halle waren geöffnet.

Am Fuß der Treppe angelangt, spähte Teela in den Hauptsalon und sah einen hochgewachsenen schwarzhaarigen Mann vor dem Kaminfeuer stehen. Zunächst dachte sie, es wäre der Hausherr. Die Hände hinter dem Rücken verschränkt, den Kopf leicht gesenkt, starrte er in die Flammen. Er trug ein elegantes weißes Rüschenhemd, eine rote Weste und eine schwarze Hose.

Dann drehte er sich um, und Teela blinzelte verwirrt. Er war nicht Jarrett McKenzie, obwohl ihr sein Gesicht vertraut erschien. Noch nie hatte sie so faszinierende Züge gesehen. Von der bronzebraunen Haut hoben sich strahlend blaue Augen ab. Offenbar ein Halbblut, dachte sie und spürte seine Vitalität, ein eigenartiges Feuer, das in ihm zu brennen schien.

Als er ihren Blick erwiderte, beschleunigten sich ihre Atemzüge. Plötzlich lächelte er, bitter und spöttisch. Erriet er ihre Gefühle? Ahnte er, welche Anziehungskraft er auf sie ausübte?

Höflich verneigte er sich. »Guten Abend.«

Seine tiefe Stimme klang angenehm und kultiviert. Absurderweise begann sie zu zittern und hielt sich am Treppenpfosten fest. Irgend etwas in ihr erwachte zu neuem Leben, erhitzte ihr Blut. Doch sie riß sich zusammen. Kein Wunder, daß sie etwas durcheinander war ... Sie hatte bisher nur wenige Indianer getroffen.

»Sprechen Sie englisch?« fragte er und schlenderte zur Tür des Salons.

»Ja.«

»Wollen Sie sich die ganze Nacht am Treppenpfosten festklammern? Vor mir müssen Sie sich nicht fürchten. Im Haus meines Bruders habe ich noch nie eine Frau skalpiert, Miss ...?«

Heftig hämmerte ihr Herz gegen die Rippen. Jarretts Bruder ... Und er wußte nicht, wer sie war. Was würde der Mischling denken, wenn er erfuhr, daß sie Warren hieß — so wie der Mann, der so viele Indianer getötet hatte?

In würdevoller Haltung ging sie zu ihm. Dann zögerte sie wieder. Bangte ihr vor der Nähe dieses Mannes? Aber sie war es nicht gewöhnt, Angst zu zeigen. Wenigstens das hatte sie als Michael Warrens Stieftochter gelernt.

Entschlossen betrat sie das Zimmer, wanderte zum Feuer, und er folgte ihr. »Um meinen Skalp mache ich mir keine Sorgen, Sir.«

»Das sollten Sie aber. In diesem Land sind alle Skalps gefährdet.«

»Wie Sie soeben erwähnten, haben Sie hier noch niemanden skalpiert. Und Sie wissen sich allem Anschein nach zivilisiert zu benehmen. Also wäre es sehr unhöflich, wenn Sie heute abend Ihren ersten Skalp in diesem Haus erobern und sich ausgerechnet einen Neuankömmling aussuchen würden, um dieser grausamen Sitte zu frönen.«

Erschrocken zuckte sie zusammen, als er eine seidige Locke berührte, die aus ihrem Haarknoten herabhing. »Was für eine herrliche Beute das wäre ... Nehmen Sie sich in acht, Ma'am. Im nächtlichen Dunkel könnte diese kastanienrote Pracht unwiderstehlich leuchten.« Unwillkürlich wich sie ein paar Schritte zurück, erstaunt über ihre eigene Nervosität. »Ah, und dieser angstvolle Schimmer in Ihren Augen müßte einen Mann geradezu herausfordern ...«, fuhr er fort.

»Da irren Sie sich, Sir. Mr. McKenzie, ich fürchte mich nicht vor Ihnen.«

Er hob die Brauen. »Wieso kennen Sie meinen Namen?«

»Nun, Sie haben erklärt, dies sei das Haus Ihres Bruders.«

»Und wenn Jarrett mein Stiefbruder mütterlicherseits wäre?«

»Verzeihen Sie. Sind Sie ein McKenzie?«

»Ja«, bestätigte er leise und zögernd. »Zumindest für manche Leute ... Warum sind Sie hier?«

Weil mein Stiefvater gerade in Florida zu tun hat und alle Indianer auszurotten versucht ...

Nein, diesen sarkastischen Gedanken durfte sie nicht aussprechen. »Ich bin auf dem Weg zu meinem Stiefvater. Da er zu beschäftigt war, um mich im Hafen von Tampa abzuholen, brachte Ihr Bruder mich freundlicherweise hierher. Ich heiße Teela«, fügte sie hinzu und streckte ihre Hand aus, die er umfaßte und aufmerksam betrachtete.

Dann neigte er sich hinab und küßte ihre Fingerspitzen — eine viel zu sinnliche, viel zu intime Berührung, die sie nicht gestatten dürfte. Aber ehe sie sich befreien konnte, ließ er sie los und trat zurück. »Teela ...«, wiederholte er lächelnd. »Haben Sie auch einen Nachnamen?«

»Haben Sie einen Vornamen?« konterte sie.

Da vertiefte sich sein Lächeln, und er wollte antworten. Doch da drang ein Ruf von der Tür herüber. »James, mein Lieber!«

Sie drehte sich um und sah einen attraktiven jungen Mann hereinkommen, so elegant gekleidet, als würde er einen der vornehmsten Salons zwischen Boston und Savannah besuchen.

»Ah ...« Bei ihrem Anblick hielt er inne und verbeugte sich formvollendet. »Welche neue Blume ziert unsere Wildnis? James, eine Freundin? Würdest du uns bitte miteinander bekannt machen?«

»Auch ich habe diese rote Rose eben erst kennengelernt, Robert. Teela, das ist Mr. Robert Grant — Robert, Miss Teela ...?«

Noch immer weigerte sie sich, ihren Nachnamen zu nennen, und reichte dem jungen Mann ihre Hand. »Guten Abend, Mr. Grant. Wie geht es Ihnen?«

»Plötzlich ganz ausgezeichnet«, erwiderte er und neigte sich über ihre Hand.

Sein Lächeln wirkte ansteckend. Unauffällig verglich sie die beiden Männer miteinander. Mr. Grant war nicht so groß wie James McKenzie, dessen Vornamen sie inzwischen erfahren hatte, und einfach nur charmant — während ihr der Mischling faszinierend erschien.

»Oh, da sehe ich unsere Gastgeberin«, bemerkte James. »Ich muß mit ihr reden. Inzwischen könnt ihr beide euch besser kennenlernen.«

Mit einer knappen Verbeugung verließ er den Salon. Tara McKenzie stieg gerade die Treppe herab und begrüßte zwei ältere Ehepaare, die soeben eingetroffen waren. Immer mehr Gäste betraten die Halle.

»In diesem Haus bin ich sehr oft eingeladen«, erklärte Robert Grant. »Doch ich hatte keine Ahnung, daß wir heute abend einen Neuankömmling begrüßen dürfen.«

»Ich bin erst heute nachmittag angekommen, auf Jarretts Schiff.«

»Bleiben Sie länger bei uns?«

»Das — das weiß ich noch nicht«, entgegnete Teela zögernd, und er wartete geduldig, bis sie fortfuhr. »Mein Vater — mein Stiefvater ist bei der Army, und er hat mich nach Tampa beordert. Aber im Augenblick ist er beschäftigt, und so wird es wohl noch eine Weile dauern, bis mich eine Eskorte zu ihm bringt.«

»Und wer ist Ihr Stiefvater?«

»Michael Warren«, antwortete sie nach einer kurzen Pause.

»Warren!« Robert Grant schnappte nach Luft, aber er faßte sich sofort wieder. »Tut mir leid . . .«

»Mir auch«, gestand sie leise.

In der Halle wurden Instrumente gestimmt, dann erklang ein Walzer, und Robert verneigte sich. »Darf ich bitten?«

»O ja, sehr gern.«

Er führte sie zur Tanzfläche, wo sich bereits mehrere Paare drehten.

»Warren«, wiederholte er seufzend.

»Ja, ich weiß — ein Monstrum.«

»Wie gut, daß Sie auch so denken! Ich fürchtete schon, ich hätte Ihre Gefühle verletzt. Ein solcher Mann — und eine so bezaubernde Tochter ...«

Lächelnd bedankte sie sich für das charmante Kompliment. »Er ist ja auch nur mein Stiefvater.«

»Trotzdem ...«

Anmutig wirbelte sie in seinen Armen über das Parkett. Sie hatte schon lange nicht mehr getanzt, und sie genoß die Gesellschaft des liebenswürdigen jungen Mannes. Plötzlich blieb er stehen. Jemand hatte auf seine Schulter geklopft.

»Darf ich dir deine Partnerin entführen, Robert?« fragte James McKenzie.

»Wenn's unbedingt sein muß ... So ist das Leben nun mal, grausam und unerbittlich.«

Wieder wurde Teela im Kreis herumgeschwenkt, diesmal von einem Halbindianer, der eine seltsame Faszination auf sie ausübte. Er tanzte ausgezeichnet, und sie glaubte zu schweben. In seinen erstaunlichen blauen Augen las sie Neugier, aber auch Verachtung. Weil sie eine Weiße war? Weil sie seine Unverschämtheit geduldet hatte, statt ihn zu ohrfeigen? »Halten Sie nur mich für ein Ärgernis?« fragte sie. »Oder alle weißen Frauen?«

Sein bedauerndes, fast wehmütiges Lächeln überraschte sie. Offenbar hatte er nicht mit einer solchen Frage gerechnet. »Alle weißen Frauen.«

»Oh, das beruhigt mich.«

»Aber Sie ganz besonders.«

»Warum tanzen Sie dann mit mir?«

»Weil ich's immer noch auf Ihr schönes Haar abgesehen habe.«

»Aber Sie würden mich doch nicht im Haus Ihres Bruders skalpieren.«

»Vielleicht möchte ich diese wunderbaren Locken gar nicht abschneiden.«

»Was haben Sie dann vor?«

»Da bin ich mir nicht ganz sicher ...« Seine Stimme nahm einen seltsamen Klang an. »Wirklich nicht.«

Abrupt verstummte die Musik. Sie blieben voreinander stehen und starrten sich an. Und dann hörte Teela, wie ihr Name gerufen wurde. »Miss Warren! Ah, da sind Sie ja!« Ihr Gastgeber, Jarrett McKenzie, bahnte sich einen Weg durch die Gästeschar. »James! Oh, du hast unseren Gast schon kennengelernt.«

James' Augen verengten sich. »Was? Das — eh, das Kind, das Tara erwähnt hat?«

»Nun, sie ist ein bißchen älter, als wir dachten.«

»Soeben hast du sie Miss Warren genannt.« In diesen Worten schwang eine eisige Kälte mit.

»Sie ist seine Stieftochter ...«, begann Jarrett.

Aber James hörte ihm nicht mehr zu. Er neigte sich zu Teela hinab. »Sie heißen *Warren*?« stieß er hervor, und sie schluckte mühsam.

»Ja — Teela Warren.«

Zu ihrer Verblüffung brach er in lautes Gelächter aus. »Warren! Jetzt weiß ich, warum Sie mich interessieren! Weil ich Ihre ganze verdammte Familie ins ewige Höllenfeuer schicken möchte!«

Grußlos wandte er sich ab und ging mit langen Schritten davon. Teela fröstelte, und es dauerte lange, bis sie merkte, wie leise er gesprochen hatte. Nur für ihre Ohren war jene bittere Drohung bestimmt gewesen. Nicht einmal sein Bruder hatte sie gehört.

Neue Tanzmusik erfüllte die Halle.

4

Während James auf der Balustrade der Veranda saß und ins Dunkel starrte, streifte ein milder Wind sein Gesicht. Er schloß die Augen und lauschte. Aus dem Haus drangen fröhliche Stimmen und Musik. Aber er hörte auch die Geräusche der Nacht — die plätschernden Wellen des Flusses, die flüsternde Brise zwischen den Ästen der Eichen und Zypressen.

Die Moskitos schienen in dieser Nacht keine Opfer zu suchen. Vielleicht wehte der Wind etwas zu schnell für ihren Geschmack. Wie schön und ruhig es hier ist, dachte James. Kein einziger Schuß störte die friedliche Atmosphäre von Cimarron.

Schade, daß er solche Orte nur selten aufsuchen konnte ... Er lehnte seinen Kopf an eine Säule. Durch die geöffnete Tür drang Gelächter aus der Halle. Die meisten Partygäste waren Freunde, die er seit Jahren kannte. In diesen Kreisen hatte er seine Ausbildung genossen. Und er war in Charleston, in dem Haus, das der Großvater seines Bruders bewohnt hatte, willkommen gewesen. Weil er von einem weißen Vater abstammte, ignorierten viele Amerikaner sein Indianerblut. Sein Mitgefühl galt deshalb vielen Weißen, die unter dem Krieg litten. Schaudernd dachte er an eine der jungen Witwen. Sie hatte ihren Mann sterben und ihr Farmhaus brennen sehen. Und dann war sie skalpiert worden. Um zu überleben, hatte sie sich totgestellt und später erzählt, die Seminolen seien schreiend und triumphierend vor den Flammen umhergesprungen.

Auch James hatte grausige Kampfszenen beobachtet. Erst letztes Jahr hatte Andy Jackson, damals noch Präsident, dem Gouverneur von Florida, Richard Keith Call, das Kommando der U.S. Army übertragen. Zielstrebig rückte Call mit seinen Truppen in den Sumpf vor. Obwohl viele Männer dem Fieber zum Opfer fielen, entschloß er sich am Withlaoochee River zu einer Großoffensive gegen die Indianer. Als erster versuchte Major David Moniac den Fluß zu überqueren, aber eine Seminolenkugel warf ihn ins Wasser. Danach wagte sich niemand mehr in die dunklen Wellen. Absurderweise war der Major ein Vollbkut-Creek gewesen, ein Absolvent der U.S.-Militärakademie. Die Weißen wollten die Seminolen veranlassen, nach Westen zu gehen und sich ihren entfernten Verwandten anzuschließen, den Creek. Aber im Kampf gegen die Seminolen setzten sie Creek-Soldaten ein. Eine bittere Ironie ...

An jenem Tag hatte James auf seiten der Seminolen gekämpft, um die Unschuldigen hinter der Front zu schützen. Verzweifelt feuerte er sein Gewehr ab, von der ständigen Angst gequält, er könnte einem weißen Soldaten begegnen, den er kannte, mit dem er Wihskey oder Wein getrunken, diskutiert oder gepokert hatte.

Zwischen zwei Welten gefangen, gehorchte er seinen eigenen moralischen Gesetzen. Wenn die Weißen angriffen, würde er die Seminolen verteidigen. Er hatte keine Wahl. Aber er würde sich niemals an Plünderungen beteiligen, niemals einen Krieg gegen Frauen und Kinder führen. So wie er dachten zahlreiche Indianer, auch Osceola, obwohl er als Kriegerhäuptling oft genug wegschaute, wenn seine Leute unschuldige Menschen niedermetzelten.

James wußte, daß es unter den Weißen ebenso viele anständige Männer gab, die Frauen und Kinder schonten — trotz zahlloser Greueltaten, von Kommandanten wie Michael Warren begangen.

Allein schon der Gedanke an diesen Namen beschleunigte James' Herzschläge immer wieder — auch an diesem Abend, an dem er auf dem Geländer der Veranda von Cimarron saß. Und wie so oft dankte er dem Schicksal, weil Naomi und seine kleine Tochter Sara nicht durch die Hände weißer Soldaten, sondern am Fieber gestorben waren. Nicht durch die Hände eines brutalen Schurken wie Warren ermordet ...

Plötzlich öffnete er die Augen. Im Haus erklang das Gelächter einer Frau. *Sie* war hier, die Tochter dieses Mannes.

Als sie in die Halle herangekommen war, hatte er den Atem angehalten. Welch eine Schönheit — ein elfenbeinweißes, ebenmäßiges Gesicht, Haare wie tanzende dunkle Flammen und Augen, die ihn an einen schattigen Wald im Regen erinnerten ... Sie stand am Fuß der Treppe, groß und schlank. Provozierend wölbte sich der Busenansatz im Dekolleté des grünen Samtkleids. *Ich begehre sie,* war James' erster Gedanke. Er wollte ihr Haar berühren und sehen, ob er sich verbrennen würde, die Alabasterwange streicheln und herausfinden, ob sie sich wie Seide anfühlte. Am liebsten hätte er sie vom Treppenpfosten weggezerrt, um ihr Samt und Satin und Spitzen vom Leib zu reißen. War die Leidenschaft echt, die in ihr zu brennen schien? Würde sie seinen Schmerz und den Zorn und den Haß verdrängen können, das ganze Chaos, in das sich seine Welt verwandelt hatte?

Augenblicke des Wahnsinns, des Hungers ...

Doch dann kehrte sein Verstand zurück. Neugierig musterte sie ihn. Nur ein weiteres hübsches Mädchen, das von seiner exotischen äußeren Erscheinung fasziniert war. Und doch — sie unterschied sich von den anderen. Sie kokettierte nicht, wirkte aufrichtig, klug und mutig. Während er mit ihr tanzte, kehrte die anfängliche Faszination zurück.

Dann hatte er ihren Namen gehört ... Seine Hände bebten, wilder Zorn trübte seinen Blick. Hinter ihrer Schönheit glaubte er zertrümmerte Kinderköpfe zu sehen, erstochene Frauen, verstümmelte alte Männer. Er wollte sie packen und schütteln und ihr ins Gesicht schreien, sie sei das Kind eines Monstrums. Nein, nicht im Haus seines Bruders ... Und so war er in die Nacht hinausgeflohen, zum Flüstern des Windes, zu den zirpenden Grillen.

»James!«

Aus seinen Gedanken gerissen, wandte er sich zu einem schlanken, blonden Mann mit bernsteinfarbenen Augen, der eine Uniform trug.

Hatte Tara nicht versprochen, auf dieser Party würde kein Militär erscheinen? Aber James ärgerte sich nicht. Er war schon lange mit Lieutenant John Harrington befreundet, der manchmal als Verbindungsoffizier fungierte, so wie er selbst.

»Guten Abend, John. Heute abend hatte ich dich nicht zu sehen erwartet.« James stand auf und reichte ihm die Hand.

»Für mich war's auch eine Überraschung. Ich muß einen Auftrag erledigen. Reine Routine.« Grinsend schlug Harrington auf die Schulter seines Freundes. »Freut mich, dich hier zu treffen — und nicht an der Front.«

»Solche Begegnungen fürchte ich genauso wie du.«

»Jarrett hat mir erzählt, ein Teil deines Clans würde nach Westen ziehen.«

»Was davon noch übrig ist. Vier Frauen, drei alte Männer und zehn Kinder. Alle anderen sind tot, und die Überlebenden können vor lauter Schwäche nicht mehr davonlaufen. Wenn sie hierbleiben, würden sie verhungern.«

»Und deshalb verlassen sie den Sumpf. Ein tapferer Entschluß, nachdem euer grandioser Osceola einen seiner eigenen Männer ermorden ließ, der nach Westen gehen wollte . . . Womöglich wird dein Clan zwischen die Fronten geraten, James. Du kannst von Glück reden, daß Osceola dir noch keine Kugeln in deine Brust gejagt hat. Immerhin machst du keinen Hehl aus deinen freundschaftlichen Gefühlen für gewisse weiße Leute.«

»Du kennst Osceola, und du weißt, daß er kein tobsüchtiger Wilder ist. Außerdem fließt auch in seinen

Adern das Blut weißer Vorfahren. Und er haßt nicht alles, was weiß ist.«

»Oft genug hat er seine Feinde gnadenlos getötet.«

»Um sein Volk und dessen Lebensart zu retten.«

»Hoffentlich weiß er zu schätzen, daß er einen so eifrigen Führer in dir gefunden hat, und wird sich niemals gegen dich wenden — so wie gegen Charlie Emathla.«

»Das brauchst du nicht zu befürchten. Er versteht meine Situation, respektiert Jarrett und bewundert Tara. Glücklicherweise beurteilt er jeden Menschen individuell, ob rot oder weiß. Und er ist stets zu Verhandlungen bereit. Daß er hin und wieder zur Grausamkeit neigt, ist verständlich, nachdem die U.S.-Regierung einen Vertrag nach dem anderen bricht.«

Seufzend lehnte sich John an die Balustrade. »Ja, das weiß ich. Aber mit seinem Verhalten erreicht Osceola nur, daß immer mehr Soldaten in dieses Land kommen. Und es bestärkt die Regierung in ihrem Entschluß, den Krieg zu gewinnen.«

Auch die Army ist kriegsmüde. Viele Männer, die sich für einen kurzen Kriegsdienst verpflichtet haben, würden lieber heute als morgen nach Hause laufen. Ein paar Kommandanten haben sogar schon Selbstmord begangen.«

»Ich habe Angst um uns alle«, gestand John. »Wohin wird dieses Grauen führen? Weißt du noch, wie's begonnen hat? Mit dem Massaker an Major Dade und seinen Leuten. Und wo war der grandiose Kriegerhäuptling Osceola an jenem Tag? Er brachte den Indianeragenten Wiley Thompson um.«

»Auch Weiße waren der Meinung, Thompson habe den Tod verdient.«

»Darauf kommt es nicht an, mein Freund. Osceola hätte Dade gemeinsam mit seinen Kriegern angreifen und dieses gräßliche Gemetzel verhindern müssen. Aber seine persönliche Rache war ihm wichtiger.«

»Vergiß nicht — Thompson hatte ihn in Ketten gelegt. Für einen Indianer eine unerträgliche Demütigung ...«

»Und Osceola überfiel Plantagen — Männer, Frauen und Kinder. Red dir bloß nicht ein, er sei ein guter, anständiger Mensch!«

»Sind wir nicht alle gut und böse? Je nachdem, wie man's betrachtet?«

»Das bestreite ich nicht.« Traurig schüttelte John den Kopf. »Wie du weißt, habe ich viele Freunde unter den Indianern. Und ich fürchte den Tag, an dem ich einem an der Front gegenüberstehen werde — an dem wir einander die Hälse aufschlitzen müssen ... Großer Gott, James, ich wünschte, du würdest dich immer so kleiden wie heute abend und im Haus deines Bruders wohnen ...«

»... und ein Weißer werden?«

»Du bist ein Weißer.«

»Das habe ich nie bestritten. Mein Vater war ein großartiger Mensch, und Jarrett ist sein Ebenbild. Aber ich kann unmöglich die Augen vor den Dingen verschließen, die meinem Volk angetan werden. Sonst wäre ich kein ganzer Mann.«

»Ich werde für dich beten.«

»Und ich für dich«, versprach James lächelnd.

»Vielleicht werden wir beide überleben und eines Tages an einem idyllischen Fluß im Zypressenschatten angeln.«

»Hoffen wir's ... Und was für ein Routine-Auftrag hat dich nach Cimarron geführt?«

»Ein sehr angenehmer ... Aber ich wage kaum, davon zu erzählen, weil ich weiß, was du vom Colonel hältst.« John schnitt eine Grimasse. »Ich soll seine Tochter zu ihm bringen. Hast du sie gesehen? Einfach bildschön ... Und dabei hatte ich solche Angst, als er mir vorschlug, das Mädchen zu heiraten. Ob ich nun mag oder nicht, er ist mein Vorgesetzter. Ich dachte, sie wäre so ein häßliches Monstrum wie er, womöglich mit Schnurrbart. Also kam ich mit sehr gemischten Gefühlen hierher, und dein verdammter Bruder war wahrlich keine Hilfe.« Er verdrehte die Augen und seufzte abgrundtief. »Dann stand ich vor ihr und brachte kaum ein Wort hervor. Wahrscheinlich lacht Jarrett immer noch über mich.«

Um seine Gefühle zu verbergen, biß James die Zähne zusammen. Dann fragte er beiläufig: »Meinst du Miss Warren?«

»O ja. Hast du sie kennengelernt?«

»Allerdings«, erwiderte James grimmig.

»Was für eine intelligente, wißbegierige junge Frau! Sie stellte mir ein Dutzend Fragen über unsere Wildnis. Ich glaube, sie könnte es verstehen, daß ein Mann dieses Land liebgewinnt. Sicher wäre sie eine gute Gefährtin.«

»Wann sollst du sie zu ihrem Vater bringen? Und wohin? Als ich zuletzt von ihm hörte, ermordete er gerade Männer, Frauen und Kinder südlich von Ocala. Jeder, der irgendwie mit ihm in Verbindung steht, wäre in dieser Gegend gefährdet.«

»Vorerst reisen wir nicht ab. Ich muß ein paar Depeschen in Tampa abliefern. Dann komme ich mit einer größeren Eskorte hierher zurück. Warren hat ein Haus in Tallahassee gekauft. Aber ich weiß noch immer nicht, wohin ich seine Tochter bringen soll. Vermutlich will er nach dem Krieg in die Politik gehen, so wie viele Männer, die gegen die Indianer gekämpft haben. Zum Beispiel Andy Jackson.«

»Ja, Jackson hat alle seine Kriege überlebt. Mal sehen, ob Michael Warren diesen hier übersteht.«

»Immerhin ist er ein zäher Knochen.«

»Was auch auf unsere Kriegerhäuptlinge zutrifft. Verdammt, am liebsten würde ich den Schurken niederknallen.«

»Aber seine Tochter ist ganz anders«, erwiderte John.

»Wie kannst du dir da so sicher sein?«

»Weil ich angeregt mit ihr geplaudert habe. Sie interessiert sich für alles. Auch für dich.«

»Wie bitte?«

»Offenbar hast du ihre Neugier erregt.«

»Was wollte sie denn wissen?«

»Alles über deine Vergangenheit, deine Erziehung. Sie gehört nicht zu jenen albernen Frauen, die Indianer für wilde Tiere halten. Verzeih, James, aber manche Leute denken eben so ...«

»Das weiß ich. Sprich weiter.«

»Nun, sie möchte sich über die Sprache und die Lebensart der Indianer informieren.«

»Wenn sie Pech hat, wird sie viel zuviel darüber erfahren.«

»Heute abend bist du ziemlich düster gestimmt, James.«

»Ich führe ja auch ein düsteres Leben.«

»Mein Freund, du solltest lernen, die wenigen friedlichen Augenblicke zu genießen, die uns vergönnt sind.«

Schuldbewußt runzelte James die Stirn. Er war tatsächlich viel zu schlecht gelaunt. Einerseits ärgerte er sich über Johns Auftrag, andererseits beneidete er ihn darum. Dazu kam noch der Haß gegen Warren, geschürt von der Begegnung mit der Stieftochter dieses Bastards. Gewiß würden Harrington und das Mädchen großartig zueinander passen. Und er sollte sich für seinen Freund freuen. Statt dessen dachte er an die heiße Erregung, die Teela in ihm geweckt hatte und die noch nicht erloschen war.

Aber für ihn war sie nicht bestimmt. Also lächelte er schwach. »Vielleicht hast du recht, ich sollte die friedlichen Momente genießen, solange ich's noch kann.«

Während er sprach, sah er seine Schwägerin auf der Schwelle stehen. »Da seid ihr ja, ihr zwei! Was macht ihr hier draußen?«

»Wir lösen Kriegsprobleme«, antwortete James, »zumindest zwischen uns beiden.«

»Wenn es nur nach euch ginge, gäb's keinen Krieg. Und in meinem Haus wird auch nicht gekämpft. Kommt herein! Auf Jarretts Geburtstagstorte brennen schon die Kerzen, und er muß sie alle mit einem Atemzug ausblasen.«

Die beiden Freunde folgten Tara ins Haus. Obwohl James beschlossen hatte, Miss Warren keines Blickes zu würdigen, schaute er unentwegt zu ihr hinüber. Er blieb im Hintergrund, als Jarrett — von seiner Frau und den Gästen aufgefordert — die Kerzen auf seiner Torte auspustete, was ihm tatsächlich mit einem einzigen Atemzug gelang. Nach dieser imposanten Leistung erklärte man ihm, er müßte zum Kreis der hohen Tiere gehören, die alle in Tallahassee versammelt waren, und fröhliches Gelächter erklang.

Dann begann das kleine Orchester wieder zu spielen. Jeeves, der adrette, ebenholzschwarze Butler — der wahre Herrscher von Cimarron, wie James ihn liebevoll nannte — eilte mit einem Silbertablett voller Champagner zu ihm. »Junger Mann, Sie schauen viel zu ernst drein.«

»Das höre ich heute abend nicht zum erstenmal«, bemerkte James und ergriff ein Glas. »Genießen Sie die Nacht, denn der nächste Morgen wird unweigerlich anbrechen.«

»Jetzt sind *Sie* viel zu ernst«, meinte James und prostete ihm zu.

Lächelnd entblößte Jeeves seine erstaunlich weißen Zähne. »Ich wollte nur betonen, Sir, daß wir alle ein sehr schweres Leben führen. Deshalb sollte man jeden schönen Augenblick auskosten.«

»Wenn's Ihnen Spaß macht, werde ich den ganzen restlichen Abend von einem Ohr bis zum anderen grinsen, mein Freund«, versprach James und trank den Champagner.

Mit seiner freien Hand reichte der Butler ihm noch ein Glas. »Das wird Ihnen sicher helfen, Sir. Amüsieren Sie sich.« Würdevoll ging er davon.

James betrat den Salon, wo sich einige Gäste im Takt heiterer Geigenklänge drehten.

Wenn er sie auch nicht suchte — er entdeckte sie sofort. Major John Harrington, ein bißchen steif in seiner Uniform, wirbelte Miss Warren umher und starrte sie hingerissen an. Davon schien sie nichts zu bemerken. Sie redete unentwegt.

Schließlich verstummte die Musik, und James beobachtete, wie John sich verneigte und sie allein ließ — offenbar, um Punsch oder Champagner zu holen. Nun erklang eine Ballade in langsamerem Rhythmus, eine melancholische Melodie.

Ehe James wußte, was er tat, eilte er zu Miss Warren, nahm sie in den Arm und begann zu tanzen, gab ihr keine Gelegenheit zuzustimmen oder zu protestieren.

Aber sie versuchte auch gar nicht, sich zu wehren. Die Brauen erhoben, schaute sie direkt in seine Augen, während er sie zwischen den anderen Paaren hindurchdirigierte, in die Halle, hinaus auf die Veranda.

Im gedämpften Licht der Lampions und des Mondes trafen sie niemanden an. Die Musik wehte zur offenen Tür heraus, und sie tanzten weiter.

»Also haben Sie Ihren Verlobten bereits kennengelernt, Miss Warren.«

»Wen meinen Sie?«

»Meinen guten Freund, Major Harrington.«

»Nein, der Major ist nicht ...« Ihre Stimme erstarb.

»Bisher sind mir nur wenige weiße Männer begegnet, die sich mit ihm messen könnten.«

»Gewiß, er ist sehr charmant, aber nicht mein Verlobter.«

»Doch. Allem Anschein nach ist Colonel Warren fest entschlossen, Sie mit Harrington zu verheiraten.«

»Colonel Warren kann nicht entscheiden, wie meine Zukunft aussehen soll.«

»Immerhin unterstehen Sie Warrens Vormundschaft. Als Army-Kommandant ist er es gewohnt, Befehle zu erteilen.«

»Nicht mir«, erwiderte sie kühl. »Ich nehme von niemandem Befehle entgegen.«

»Vielleicht werden Sie in unserer Wildnis eine Überraschung erleben, Miss Warren. Glauben Sie mir, manchmal ist es am besten, Befehlen zu gehorchen. In diesem Sumpf könnte Harringtons Ehefrau ein angenehmeres Leben führen als Warrens Tochter.«

»Gut, daran werde ich denken, Mr. McKenzie. Nun bin ich neugierig geworden. Was hat mein Stiefvater Ihnen angetan?«

»Meinen Sie — mir direkt?«

»Natürlich. Hat er Sie verletzt oder beleidigt?«

Alle seine Muskeln spannten sich an. Unwillkürlich umfaßte er ihre Taille noch fester und sah sie zusammenzucken. »Nein, Miss Warren, er hat mich niemals angerührt. Sonst wäre er bereits tot. Aber seine Brutalität hat mich tief getroffen.«

»Auch die Weißen wurden brutal behandelt, von vielen Indianern . . .«

»Nicht von mir, Miss Warren.«

»Sie tun mir weh! Halten Sie mich nicht so fest . . .«

»Vielleicht sollte ich Sie gar nicht halten.« Abrupt blieb er stehen, und sie verlor das Gleichgewicht, so daß sie an seine Brust sank. In ihrer Verwirrung trat sie nicht zurück. Und er spürte ihren Herzschlag an seinem, roch ihren süßen, femininen Duft, starrte in ihre Smaragdaugen.

»Oh, da seid ihr ja!« rief jemand, und James erkannte Harringtons Stimme. Sofort schob er Miss Warren von sich. »Champagner?« fragte der Major fröhlich. »Teela, James?«

»Danke, ich habe schon genug.« James verneigte sich vor Miss Warren. »Wenn Sie mich entschuldigen würden . . .«

Er kehrte in die Halle zurück, begrüßte alte Freunde, die ihm den Weg versperrten und sich nach der Kriegssituation erkundigten. Geduldig beantwortete er die Fragen, versuchte die Leute zu beruhigen und sein Volk zu verteidigen.

Aber wie konnte man den Krieg verteidigen?

Endlich gelang es ihm, in den Oberstock zu flüchten. Er schaute nach Jarretts kleinem Sohn, der friedlich in der Wiege neben dem Bett seiner Mutter schlummerte. Dann schlich er in Jennifers Zimmer. Auch sie schlief tief und fest, ein Lächeln auf dem Engelsgesicht. Behutsam küßte er ihre Stirn, und sein Herz sehnte sich erneut schmerzlich nach der Frau und dem Kind, die er verloren hatte.

Er ging in sein Zimmer und zog die Weste und das Rüschenhemd aus. Nur mit seinen Breeches und den Stiefeln bekleidet, betrat er den Balkon und schaute zum Zypressenwald hinüber. Zwischen den alten Bäumen wand sich der Fluß dahin. Fruchtbares Land lag im Osten, jetzt abgebrannt und verwüstet von den Kämpfen zwischen Weißen und Indianern, die immer weiter nach Süden gedrängt wurden.

Plötzlich hörte er ein Geräusch und wandte sich zur benachbarten Balkontür. *Sie* stand am Geländer, vom Mondschein umflossen, und blickte zum Himmel hinauf.

Im sanften Nachtwind flatterte ihr frisch gebürstetes, offenes Haar, das über ihrem Rücken hinabhing, voller roter Glanzlichter. Sie trug ein schlichtes, weißes Nachthemd, unter dem sich ihre hoch angesetzten, runden Brüste abzeichneten, die schmale Taille, die schön geschwungenen Hüften.

Was für ein verführerisches Bild sie bot ... Gegen seinen Willen erhitzte sich sein Blut. »Zum Teufel mit ihr!« murmelte er, und sie starrte ihn erschrocken an.

Er stand im Schatten, an der Hausmauer. Nun trat er vor, und sie schrie unterdrückt, eine Hand auf den Mund gepreßt. »Was machen Sie hier?« fragte sie atemlos und runzelte die Stirn.

»Das ist mein Zimmer.« Die Arme vor der Brust verschränkt, neigte er sich zu ihr hinüber und glaubte, sie würde zurückweichen. Doch sie blieb stehen und musterte ihn im nächtlichen Silberschein.

»Wenn das Ihr Zimmer ist, sollten Sie hineingehen.«

»Warum? Ich war zuerst hier draußen, und Sie haben mich gestört.«

Viel zu deutlich zeichneten sich ihre Brüste unter dem dünnen Nachthemd ab, perfekt wie Marmor. Die Versuchung war zu groß, und er berührte ihre Wange, ihre Schultern, zog sie an sich, getrieben von einem unwiderstehlichen Verlangen, diese vollen Lippen zu kosten.

Süß schmeckte ihr Mund, nach frischer Minze. Die Finger in ihr dichtes Nackenhaar geschlungen, schob er seine begierige Zunge zwischen ihre Zähne. Nicht genug. Mit der anderen Hand liebkoste er eine ihrer Brüste und streichelte die zarte Knospe.

Ihr Atem stockte, ihre Finger glitten zu seinen Schultern hinauf, und ein halb erstickter Laut begleitete den Kuß.

In wachsender Erregung begann James zu zittern. Um Himmels willen, was tat er da? *Das durfte nicht geschehen.*

Energisch stieß er sie von sich. Sie bebte am ganzen Körper und starrte ihn verwirrt an. Weil er sie so leidenschaftlich geküßt und dann losgelassen hatte?

»Gehen Sie in Ihr Zimmer zurück!« befahl er ärgerlich.

»Sir, Ihr Benehmen ist einfach unterträglich!« fauchte sie, hob eine Hand und schlug ihm ins Gesicht.

Damit hätte er rechnen müssen. Aber sein Gehirn war von wilder Begierde umnebelt worden. Nun bewegte er sich instinktiv, packte ihr Handgelenk und riß sie an sich. In ihren Augen las er keine Entschuldigung, keine Angst.

Obwohl er sie schmerzhaft festhielt, zuckte sie nicht mit der Wimper, und sie wehrte sich auch nicht. Statt dessen beobachtete sie ihn wütend und wartete, bis er sie losließ. »Diesmal kommen Sie mir noch mal davon«, warnte er sie. »Aber bedenken Sie, wir befinden uns im Kriegszustand. Wenn Sie einen Indianer schlagen, schlägt er zurück.« Schweigend hielt sie seinem Blick stand, und er schob sie wieder von sich. »Gehen Sie in Ihr Zimmer!«

Sie schlenderte gemächlich zu ihrer Tür, wo sie sich noch einmal umdrehte. »*Diesmal* werde ich Ihrer höflichen Bitte Folgen leisten, Sir. Aber in Zukunft sollten Sie berücksichtigen, daß das auch *mein* Balkon ist. Hier darf mich niemand herumkommandieren.«

Erbost verschwand sie in ihrem Zimmer und warf krachend die Tür hinter sich zu.

James sank in sein Bett. Während einer unendlich langen Nacht suchten ihn alle Qualen der Hölle heim.

5

Der Traum begann so wundervoll — tief im Innern des unberührten Landes, das die Creek bei ihrer Wanderung nach Süden entdeckt und für sich beansprucht hatten. Da gab es genug Jagdwild und Fische, auf dem fruchtbaren Boden gediehen Mais und anderes Getreide. Ein Paradies, in dem man sich leicht verlieben konnte ...

Natürlich entstammten sie verschiedenen Clans. Ein Mann mußte außerhalb seiner Familie heiraten. Aber er kannte sie schon jahrelang und liebte sie seit seiner frühen Jugend.

Von der Familie seines weißen Vaters und den Brüdern seiner indianischen Mutter erzogen, war er herangewachsen, trank den schwarzen Trank und legte den Namen seiner Kindheit ab, um ein Mann zu werden. Beim Tanz des Grünen Maises wollte er sie zur Frau nehmen. Trotzdem liebten sie sich schon vorher. Ehebruch wurde streng bestraft. Manchmal schnitt man den Missetätern sogar Nasen und Ohren ab. Doch die Liebe vor der Ehe galt nicht als Vergehen. Und die Zeit war reif dafür.

Zwischen den Bäumen schimmerte die Sonne. Er ritt

mit ihr in den kühlen Schatten des Waldes, wo sie abstiegen, das erfrischende Wasser des Flusses tranken und Beeren sammelten. Während er im Moos lag, hörte er sie herausfordernd lachen, sah sie davonlaufen und folgte ihr zum Ufer. In seinem Traum entsann er sich deutlich jenes Augenblicks.

Atemlos wandte sie sich zu ihm, das lange schwarze Haar umflutete ihren Körper wie ein dicht gewirkter Schal. Sie wußte, daß sie ihm nicht entkommen konnte, und sie wollte es auch gar nicht.

Als er sie berührte, sanken sie in die kalten, mit weißem Schaum gekrönten Wellen, richteten sich auf, und er umarmte sie. An jenem Tag trug sie ein weißgebleichtes Lederkleid, das er über ihren Kopf zog und ins Wasser fallen ließ. Und dann liebten sie sich im seichten Fluß, in Licht und Schatten.

Später lagen sie unter tiefhängenden Kiefernzweigen und malten sich die gemeinsame Zukunft aus, wie alle jungen Liebespaare. Um das bestickte weiße Kleid zu suchen, waren sie fröhlich am Ufer entlanggerannt.

Er warf sich unruhig im Schlaf umher. In seinem Traum lief sie wieder davon, und er versuchte sie einzuholen. Doch er konnte sie nicht erreichen. Und als sie zurückschaute, lachte sie nicht ...

Plötzlich war sie verschwunden. Er stand in schwarzem Dunkel, sah einen schluchzenden weißen Mann am Boden knien, das tränennasse Gesicht seines Bruders. Schweigend nahm er seine Frau aus Jarretts Armen entgegen.

Sie lag in ihrem Sarg, den er gemeinsam mit dem Bruder aus einem Zypressenstamm gezimmert hatte. Für Sara war ein kleinerer angefertigt worden — ein Kindersarg. Naomi trug ihr besticktes weißes Lederkleid, das unter den schwarzen Haaren leuchtete. Seit jener ersten Liebesstunde hatte sie es sorgsam aufbewahrt. Im Tod erschien sie ihm immer noch wunderschön. Die Fieberkrankheit hatte keine Spuren hinterlassen. Die Särge waren im Schatten der Bäume zurückgeblieben, zusammen mit Naomis und Saras Habseligkeiten, mit Töpfen und Pfannen, Kleidern und Schmuck.

Aber während er jetzt in der Finsternis stand, sah er nicht Naomi im Sarg liegen, sondern *sie*. Über dem Zypressenholz hing dunkelrotes Haar. Sie trug ein besticktes weißes Kleid aus Baumwolle und Spitze, und ihre Wangen waren geisterhaft bleich, die Hände gefaltet. Als sie die Augen aufschlug, begegnete sie seinem Blick. Dann erkannte sie, daß sie in einem Sarg voller Blut lag und begann zu schreien, streckte die Arme nach ihm aus, rief seinen Namen ...

Schweißgebadet fuhr er aus dem Traum hoch und starrte in die Nacht hinaus. Am Himmel verblaßten die Sterne. James sank stöhnend ins Kissen zurück und schlief wieder ein. Diesmal wurde seine Ruhe nicht mehr von grausigen Visionen gestört.

Es klopfte an der Tür, und eine Stimme weckte ihn. »Master James! Master James! Kaffee, Sir!«

»Bringen Sie ihn herein!« rief er, ohne die Lider zu heben. Das mußte Dolly sein, die dicke Küchenhilfe von den Bahamas, in deren Adern Indianerblut floß.

»Sahne, Sir?« Offenbar stand sie neben dem Bett. Warum ließ sie ihn nicht in Frieden?

»Das mache ich schon, danke.«

Die Stimme nahm einen honigsüßen Klang an. »Soll ich den Kaffee in Ihr Gesicht schütten, Master James?«

Abrupt öffnete er die Augen und setzte sich auf. Eine Tasse in der Hand, stand Miss Teela Warren an seiner Seite, frisch wie der junge Morgen, in einem gelben Musselinkleid. »Falls Sie das wirklich vorhaben, Ma'am — tun Sie's lieber nicht.« Unbehaglich zog er das Laken zu seiner Brust hinauf. Darunter war er nackt, was diese verdammte Frau zweifellos wußte. Aber es schien sie nicht im mindesten zu stören. Er nahm ihr die Tasse aus der

Hand. »Gehört es zu Ihren Gepflogenheiten, Männern Kaffee ans Bett zu bringen?«

»Eigentlich nicht. Bis jetzt hatte ich keine Gelegenheit dazu.«

»Und es schickt sich wohl kaum für eine junge Dame von Ihrer Herkunft.«

»Sicher nicht.«

»Dann werden Sie vermutlich in der Hölle schmoren müssen, Miss Warren.«

»Mag sein, weil ich schon viele Sünden begangen habe. Aber nicht wegen des Kaffees.«

Er nippte an seiner Tasse und musterte Teela. In schimmernden Wellen fiel ihr das rote Haar auf die Schultern. Und obwohl sie ein züchtiges Tageskleid trug — es konnte ihre reizvolle Figur nicht verbergen, und James verspürte wieder einmal ein unwillkommenes Verlangen.

Zu allem Überfluß setzte sie sich auch noch ans Fußende des Betts. »Miss Warren, was machen Sie da?«

»Ich versuche Frieden mit Ihnen zu schließen.«

»Aber dies ist nicht der richtige Ort ...«

»Mr. McKenzie ...«

Seufzend stellte er die Kaffeetasse auf den Nachttisch, beugte sich vor, wobei das Laken fast hinabrutschte und umklammerte Teelas Handgelenke. »Kommen wir doch zum Kern der Sache. Ich bin der erste Indianer Ihres Lebens, ich spreche englisch, mein Vater war ein Weißer. Deshalb habe ich Ihre Neugier geweckt. Sie sind fasziniert, vielleicht sogar ein bißchen aufgewühlt. Also gut, fassen Sie mich an!« Trotz ihrer heftigen Gegenwehr rieb er mit ihren Fingern über seine Brust. »Sehen Sie? Die Farbe geht nicht ab. Und wissen Sie was, Miss Warren? Ansonsten gibt es keine Unterschiede. Ich habe zwei Arme und zwei Beine und ... Wollen Sie noch andere Körperteile sehen?«

»Nicht nötig!« Ihre Augen verengten sich. »Oh, Sie sind abscheulich!«

»Was erwarten Sie denn, nachdem Sie freiwillig in mein Schlafzimmer gekommen sind? Da fällt mir ein — was würde eigentlich Ihr Verlobter dazu sagen?«

»Ich bin nicht verlobt.«

»Glauben Sie mir, Miss Warren, er ist ein guter Mann. Tun Sie ihm nicht weh. Sie hätten nicht zu mir kommen dürfen.«

Als er sie losließ, stand sie nicht auf. Unsicher senkte sie den Kopf. »Ich wollte wirklich Frieden schließen ...«

»Versuchen Sie's erst gar nicht. Fahren Sie nach Charleston zurück. Das ist eine wunderschöne Stadt.«

»Dort wäre ich immer noch, wenn mein Stiefvater mich nicht in die Wildnis beordert hätte.«

»Hoffentlich schickt er Sie heim. Sonst wäre er ein Narr. Da er in dieser Gegend verhaßt ist, setzt er sie einer ernsthaften Gefahr aus.«

»Oh, er fühlt sich jeder Krise gewachsen, Mr. McKenzie. Ich würde gern hierbleiben, wenn nicht ... Doch das spielt keine Rolle. Was ich bis jetzt von Florida sehen konnte, gefällt mir sehr gut. Ich habe schon so viel darüber gelesen. Ich möchte St. Augustine, Jacksonville und Tallahassee kennenlernen, zu den Keys segeln, in den Flüssen schwimmen, alles besichtigen und fühlen und auskosten ...«

»Bald werden Sie ein Skalpiermesser am Kopf spüren, Miss Warren.«

»Vielleicht auch nicht.«

»Wenn Sie unbedingt hierbleiben wollen, heiraten Sie Harrington. Sein Herz gehört bereits Ihnen. Sicher wird er bereitwillig nach Ihrer Pfeife tanzen.«

»Niemand soll nach meiner Pfeife tanzen, Mr. McKenzie«, entgegnete sie. »Und so nett ich John auch finde, ich werde ihn nicht heiraten.«

»Oh? Dazu haben Sie sich schon entschlossen?«

»Ich liebe ihn nicht.«

Als er in Gelächter ausbrach, schien er sie zu beleidigen, denn sie versuchte ihn zu ohrfeigen. Aber er war schneller und hielt ihre Hände fest. »Sie lieben ihn nicht? Miss Warren, ich kenne Ihre Welt. Und wie wir beide wissen, heiratet man in Ihren Kreisen nur selten aus Liebe. Ihr Stiefvater hat ein Arrangement für Sie getroffen, das seinen Vorstellungen entspricht. Mit welchem Recht wollen Sie sich dagegen wehren?«

»Es ist nicht *meine* Entscheidung.«

»Lehnen Sie John ab, weil Ihr Vater ihn auserkoren hat?«

»Mein Stiefvater. Und ich lasse mich nicht zwingen, irgend jemanden zu heiraten.«

»Nicht irgend jemanden ... Vielleicht sollten Sie John erst mal besser kennenlernen.«

Teela starrte ihn an, und ihre Augen erschienen ihm wie funkelnde Smaragde. Plötzlich strich er mit ihrer Hand über seine Wange. Sie schreckte nicht zurück. Wie Seide fühlten sich ihre Fingerspitzen an. Er küßte ihre Handfläche, liebkoste sie mit seiner Zunge und hörte, daß sie den Atem anhielt. Als er sie wieder ansah, hatten sich ihre Lider gesenkt.

In diesem Moment hätte er sich abwenden und ihr zeigen sollen, daß er ihren verführerischen Reizen widerstehen konnte. Doch sein Verlangen, ein fast schmerzlicher Hunger, war stärker. Er neigte sich zu ihr, berührte ihre Lippen mit seinen, nahm sie in die Arme und küßte sie voller Leidenschaft.

Auch jetzt schmeckte sie nach Minze und entfachte ein quälendes Feuer. Ungeduldig drückte er sie auf sein Bett hinab, ignorierte eine warnende innere Stimme und preßte ihre Hand an seine nackte Brust, ließ sie hinabgleiten, zum Zentrum seiner Erregung.

Da riß sie sich endlich los. »Nein!« flüsterte sie, und er rückte sofort von ihr weg. Doch sie rührte sich nicht. Wie betäubt lag sie da.

»Verdammt, Miss Warren, verschwinden Sie aus meinem Zimmer! Spielen Sie nicht mit mir! Ich bin kein Spielzeug, das man benutzen und dann einfach in die Ecke stellen kann!«

Wortlos sprang sie auf, rannte hinaus und warf die Tür zu. Er lauschte ihren Schritten, die sich hastig entfernten, und schüttelte dann lachend den Kopf.

Aber schon im nächsten Augenblick erstarb sein Gelächter. Teela Warren spielte mit dem Feuer. Und wer von ihnen beiden würde sich letzten Endes verbrennen?

Vielleicht wollte sie nur mit einem Seminolen flirten, um Warren zu ärgern. Er stieg aus dem Bett und fluchte lauthals. Sicher war es am besten, wenn er Jarretts Haus so schnell wie möglich verließ.

Er verbrachte den Nachmittag mit seinem Bruder und nannte die Namen der Indianer, die bereit waren, nach Westen zu übersiedeln. Inzwischen war John Harrington zum Fort Brooke gesegelt. Dort würde er ein paar Tage bleiben, und dann sollte er Teela gemeinsam mit mehreren Soldaten landeinwärts eskortieren, nach Norden. Eine lange, gefährliche Reise stand ihr bevor.

»Ist Warren völlig verrückt geworden, James?« Besorgt runzelte Jarrett die Stirn. »Da draußen vergeht kein Tag ohne kleinere oder größere Scharmützel. Farmen und Indianerdörfer werden niedergebrannt. Und er mutet seiner Tochter zu, das Kampfgebiet zu durchqueren.«

»Harrington wird sie beschützen. Keine Bange, mein Volk respektiert ihn.«

»Gewiß, der Krieger, der ihn skalpiert, würde es bitter bereuen«, meinte Jarrett unglücklich, »und die kostbare Beute bis zum Ende seiner Tage hüten.«

»Wenn Harrington mit einer großen Truppe reitet, wird man ihn nicht angreifen. Außerdem haben wir große Verluste erlitten. Aber es gibt immer noch genug Krieger, die bis zum letzten Atemzug kämpfen wollen. Sogar du mußt dich in acht nehmen.«

Seufzend trat Jarrett an ein Fenster, das zum Rasen hinausging. »Bis hierher kann der Krieg nicht vordringen. Das werde ich zu verhindern wissen.« Plötzlich lächelte er, und James hörte fröhliches Gelächter. Er stand auf und folgte seinem Bruder. Draußen tollten Teela, Tara und Jennifer im Gras umher. »Was für ein hübscher Anblick ...«

»O ja«, stimmte James zu. Die goldblonde Tara, Teela mit ihren dunkelroten Locken und Jennifer mit ihrem rabenschwarzen Haar, alle in pastellfarbenen Kleidern — eine friedliche Szene ... »Heute abend reite ich vielleicht landeinwärts. Und vorher wäre ich gern noch eine Weile mit meiner Tochter allein. Wenn du mich entschuldigst ...«

»Natürlich.«

James verließ das Haus. Auf der Veranda blieb er stehen und beobachtete das Trio. Seelenruhig schlief der kleine Ian McKenzie in seiner Wiege, ohne das Gekreische zu beachten.

»Daddy!« rief Jennifer, rannte zu James, und er drückte sie an sich. Atemlos folgten ihr die beiden Frauen. »Wir haben gespielt. Und Teela ist so lustig!«

»Ich werde Jeeves bitten, eine kühle Limonade vorzubereiten«, erklärte Tara. »Für dich was Stärkeres, James?«

»Nein, danke.«

»Ich helfe Tante Tara, die Limonade zu holen!« verkündete Jennifer und befreite sich aus den Armen ihres Vaters.

Hand in Hand mit Tara, verschwand sie im Haus. Er schaute ihr nach, dankbar für das schöne Heim, das sie hier gefunden hatte, während er oft tagelang durch den Sumpf ritt, über unwegsames Gelände, ohne Nahrung, ohne Unterkunft. Und immer wieder mußte er kämpfen. Oder er suchte verzweifelt, die Kämpfe zu verhindern.

»Was für eine bezaubernde Tochter Sie haben, Mr.

McKenzie!« begann Teela. »Sicher sind Sie ein sehr glücklicher Vater.«

»Ja, das bin ich.«

»Hier ist es so wunderschön ...«

»Trotzdem sollten Sie möglichst schnell verschwinden. Fahren Sie nach Charleston zurück.«

»Warum? Es gefällt mir in Florida.«

»Noch haben Sie kein Blut fließen sehen.«

»Aber einen Sonnenuntergang. Außergewöhnliche Vögel. Wilde Orchideen und Kohlpalmen. Zypressenhaine und Moos, das von den Ästen ins Wasser hinabhängt ...« Als sie seinen eindringlichen Blick spürte, verstummte sie.

»Verschwinden Sie, solange Sie's noch können.«

»Besten Dank für die Warnung.«

Sie wandte sich ab, doch er hielt ihren Arm fest, verblüfft über den Zorn und die Leidenschaft, die ihn erfaßten. »Verdammt, wenn Sie die Wildnis für einen Spielplatz halten, werden Sie nicht lebend herauskommen.«

Schweigend riß sie sich los und floh ins Haus.

Beim Dinner saß sie ihm gegenüber. Jennifer durfte mit den Erwachsenen essen. Deshalb sprach man nicht über den Krieg, dessen Grauen sie bereits leidvoll erfahren hatte, sondern über Literatur, Theater und Musik.

Teela beobachtete, wie liebenswürdig James McKenzie mit seiner Tochter und seiner Schwägerin redete. Offenbar war sie die einzige, die seinen Zorn erregte. Am vergangenen Abend waren ihr die Blicke aufgefallen, die ihm einige Frauen zugeworfen hatten. Und als sie sich jetzt daran erinnerte, empfand sie eine absurde Eifersucht.

Letzte Nacht hatte sie stundenlang wach gelegen und an den leidenschaftlichen Kuß gedacht. Eigentlich müßte sie sich ihres Verhaltens schämen. Schon immer war sie eigensinnig und mutwillig gewesen, aber niemals leichtfertig.

Trotzdem schämte sie sich nicht. Sie wollte diesen Mann berühren, seinen kraftvollen Körper spüren, seinem Blick begegnen, mochte er sie auch voller Spott betrachten. Es drängte sie, ihn näher kennenzulernen, seine Gedanken, seine Gefühle ...

Während sich die Konversation um die Architektur von Charleston drehte, rief Teela diesen Morgen in ihr Gedächtnis zurück. Ihre Hand, die über seinen nackten Körper geglitten war, immer tiefer hinab. Diese Hitze, diese vibrierende Vitalität ... Natürlich, das hatte er nur getan, um sie zu erschrecken und in die Flucht zu schlagen. Es war ihm ja auch gelungen. Trotzdem sehnte sie sich nach ihm. Der Appetit war ihr vergangen, und sie legte ihr Besteck beiseite.

»Nach dem Dinner will ich aufbrechen«, hörte sie ihn sagen. »Wenn ihr mich jetzt entschuldigen würdet — ich muß noch ein paar Sachen packen. Jennifer, hilf deinem Vater. Dann erzähle ich dir eine Geschichte und bringe dich ins Bett.«

»Bleib doch noch hier, James«, bat Tara, und Jarrett ergriff ihre Hand.

»Vielleicht hat er etwas Wichtiges zu erledigen.«

»Miss Warren ...« Teela schaute zu James auf, der plötzlich vor ihr stand. »Es war mir ein Vergnügen, Sie kennenzulernen, und ich werde um Ihre Sicherheit beten.«

»Danke«, erwiderte sie höflich, »auch ich will für Sie beten.«

Gefolgt von Jennifer, verließ er das Zimmer, und Teela starrte auf ihren Teller hinab. Ein Glück, daß er abreisen wollte! Sonst würde sie womöglich etwas Ungeheueres tun ...

Was?

Das wußte sie nicht. Es spielte ohnehin keine Rolle. Vermutlich würde sie ihn nie wiedersehen — und nie mehr empfinden, was er in ihr entfacht hatte. Tränen brannten in ihren Augen.

»Alles in Ordnung, Miss Warren?« fragte Jarrett leise.

»Ja, ich bin nur müde.«

»Wenn Sie sich zurückziehen möchten, würden wir's verstehen«, versicherte Tara.

Erleichtert nickte Teela und stand auf. »Vielen Dank für Ihre Gastfreundschaft. Es ist so wundervoll auf Cimarron.«

»Oh, wir freuen uns sehr, daß Sie sich bei uns wohl fühlen.«

Teela zwang sich zu einem Lächeln. Dann flüchtete sie in ihr Schlafzimmer hinauf, zog sich aus und schlüpfte in ihr Nachthemd. Rastlos wanderte sie umher, hörte Schritte im Flur, Männerstimmen im Nebenraum. Offensichtlich nahmen die Brüder Abschied voneinander.

Wie kann Jarrett ihn gehen lassen, fragte sie sich erbost. Hinaus ins gefährliche Kriegsgebiet? Aber wie sollte er ihn zurückhalten?

Nach einer Weile verstummten die Stimmen, und Teela rannte auf den Balkon. Ehe ihr bewußt wurde, was sie tat, betrat sie James' Zimmer. Es war allem Anschein nach leer.

Schluchzend kehrte sie in ihr eigenes Schlafzimmer zurück, sank aufs Bett und verfluchte ihre Tränen. Um sie hinunterzuschlucken, kniff sie krampfhaft die Lider zusammen.

Als sie die Augen wieder öffnete, stockte ihr Atem. Sie blinzelte verwirrt und richtete sich auf.

Vom Silberglanz des Vollmonds eingehüllt, stand er in der Balkontür, breitschultrig und halb nackt. Er war im Licht und sie im Dunkel. Trotzdem glaubte sie, er müßte das Staunen in ihrem Blick lesen, während sie nichts von seinem Gesicht sah.

Eine Ewigkeit schien zu verstreichen, während er reglos dastand. Und dann kam er zu ihr. Angstvoll sprang sie aus dem Bett, doch das nützte ihr nichts. Er umklammerte ihre Arme, riß sie an seine nackte Brust, und durch den dünnen Stoff ihres Nachthemds spürte sie seine fieberhafte Hitze.

»Dazu haben Sie kein Recht ...«, würgte sie hervor. »Sie können nicht einfach hier eindringen ...«

Ein verzehrender Kuß verschloß ihr den Mund.

»Gerade warst du in meinem Zimmer«, flüsterte er. »Warum?«

»Um mich zu verabschieden.«

»Lügnerin! Du wolltest mehr, viel mehr.«

»Nein ...«

»Doch. *Das* wolltest du ...« Und er küßte sie wieder, fordernd und begierig, unwiderstehlich.

Mit beiden Fäusten trommelte sie gegen seine Brust. Aber dann öffnete sie ihre Finger und berührte die harten Muskeln. Sie konnte kaum atmen.

Dieses Gefühl kannte sie bereits. Alles in ihr schien zu zittern, als seine Zunge in ihren Mund eindrang, heiß und aufreizend, und ihr die letzte Widerstandskraft nahm. Jetzt kämpfte sie nicht mehr, protestierte nicht, erwiderte den Kuß mit gleicher Glut, schien in seinen Armen zu brennen ...

Ein Teil ihres Verstandes kehrte zurück, und sie wollte ein *Nein* flüstern. Doch es hätte nichts bedeutet. Sie verstand James' wilde Leidenschaft nicht. Beinahe fürchtete sie sich davor, aber ihre Weigerung wäre eine Lüge gewesen. Daß er sie halb und halb haßte und wie ein nächtlicher Sturm zu ihr gekommen war, störte sie nicht.

Nur eins wußte sie — auf unerklärliche Weise gehörte sie zu ihm, und plötzlich glaubte sie, ihr ganzes bisheriges Leben hätte diesem einen Augenblick entgegengestrebt.

»Heute abend wollte ich das Haus meines Bruders verlassen.« Sein Flüstern war eine heisere Liebkosung an ihrer Wange. »Vielleicht mit dir ... Aber du gehörst in dieses Haus, ins weiche Bett eines weißen Mannes, mit sauberen Laken und Daunenkissen.«

Seine Lippen glitten an ihrem Hals hinab, und sie wollte ihm erklären, sie würde gar nichts brauchen, ein Lager aus Erde und Gras wäre genug, wenn er sie nur festhielt. Und noch etwas brauchte sie — ihren Verstand. Doch den hatte sie verloren, ebenso wie die Kraft, James zu bekämpfen und sich seiner spöttischen Verachtung zu entsinnen.

Plötzlich ließ er sie los, und sie hörte, wie er die Bettdecke beiseite riß. Beide wurden nun von Mondstrahlen beleuchtet, und sie sah sich selbst im hohen Drehspiegel, die Konturen ihres Körpers unter dem dünnen Nachthemd, die Brüste unter der Spitzenborte am tiefen Ausschnitt. Alles war weiß, das Hemd, ihre Haut — nur weiß, bis auf die dunkelroten Locken, die über ihren Rücken herabhingen.

James wandte sich wieder zu ihr. Im schwachen Licht schimmerte seine Haut wie Kupfer. Das pechschwarze Haar, sonst im Nacken zusammengebunden, fiel auf die breiten Schultern. Nur die engen Breeches bedeckten seinen Körper. Das Spiegelbild schien die Unterschiede zwischen ihnen noch zu betonen, seine Größe und Kraft, ihre Zierlichkeit und Schwäche.

Dann trat er zu ihr, umfaßte ihre Arme, und das blaue Feuer seiner Augen drohte sie zu verzehren.

»Warte!« wisperte sie.

»Willst du das wirklich? Du hast mit mir gespielt und mich herausgefordert. Jetzt bin ich hier. Möchtest du mich zurückweisen?«

Krampfhaft schluckte sie, versuchte sich abzuwenden von der Hitze, die ihren ganzen Körper zu verbrennen schien.

Sie hielt den Atem an, als er die Spitzenborte an ihrem Ausschnitt ergriff und das Hemd mitten entzwei riß. Leise raschelnd glitt der Baumwollstoff an ihrer Haut hinab, zu Boden. Teela merkte kaum, daß sie nackt war. Von starken Armen hochgehoben, sank sie aufs Bett, und dann lag James' starker Körper auf ihrem, seine Finger umschlossen ihre Handgelenke.

»Nein«, stöhnte sie, »ich lasse mich nicht verspotten ...«

»Ich selbst bin es, den ich verspotte«, flüsterte er. »Weil ich Cimarron heute nacht nicht verlasse. Weil ich *dich* nicht verlasse. Der Falter hat sich zu nahe an die Kerzenflamme herangewagt.«

6

In dieser Nacht schien keine Wirklichkeit zu existieren. Seit er gesehen hatte, wie sie in sein Zimmer geeilt war — ein verirrter, mutwilliger Engel im schneeweißen Hemd, mit glutrotem Haar, konnte er keinen klaren Gedanken mehr fassen.

Nur ein Instinkt hatte ihn in den Nebenraum getrieben und gedrängt, das jungfräuliche Weiß von ihrem Körper zu reißen und mit ihr aufs Bett zu sinken. Natürlich hätte er nicht hierherkommen dürfen ...

Nein, er wollte nicht denken, nur fühlen, das Verlangen stillen und sich befreien von der seidenen Fessel, die Teela um ihn zu schlingen schien. Doch er wußte schon jetzt, daß er danach nicht frei sein würde — nur noch fester mit ihr verbunden.

Sanfter Mondschein erfüllte das Zimmer und trug eine milde Brise herein, ein seltsames, drängendes Flüstern. Mit einer Hand umfaßte er Taras Unterarme und preßte sie hinter ihrem Kopf ins Kissen, mit der anderen streichelte er die seitliche Wölbung einer Brust. Im silbernen Licht beobachtete er ihre Augen und sah, wie sich das Smaragdgrün verdunkelte. Kein Laut kam über ihre Lippen, und er küßte sie wieder, spürte ihre zarte Haut, ihre weichen Schenkel zwischen seinen.

Dann hob er den Kopf. Wie gebannt betrachtete er ihr

Gesicht, die hohen Wangenknochen, die gerade kleine Nase, das zierliche Kinn. Und diese verführerischen Augen, die keine Furcht verrieten. Die leicht geöffneten Lippen glänzten feucht im bleichen Mondlicht, die Brustwarzen wirkten fast so dunkelrot wie ihr Haar. Als er eine Knospe in den Mund nahm, rang Teela nach Atem.

Seine Lippen wanderten nach unten, über ihren Bauch. Jetzt hielt er ihre Handgelenke nicht mehr fest, umfaßte ihre Hüften, und ihre Finger vergruben sich in ihr Haar. Sie bebte am ganzen Körper. Aber sie schwieg, und sie versuchte nicht, ihn abzuwehren.

Auf einen Ellbogen gestützt, schaute er wieder in ihr Gesicht. Die Lider waren geschlossen, dunkle Wimpern beschatteten die Wangen. Langsam glitt James' Blick über die wohlgerundeten Brüste und den flachen Bauch, bis zu dem dunkelroten Dreieck zwischen ihren Beinen, das er nun berührte.

Da öffnete sie die Augen, und er neigte sich rasch hinab, um sie zu küssen, während er sie immer intimer liebkoste und erforschte, spielte seine Zunge betörend mit ihrer.

Er begehrte sie so sehr. Überall wollte er sie berühren und kosten, ihren Duft einsaugen. Nie zuvor hatte er eine so intensive Sehnsucht gekannt. Und er konnte nicht länger warten. Ungeduldig schob er ihre seidigen Schenkel auseinander und drang in sie ein.

Sie schrie nicht, stieß nicht einmal einen schwachen Laut hervor. Wie erstarrt hielt er inne. Warum war er so sicher gewesen, sie hätte ihre Unschuld bereits verloren? Heller Zorn stieg in ihm auf — gegen Teela, die ihn viel zu kühn herausgefordert hatte, gegen sich selbst, weil er in ihren Bann geraten war.

Doch seine Wut bedeutete gar nichts, verglichen mit der wilden Lust, die ihn beherrschte. Er zwang sich, still zu liegen, bis sie den Schmerz überwand. Auf beide Hände gestützt, schaute er in ihr Gesicht hinab. Ihre Augen blieben geschlossen, und sie rührte sich nicht. Aber in ihrem Hals pochte ein heftiger Puls.

James wollte etwas sagen, fand nicht die richtigen Worte. Und so stöhnte er nur. Vorsichtig drang er tiefer in sie ein. Wie heiße, flüssige Seide schien sie ihn zu umschließen. Er versuchte, sich langsam zu bewegen und Teela zu verführen. Statt dessen verführte sie ihn. Er streichelte ihre Hüften, beschleunigte seinen Rhythmus. Leise schrie er auf, vergaß den Krieg, vergaß die Welt, vergaß alles. Blendendes Licht schien zu bersten und nahm ihm den Atem ...

Danach lag er reglos neben ihr. Wie rasend hämmerte sein Herz gegen die Rippen. Es dauerte lange, bis er sich zu ihr wandte. Inzwischen hatte sie ihm den Rücken gekehrt. Er stützte sich auf einen Ellbogen und betrachtete ihren wohlgeformten Körper. Immer wieder würde er sie begehren. Sie hatte irgend etwas berührt, tief in seinem Innern, und sie glich einer Droge, die ein Mann nicht kosten durfte, ohne sich einer übermächtigen Sucht auszuliefern. Was zum Teufel war nur los mit ihm? Inmitten des Krieges hatte er mit einer weißen Jungfrau geschlafen! Michael Warrens Tochter! Dabei konnte nichs Gutes herauskommen. »Teela ...«

»Bitte — entschuldige dich nicht!« wisperte sie.

»Das hatte ich auch gar nicht vor.« Er griff nach ihrer Schulter, drehte sie zu sich herum und schaute forschend in ihre Augen. Kein einziges Mal hatte sie geschrien, nicht einmal gestöhnt. Vielleicht sollte er sich doch entschuldigen. Aber nicht jetzt. »Würdest du mir endlich verraten, was du in meinem Zimmer zu suchen hattest?«

»Wieso interessiert dich das jetzt noch? Du hast doch bekommen, was du wolltest.«

»Oder eher *du!*« Eisern hielt er ihre Schulter fest. »Welches Ziel verfolgst du? Möchtest du den Zorn deines Vaters erregen und ihn veranlassen, mich zu ermorden? Vielleicht lieferst du ihm einen weiteren verdammt guten

Grund zu behaupten, wir Indianer seien Heiden und Tiere und würden den Tod verdienen.«

»Was hat Michael Warren damit zu tun?« fauchte sie. Unter ihren Wimpern glänzten Tränen. »Laß mich los!«

»Nein.«

»Oder ich schreie!«

»Wenn du glaubst, mein Bruder würde mich aufhängen, irrst du dich.«

»Ich will doch nur meine Ruhe.«

»Dafür ist es zu spät.«

»Keineswegs. Du müßtest nur in dein Zimmer hinübergehen.«

Entschieden schüttelte sie den Kopf. »Wie ich bereits sagte — heute nacht bleibe ich bei dir.«

»Hier bist du nicht willkommen.«

»Das hören die Seminolen sehr oft. Wir haben gelernt, dergleichen zu ignorieren.« Er schlang seine Finger in ihr zerzaustes Haar. »Wieso hast du dich nicht gewehrt?«

»Warum bist du zu mir gekommen?« fragte sie ausweichend.

»Ist das nicht offensichtlich? Der Wilde hat beschlossen, die Tochter des weißen Mannes zu überfallen.«

»Jetzt bist du sarkastisch und bitter.«

»Verzeih mir. Ich werde versuchen, edlere Gefühle zu entwickeln, wenn ich das nächste Mal mit ansehe, wie die Army ganze Indianerdörfer ausrottet.«

»Auch ihr habt Frauen und Kinder getötet.«

»Ich niemals.«

»Aber deine Leute.«

Das konnte er nicht leugnen. Ein langes Schweigen entstand. Schließlich wiederholte er seine Frage. »Warum warst du in meinem Zimmer?«

»Ich — weiß nicht . . . Vermutlich wollte ich . . .«

»Was?«

»Dich.«

»Eine Rothaut?«

Teela seufzte ärgerlich. »Nein — *dich!* So einfach ist das, James. Da kannst du hineingeheimnissen, was dir beliebt, den Krieg und das ganze Indianerproblem — mehr habe ich nicht zu sagen. Und wenn du jetzt so freundlich wärst ...«

»Willst du allein bleiben, um deine Wunden zu lecken?«

»Ja, vielleicht.«

»Aber ich gehe nicht.«

»Du mußt ...«

»Noch nicht.« Er neigte sich zu ihr, küßte ihren Mund, ganz sanft, ließ seine Lippen an ihrem Hals hinabgleiten. Als ihr Atem stockte, hielt er inne. Behutsam breitete er die dunkelroten Locken über ihren Brüsten aus und liebkoste die zarten Knospen. Ihre Finger gruben sich in seine Schultern, während er ihre Hüften streichelte, die Innenschenkel.

Aufreizend folgte sein Mund den Spuren seiner Hände, und sie wand sich atemlos umher. Das Mondlicht wirkte fast magisch und ließ ihre verschleierten Augen glänzen. Nun verführte er sie nach allen Regeln der Kunst. Er entschuldigte sich nicht. Das würde sein Stolz niemals erlauben. Nein, er wollte sie auf andere Weise für den Schmerz entschädigen, den sie so tapfer ertragen hatte. Wenn der rotgoldene Morgen heraufdämmerte, sollte sie nicht mehr an jene leidvollen Minuten denken.

»Bitte«, flüsterte Teela. Sie warf den Kopf hin und her. Feurig schimmerte ihr Haar auf dem weißen Kissen.

Vor dem letzten sinnlichen Angriff betrachtete er ihr Gesicht, die geschlossenen Augen. Dann beugte sie sich hinab, seine Zunge teilte das rötliche Kraushaar zwischen ihren Schenkeln. Er hörte ihren halb erstickten Schrei, und sie versuchte sich aufzurichten. Doch er hielt ihre Hände fest und kannte keine Gnade. Teelas verzweifeltes Flehen stieß auf taube Ohren. Was immer er von ihr fordern mochte, seinen Befehlen würde sie nicht gehorchen, aber er wollte sie zu einer gewissen Kapitulation zwingen

— selbst wenn er damit seine eigene Begierde unerträglich steigerte. Er würde warten, ihre Glut schmecken, die süße Qual genießen, die er ihr bereitete.

In wilder Ekstase bäumte sie sich auf, und er spürte die heftige Erschütterung, die ihre Adern durchströmte, das Glück ihrer Erlösung. Rasch drang er in ihre feuchte Wärme ein und begann sich sofort in ihr zu bewegen, denn er wußte, daß er ihr keine Schmerzen mehr zufügte. Er küßte ihre bebenden Lippen, die er ebenso hungrig und sehnsüchtig vereinnahmte wie ihren ganzen Körper. Schon nach wenigen Sekunden erreichte er einen überwältigenden Höhepunkt, der auch Teela zu einem neuen Gipfel emportrug. Er drückte sie fest an sich, bis ihr heftiges Zittern verebbte.

Dann lag er neben ihr und hielt sie in den Armen. Ihr Rücken schmiegte sich an seine Brust, und es dauerte eine Weile, bis sie ruhiger atmete. Jetzt protestierte sie nicht mehr gegen seine Anwesenheit. Er fragte sich, ob sie weinte, ob er ihr zuviel zugemutet hatte. Mochte es auch ihr Wunsch gewesen sein, er könnte eine Grenze überschritten haben. Das würde er niemals erfahren. Wenn Teela weinte, würde sie ihm ihre Tränen nicht zeigen.

Er schloß die Augen. Warum verspürte er einen plötzlichen Schmerz in seinem Herzen? Seit Naomis Tod hatte er mit vielen Frauen geschlafen, mit weißen und mit Indianerinnen. Aber niemals mit einer Jungfrau — niemals mit einem Mädchen wie Teela. Jene anderen hatte er einfach genommen, weil sie verfügbar gewesen waren. Er erinnerte sich kaum an einen Namen oder ein Gesicht.

Und nachher hatte er keine einzige im Arm gehalten, die ganze Nacht lang. Diese neue Erfahrung beunruhigte ihn. Vergeblich versuchte er, seine Gefühle zu ergründen. Nur eins wußte er — daß er besessen war. Und verrückt.

Während er zur Zimmerdecke hinaufstarrte, spürte er, wie sich Teelas Körper entspannte. Offenbar war sie eingeschlafen. Er rückte ein wenig von ihr ab und betrachtete sie im Mondschein. »Heute nacht hast du uns beide ins Höllenfeuer geworfen«, klagte er sie leise an. Sie rührte sich nicht. Vorsichtig strich er über ihre Wange, ertastete feuchte Spuren, verfluchte sie, verfluchte sich selbst. Und dann zog er sie wieder an sich. Was immer die Zukunft ihnen bringen mochte, bis der neue Tag anbrach, mußte er sie festhalten.

Als es an der Tür klopfte, öffnete Teela die Augen. James lag neben ihr, auf einen Ellbogen gestützt. Vermutlich war er schon vor einiger Zeit erwacht. Nun sah er sie abwartend an und lächelte.

»Oh!« rief sie, setzte sich auf und versuchte das Laken um ihren nackten Körper zu ziehen. Aber es war unter James Hüfte festgeklemmt, und er dachte gar nicht daran, beiseite zu rutschen. Boshaft beobachtete er ihre Bemühungen, und sie fragte sich, ob sie mit einem blauäugigen Teufel geschlafen hatte. Das helle Tageslicht verwirrte sie. Im Dunkel hätte sie sich noch eine Zeitlang einreden können, alles wäre ein Traum gewesen.

Die Ereignisse dieser Nacht erschienen ihr unglaublich. Doch sie hatte nicht geträumt, und diese Gewißheit trieb ihr die Schamröte ins Gesicht. Sicher, James würde immer und überall seinen Willen durchsetzen, aber sie hatte es selbst gewünscht. Vielleicht unbewußt. Was geschehen war, hatte sie nicht beabsichtigt. Trotz der Gefühle, die er in ihr erregte — vom ersten Augenblick an. Und jetzt, wo sie seinen athletischen bronzebaraunen Körper betrachtete, empfand sie nur Verlegenheit — keine Reue. Ja, sie hatte ihn begehrt, ohne zu bedenken, was sie in seinen Armen erleben mochte. Niemals hätte ihre Fantasie ausgereicht, um jene betörende, übermächtige Leidenschaft heraufzubeschwören.

Wieder klopfte es an der Tür. »Bitte!« wisperte Teela verzweifelt. Wenn sie auch nichts bedauerte, sie wollte nicht ertappt werden. Warrens Tochter, mit einem Indianer im Bett — unmöglich!

»Hier ist Jeeves, Miss Warren«, rief eine sanfte Stimme, »ich bringe Ihnen den Tee! Mrs. McKenzie möchte heute morgen ausreiten, und sie dachte, vielleicht möchten Sie mitkommen. Verzeihen Sie, wenn ich Sie geweckt habe.«

Hastig sprang sie aus dem Bett, hob ihr Nachthemd vom Boden auf und sah, daß es zerrissen war. Sie wandte sich zu James, der immer noch lächelte und starrte ihn entrüstet an. Wenigstens war er inzwischen aufgestanden. Er schlüpfte in seine Breeches. Lautlos durchquerte er das Zimmer und öffnete den Schrank, in den ein Dienstmädchen Teelas Sachen gehängt hatte, warf ihr einen Morgenmantel zu und trat auf den Balkon hinaus. Am liebsten hätte sie die Tür hinter ihm verriegelt. Da hörte sie wieder Jeeves' Stimme. »Miss Warren?«

»Ja, ja ...« Sie zog den Morgenmantel an und ließ den Butler herein. »Stellen Sie das Tablett auf den Tisch. Vielen Dank. Und richten Sie Mrs. McKenzie bitte aus, ich würde sehr gern mit ihr ausreiten.«

»Sehr wohl, Miss Warren«, antwortete er und ging zur Tür. Auf der Schwelle blieb er zögernd stehen. »Mr. McKenzie ...«, begann er, den Rücken zu Teela gewandt.

Verwundert spähte sie an ihm vorbei und erwartete, Jarrett im Flur zu sehen. Aber dort war er nicht. Der Butler sprach auch nicht mit dem Hausherrn, sondern mit dem jüngeren McKenzie, der auf dem Balkon stand.

»Ich war so frei, zwei Tassen mitzubringen. Ihrem Bruder und Ihrer Schwägerin habe ich bereits mitgeteilt, sie hätten Cimarron letzte Nacht nicht verlassen. Da ich Sie heute morgen nicht in Ihrem Zimmer antraf, dachte ich, vielleicht hätten Sie beschlossen, mit Miss Warren zu frühstücken. Verzeihen Sie die Störung. Aber der ganze Haushalt ist bereits auf den Beinen ...«

Endlich verschwand er, und Teela starrte die Tür an, die er geschlossen hatte.

Als sie leise Schritte hörte, drehte sie sich um. James kehrte ins Zimmer zurück.

»Oh, mein Gott!« flüsterte sie.

Seelenruhig setzte er sich an den Tisch und griff nach einer Toastscheibe. »Jeeves ist die personifizierte Diskretion. Also mußt du nicht befürchten, er könnte deinen Ruf ruinieren.«

»Mein Ruf ist mir egal!«

»So?« fragte er herausfordernd, mit kühler Stimme.

»Du hast kein Recht, mich zu verurteilen!«

»Wenn dir dein Ruf nichts bedeutet, warum bist du dann so erschrocken?«

Statt zu antworten, stöhnte sie gequält.

Er sprang auf, packte ihr Handgelenk und zog sie zum Tisch. »Würdest du dich setzen?« bat er und drückte sie auf den zweiten Stuhl. »Soll ich den Tee nun einschenken?«

»Danke, das kann ich selber.«

»Wunderbar! Für mich mit Sahne und Zucker. Welch ein Luxus! In meinem normalen primitiven Alltag begnüge ich mich mit schwarzem Zichorienkaffee.«

»Würdest du damit aufhören?« zischte sie.

Während sie den Tee eingoß, zitterten ihre Finger nur ganz leicht. Mechanisch fügte sie Sahne und Zucker hinzu und wollte ihm seine Tasse reichen. Doch dann erstarrte sie, und alle Farbe wich aus ihrem Gesicht.

James folgte ihrem Blick zum schneeweißen Leintuch, das die Flecken ihrer verlorenen Unschuld zeigte. Zu ihrer Verblüffung stand er auf, zerrte das Laken vom Bett und knüllte es zusammen. Er warf es zu Boden, öffnete vorsichtig die Tür und schlich in den Flur. Verwirrt starrte sie ihm nach. Hatte er den Verstand verloren?

Wenig später kehrte er zurück, ein sauberes, gefaltetes Leintuch in der Hand. Er breitete es auf der Matratze aus, dann setzte er sich wieder an den Tisch und nahm einen Schluck Tee. »Bedauerlicherweise kann ich nicht gut Betten machen. Meistens schlafe ich auf Kiefernnadeln. Vielleicht solltest du das Laken etwas glatter ziehen.«

Wortlos nickte sie und kämpfte mit den Tränen. Was für ein seltsamer Mann ... Eben noch hatte er sie kaltschnäuzig verspottet, vielleicht sogar gehaßt, und nun bemühte er sich so rührend um sie. Plötzlich kam sie sich wie eine verwöhnte Südstaatenschönheit vor, die aufregende Abenteuer suchte — aber ohne lästige Konsequenzen.

»Tut mir leid«, sagte er leise und überraschte sie schon wieder. »Letzte Nacht hätte ich dir nicht in dein Zimmer folgen dürfen. Was ich tat, war nicht richtig. Könnte ich die Zeit zurückdrehen ...«

Entschlossen hob sie das Kinn. »Auch dann wäre es geschehen. Weil ich's wollte.«

»Und was wird dein junger Verlobter dazu sagen?«

»Ich bin nicht verlobt.«

»Offenbar ist Colonel Warren anderer Ansicht.«

»Oh, Colonel Warren hat sich schon sehr oft im Irrtum befunden.«

Unbehaglich runzelte er die Stirn. Erst jetzt wurde ihm bewußt, daß er einen Freund verraten hatte. »John Harrington ist ein guter, anständiger Mann.«

»Daran zweifle ich nicht. Aber was hat das mit uns zu tun?«

»Verdammt, Teela!« fluchte er, stand auf und ging zur Balkontür. »Was soll nun geschehen? Ich bin nicht Harrington. Und du hast keine Indiskretion mit einem ehrenwerten jungen Offizier begangen. Selbst wenn du in jungfräulichem Weiß vor den Traualtar trittst, läßt sich der Schaden nicht beheben.«

Empört stand sie auf. »Ich verlange nichts von dir. Also brauchst du dich nicht um mich zu kümmern.«

»Hat diese eine Nacht genügt, um deine Neugier zu befriedigen? Kann ich reinen Gewissens in meinen Sumpf zurücklaufen?«

»Wohin du gehst, ist mir egal. Nur um eins bitte ich

dich — verlaß dieses Zimmer so schnell wie möglich, da du's nur darauf anlegst, mich zu beleidigen.«

Er kam zu ihr zurück und legte die Hände auf ihre Schultern. »Hören wir auf mit diesem albernen Spiel! Was uns verbindet, ist viel zu stark ...« Seine Stimme erstarb. Leidenschaftlich preßte er seinen Mund auf ihren. Sie wollte ihn wegstoßen, wollte ihn hassen. Statt dessen wurde sie von einem wilden Verlangen erfaßt, das alle anderen Gefühle verdrängte. Abrupt ließ er sie los. »Oh, verzeih — du hast mich doch aufgefordert, dein Zimmer zu verlassen, nicht wahr? Deshalb will ich berücksichtigen, daß ich ein halber Weißer bin, und mich einigermaßen zivilisiert benehmen.« Er verbeugte sich spöttisch, hob das zusammengeknüllte Leintuch auf und verschwand durch die offene Balkontür.

7

»Eigentlich dachte ich, wir hätten uns gestern abend verabschiedet«, bemerkte Jarrett, als er die Bibliothek betrat.

James, der hinter dem Schreibtisch seines Bruders saß, trug ein weißes Hemd und dunkle Breeches. Nur die Rehlederstiefel wichen von der neuesten europäischen Mode ab. Die gekreuzten Füße auf der Tischplatte, hielt er einen Cognac-Schwenker in der Hand, ließ die bernsteinfarbene Flüssigkeit kreisen und starrte vor sich hin.

Ehe er antworten konnte, fügte Jarrett rasch hinzu: »Natürlich freut's mich, daß du noch da bist. Jedesmal, wenn du davonreitest, fürchte ich, dich nie wiederzusehen.«

»Danke«, erwiderte James lächelnd und prostete ihm zu. »Du bist ein verdammt guter Bruder.«

Jarrett setzte sich auf die Tischkante. »Warum so nachdenklich?«

»Manchmal glaube ich ...«, James unterbrach sich und

suchte nach Worten, »... irgendwie würde ich's schaffen, meine Rolle zu spielen, meinem Gewissen zu folgen und unbeschadet aus alldem herauszukommen — vielleicht sogar mit klarem Verstand. Im Grunde geht's mir nicht schlecht. In deinem Haus erwartet mich stets ein weiches Bett, ich kann mich satt essen, und aus den Ländereien, die uns gemeinsam gehören, beziehe ich ausreichende Einkünfte. Hier sitze ich in deinem schönen Ledersessel und muß nicht befürchten, ich könnte in den Rücken geschossen werden, wenn ich die schöne Aussicht auf den Rasen und den Fluß bewundere. Und dann reite ich wieder mit den Kriegern, die ihre Familien wieder einmal in neue Lager bringen müssen, sehe Kinder, die bis zum Skelett abgemagert sind, und ich kann sie unmöglich alle ernähren ... So gern ich auch auf Cimarron bleiben würde — ich kann Mary und meine Kindheit nicht vergessen.«

»Kein Tag vergeht, wo ich mich nicht um deine Mutter sorge«, beteuerte Jarrett.

»Natürlich, du bist ein ebenso guter Sohn wie ich. Aber du kannst nichts an der Tatsache ändern, daß du ein Weißer bist. Das bin ich nicht, und ich kann es genausowenig ändern. Niemals werde ich mein Volk und meine Freunde vergessen. Wenn die weißen Soldaten unsere Dörfer bedrohen, kämpfe ich zwischen den Fronten. Stets bemühe ich mich, nichts von alldem zu verleugnen, was in mir steckt. Ich mache Konversation mit deinen Dinnergästen, bin der faszinierende Exot auf deinen Parties, verhandle mit amerikanischen Generälen und Indianeragenten. Besser als sonst jemand kann ich Wahrheit und Lüge in den Versprechungen auf beiden Seiten unterscheiden. Aber ich fürchte, bald wird's mich meine Seele kosten.«

Jarrett starrte seinen Bruder an. »Jetzt brauche ich auch einen Cognac.« Er ging zu einem kleinen Tisch, wo Karaffen und Gläser standen. Einen gefüllten Schwenker in der Hand, lehnte er sich an den Schreibtisch. »Allzulange kann's nicht mehr dauern.«

»Das dachten wir auch damals, als der Friedensvertrag von Moultrie Creek nicht einmal das Pergament wert war, auf dem er geschrieben wurde. Es gab zuviel Indianerland, das den Weißen ins Auge stach. Wiley Thompson legte Osceola in Ketten, Osceola ermordete Thompson, Dade und seine Leute wurden massakriert — und jetzt macht mir General Thomas Sydney Jesup angst, der die Rothäute mit aller Macht von Tampa Bay zum Withlacoochee treiben will. Er weiß, wie viele Soldaten er braucht, um seine Forts und Depots zu halten und den Feind in den Sumpf zu folgen. Immer wieder hat er Schwierigkeiten mit der Miliz und den Freiwilligen aus den Südstaaten. Die stürzten sich mutig in den Kampf. Und dann verloren sie die Nerven, sobald sie in der nächtlichen Wildnis die Eulen kreischen und die Wölfe heulen hörten.« Seufzend schüttelte James den Kopf. »In diesem Frühling unterzeichneten viele Krieger den Vertrag und glaubten, sie würden Micanopys Wunsch erfüllen. Und dann attackierten ihn *eure* Zeitungen, weil er die Freiheit der Indianer *und ihrer Verbündeten* im Westen forderte. Diese Verbündeten sind die Neger, die hier freie Männer sind oder von Indianern versklavt wurden. Zu viele Weiße wollen ihre Schwarzen wiederhaben.«

»Unter den Seminolen gibt es viele schwarze Truppen«, betonte Jarrett. »Und die Weißen fürchten, ihre einstigen Sklaven würden sie in den Städten und Dörfern angreifen.«

»Ja, ich weiß. Aber kannst du's den ehemaligen Sklaven verübeln, die endlich ihre Freiheit genießen? Wer will sie freiwillig aufgeben, nachdem er sie gewonnen hat?«

»Niemand. Das habe ich meinen Freunden in Politik und Militär bereits erklärt. Aber Jesup erzählte, die Order bezüglich der entlaufenen Sklaven sei direkt aus Washington gekommen.«

»Ach ja, Heeresminister Poinsett — in Präsident Martin Van Burens Kabinett, Protegé des früheren Ministers Andy Jackson ... Nun, er hat nie verhehlt, was er von den Rothäuten hält.«

»Infolge der derzeitigen Stimmung im Land hat Washington keine Wahl. Die Zahl der Abolitionisten, die sich für die Abschaffung der Sklaverei einsetzen, wächst zusehends. Aber die werden uns hier im Süden nicht viel nützen. Außerdem ist das Thema im Capitol ziemlich umstritten.« Jarrett schwieg nachdenklich, dann fragte er: »Bleibst du noch eine Weile hier? Ich würde mich freuen.«

»Nicht mehr lange. Ich muß mich um die Seminolen kümmern, die ins Fort Brooke kommen wollen, und sichergehen, daß sie die Auswanderungsbestimmungen verstehen. Außerdem will ich mit Osceola reden ...«

»Der diesen Krieg bis in alle Ewigkeit weiterführen wird«, fiel Jarrett seinem Bruder ins Wort.

James starrte zögernd in sein Cognacglas. »Keine Ahnung ... Es geht ihm nicht gut.«

»Ist er krank?«

»Er hatte Fieber, und in letzter Zeit sah er schlecht aus. Nun frage ich mich, ob er seine Macht allmählich verliert.«

»Glaub mir, die weißen Soldaten erschauern immer noch, wenn sie seinen Namen hören.«

»Osceola ist ein seltsamer Mann. Faszinierend, charismatisch, von einigen Seminolenhäuptlingen ebenso gefürchtet wie von der Army. Manche Indianer respektieren ihn, andere wünschen sich einen traditionsbewußteren Anführer. Wie ich zugeben muß, bewundere ich ihn, aber ich weiß, daß er oft falsch gehandelt hat. Trotzdem muß ich zu ihm zurückkehren und an seiner Seite reiten. Wenn er verhandeln will, werde ich in seinem Namen sprechen. Täglich bete ich zu Marys Großem Geist und zum Gott unseres Vaters, das Grauen möge ein Ende finden. Doch es wird noch lange dauern. Dagegen kann ich nichts tun.«

»James, du hast schon mehr als genug getan. Du warst deinem und unserem gemeinsamen Erbe treu. Was immer auch geschehen mag, du wirst deine Seele retten.«

Lächelnd hob James sein Glas. »Du bist wirklich ein guter Bruder.« Nachdem sie miteinander angestoßen hatten, stand er auf und trat ans Fenster. »Wie ich das alles hasse! Aber ich bete unverdrossen für die Zukunft, für andere Zeiten, ein anderes Leben ... Ah, Tara reitet aus. Hoffentlich ist sie vorsichtig.« Er drehte sich zu seinem Bruder um. »Weiß sie, wie weit sie sich wagen darf?«

»Natürlich. Sie verläßt niemals unser Grundstück.«

»Warrens Tochter begleitet sie.«

»Hm ...« ärgerlich runzelte Jarrett die Stirn.

»Hör mal, ich habe mich schon bei dir entschuldigt, nachdem ich auf deiner Party so unhöflich zu ihr war.«

»Hast du dich auch bei ihr entschuldigt?«

»Nun, ich habe ihr einiges erklärt«, antwortete James mit gepreßter Stimme.

»Wenn du hierbleibst, sollten wir den Frauen nachreiten. Und du könntest Miss Warren höflich begegnen. Mir zuliebe.«

»Versprochen.«

Entzückt betrachtete Teela die Eichen, von deren Ästen das Moos zu den Bächen hinabhing, und den gepflegten Rasenhang am Fluß. Während sie über Weiden und Felder ritten, zeigte ihr Tara die vielen verschiedenen Pflanzen, die Ottern im Wasser, die zwitschernden bunten Vögel. Sie erklärte auch, wo Robert Trent wohnte, der nächste Nachbar, und welcher Weg zum Dorf ihres Schwagers führte. »Da gibt's jetzt nicht mehr viel zu sehen. Ein paar Hütten stehen noch. Aber James hat die Leute, die nicht im Kampf oder am Fieber gestorben sind, woandershin geführt.«

»Seine Frau wurde nicht von Soldaten getötet, nicht wahr?«

»Nein, vom Gelbfieber. Er hat schmerzlich um Naomi und seine kleine Tochter Sara getrauert. Hätte Jennifer nicht überlebt, würde ihm sein Leben sicher sinnlos erscheinen. Natürlich steht er auch seinem Bruder sehr nahe.«

Bedrückt starrte Teela auf den überwucherten Weg, dem sie folgten. James schien seine tote Frau immer noch zu lieben. Die Weißen hatten sie zwar nicht ermordet, aber sie war diesem schrecklichen Krieg zum Opfer gefallen. Kein Wunder, daß er die Tochter des Mannes haßte, der so viele Greueltaten verschuldete ... Trotzdem war James letzte Nacht zu ihr gekommen. Bei dieser Erinnerung brannten ihre Wangen, und sie wandte sich rasch von Tara ab. Nie wieder würde sie ein so süßes Glück genießen, eine so wilde Leidenschaft. Heute reitet er davon, dachte sie schweren Herzens. Wie sollte sie ihn jemals vergessen?

»Wenn man vom Teufel spricht ...«, seufzte Tara.

Teela schwang ihren Fuchs herum und blickte über ein Feld hinweg, zu den Nebengebäuden und Ställen von Cimarron. Seite an Seite galoppierten die McKenzies heran, James auf einem gescheckten Grauen, Jarrett auf einem schönen Braunen, beide ohne Sattel.

»Offenbar veranstalten sie ein Wettrennen«, lächelte Tara. »Die meisten Männer bleiben ihr Leben lang Kinder.«

Vergnügt beobachtete Teela, wie keiner der Brüder die Oberhand gewann. Sie wollten anscheinend auch gar nicht eingestehen, weder anderen noch sich selbst, daß sie um die Wette ritten. Als sie näher kamen, drosselten sie das Tempo.

»Nun, Miss Warren, wie gefällt Ihnen Cimarron?« rief Jarrett.

»Oh, ich finde es wundervoll«, erwiderte sie und versuchte James zu ignorieren. Wenn sie doch bloß die Glut dieser blauen Augen nicht spüren würde ... »Noch nie habe ich eine schönere Plantage gesehen. Das heißt — Blue Forest, mein Familiensitz in Charleston, kann sich in etwa mit Cimarron messen.«

»Ja, Charleston ist großartig«, bekräftigte Jarrett. »Dort haben wir Verwandte. Aber da Sie sich bei uns wohlfühlen, hoffen wir, Sie werden Cimarron als Ihre zweite Heimat betrachten. Das würde dich doch auch freuen, mein Liebes?« fragte er Tara.

»Gewiß — obwohl hier so viele Gefahren lauern.«

»Überall treiben sich wilde Kreaturen herum«, ergänzte James.

»Ja, ein paar habe ich schon getroffen.« Herausfordernd hob Teela ihr Kinn. »Aber ich glaube, die meisten sind nur gefährlich, wenn sie bedroht werden oder sich fürchten. Sobald sie merken, daß man ihnen nichts antun will, sind sie recht umgänglich.«

»Manche lassen sich niemals zähmen«, versicherte er.

»Zahme Klapperschlangen gibt's nicht«, warnte Tara, der die unterschwelligen Strömungen entgingen. »Seien Sie bloß vorsichtig, wenn Sie das gräßliche Geräusch in unseren Wäldern hören, Miss Warren.«

»Ja, ich werde aufpassen«, versprach Teela und schenkte James ein kühles Lächeln.

»Hast du ihr das ganze Anwesen gezeigt?« fragte Jarrett seine Frau.

»Alles, was man ungefährdet besichtigen kann.«

»Sicher seid Ihr beide durstig und hungrig. Vielleicht sollten wir zum Haus zurückkehren und sehen, was Jeeves uns servieren kann.«

Tara lenkte ihre Stute näher zum Braunen ihres Mannes heran. »Da ich gehofft hatte, ihr würdet eure Besprechung bald beenden und euch zu uns gesellen, bat ich Jeeves, den Lunch auf der Veranda anzurichten. Das Wetter ist so schön.«

»Klingt verlockend«, meinte Jarrett, und die beiden lächelten sich an.

Was für ein hübsches Paar dachte Teela, von einer seltsamen Sehnsucht erfaßt. Wieder begegnete ihr James' Blick. Versuchte er irgendein Geheimnis in ihrer Seele zu ergründen?

»Also, dann kehren wir nach Hause zurück«, schlug Tara vor und ritt mit ihrem Mann voraus.

Teela und James folgten ihnen in einigem Abstand.

»Bleibst du noch eine Weile auf Cimarron?« fragte sie.

»Nicht mehr lange. Ich muß mich um einiges kümmern.«

»Oh.«

Nach einem kurzen Schweigen erkundigte er sich höflich: »Fühlst du dich gut?«

»Natürlich. Warum sollte ich nicht?«

»Vielleicht hast du nicht erkannt, daß du nie mehr dieselbe Teela Warren sein wirst wie früher.«

»Jedenfalls geht's mir gut«, entgegnete sie und starrte geradeaus. »Ich bin nicht naiv, und du brauchst dir meinetwegen keine Sorgen zu machen.«

»Aber ich kann nicht einfach zur Tagesordnung übergehen. Tut mir leid, daß ich mich so unbesonnen verhalten habe — wenn ich's auch nicht bereue.«

Als sie ihn ansah, lächelte er wehmütig. Hastig wich sie seinem Blick aus und strich über die Mähne ihres Pferdes. »Bitte, du mußt dich nicht entschuldigen.«

»Immerhin habe ich dir weh getan.«

»Nein.«

»Jetzt lügst du.«

»Nur ein bißchen.«

»Habe ich dir nur ein bißchen weh getan? Oder lügst du nur ein bißchen?«

»Beides.«

Er lachte leise, und sie liebte den Klang seiner Stimme, die ihr so verführerisch erschien wie sein attraktives Gesicht, der kraftvolle Körper, die ausdrucksvollen blauen Augen. *Das alles darfst du nicht zu sehr lieben,* ermahnte sie sich. Aber James hatte zu Recht erklärt, der Falter sei der Kerzenflamme zu nahe gekommen.

Jetzt waren ihre Flügel verbrannt. Nie wieder würde sie davonfliegen können. Nicht einmal, wenn er aus ihrem Leben verschwand. »James ...«

»Vorsicht!« warnte er sie. »Wir sind schon da.«

Inzwischen waren Tara und Jarrett vor der Hinterveranda abgestiegen. Zwei junge Burschen übernahmen die Pferde. Dann warteten sie auf Teela und James.

»Oh, die Limonade steht bereits auf dem Tisch«, verkündete Tara fröhlich. »Ganz egal, was ringsum geschieht — Jeeves hat auf Cimarron eine Oase des Friedens geschaffen.«

»Ja, er ist großartig«, bemerkte James, als er mit Teela die Veranda betrat. Seine Mundwinkel zuckten, und sie versuchte nicht zu erröten, was ihr kläglich mißlang.

»Dann lauf ich jetzt in die Küche und sage ihm, daß wir essen wollen«, erbot sich Tara.

»Nehmen Sie Platz, Miss Warren.« Höflich rückte Jarrett ihr einen Stuhl an dem kleinen, hübsch gedeckten Tisch zurecht. Zwischen Leinenservietten, Silberbesteck und Gläsern stand ein eisgekühlter Krug. »Offenbar haben Sie James sein rüdes Benehmen auf der Party verziehen.«

»Natürlich, Mr. McKenzie.«

»Glücklicherweise besitzt sie ein gütiges Herz«, erklärte James und setzte sich an ihre Seite. Dann verengten sich seine Augen. »Aber ich kann nicht alle Leute um Verzeihung für die Gefühle bitten, die ich Warren entgegenbringe.«

Teela biß sich in die Lippen. Nur zu gut verstand sie, was ihn bewegte.

»Hör mal, James ...«, begann Jarrett.

Aber Teela fiel ihm ins Wort. »Tragen Sie die Schuld an den Sünden Ihres Vaters, Mr. McKenzie?«

»Mein Vater hat keine Sünden begangen«, entgegnete James.

»Aber niemand ist frei von Sünden.«

»Mein Vater war ein wunderbarer Mensch, der sich nichts zu Schulden kommen ließ.«

Offenbar hatte er seinen Vater verehrt und geliebt. Und sein Bruder bedeutete ihm ebensoviel. Plötzlich empfand sie Mitleid. Der Indianerkrieg mußte die Hölle für James sein. Doch sie hatte dieses verfluchte Blutvergießen nicht verursacht, und sie wollte nicht dafür büßen. »Auch mein leiblicher Vater war ein großartiger Mann«, betonte sie.

Jarrett lachte leise. Sogar James brachte ein schwaches Lächeln zustande. »Limonade?«

»Bitte«, murmelte sie.

»Bleibst du noch eine Nacht hier, James?« fragte Jarrett.

»Sicher wäre es verführerisch, den Komfort deines Hauses noch etwas länger zu genießen.«

Mit zitternden Fingern griff Teela nach ihrem Glas, und Jarrett warf ihr einen sonderbaren Blick zu.

In diesem Moment kam Tara aus dem Haus. »Gleich wird Jeeves das Essen servieren. James, danach muß ich dir was zeigen. Während wir ausgeritten sind, hat Jennifer mit ihrem kleinen Vetter gespielt, und jetzt schlafen sie nebeneinander auf dem großen Bärenfell in meinem Zimmer. Die beiden sehen wie Engel aus.«

Lächelnd schaute James zu ihr auf. »Freut mich, daß meine Tochter so gut mit dem Kleinen umgehen kann.«

»Das habe ich dir ja schon gesagt.« Tara drückte seine Hand, und Teelas Herz krampfte sich schmerzlich zusammen. Wie nahe die McKenzies einander stehen, dachte sie neidisch, eine richtige Familie … Seit dem Tod ihrer Mutter fühlte sie sich schrecklich einsam.

»Jennifer ist so ein hübsches kleines Mädchen«, hörte sie sich sagen, und James starrte sie an. Erwartete er, sie würde hinzufügen: *Für die Tochter eines Indianers?* »Sieht sie Ihrer Frau ähnlich, Mr. McKenzie?« platzte sie heraus.

Zum Glück nahm er ihr diese Frage nicht übel. »Ja, sie

ist Naomi wie aus dem Gesicht geschnitten.« Seine Stimme klang nicht ärgerlich, nur traurig.

»Aber das Haar hat sie von Ihnen geerbt.«

»Das Haar unseres Vaters«, warf Jarrett ein.

»Unseres sündenfreien Vaters«, fügte James hinzu, und Teela sah ihn wehmütig lächeln.

Tara richtete sich auf und starrte zum Fluß hinab. »Da kommt jemand, Jarrett.« Eine kleine Schaluppe näherte sich dem Kai.

»Offensichtlich ein Kriegsschiff«, meinte Jarrett und schaute seinen Bruder an, der die Achseln zuckte.

Gespannt beobachtete sie, wie die Schaluppe anlegte.

»Erwartest du jemanden?« fragte Tara ihren Mann.

»Harrington — aber erst in ein paar Tagen. Und dieses Schiff ist aus westlicher Richtung herangesegelt.«

Jetzt wurde die Laufplanke heruntergelassen, und ein uniformierter Mann ging an Land. Teela sprang entsetzt auf.

Auch James erhob sich. »Warren!« stieß er hervor, ohne seinen Haß und seine Verachtung zu verbergen.

Unverkennbar. Colonel Michael Warren. Verzweifelt preßte Teela die Lippen zusammen, während ihr Stiefvater den Hang heraufstieg. Der Zauber des Tages war abrupt zerstört worden, das Gefühl, wenigstens zeitweise einer liebevollen Familie anzugehören. Sekundenlang schloß sie die Augen und hoffte, es wäre nur ein Alptraum.

Aber sie mußte sich mit der grausamen Wirklichkeit abfinden. Warren ging unaufhaltsam zur Veranda, ein Dämon in Fleisch und Blut — fest entschlossen, die Stieftochter wieder in seine Hölle zu zerren.

8

Vom Scheitel bis zur Sohle sah Michael Warren wie ein korrekter Offizier aus. Die blaue Uniform saß perfekt, die Hose wies messerscharfe Bügelfalten auf. Um sich vor der unbarmherzigen Florida-Sonne zu schützen, trug er einen Schlapphut, auf dem eine Feder im Wind flatterte — das einzige Zugeständnis an seine Eitelkeit. Die Gesichtszüge des fast fünfzigjährigen Mannes wirkten hart und kalt, mit ernsten dunklen Augen, einer geraden Nase und schmalen Lippen. Durch sein braunes Haar zogen sich graue Strähnen.

»Mr. McKenzie!« begrüßte er Jarrett. Er hatte James ein paarmal getroffen — nicht auf dem Schlachtfeld, aber die Begegnungen waren trotzdem unerfreulich gewesen. Meistens saßen sie sich am Verhandlungstisch gegenüber, zum Beispiel, wenn Warren, im Gegensatz zu den Seminolen, die Bedingungen eines Waffenstillstands nicht einhielt. Er wußte, daß die McKenzies Halbbrüder waren, und er verstand nicht, warum sich James für die Indianer einsetzte, statt seinem weißen Erbe den Vorzug zu geben.

Nachdem er die Verandastufen hinaufgestiegen war, reichte er dem Hausherrn seine Hand, die nur zögernd ergriffen wurde. Dann verneigte sich der Colonel vor Tara. »Wie schön, Sie wiederzusehen, Mrs. McKenzie!«

Tara nickte ihm zu, und Jarrett bemerkte: »Soweit ich informiert bin, sollte John Harrington Ihre Tochter zu Ihnen bringen, Sir.«

»Als ich diesen Entschluß faßte, wußte ich noch nicht, daß ich in dieser Gegend zu tun haben würde. Nun kann ich Ihnen persönlich für Ihre Gastfreundschaft danken.«

»Es war uns ein Vergnügen, Miss Warren bei uns aufzunehmen.«

Erst jetzt wandte sich der Colonel zu Teela, und James sah verblüfft den Haß, der in den Augen des Mannes aufflammte. Offensichtlich wurde dieses Gefühl erwidert. Vater und Tochter umarmten sich nicht und schienen nicht einmal geneigt, einander höflich zu begrüßen.

»Running Bear ...« Endlich nahm Warren auch James zur Kenntnis, der Teelas verwunderten Blick spürte. Sie hörte seinen Seminolennamen zum erstenmal.

»Colonel ...«, erwiderte er mit einer knappen Verbeugung.

»Freut mich, Sie in dieser zivilisierten Umgebung zu sehen.«

»Ich bin sehr gern im Haus meines Bruders«, entgegnete James, der sich nicht so leicht herausfordern ließ.

»Wahrscheinlich wäre es ihrer Gesundheit dienlicher, wenn Sie sich öfter hier aufhalten würden.«

»Nun, wir alle müssen unsere Pflichten erfüllen.«

Warren zuckte die Achseln. »Hattest du eine angenehme Reise, Teela?«

»Wie du siehst, bin ich wohlbehalten hier eingetroffen.«

»Ohne deine Leibwächter.«

»Das dürfen Sie Ihrer Tochter nicht vorwerfen, Sir«, mischte sich Jarrett hastig ein. »Ich wußte nicht, daß die jungen Männer Miss Warren nach Cimarron begleiten sollten, und so ließ ich sie in Tampa zurück.«

»Da in ganz Florida Gefahren lauern, muß eine junge Dame, die diese Gegend aufsucht, ständig bewacht werden.«

»Nicht in meinem Haus. Aber was das Risiko betrifft, haben Sie recht, und es erstaunt mich, daß ein kriegserfahrener Mann wie Sie seine Tochter hierherholt.« Um den Tadel zu mildern, lächelte Jarrett freundlich.

Aber es interessierte den Colonel nicht im mindesten, wie andere Leute seine Maßnahmen beurteilten. »Ich entstamme einer Soldatenfamilie, und unsere Ehefrauen und Töchter sind den Männern stets an die Front gefolgt. Außerdem, Mr. McKenzie — vielleicht werden Sie und Ihre Gemahlin eines Tages herausfinden, wie leicht sich

Töchter in Gefahr bringen können. In meiner Nähe ist Teela am sichersten. Als ich sie nach Florida beorderte, dachte ich allerdings, ich würde in Tampa stationiert bleiben. Aber General Jesup führt einen unerbittlichen Feldzug, und ich bin zumeist inmitten der Wildnis beschäftigt. Neulich habe ich ein Haus in Tallahassee gekauft, das ich leider nur selten sehe, weil der Feind die im März getroffenen Vereinbarungen konstant mißachtet.«

Auch dieser Herausforderung begegnete James ruhig und gelassen. »Tallahassee liegt ziemlich weit von hier entfernt.«

»In Kriegszeiten — zweifellos«, stimmte Warren zu. »Doch das spielt keine Rolle. Es wird eine Weile dauern, bis ich Teela ein richtiges Heim bieten kann. Glücklicherweise ist sie ein starkes, widerstandsfähiges Mädchen. Also wird sie sich allen Unbilden gewachsen zeigen, wohin immer unser Weg auch führen mag.«

»Da draußen laufen formidable Krieger herum«, erinnerte ihn James.

»Und ich bin ein formidabler Mann, zudem ein sehr vorsichtiger.«

Jeeves trug ein großes Tablett aus dem Haus, gefolgt von einer kleinen schwarzen Dienerin, die das Geschirr auf den Tisch stellte.

»Essen Sie doch mit uns, Colonel«, lud Tara den Besucher ein.

»Danke, sehr gern, Mrs. McKenzie. Morgen erwarte ich Harrington, und ich hoffe, mein Schiff darf bis dahin an Ihrem Kai liegen.«

»Selbstverständlich, Sir«, antwortete Jarrett. »Sie sind uns willkommen, solange keine Schlachten auf unseren Ländereien wüten.«

»Hier muß ich wohl kaum gegen irgend jemanden kämpfen.« Warren wandte sich nun wieder zu James. »Oder?«

»Auf dieser Seite des Withlacoochee befinden sich einige Seminolentruppen.« James zeigte zum Wald hinüber. »Aber sie kommen sicher nicht hierher.«

»Cimarron ist neutraler Boden«, erklärte Jarrett. »Das weiß General Jesup.«

»Osceola auch?«

»Gewiß«, erwiderte James.

»Wollen wir Platz nehmen?« schlug Tara vor, um weitere explosive Diskussionen zu verhindern.

Sie setzten sich auf die schmiedeeisernen Stühle — James zwischen Warren und dessen Stieftochter, Jarrett zwischen Teela und Tara, die sich als perfekte Gastgeberin erwies.

»Schade, daß Sie nicht etwas früher kommen konnten, Colonel! Dann hätten Sie gesehen, was für amüsante Parties wir hier feiern.«

»Ja, das bedaure ich auch. Ich hätte Teela gern selber mit dem jungen Harrington bekannt gemacht. Hoffentlich hat sie erkannt, was für ein netter Bursche er ist.«

»Gewiß, ich fand ihn sehr charmant«, bemerkte Teela kühl.

Auf dem Tisch standen Körbe mit frischgebackenem Brot und Platten voller Schinkenscheiben in Rosinensauce und Gemüse. Teela hatte keinen Appetit, was James nicht entging, und sein Haß gegen den Mann, der eine so beklemmende Wirkung auf seine Tochter ausübte, wuchs mit jeder Minute.

»Freut mich, daß du zur Vernunft gekommen bist, mein Kind!« seufzte Warren. »So eine Katastrophe wie in Charleston möchte ich nicht noch einmal erleben. Da arrangiere ich eine brillante Heirat für das Mädchen, und sie sagt einfach nein vor dem Traualtar!«

»Ich habe von Anfang an gesagt, ich würde Jeremy Lantreau nicht heiraten«, verteidigte sie sich.

Drohend hob er seine Gabel. »Alle Töchter heiraten die Männer, die ihre Väter aussuchen, Missy. Und damit basta! Aber wir wollen uns nicht mehr mit der Vergangenheit befassen. Der junge Harrington ist ohnehin der bessere Kandidat — in finanzieller Hinsicht vielleicht nicht, aber er entstammt einer angesehenen Familie und wird beim Militär Karriere machen. Nach meiner Ansicht hat er nur einen einzigen Fehler — sein weiches Herz. Aber diese Schwäche wird er während der Kämpfe im Sumpf bald überwinden.«

»Weiß er über diese Heiratspläne Bescheid?«

»Wir haben davon gesprochen, und ich glaube, er ist einverstanden.«

»Aber ich nicht. Wie kann ich einen Mann heiraten, den ich nur einmal gesehen habe?«

»Soeben sagtest du doch, du würdest ihn charmant finden!« rief Warren irritiert.

»Vielleicht wäre es besser gewesen, du hättest mir eine Gelegenheit gegeben, den Mann deiner Wahl kennenzulernen, ehe du mich auf dem Heiratsmarkt feilbietest.«

»Sollten wir deine Zukunft nicht lieber unter vier Augen erörtern?«

»Allerdings!« betonte sie.

Warren spießte ein Stück Schinken auf seine Gabel. »Wenn du Harrington näher kennst, wirst du dich nicht mehr gegen die Heirat sträuben. Ein außergewöhnlicher junger Mann! Das kann dir Mr. McKenzie ebenso bestätigen wie sein Bruder.«

»In der Tat«, stimmte James zu, und Teela starrte ihn wütend an.

»Trotzdem möchte ich mir meinen Ehemann selber aussuchen.«

»Red keinen Unsinn, Mädchen!« mahnte Warren.

»Hatten wir nicht beschlossen, das Thema unter vier Augen zu besprechen?«

Aber er ließ nicht locker, obwohl ihm das Unbehagen der Tischgesellschaft auffallen mußte. »Bedenk doch, Teela! Als Harringtons Frau mußt du mir nicht mehr gehorchen. Vielleicht erlaubt er dir, das Kriegsende hier auf

Cimarron abzuwarten. Natürlich nur, wenn Mrs. McKenzie nichts dagegen hat. Er würde stets in deiner Nähe bleiben.« Nun wandte er sich wieder zu James. »Weil sich die Seminolen da draußen herumtreiben — dieselben Leute, die sich im März vertraglich verpflichtet haben, nach Westen zu ziehen! Und jetzt überfallen sie weiße Siedler, stehlen das Vieh und richten ständig Unheil an.«

Fast hätte James seine Gabel verbogen, und er legte sie rasch beiseite. »Colonel, offenbar haben Sie einige Punkte übersehen. Der Waffenstillstand wurde von den Weißen gebrochen, die wegen der Negersituation in Wut gerieten.«

»Erst nachdem die Seminolen wieder zu kämpfen anfingen, diese verlogene, betrügerische Bande.«

Entsetzt schnappte Teela nach Luft. »Michael!«

»Misch dich da nicht ein!« fauchte Warren.

»Wenn mein Volk Lug und Trug gelernt hat«, erwiderte James in ruhigem Ton, »dann von den Weißen, die ihm sein Land und seine Lebensart raubten. Und was gewisse Greueltaten betrifft, hatten die Seminolen besonders gute Lehrer — zum Beispiel Sie, Sir.«

Erbost sprang Warren auf und warf beinahe den Tisch um. »Das wollen wir sofort klären, Running Bear.«

»Nicht hier!« protestierte Teela. »Hast du den Verstand verloren, Michael?«

Außer sich vor Zorn, hob er eine Hand, um sie zu schlagen. Aber Jarrett trat hastig dazwischen. »Auf meinem Grund und Boden finden keine Gewaltakte statt, Colonel.«

»Dann muß ich sofort mit meiner Tochter abreisen, Sir — wenn Sie diesem Mann gestatten, mich zu beleidigen.«

James stand auf und verneigte sich formvollendet. »Keine Bange, Colonel Warren, ich räume das Feld. Und ich hoffe, Sie setzen das Leben Ihrer Tochter nicht aufs Spiel, indem sie sich weigern, schlichte Tatsachen zu akzeptieren.« Ohne eine Antwort abzuwarten, verschwand er im Haus.

Nun entstand ein drückendes Schweigen, das Jarrett nach einer kleinen Weile brach. »Entschuldigen Sie mich, Sir«, sagte er kühl und folgte seinem Bruder.

Auch Teela erhob sich, und Warren legte eine Hand auf ihre Schulter. »Wohin gehst du?«

»Ich möchte mich für dein schlechtes Benehmen entschuldigen.«

Wortlos schlug er sie ins Gesicht.

Tara, die neben dem Tisch stand, hielt den Atem an. »Colonel, ich bin entsetzt ...«

»Sie mußten noch nie ein ungebärdiges Kind großziehen, Ma'am. Manchmal muß man Gewalt anwenden, um einem rebellischen Mädchen Vernunft beizubringen.«

Mühsam kämpfte Teela mit den Tränen. Die schmerzhafte Ohrfeige quälte sie nicht so sehr wie die Demütigung, die Tara mit angesehen hatte.

»Erinnerst du dich an den Abend nach der Hochzeit, die du vereitelt hast?« zischte Warren in ihr Ohr. »Damals schlug ich dich grün und blau. Weißt du's noch? Aber heute nacht wird's dir noch viel schlimmer ergehen. Du wirst mit den Wölfen heulen und endlich lernen, mir zu gehorchen. Jetzt kehre ich auf mein Schiff zurück. Du wirst mich begleiten.«

»Ich — ich hole nur mein Gepäck.« Verzweifelt floh sie ins Haus. In der Halle lehnte sie sich an die Wand und rang nach Atem. Warrens Stimme drang zu ihr.

»Seien Sie so freundlich, Mrs. McKenzie, und machen Sie meiner Tochter klar, daß ich sie an Bord erwarte. Ich gebe ihr eine Stunde Zeit, damit sie ihre Sachen packen kann. Wenn sie danach nicht zu mir kommt, werde ich sie holen. Nochmals vielen Dank für Ihre Gastfreundschaft, Ma'am.«

Teela stürmte die Treppe hinauf, ins Zimmer, das James bewohnte. Aber er war nicht da. In der Halle stieß sie beinahe mit Tara zusammen.

»Wenn Sie James suchen, Teela, er ist weggeritten.«

»So schnell ...«

»Und so wütend! Wäre er hiergeblieben, hätte er Ihren Vater erwürgt.«

»Oh, ich hasse ihn!«

»James?«

»Meinen Stiefvater.«

»Armes Mädchen!« Tara nahm sie in die Arme. »O Gott, es tut mir so leid. Wenn er Sie auf sein Schiff beordert, dürfen wir Sie nicht zurückhalten. Er ist Ihr Vormund. Jetzt müssen Sie Ihre Sachen packen. Und sorgen Sie sich nicht um James. Er kämpft schon lange in diesem Krieg — und gegen Männer wie Ihren Vater.«

»Meinetwegen ist er weggeritten«, flüsterte Teela unglücklich.

»Unsinn, Teela, Sie haben sich nichts vorzuwerfen.« Tara schob sie sanft von sich. »Wenn Sie Hilfe brauchen, wir sind immer für Sie da. Ich werde mit Jarrett reden, sobald er sich beruhigt hat. Vielleicht können wir Warren umstimmen, und er erlaubt Ihnen, hierzubleiben. Aber jetzt müssen Sie erst einmal auf sein Schiff gehen.«

»Er ist ein Monstrum!«

»Das weiß ich. Und deshalb dürfen wir ihn nicht noch mehr reizen.«

»Tut mir leid, daß Sie in das alles hineingezogen wurden ...«

»Machen Sie sich deshalb keine Gedanken. Packen Sie Ihre Sachen. Inzwischen rede ich mit Jarrett.«

Teela eilte in ihr Zimmer, schloß die Tür hinter sich und holte ihre kleine Samtbörse aus dem Schrank. Hastig nahm sie das Geld heraus und stopfte es in ihre Rocktasche.

Sicher würde Tara versuchen, ihr beizustehen, und Teela war ihr dankbar. Aber jetzt konnte ihr niemand helfen. Sie würde es nicht ertragen, die Nacht an Bord des Schiffes zu verbringen, in Warrens Nähe. Und sie wollte den McKenzies keine Schwierigkeiten bereiten. Deshalb mußte sie sofort verschwinden.

Aber — wohin? Jenseits der Felder von Cimarron lag ein verlassenes Dorf. Tara hatte ihr davon erzählt. Und dann? Wie sollte sie in der Wildnis überleben? Sie hatte gelernt, einen Haushalt zu führen und zu handarbeiten, auf dem Spinett zu spielen und mit halbwegs passabler Stimme zu singen. Aber sie konnte kein Jagdwild erlegen und auch nicht kochen. Außerdem wimmelte es da draußen von Schlangen, Krokodilen und — Indianern.

Für ein paar Sekunden schloß sie die Augen, betete um Mut und Kraft. Welche Gefahren ihr auch drohen mochten — lieber würde sie sterben, als die Brutalität ihres Stiefvaters zu ertragen.

Sie durfte nicht länger in diesem Haus bleiben. Sonst würde sie Warrens Zorn gegen die McKenzies herausfordern. Sie nahm ein Cape aus dem Schrank und warf es um ihre Schultern. Dann öffnete sie vorsichtig die Tür, schlich in den Flur und die Treppe hinab. In der Halle hörte sie Taras und Jarretts Stimmen, die aus der Bibliothek drangen.

»Man müßte ihn erschießen! Hätte ich's bloß getan!«

»O Jarrett, so etwas solltest du nicht einmal denken! Wenn er's auch verdient hätte ... Man würde dich zum Tod verurteilen. Und das könnte ich nicht ertragen. Dann würde auch ich sterben. Wir müssen mit Warren reden — und Teela irgendwie vor ihm schützen.«

»Wie denn?«

»Schluck deinen Stolz hinunter, dem Mädchen zuliebe, und versuch, ihm Vernunft beizubringen.«

»Warum weigert sie sich, Harrington zu heiraten?« fragte er ungeduldig. »In seiner Obhut würde ihr nichts zustoßen.«

»Ja, das wäre wohl am besten. Vielleicht können wir sie dazu überreden. Aber vorerst müssen wir Teela von Warren fernhalten. Dieser Mann ist bösartig, und er würde sie grausam mißhandeln. Vorhin hat er sie geschlagen.«

Teela hörte Jarrett seufzen. »Leider hat er das Recht dazu. Er ist ihr Vormund.«

»Großer Gott, niemand hat das Recht, sich so zu verhalten ...«

»Natürlich, Tara, das weiß ich. Also gut. Wir haben eine Stunde Zeit, und ich werde versuchen, mit ihm zu sprechen. Aber wir riskieren, daß er seine Soldaten ins Haus schickt und Teela gewaltsam auf sein Schiff bringen läßt.«

»Und wenn ihm die Männer nicht gehorchen?«

»Dann würden sie's bitter büßen.«

»Irgendwas müssen wir doch tun ...«

»Tara, mein Liebes, ich will mich bemühen, das schwöre ich dir.«

In Teelas Augen brannten Tränen. Sie war den beiden von Herzen dankbar. Und nun durfte sie nicht länger zögern. Sonst würde sie die einzigen Menschen gefährden, die ihr seit Lillys Tod freundlich begegnet waren. Was keiner der beiden wissen konnte — mit Michael Warren war es unmöglich, vernünftig zu reden.

Sie rannte durch die Hintertür aus dem Haus und zu den Ställen. In der vierten Box fand sie die schöne, fuchsrote Stute, die sie am Morgen geritten hatte. Teela suchte einen Sattel und eine Decke. Als sie den Gurt festzurrte, spürte sie, daß sie beobachtet wurde. Unbehaglich wandte sie sich zur Tür. Jennifer starrte sie mit großen Augen an. »Wollen Sie fliehen?« fragte das kleine Mädchen traurig.

»Bitte, sei still!« flüsterte Teela und legte einen Finger an die Lippen. »Ja, ich muß weg von hier. Mir bleibt nichts anderes übrig. Mein Vater — ist nicht so gut wie deiner. Und ich habe Angst vor ihm. Verstehst du das? Ich werde dich sehr vermissen, Jennifer.«

»Mir werden Sie auch fehlen, Teela. Und meinem Vater.«

»Dein Vater — ist nicht mehr hier.«

»Manchmal muß er ganz schnell davonreiten.«

»Und heute war's meine Schuld«, seufzte Teela. »Tut mir leid.«

»Schon gut. Sicher wird er bald zurückkommen.« Jennifer hielt eine Feldflasche hoch. »Da ist Wasser drin. Nehmen Sie's mit. Wenn Sie nach links reiten, kommen Sie zu den alten verlassenen Hütten. Dort können Sie sich vor dem kalten Nachtwind schützen. Und die Wölfe wagen sich nicht ins Dorf, weil sie den Geruch der Menschen nicht mögen, der immer noch in der Luft liegt.«

»Vielen Dank für das Wasser.« Teela nahm die Flasche entgegen und umarmte das kleine Mädchen. »An so was hatte ich nicht gedacht.«

»Unterwegs finden Sie überall Wasser, aber in den Flüssen tummeln sich viele Tiere. Wenn Sie die Krokodile in Ruhe lassen, tun Sie Ihnen nichts. Aber hüten Sie sich vor den Schlangen. Die dürfen sie nicht aufscheuchen.«

»Natürlich, ich werde mich in acht nehmen.« Teela führte die Stute aus der Box. »Vielleicht komme ich zurück.«

»Ganz bestimmt. Ich werde behaupten, Sie wären zu Onkel Roberts Haus geritten.«

»Danke«, erwiderte Teela und schwang sich in den Sattel.

»Vergessen Sie's nicht. Reiten Sie immer nach links. In ein paar Stunden erreichen Sie das Dorf.«

»Nochmals vielen Dank.« Teela lächelte das kleine Mädchen an, das voller Sorge zu ihr aufschaute. So viel hatte Jennifer schon gesehen, nichts konnte sie überraschen. Und sie war noch nicht einmal sechs Jahre alt.

Teela lenkte das Pferd am Haus vorbei. Inständig hoffte sie, niemand würde sie beobachten. Wenn ein Dienstbote durchs Fenster schaute — oder einer von Warrens Soldaten in der Nähe patrouillierte ... Aber sie erreichte ungehindert den Waldrand, die Grenze von Cimarron. Hier begann die Wildnis. Hohe Zypressen verdunkelten den Nachmittagshimmel. Nach links — immer nach links ... Auf dem weichen Nadelteppich waren die Hufschläge kaum zu hören. Plötzlich kreischte ein Vogel. Vor Schreck fiel Teela beinahe aus dem Sattel. Schlangen ... Krokodile ... Indianer ...

Hinter ihr erklang ein Schrei. Entschlossen spornte sie die Stute an und galoppierte den schmalen Weg entlang.

9

Tara rannte in die Bibliothek zurück, wo ihr Mann nachdenklich am Schreibtisch saß. »O Jarrett, sie ist verschwunden!«

»Was?« Erschrocken sprang er auf. »Sicher ist sie nicht an Bord des Schiffs gegangen. Ich werde draußen nach ihr suchen.«

»Und ich sehe in den Nebengebäuden nach, in der Räucherkammer, im Stall ...«

»Im Stall!«

Beide stürmten aus dem Haus und in den Stall. Dort stellten sie fest, daß die Stute Heidi nicht mehr in der Box stand. Jennifer lehnte an der Holzwand.

»Komm her zu mir, Liebes!« rief Tara, und das kleine Mädchen gehorchte. »Ist Teela weggeritten?«

»Ja, auf Heidi.«

»Um Himmels willen, sie ist in einer großen Stadt aufgewachsen und kennt sich in der Wildnis nicht aus. Wenn ich mir vorstelle, was ihr alles zustoßen könnte ...«

»Vielleicht ist sie zu Onkel Robert geflohen.«

»Hast du ihr den Weg beschrieben?«

»Ja ...«

Jarrett kniete vor seiner Nichte nieder. »Ist sie in diese Richtung geritten?«

»Das weiß ich nicht. Ich bin im Stall geblieben.«

»Am besten reite ich in den Wald . . .«

»Nein«, unterbrach Tara ihren Mann. »Inzwischen ist die Frist abgelaufen, die Warren seiner Tochter gesetzt hat. Er wollte ihr eine Stunde Zeit geben. Jeden Augenblick wird er hierherkommen. Wenn du verschwindest, folgt er dir, und du führst ihn womöglich zu Teela.«

»Und wenn ich ihr nicht nachreite, könnte das dumme Mädchen den Tod finden.«

»Sollen wir zulassen, daß er sie einfängt und halb zu Tode prügelt? Es ist besser, wenn wir erst mal abwarten. Sobald es dunkel wird, suchen wir sie . . .«

»Onkel Jarrett!« rief Jennifer leise.

Er stand auf und drehte sich um. Ja, die Galgenfrist war tatsächlich abgelaufen. Warren stand im breiten Stalltor, zwischen zwei Offizieren. Mühsam bekämpfte Jarrett seinen Zorn und straffte die Schultern. Wenn der Colonel glaubte, er könnte ihm drohen, irrte er sich ganz gewaltig.

»Wo ist meine Tochter, Mr. McKenzie?«

»Ich wünschte von ganzem Herzen, ich wüßte es, Sir. Offensichtlich hat sie sich eins unserer Pferde ausgeliehen.«

»Also haben Sie Teela entkommen lassen?« rief Warren erbost.

»Ich hatte keine Ahnung, daß ich sie gefangenhalten sollte. Vermutlich ist sie zu einem Nachbarn geritten.«

»Zeigen Sie meinen Männern den Weg, und ich bitte Sie, beeilen Sie sich! Inzwischen kehre ich an Bord zurück und informiere unseren Priester über Teelas Verschwinden. Er soll für sie beten. Geben Sie mir sofort Bescheid, wenn sie gefunden wird!«

»Gewiß, ich werde meinen Hengst satteln und Pferde für Ihre Leute bereitstellen.« Während Jarrett zu der Box lief, in der sein Brauner stand, rief Tara zwei Stallknechte zu sich und befahl ihnen, Pferde für die Offiziere zu satteln. Den Kopf hoch erhoben, ging sie an Warren vorbei und murmelte laut genug, so daß er es hörte: »In was für einer Welt leben wir nur! Da muß eine junge Frau größere Angst vor ihrem Vater haben als vor der Wildnis, wo sie skalpiert werden könnte ...«

Auch ihrem Mann waren diese Worte nicht entgangen. Belustigt begann er sein Pferd zu satteln. Dafür nahm er sich viel Zeit. Er hatte bereits beschlossen, Warrens Soldaten auf Umwegen zu Trent zu dirigieren, und er hoffte, sie würden sich verirren. Danach wollte er warten, bis die Nacht hereinbrach.

Im grünen Dunkel war der Weg kaum zu sehen, und sie verlor die Orientierung. Nach links — immer nach links ... Womöglich ritt sie im Kreis. Tiefe Stille erfüllte den Wald. Als eine Eule schrie, zuckte Teela erschrocken zusammen. Dann herrschte wieder drückendes Schweigen. Sie folgte dem Ufer eines Bachs, und plötzlich plätscherte das Wasser. Beinahe hätte sie aufgeschrien. Das funkelnde schwarze Auge eines Alligators erwiderte ihren Blick und schien heranzugleiten. Entsetzt spornte sie das Pferd an, das in Panik geriet und durchging.

Teela klammerte sich verzweifelt an der Mähne fest und hoffte, der wilde Galopp würde sie nicht in die falsche Richtung führen. Schon seit Stunden ritt sie durch den Wald. Die Abenddämmerung sank herab. Im Wasser spiegelten sich rote und goldene Sonnenstrahlen, färbten Reiher und Kraniche rosa und gelb. Und dann verdichteten sich die bläulichen Schatten.

Endlich gelang es ihr, die Stute zu zügeln und in langsamen Trab zu versetzen. In der Ferne heulte ein Wolf und jagte ihr einen Schauer über den Rücken.

Der Mond ging auf. Wann immer er hinter einer Wolke verschwand, mußte Teela anhalten, weil sie nicht einmal ihre Hand vor Augen sah. Zweige raschelten in ihrer Nähe. Wilde Tiere? Oder Indianer? Um ihre Angst zu bekämpfen, sang sie vor sich hin. Nein, das durfte sie nicht — sie mußte lauschen.

Wenn die Wölfe heulten, wußte sie wenigstens, woher das unheimliche Geschrei stammte. Aber dieses Rascheln ... Jedesmal, wenn es erklang, stockte ihr Atem. Die Stute spürte Teelas Nervosität und wieherte unbehaglich.

»Ganz ruhig, mein Mädchen. Nun müßten wir die Hütten bald erreichen.« Teela duckte sich, um einem Zweig auszuweichen. Gellend schrie sie auf. Der Zweig war eine Schlange. Vielleicht ein harmloses Tier ... Sie hörte kein Klappern. Da sie sich inzwischen vom Bach entfernt hatte, konnte es auch keine Wassermokassinschlange sein.

Glücklicherweise fiel der schuppige Leib nicht auf sie herab. Aber nun raschelte es wieder, dicht hinter ihr. Das Herz schlug ihr bis zum Hals. Zweifellos wurde sie verfolgt.

»Schneller, mein Mädchen!« O Gott, warum war sie so leichtsinnig gewesen, sich allein in diese geisterhafte Wildnis zu wagen? Überall konnten Indianer lauern, die nur zu gern den Skalp einer weißen, rothaarigen Frau erbeuten würden.

Jetzt raschelte es noch lauter. Ein Pferd sprengte hinter ihr her. Von kalter Angst erfaßt, drehte sie sich um. In der Dunkelheit sah sie nur die nackte Brust des Reiters — und schwarzes Haar. Schreiend drückte sie die Fersen in die Flanken der Stute, beugte sich tief hinab. Doch das nützte ihr nichts. Die Hufschläge kamen immer näher, ein starker Arm umschlang Teelas Taille und riß sie aus dem Sattel. Unsanft landete sie am Boden, der schwere Körper eines Mannes fiel auf sie herab.

»Teela!«

Sie blinzelte im Mondlicht, das plötzlich die Finsternis erhellte und die Schatten aus einem bronzebraunen Gesicht vertrieb. »O James ...«

»Was zum Teufel machst du hier draußen?«

»Warum hast du mich verfolgt?« lautete ihre Gegenfrage.

»Bist du allein?«

»Natürlich! Du hättest mich fast zu Tode erschreckt. Mein Gott ...« Wütend hämmerte sie mit beiden Fäusten gegen seine Brust, bis er ihre Handgelenke festhielt.

»Hör auf!«

»Bastard! Warum hast du dich nicht zu erkennen gegeben?«

»Erst mußte ich herausfinden, ob du allein bist. Warren könnte dir folgen. Was treibst du hier draußen, du dummes Ding? Weißt du nicht, wie gefährlich die Wildnis ist?«

»Doch.«

»Aber warum ...«

»Würdest du bitte aufstehen?«

James erfüllte ihren Wunsch und zog sie mit sich hoch. Dann schob er sie zwischen den Bäumen hindurch. »Wohin gehen wir?« fragte sie.

»Zu den Hütten.«

»Wir könnten reiten ...«

»Das könnten wir«, bestätigte er trocken, »wenn die Pferde nicht davongelaufen wären.«

Zweige streiften ihr Gesicht, und James bahnte ihr einen Weg durch dichtes Unterholz. Jetzt war sie dankbar für die Dunkelheit. Wenigstens konnte er die Angst in ihren Augen nicht lesen.

Endlich lichtete sich der Wald, und Teela sah mehrere Holzhütten. James betrat eines der kleinen Gebäude, und als sie einen rötlichen Schimmer sah, folgte sie ihm. Im Herd, der an der Wand stand, brannte ein kleines Feuer. Kleiderbündel lagen am Boden, zwischen Holzlöffeln, Schüsseln und Pfannen, einer Kaffeekanne und stählernen Zangen. Auf dem festgestampften Erdreich waren ein paar Decken ausgebreitet.

»Also?« James ging zu Teela, die Arme vor der nackten Brust verschränkt. »Was machst du hier draußen?«

»Jedenfalls wollte ich dich nicht suchen.«

»Und warum bist du in den Wald geritten?«

»Was für eine Rolle spielt das schon?« seufzte sie.

»Eine sehr große. Wenn du deinen Vater hierhergelockt hast . . .«

»Meinen Stiefvater!« fauchte sie. »Und warum sollte ich ihn hierherlocken? Ich versuche ihm zu entfliehen.«

»Wußtest du überhaupt, wohin dieser Weg führt?«

»Als ich heute morgen mit Tara ausritt, erzählte sie mir von einem verlassenen Indianerdorf, nicht weit von Cimarron entfernt. Sie erwähnte auch, du hättest früher hier gelebt. Bevor . . .« Ihre Stimme drohte zu brechen, und sie schluckte krampfhaft. »Wirklich, ich hatte keine Ahnung, daß ich dich hier treffen würde. Ich wollte mich nur verstecken — und abwarten.«

»Weiß irgend jemand, daß du hierhergeritten bist?«

»Nur deine Tochter. Sie gab mir eine Wasserflasche.«

»Offenbar ist Jennifer vernünftiger als du. Und im Gegensatz zu dir könnte sie in der Wildnis überleben, obwohl sie erst fünf Jahre alt ist.«

»Bevor du mich attackiert hast, bin ich sehr gut zurechtgekommen.«

»Ich habe dich nicht attackiert.«

»Hast du mich vom Pferd gerissen oder nicht?«

»Wie ich bereits sagte — ich mußte feststellen, ob du allein bist.«

»Dachtest du tatsächlich, ich hätte den Colonel absichtlich zu diesem Dorf geführt?«

»Wenn er *mir* folgen würde, wär's mir egal. Vielleicht würde ich mich sogar darüber freuen. Aber ich muß an meine Leute denken. Manchmal suchen sie Unterschlupf in diesen Hütten. Und die weißen Soldaten dürfen das Dorf nicht finden. Sonst würden sie's niederbrennen.«

»Glaub mir, ich wollte dir keine Schwierigkeiten machen.«

»Oh, du bist in viel größeren Schwierigkeiten«, unterbrach er sie, ergriff ihren Arm und zog sie zum Feuer. »Jetzt mußt du dich erst einmal wärmen. Du zitterst ja am ganzen Körper.«

Erschöpft sank sie auf die Knie und hielt ihre Hände über die Flammen. James neigte sich zu ihr hinab und drückte ihr eine Silberflasche in die Hand. »Cognac. Den kannst du sicher brauchen.«

Sie nahm einen Schluck und gab ihm die Flasche zurück.

Seufzend schüttelte er den Kopf und starrte Teela an. »Warum hast du dein Leben riskiert? In diesem Wald wimmelt es von Kriegern. Wahrscheinlich wissen sie inzwischen, daß Warrens Tochter in Florida eingetroffen ist. Und wenn sie dich erkennen würden ... Du ahnst nicht, wie verhaßt dein Stiefvater ist.«

»Und du ahnst nicht, wie abgrundtief *ich* ihn hasse.«

Er setzte sich zu ihr, nahm sie in die Arme, und sie lehnte sich an seine Brust. Eine Zeitlang starrten sie wortlos ins Feuer, dann sagte James leise: »Du solltest nach Charleston zurückkehren, oder Harrington heiraten.«

Empört sprang sie auf. »Jetzt redest du genauso wie Michael Warren!«

»Morgen wird Jarrett dich holen.«

»Aber wieso ...«

»Du konntest nur zwei Richtungen einschlagen, zu Robert Trents Haus oder zu diesem Dorf. Sicher wird mein Bruder die Soldaten zu Robert schicken und dann hierherreiten.« James stand auf, holte eine Pelzdecke aus einer Ecke und breitete sie vor dem Herd aus. Dann rollte er zwei karierte Wolldecken auseinander. »So komfortabel wie im Haus meines Bruders hast du's hier nicht. Aber heute nacht mußt du dich mit diesem primitiven Lager begnügen.«

Ein paar Sekunden lang zögerte sie. Aber sie war so müde, daß sie kaum noch stehen konnte. Und so streckte sie sich auf der weichen Felldecke aus.

»Oh, zum Teufel mit dir!« flüsterte er, legte sich zu ihr und nahm sie in die Arme. Leidenschaftlich und fordernd preßte er seinen Mund auf ihren. Und dann küßte er sie sanft und zärtlich — und so verführerisch. Teela grub die Finger in sein Haar. Durch den Baumwollstoff ihres Reitkostüms spürte sie seine harte, muskulöse Brust.

Langsam knöpfte er ihre Jacke auf, dann die Bluse, löste die Schleife an ihrem Korsett und preßte sein Gesicht zwischen ihre nackten Brüste. Ihre warme Haut an den Wangen, lauschte er ihrem beschleunigten Herzschlag. Nach einer Weile richtete er sich auf und befreite sie von allen Kleidern.

Im Feuerschein betrachtete er ihren schönen Körper, ehe er seine Breeches auszog. Kraftvoll drang er in sie ein und entführte sie schon nach wenigen Minuten auf den Gipfel der Lust. Sie schloß die Augen, spürte die milde Wärme der Herdflammen, die Glut seiner Leidenschaft, die Erde unter ihrem Rücken. Alles schien in goldenem Licht zu schweben und Teela immer höher emporzutragen — bis sie zitternd hinabsank, zurück auf die Pelzdecke, in die kühle Nachtluft.

Aber sie fror nicht, denn James hielt sie fest in seinen Armen. »Verstehst du denn nicht?« flüsterte er. »Du mußt zurückkehren. Hier draußen kann ich dich nicht schützen. Ich bin ständig auf der Flucht, von einem Ort zum anderen. Für dich wäre das kein Leben.«

»Überall würde ich am Leben bleiben — solange ich vor Warren sicher bin.«

Seine Lippen berührten ihre Schulter, so zärtlich, daß ihr Tränen in die Augen stiegen. »Vielleicht sollte Jarrett mit General Jesup reden und ihn über deine Situation informieren ... Gegen seinen Vorgesetzten könnte Warren nichts ausrichten.«

»James ...«

Doch er ließ sie nicht zu Wort kommen. »Hiermit verbanne ich dich aus meinem gefährlichen Leben — aber ich bin froh, daß du darin aufgetaucht bist, wenn auch nur für kurze Zeit.«

»Warum darf ich nicht ein Teil deines Lebens werden?«

»Weil du nicht dafür geschaffen bist. Wenn du wieder in deinem eleganten Bett in Charleston liegst, denk manchmal an diese Hütte und erinnere dich, welches Glück man auf dem harten Erdboden finden kann, in den Armen eines Wilden . . .«

»O James . . .« Verzweifelt erwiderte sie seine heißen Küsse.

10

Äußerlich ruhig und gelassen, stand Tara auf der Veranda und beobachtete, wie Michael Warren im mitternächtlichen Dunkel den Hang heraufeilte. Sie war nicht allein, denn Robert Trent hatte die Soldaten nach Cimarron zurückbegleitet. Natürlich würde der Colonel nicht wagen, ihr Schwierigkeiten zu bereiten. Wenn er ihren Mann auch nicht mochte — Jarrett genoß hohes Ansehen in dieser Gegend. Trotzdem war es gut, einen Freund in der Nähe zu wissen.

Robert hatte hinter ihr Stellung bezogen, zusammen mit Rutger, dem hochgewachsenen deutschen Verwalter des Landguts, und Jeeves, der so kräftig gebaut war wie seine ebenholzschwarzen Zulu-Vettern. Auf diese Weise brauchte sie Warren nicht zu fürchten.

»Nun, Mrs. McKenzie?« fragte er, ohne die Verandastufen heraufzusteigen. »Wo ist meine Tochter?«

»Das weiß ich leider nicht, Sir.«

»Vermutlich hat Ihr Indianerschwager mein Mädchen entführt.«

»Machen Sie sich nicht lächerlich, Colonel!« erwiderte

Tara ungeduldig. »Ich glaube eher, Ihre Tochter hatte Angst vor Ihnen, und deshalb floh sie in den Wald. Aber ich versichere Ihnen, Jarrett wird sie finden.«

»Bevor oder nachdem die Wilden über sie hergefallen sind? Womöglich wird sie von einem Alligator verschlungen …«

»Die Alligatoren würden eine erwachsene Frau nicht angreifen, weil sie eine kleinere Beute bevorzugen.«

»Wie auch immer, ich bin für Teela verantwortlich. Ich wollte immer nur ihr Bestes, seit ich ihre Mutter geheiratet habe. Dieses Mädchen brauchte von Anfang an eine starke Hand. Aber so sehr ich mich auch bemüht habe, ihr Disziplin beizubringen — sie lehnte sich unentwegt gegen mich auf. Nun ist sie auch noch durchgebrannt, allein oder mit der Hilfe dieses Halbbluts!«

Taras Augen verengten sich. »Bitte, Sir, nennen Sie meinen Schwager nicht ›dieses Halbblut‹, solange Sie sich auf dem Grund und Boden meines Mannes befinden.«

»Wenn er sie tatsächlich entführt hat, wird er's bitter büßen.«

»Das hat er ganz bestimmt nicht getan.«

»Morgen früh will ich meine Tochter wiederhaben, Mrs. McKenzie. Damit basta!« Ohne ein weiteres Wort wandte er sich ab und ging davon.

Obwohl sie ihre Furcht zu bezähmen suchte, begann sie zu zittern. O Gott, warum war Teela so leichtsinnig gewesen und in die Wildnis geritten? Mit ihrem Verhalten brachte sie James in Gefahr. Er hatte schon genug Probleme. Einen Verfolger wie Warren konnte er wirklich nicht gebrauchen. Andererseits durfte man Teela keine Vorwürfe machen. Sie war einfach nur der Tyrannei ihres Stiefvaters entflohen, ohne zu ahnen, daß er eine Entführung vermuten würde. Und James mußte mittlerweile über alle Berge sein.

Tara wandte sich zum Haus, und Robert Trent lächelte ihr anerkennend zu. »Dem haben Sie's aber gegeben.«

»Ja, ich war sehr stolz auf Sie, Ma'am«, verkündete Jeeves, und Rutger verneigte sich ehrerbietig.

»Aber ich mache mir Sorgen«, gestand sie. »Wenn Teela etwas zustößt — wenn Jarrett sie nicht findet ... Dann wird Warren morgen abend seine Kanonen auf unser Haus richten.«

»Jarrett kennt dieses Land wie seine Westentasche, Mrs. McKenzie«, versicherte Rutger. »Also wird er das Mädchen finden.«

Überrascht trat Robert vor. »Da kommt ein Reiter — aus der Richtung meines Hauses.«

»Wer ist es?«

»Noch mehr Militär«, murmelte Jeeves.

»Aber ein Freund!« rief Robert lachend und lief die Verandastufen hinab.

Der Colonel wanderte auf dem Deck seines Schiffes umher und salutierte vor Captain Julian Weatherby, der den Gruß erwiderte.

An Bord der Schaluppe *U.S.S. Lysandra* befanden sich zweiundvierzig Mann, Warren und Weatherby nicht mitgezählt. Fünfundzwanzig waren von zwei regulären Infanteriekompanien übriggeblieben, die restlichen siebzehn gehörten zur Navy. Um General Jesup mit ausreichenden Streitkräften zu versorgen und die Lösung des Indianerproblems voranzutreiben, hatte man die Besatzungen aller Kriegsschiffe dezimiert, die vor Florida patrouillierten. Noch vor Jahresende wollte Jesup eine Zangenbewegung durchführen, unterstützt von Warrens Truppe, anderen Kompanien und der Florida-Miliz. Aber Warren wußte, daß ihm bis dahin noch viel Zeit blieb. Auf diesem Terrain war es sehr schwierig und langwierig, militärische Operationen zu koordinieren. Die Regierungspolitik schien sich außerdem täglich zu ändern, mochte es um die offizielle Haltung gegenüber den Seminolen gehen oder um den Sold und die Rationen der Army.

Wenn man in Washington die Whiskey-Rationen der Soldaten kürzte, um die Zucker- und Weizenversorgung zu sichern, würde man einen schweren Fehler begehen. Immer weniger Männer ließen sich anwerben, und der Unmut in der Army wuchs.

Vor Jesups großer Aktion würde nicht viel geschehen. Kleinere Scharmützel würden weiterhin stattfinden, da sich die Häuptlinge Osceola, Alligator und Wildcat in der Nachbarschaft aufhielten. Aber bis zur Zangenbewegung würde es noch eine Weile dauern, und Michael Warren brauchte dringend Zeit, um seine persönlichen Probleme zu lösen.

Captain Weatherby musterte ihn mißtrauisch. Wie der Colonel sehr wohl wußte, mochte ihn der Offizier nicht, der aus dem Lousiana-Bayou stammte, die Tücken des Sumpfgebiets sehr gut kannte und mit den Indianern sympathisierte.

»Haben Sie Ihre Tochter gefunden, Sir?« fragte Weatherby höflich. Die Antwort kannte er bereits, und Warren hätte ihm am liebsten die gespielte Besorgnis aus dem Gesicht geschlagen.

»Vorerst wird man sie nicht finden. Dieser halbe Wilde muß sie entführt haben.«

»Das bezweifle ich. James McKenzie würde wohl kaum ein junges Mädchen in seine Gewalt bringen. Außerdem trauert er immer noch um seine Frau.«

»An Ihrer Stelle würde ich die Rothäute nicht bemitleiden, Captain. Eines Tages könnte ein Messer in Ihrem Hals stecken.«

»Jedenfalls kenne ich James McKenzie. Ein ehrenwerter Mann.«

»Wenn ich meine Tochter bis morgen früh nicht wiederhabe, wird er ein toter Indianer sein.«

»Ein halber Indianer«, korrigierte Weatherby.

»Wie auch immer, Sie werden meine Befehle ausführen, Captain.«

»Ja, Sir.« Weatherby starrte dem Colonel nach, der langsam davonging, und spuckte auf die Decksplanken. Natürlich würde er seine Jungs von der Navy und sich selbst nicht in Gefahr bringen, nur weil Warren beschlossen hatte, James McKenzie in den Sumpf zu folgen. McKenzie wollte niemanden töten. Aber wenn man ihn bedrohte, würde er sich Wildcat, dem Sohn des alten Philips, oder Alligator anschließen. Oder — noch schlimmer — dem Kriegerhäuptling Osceola.

Weatherby würde sich niemals vor einem Kampf drükken. Doch er wollte nicht Selbstmord begehen, nur weil Michael Warren verrückt spielte. Als der Captain zu seiner Kabine schlenderte, um ein paar Stunden zu schlafen, hörte er die Stimme des Colonels, der an Deck mit den Soldaten sprach, und blieb stehen.

»Wenn ihr eine kleine Küchenschabe seht, Jungs, überlegt ihr nicht lange und zertretet sie. Sonst würde sie zu einer großen, häßlichen Küchenschabe heranwachsen. Oder eine junge Klapperschlange ... Die ist noch nicht allzu giftig, aber später würde sie sich zu einer tödlichen Gefahr entwickeln. Aus demselben Blickwinkel müßt ihr die Indianer betrachten, besonders die Seminolen. Die muß man früh genug erledigen. Der einzig gute Indianer ist ein toter Indianer. Und das gilt auch für die Mischlinge. Wenn ich meine Tochter bis Sonnenaufgang nicht wiederhabe, werden wir uns diesen Wilden vorknöpfen.«

Gellender Jubel hallte über den Fluß hinweg, und Weatherby zuckte zusammen. Offenbar hatte Warren lauter Grünschnäbel um sich versammelt. Sobald sie das haarsträubende Kriegsgeschrei der Seminolen hörten, würde ihre Begeisterung verfliegen.

Als der Morgen graute, erwachte James und spürte Teelas Körper neben sich. So weich, so warm.

Er schloß wieder die Augen. Früher hatte er jeden Morgen eine Frau im Arm gehalten, wenn er aufgewacht war, ihren Duft eingeatmet und Kraft aus ihrer Nähe geschöpft. Wie schmerzlich er Naomi vermißte ...

Um die Trauer zu bewältigen, hatte er sich verbissen in den Kampf seines Volkes gegen die Army gestürzt. Und er hätte niemals erwartet, daß er seine Nächte einmal mit einer zarten weißen Südstaatenschönheit verbringen würde. Doch das mußte ein Ende finden, weil er kein Südstaatenpflanzer wie Jarrett und in einen gnadenlosen Krieg verstrickt war. Im Wald schlief er viel öfter als im Bett. Ein solches Leben durfte er Teela nicht zumuten. Naomi, in Florida geboren, war ein Teil dieser Welt gewesen, hatte die Schönheit wilder Orchideen und weißer Kranichflügel ebenso gekannt wie die Gefahr der Klapperschlange.

Aber Teela ... Er streichelte ihren Rücken, verzaubert von ihrer seidigen Haut, ihren schimmernden dunkelroten Locken. Schon bei der ersten Begegnung war er ihrer Anziehungskraft verfallen. Sie hatte ihn aus seinem Selbstmitleid und seinem verzehrenden Kummer gerissen, nur um ihn in eine neue Hölle zu stürzen, denn sie konnte ihn nicht ins Sumpfgebiet begleiten, nicht an seiner Seite kämpfen. In seiner Nähe würde sie ihr Leben riskieren.

Das erste Tageslicht kroch in die Hütte und überzog Teelas Körper mit einem rosigen Hauch. Als James ihren Rücken liebkoste, spürte er eine kleine Narbe und hielt inne. Warren hatte sie geschlagen!

Von heißem Zorn erfaßt, wünschte James inbrünstig, er würde dem Schurken endlich auf dem Schlachtfeld gegenüberstehen. Seit er Teela kannte, wuchs sein Haß gegen den Colonel mit jedem Tag. Er wollte sie vor ihrem Stiefvater schützen. Aber so grausam Warren sie auch behandeln mochte, er würde sie nicht töten — während sie an James' Seite sterben könnte.

Er berührte ihre Schulter, und sie drehte sich seufzend auf den Rücken. Wie ein feuriger Fächer bedeckte das lange Haar ihre Brüste. Nach einer Weile flatterten ihre Wimpern. Sie öffnete die Augen und schaute ihn an, immer noch im Halbschlaf. Wie vertrauensvoll ihr Blick wirkte — und so sinnlich ...

James küßte ihre Lippen, ihren Hals, ihre Brüste, dann glitten seine Hüften zwischen ihre Schenkel. Bald war sie hellwach und paßte sich dem Rhythmus des Liebesspiels an. Würde das wilde Verlangen, das sie in ihm entfachte, jemals erlöschen. Die Zärtlichkeit steigerte sich zu fiebriger Glut, und beide wurden von einem Wirbelsturm mitgerissen, der nach dem ekstatischen gemeinsamen Höhepunkt nur langsam verebbte.

Zärtlich hielt er sie in den Armen und wollte ihr einen guten Morgen wünschen. Doch da erklangen Hufschläge auf dem trockenen Erdreich vor der Hütte. Sofort sprang er auf und ergriff sein Gewehr, das während der Nacht in Reichweite gelegen hatte.

»James!«

Als er die Stimme seines Bruders erkannte, seufzte er erleichtert, ließ die Waffe fallen und schlüpfte in seine Breeches. In diesem Augenblick wurde auch schon die Tür aufgestoßen.

So schnell wie James konnte Teela sich nicht anziehen. Sie wickelte sich nur in eine Decke, und ihr angstvoller Blick krampfte sein Herz zusammen.

Aber von Jarrett drohte ihr keine Gefahr. In einem schlichten Baumwollhemd, einer Reithose und hohen Stiefeln stand er auf der Schwelle. »James, wir stecken in ernsthaften Schwierigkeiten. Die ganze Nacht bin ich durch den Wald geritten, um Miss Warren zu suchen. Sie ist ihrem Vater davongelaufen, und er will vermutlich ...« Mitten im Satz verstummte er und starrte Teela an. »Großer Gott!« flüsterte er, trat ein und schloß die Tür hinter sich.

»Sie weiß, daß sie zurückkehren muß«, erklärte James. »Da ich ein Halbblut und ein Freund Osceolas bin, wird mir der Colonel seine Tochter nicht anvertrauen. Und ich kann ihn auch nicht zu dem Schlupfwinkel der Indianer führen, die er ausrotten möchte.«

»Natürlich muß sie zurück ...«, begann Jarrett.

»Würden die Gentlemen bitte aufhören, über mich zu diskutieren, als wäre ich nicht vorhanden?« fiel Teela ihm ins Wort.

Jarrett hob die Brauen und wandte sich zu James, der die Achseln zuckte. »Bedauerlicherweise ist sie ein leichtsinniges kleines Temperamentsbündel. Kein Wunder, daß Warren solche Probleme mit ihr hat. Sie wird dich nach Cimarron begleiten, aber du mußt den Colonel irgendwie daran hindern, seine Tochter kreuz und quer durch Florida zu schleifen. Wenn sie auf Krieger treffen, deren Familien er getötet hat, wird sie mit ihm sterben. Außerdem — schlägt er sie.«

Verwirrt schaute sie zu ihm auf, und das Blut stieg ihr in die Wangen. Nun hatte er sie in Verlegenheit gebracht. Das wußte er. Sie war sehr stolz und sehr unglücklich. Aber Jarrett mußte die Wahrheit erfahren, und James konnte keine Rücksicht auf ihre Gefühle nehmen.

»Ich bin sehr stark, und ich fürchte meinen Stiefvater nicht.« Teela zögerte. »Wie sehr ich ihn auch hasse — er jagt mir keine Angst ein.«

»Weil du so verdammt unvernünftig bist!« stieß James hervor.

»Wenn ihr beiden zuhören würdet ...«, begann Jarrett. »Tara und ich glauben, daß wir eine Lösung gefunden haben. Inzwischen ist John Harrington aus Tampa zurückgekommen, auf dem Landweg über Roberts Plantage, während seine Soldaten den Fluß hinaufgefahren sind, zu Warrens Schaluppe. Er wußte gar nicht, daß der Colonel so schnell hier eingetroffen war. Ihrer neuesten Order zufolge sollen sie alle möglichst weit landeinwärts segeln und dann ostwärts marschieren, um sich einer anderen Kompanie anzuschließen. Also wird Warren wenig Zeit finden, um seine Tochter irgendwohin zu bringen, und John will ihn ersuchen, seine Tochter auf Cimarron zurückzulassen.«

»Und wie will John das anstellen?«

»Vielleicht sollte er erklären ...«

»Daß er sich mit Teela verloben wird?«

»Unmöglich!« rief sie.

James eilte zu ihr und zerrte sie auf die Beine, so kraftvoll, daß sie sich nicht wehren und nur die Decke festhalten konnte. Wie ein Schraubstock umklammerte seine Hand ihren Arm. »Du hast keine Wahl.«

»Aber das ist unfair ...«

»Verdammt, du kannst nicht in den Sumpf fliehen! Am besten schickst du sie sofort nach Charleston, Jarrett, noch bevor die Kämpfe anfangen.«

»Natürlich, ich werde mein Bestes tun«, versprach Jarrett.

»Nein«, protestierte sie, »ich will nicht ...«

»Was du willst, spielt keine Rolle. Sag deinem Vater, du würdest John heiraten. Vielleicht solltest du's ernsthaft in Erwägung ziehen«, fügte er hinzu und hörte die Bitterkeit, die in seiner eigenen Stimme mitschwang. »Er ist ein anständiger Kerl, und er wird einen wundervollen Ehemann für ein zartes, kleines weißes Mädchen abgeben — wenn er das alles überlebt.«

»Laß mich los!« flüsterte sie wütend, und er sah Tränen in ihren Augen.

Jarrett räusperte sich. »Während Sie sich — eh — anziehen, Miss Warren, warte ich draußen. Wenn wir nicht sofort zurückreiten, wird Ihr Stiefvater seine Leute ausschwärmen lassen. Dann stöbern sie dieses Versteck auf, einen sicheren Hafen für viele Frauen und Waisenkinder, die diesen Alptraum schon so lange erdulden müssen.«

Die Tür fiel hinter ihm ins Schloß.

»James ...«

»Zieh dich an!« befahl er, ließ sie los und kehrte ihr den Rücken.

»Ich weiß, ich muß nach Cimarron reiten, sonst würde Warren hierherkommen und dich gefährden ...«

»Dann würde er sterben«, versicherte James tonlos.

»Und er tötet noch mehr unschuldige Menschen. Deshalb werde ich Jarrett begleiten. Doch ich kann unmöglich einen Mann heiraten, den ich mir nicht selbst ausgesucht habe.«

»Harrington liebt dich!« fauchte er und ballte die Hände.

Aber ich liebe ihn *nicht*.«

»Wenn du ihm eine Chance geben würdest ...«

Sie schwieg eine Zeitlang, und er spürte ihren Blick im Rücken. »Keine Bange, ich werde dich nicht verraten«, versicherte sie kühl.

Da wandte er sich ihr wieder zu. »Glaubst du, ich habe Angst vor Michael Warren? Ganz im Gegenteil, ich wäre froh, wenn ich endlich eine Gelegenheit bekäme, ihn umzubringen.«

»Oder du stirbst, während du's versuchst.«

»Gewiß nicht, solange *er* am Leben ist ...« Sein Atem stockte. Inzwischen war sie halb angezogen, aber die Bluse stand noch offen, und er sah ihre vollen Brüste über dem Korsett. Wild zerzaust hing ihr das Haar auf die Schultern. Als er die eiserne Entschlossenheit in ihren Augen las, ging er zu ihr und nahm sie in die Arme. »Versuch deinen Stolz zu bezwingen. John ist ein guter Mann ...«

»Ja! Und deshalb kann ich ihn nicht benutzen oder belügen ...«

»Dann sag ihm eben die Wahrheit. Aber gib ihm eine Chance!« Er ließ sie wieder los, und sie knöpfte ihre Bluse zu.

»Welche Chance würde ich ihm geben, wenn ...«

»Eine faire Chance! Wenn du bei mir bleibst, bei einem halben Indianer, bist du verloren.«

Ehe sie antworten konnte, verließ er die Hütte und wagte nicht, sich noch einmal umzudrehen. Draußen sah er Harrington neben Jarrett stehen. Sie hielten ihre Pferde am Zügel und unterhielten sich leise.

»James!« Wie immer schenkte John ihm ein freundliches Lächeln und drückte ihm die Hand. James schluckte mühsam. Von Anfang an war Harrington in Teela verliebt gewesen. Aber konnte er überhaupt beurteilen, was John für sie empfinden mochte, wenn er seine eigene Leidenschaft und Besessenheit nicht verstand?

»Danke, daß du gekommen bist, John. Offensichtlich haben wir Ärger mit Warren.«

»Der Colonel ist ein Bastard. Ein Glück, daß du Teela gefunden hast, ehe ihr was zustoßen konnte!«

»In dieser Gegend treiben sich die Krieger nur selten herum.«

»Aber wenn sie einer Klapperschlange begegnet wäre ... Was muß das für ein Mann sein, dessen Tochter ihr Leben riskiert, nur um ihm zu entrinnen? Ich schwöre dir, ich werde alles tun, was in meiner Macht steht, um sie vor ihm zu schützen.«

»Nicht nur das, John. Du mußt sie auch von den Schlachtfeldern fernhalten.«

»Natürlich, das verspreche ich dir.«

»Ich stehe in deiner Schuld.«

»So wie ich in deiner.«

»Heirate sie also so schnell wie möglich, falls es nötig ist.«

»Großer Gott, James!« erwiderte Harrington unbehaglich. »Ich habe kein Recht ...«

»Nein, *ich* bin es, der keinerlei Rechte besitzt.«

»Jetzt müssen wir aufbrechen«, mahnte Jarrett. »Teela erwartet uns bereits.«

Als James sich umdrehte, sah er Teela vor der Hütte stehen, die Hände gefaltet, die Schultern gestrafft. Inzwischen hatte sie ihr Haar zu einem strengen Nackenknoten geschlungen. Nur die funkelnden smaragdgrünen Augen verrieten den Aufruhr ihrer Gefühle.

Harrington hatte James' und Teelas Pferde im Wald eingefangen und hinter der Hütte festgebunden.

Nun holte James die fuchsrote Stute und hob Teela in den Sattel. »Paß gut auf dich auf.« Wortlos starrte sie ihn an, und er wandte sich zu seinem Bruder. »Aber es ist wohl besser, wenn *du* sie im Auge behältst. Sie ist zu unvernünftig, um für sich selber zu sorgen.«

»Beruhige dich, wir kommen schon zurecht«, versicherte Jarrett. »Gott mit dir, Bruder.«

»Und mit dir, Bruder«, erwiderte James lächelnd, und sie schüttelten sich die Hände.

»Nimm dich in acht, wenn du zurückkommst! Warren behauptet, du hättest seine Tochter entführt.«

»Was eine schwerwiegende Anschuldigung ist, James«, ergänzte John.

»Entweder treffe ich ihn auf dem Schlachtfeld — oder im Gerichtssaal«, erwiderte James und verneigte sich vor Teela. »Leb wohl.«

»Leb wohl, James.«

Wenig später schaute er den beiden Reitern und ihrer Begleiterin nach. Kein einziges Mal drehte sie sich um. Doch — jetzt blickte sie über ihre Schulter, und er winkte ihr zu. »Auf bald, Teela«, flüsterte er, obwohl es nicht geschehen durfte. Er wußte, sie würden sich wiedersehen.

11

»Also bist du zurückgekehrt und wirst erneut an unserer Seite kämpfen, Running Bear. Du warst bei deinem Bruder und hast wieder einmal erfahren, daß ein einziger Tropfen Seminolenblut genügt, um die Haut eines Mannes rotzufärben.«

Mit gekreuzten Beinen saß James am Lagerfeuer und musterte Osceola. Er hatte den Kriegerhäuptling fast zehn Tage lang gesucht, auf schwierigem Terrain, wo die Seminolen alle Richtungen einschlagen und scheinbar sogar im Erdboden verschwinden konnten.

Schließlich hatte er den Freund gefunden, viel zu nahe beim Fort Brooke, im Kreis einer großen Kriegertruppe. Osceola sah nicht gut aus, und das wußte der stolze, kluge *mico* sicher selbst. Doch er war immer noch ein attraktiver Mann mit hohen, breiten Wangenknochen und durchdringendem Blick. James mochte ihn, obwohl sie manchmal unterschiedliche Meinungen vertraten.

James durfte sich vielleicht glücklich schätzen, weil er Osceolas Zorn niemals gespürt hatte. Nachdem der Häuptling von Wiley Thompson gedemütigt worden war, hatte der Indianeragent sein Leben verwirkt. Auch der kriegsmüde Charlie Emathla mußte sterben, weil er sich den Weißen ergeben und dadurch, in Osceolas Augen, sein Volk verraten hatte. Der *mico* kämpfte in winterlicher Kälte, in der grausamen Hitze des Sommers, in Regen und Wind, unter Blitz und Donner. Nun zeigten sich die Spuren dieses beschwerlichen Lebens.

»Mein Freund, ich bin gekommen, um dir mitzuteilen, daß ich einige Überlebende aus dem Otter-Clan zum Fort Brooke führen werde. Dieser Gruppe gehören keine Krieger an, nur müde Witwen, hungernde Kinder und alte, kranke Menschen.«

Bevor Osceola antwortete, starrte er eine Zeitlang in die Flammen. »General Jesup ist ein machtvoller Feind.«

»Trotzdem geriet er unter dem Druck der Politik und des unwegsamen Sumpfgebiets ins Wanken, wie so viele hartgesottene Männer, die sich zuvor hierhergewagt hatten.«

»Manche werden immer kämpfen. Und es gibt Krieger, die der weiße Feind niemals fangen kann. Aber einige wird er in den Tod treiben.« Osceola seufzte tief auf. »Offenbar glauben die Weißen, sie würden den Krieg siegreich beenden, wenn sie mich und die anderen Häuptlinge erledigen. Aber sie verstehen nicht, daß sie viele hundert Gegner bekämpfen.« Plötzlich verengten sich seine Augen. »Wie ich höre, plant Jesup eine Zangenbewegung, so wie General Winfield Scott.«

»Das würde einen Sinn ergeben.«

»Hast du von deinem Bruder irgendwelche Einzelheiten erfahren?«

»Das Militär mißtraut meinem Bruder und enthält ihm gewisse Informationen vor.«

Lächelnd neigte Osceola den Kopf. »Er hat sich dem weißen Heer noch immer nicht angeschlossen.«

»Niemals würde er gegen das Volk seiner Stiefmutter Krieg führen. Wenn man ihn angreift, würde er seine Frau, sein Kind und sein Heim verteidigen. Aber ich kenne keinen *mico,* der über meinen Bruder herfallen oder den Jarrett attackieren würde.«

»Ich glaube, ich kann dir etwas Neues erzählen. Wann hast du Jarrett zuletzt gesehen?«

Erschrocken runzelte James die Stirn. Fast zwei Wochen waren verstrichen, seit er sich von seinem Bruder getrennt hatte. In sicherem Abstand war er Jarrett, Teela und John nach Cimarron gefolgt und hatte sie mit Warren ins Haus gehen sehen. Von Jeeves erfuhr er, was sich im Speisezimmer abgespielt hatte.

Offenbar war es zu einem heftigen Streit gekommen. Teela schrie den Colonel an. Aber Jarrett, stets auf Manieren bedacht, brachte sie zum Schweigen. Harrington spielte seine Rolle perfekt und überzeugend — den verliebten jungen Mann, eifrig bestrebt, seine Zukünftige zu schützen. Und Tara zeigte sich charmant wie eh und je. Erstaunlicherweise durfte Warrens Tochter vorerst auf Cimarron bleiben.

Am späteren Abend ging James zu seinem Bruder in die Bibliothek und ließ ihn wissen, er sei über die Entwicklung der Dinge informiert. Sie nahmen noch einmal Abschied voneinander, und James besuchte Jennifer, bevor er im Wald verschwand.

Im sanften Kerzenschein sah er Teela vor ihrer Balkontür stehen. Nur mühsam widerstand er der Versuchung, in ihr Zimmer zu schleichen. Die Soldaten, die immer noch rings um Cimarron patrouillierten, fürchtete er nicht. Aber er wollte dem Heim seines Bruders etwaige Kämpfe ersparen.

Vor allem glaubte James, er könnte Teela nicht verlassen, wenn er sie noch einmal umarmen würde. Und so hatte er ein letztes Mal ihr schönes Gesicht und den wohlgeformten Körper im fließenden weißen Nachthemd betrachtet, ehe er schweren Herzens davongeritten war.

»Was ist meinem Bruder zugestoßen?« fragte er Osceola mit heiserer Stimme.

»Nichts. Aber Jesup hat seinem Heeresminister geschrieben und erklärt, man dürfe uns im südlichen Sumpfgebiet nicht mehr behelligen.«

»Ja, das weiß ich.«

»Nun hat er die Antwort erhalten. Wir sollen nach Westen getrieben werden. Wenn man uns in Ruhe ließe, könnten die Cherokees auf ihrer traurigen Reise ins westliche Ödland protestieren. Womöglich würden auch andere Krieger wieder zu den Waffen greifen. Deshalb wird der Krieg weitergehen.«

»Hast du etwas anderes erwartet?«

»Wir leben mit der Hoffnung, wir kämpfen für die Hoffnung. Welcher weiße Mann will sich denn im elenden, giftigen Sumpf niederlassen, wo uns die Soldaten so hartnäckig verfolgen?«

Müde zuckte James die Achseln.

»Vor kurzem fanden sogar in Cimarrons Nähe kleinere Scharmützel statt. Viele unserer Männer sitzen in Tampa gefangen, auch Wildcat und Alligator. Und die Soldaten wollen noch mehr Häuptlinge festnehmen.«

»Weil sie mit Konflikten zwischen den Indianern rechnen, sobald die Anführer außer Gefecht gesetzt sind.«

»Der Feind droht die verhafteten Seminolen aufzuhängen, falls sie sich weigern, ihn zu unseren Stellungen zu führen. Sogar zum Verrat will er sie verleiten.«

»Nun, die Army fühlt sich von den Seminolen betrogen. Im März wurde ein Friedensabkommen unterzeichnet ...«

»... das die Weißen gebrochen haben.«

»So wie ihr.«

»Sie stehlen unser Land, unser Essen, unser Vieh. Wir haben uns ein paar Mahlzeiten auf ihre Kosten vergönnt.«

»In Zukunft solltest du ihnen keinen Grund geben, Verträge zu mißachten.«

»Auf welcher Seite stehst du, mein Freund?« Osceola schüttelte den Kopf. »Nicht nur auf meiner. Oft blutet mir das Herz, wenn ich an dich denke. Du bist so zerrissen. Was ich tue oder was in meinem Namen geschieht, erschreckt dich immer wieder. Ja, die Seminolen haben die Plantagen der Weißen überfallen, Frauen und Kinder sind gestorben. Früher nahmen wir einige gefangen. Die kleinen Söhne unserer weißen Feinde wuchsen zu tapferen Kriegern heran, die Töchter wurden gute Ehefrauen und Mütter. Doch wo wohnen wir jetzt? Nirgendwo. Wir sind wütend und verbittert. Nie zuvor mußten wir so hart ums Überleben kämpfen. Deshalb sterben weiße Frauen und Kinder — so wie unsere Frauen und Kinder.«

James starrte seine Finger an, die er ineinandergeschlungen hatte. Auf beiden Seiten fand ein grausiges Gemetzel statt, das ließ sich nicht leugnen.

»Denk an deine Tochter, Running Bear.« Der Häuptling beugte sich vor, und der Widerschein des Feuers tanzte über sein markantes Gesicht. »Denk an ihre Jugend, ihre Schönheit, ihre Unschuld. Soll das alles zerstört werden?«

»Bei meinem Bruder droht ihr keine Gefahr.«

Osceola nickte. Gegen Jarrett McKenzie, der die Indianer besser verstand als die meisten Weißen, wollte er nicht kämpfen. Running Bears Bruder war bei den Seminolen aufgewachsen, hatte den schwarzen Trank genossen und den Namen White Tiger erhalten — Weißer Tiger. »Für seine Nichte würde er sterben. Und Jennifer wird wohl weiterleben, wenn wir alle tot sind. Aber meine Kinder — und die Kinder der anderen ...«

»Ja, ich weiß, was ihr alle erleidet«, beteuerte James.

Der Häuptling stand auf. »Warte noch ein paar Wochen, ehe du deine Leute zum Fort Brooke führst, Running Bear. Vorerst wären sie dort nicht sicher. Ich werde einige unserer Krieger befreien. Natürlich kannst du mich nicht begleiten und das Gefängnis in Tampa angreifen. Aber du wirst mich auch nicht verraten.«

»Teela!«

Sie saß auf dem Hang, der vom Fluß zum Wald anstieg, und bürstete Jennifers Haar. Neben ihr lag der kleine Ian im Gras. Als sie John Harringtons Stimme erkannte, hob sie unbehaglich den Kopf. Lächelnd eilte er zu ihr. Soeben hatte er ein Schiff verlassen, das am Kai von Cimarron ankerte. Sie mochte ihn, sogar sehr. In ihrem bisherigen Leben waren nur wenige Menschen so gut zu ihr gewesen. Deshalb fiel es ihr um so schwerer, ihm weh zu tun. Sie konnte die tiefen Gefühle, die er ihr entgegenbrachte, nicht erwidern. Für sie war er nur ein guter Freund, und sie hätte seine amüsante Gesellschaft genossen, wäre sie nicht ständig von Gewissensbissen geplagt worden ...

Als sie an jenem Abend auf Cimarron angekommen waren, hatte er ihrem Stiefvater die Verlobung mitgeteilt und eifrig Pläne geschmiedet. Mit seinem Enthusiasmus steckte er Warren sogar an. Eindringlich betonte er, infolge der neuesten militärischen Order dürfe Teela den sicheren Hafen von Cimarron nicht verlassen, und letzten

Endes überzeugte er den Colonel. Während dieser Unterredung warf Tara ihr hin und wieder einen seltsamen Blick zu. Vermutlich hatte Jarrett seiner Frau erzählt, in welcher Situation er Teela und James angetroffen hatte.

Aber Tara stellte keine Fragen, und dafür war Teela ihr dankbar. Sie hätte keine Antwort gefunden, weil sie ihre komplizierten Gefühle selber nicht verstand. Nur eins wußte sie — da sie John nicht liebte, konnte sie ihn nicht heiraten.

Was sie für James empfand, war ihr rätselhaft. Immer wieder fragte sie sich, ob sie ihre vertraute, komfortable Welt verlassen würde, um ihm in die Wildnis zu folgen. Was er natürlich niemals gestatten würde ... Abgesehen davon durfte sie ihn nicht in Gefahr bringen, weil Warren ein hohes Kopfgeld auf ihn aussetzen würde. Sie versuchte sich einzureden, solche Überlegungen seien müßig, weil sie James ohnehin nichts bedeutete, weil sie nur eine flüchtige Leidenschaft geweckt hatte. An seinem Leben und seinem Kampf ließ er sie nicht teilnehmen. Nun war er verschwunden. Trotzdem dachte sie unentwegt an ihn. Nachts beherrschte er ihre Träume. Schließlich gestand sie sich ein, daß sie voller Sehnsucht auf seine Rückkehr wartete. Vielleicht war das Liebe ...

Was immer ihr Herz bewegen mochte — es weckte jedesmal Schuldgefühle, wenn sie John Harrington wiedersah.

»Schau doch, Jennifer, da kommt John!« rief sie, und beide standen auf.

John begrüßte Teela mit einem brüderlichen Kuß auf die Wange, dann beugte er sich zu dem kleinen Mädchen hinab. »Und wie geht es Ihnen, Miss Jennifer McKenzie?«

»Danke, sehr gut, Major Harrington«, erwiderte das Kind und knickste höflich. Ein Lächeln vertiefte die Grübchen in den runden Wangen.

»Ah, das freut mich. Wärst du so freundlich, Tante Tara

zu fragen, ob sie einen müden Soldaten zum Essen einlädt?«

Jennifer nickte und rannte fröhlich davon.

Besorgt schaute Teela ihn an. Ihr war nicht entgangen, daß er Jennifer absichtlich weggeschickt hatte. »Stimmt was nicht?«

»Ich wollte dich nur warnen«, erklärte er, hob den Babykorb auf, und gemeinsam wanderten sie langsam zum Haus.

Sofort beschleunigte sich ihr Herzschlag. »Wovor?«

»Im Gefängnis von Tampa wurden zahlreiche Seminolen festgehalten, darunter viele Häuptlinge. Osceola und seine Männer haben sie befreit. Wahrscheinlich sind siebenhundert Indianer entkommen.«

»Also geht der Krieg immer weiter«, seufzte sie und blieb stehen, weil sie seinen eindringlichen Blick spürte. »Noch etwas?«

»Angeblich gehörte auch James McKenzie zu den Befreiern.«

»Das glaube ich nicht. Niemals würde er seinen Bruder in Gefahr bringen ...«

»Ich glaub's auch nicht. Stets war James bestrebt, die Weißen nicht anzugreifen. Er kämpfte nur, wenn er attackiert wurde. Auf beiden Seiten wurde er als Vermittler geschätzt, und die Weißen vertrauen ihm ebenso wie die Indianer.« Zögernd fügte er hinzu: »Teela, da ist noch ein Gerücht aufgekommen. Man behauptet, er habe dich entführt, und wir beide würden es bestreiten, weil wir mit den Seminolen sympathisieren.«

»O Gott!« flüsterte sie unglücklich. »Hätte ich geahnt, daß ich Michael Warren einen so großartigen Vorwand für seine gemeinen Machenschaften bieten würde, wäre ich an jenem Tag nicht geflohen.«

»Du brauchst dir nichts vorzuwerfen. James nimmt dir auch nichts übel. Jederzeit würde er sein Leben für dich wagen.«

»Allzuviel wäre mir nicht passiert. Und — John, es tut mir so leid, was ich dir antue ...«

»Unsinn! Glaubst du, ich finde es so gräßlich, überall zu erzählen, ich sei mit der schönsten Frau in Florida verlobt?«

»Aber ...«

»Kein Wort mehr!« bat er leise, während sie weitergingen. »Ich weiß, du wirst mich niemals heiraten. Trotzdem bin ich dir gern zu Diensten. Und meinem Freund James ebenso.« Als sie ihn verwundert anschaute, erklärte er: »Er hat mir einmal das Leben gerettet.«

»Wie denn?«

»Bei der zweiten Schlacht am Withlacoochee. Meine Kompanie war zu nahe an ein Seminolenlager herangekommen, wo sich Frauen, Kinder und alte Männer aufhielten. Nach dem Tod eines unserer Kommandanten, eines Creeks, wagte niemand mehr, den Fluß zu überqueren. Aber die Kämpfe dauerten den ganzen Tag an. Ich verlor meine Muskete, mein Messer, mein Schießpulver. Plötzlich fiel ein großer, starker Indianer über mich her, der meinen Skalp erbeuten wollte. James, der das zufällig mitbekam, hätte ihn fast erstochen. Was er zu dem Krieger sagte, verstand ich nicht. Dafür reichten meine Muskogee- und Hitichi-Kenntnisse nicht aus. Jedenfalls stürzte sich der Indianer in andere Scharmützel, und James brachte mich in Sicherheit.« Er lächelte wehmütig. »Seit unserer ersten Begegnung in diesem Haus sind wir Freunde. Ich hoffe inständig, daß wir uns in diesem Krieg nie wieder auf verschiedenen Seiten gegenüberstehen werden.«

»Dein Leben war es wert, gerettet zu werden.«

Ehe er antworten konnte, hörten sie einen lauten Knall weiter unten am Fluß. Teela sah eine bunte Vogelschar aus dem Laub der Bäume emporflattern.

»Gewehrfeuer!« murmelte John und wandte sich zu seinem Schiff.

»Warte!« Teela nahm ihm den Babykorb ab. »Wohin gehst du, was hast du vor?«

»Wir müssen flußabwärts segeln.«

»Einen Augenblick, ich komme mit dir!« Sie rannte zur Veranda, wo Jeeves am Geländer stand und in die Richtung der Schüsse starrte. Hastig drückte sie ihm den Korb mit dem schlafenden Ian in die Arme.

»Moment mal, Miss Warren ...«, begann er, doch da eilte sie bereits hinter John her. Ein Befehl erklang, und die Soldaten lösten die Vertäuung der kleinen Schaluppe, die an jeder Seite mit zwei Kanonen bestückt war.

Wie viele Männer sich an Bord aufhielten, konnte Teela nicht feststellen. Sie erreichte die Laufplanke, kurz bevor sie hochgezogen wurde. »Warten Sie!«

John, der gerade mit einem Offizier sprach, sah sie an Deck stürmen und konnte sie nicht zurückhalten. Sonst hätte er sie ins Wasser stoßen müssen. »Teela, das ist Wahnsinn ...«

»Aber ich *muß* dich begleiten und sehen ...«

»Es ist doch nur ein kleines Scharmützel.«

Teils belustigt, teils neugierig hatten die Soldaten dem kurzen Wortwechsel gelauscht, und John legte resignierend einen Arm um Teelas Schultern. »Meine Verlobte, Gentlemen, Miss Warren.«

»Auf diesem Schiff hat eine Lady nichts zu suchen«, bemerkte ein schlanker junger Offizier mit Tennessee-Akzent.

»Vielleicht doch«, meinte ein älterer Mann, der eine Jacke aus gefranstem Hirschleder und einen großen Schlapphut trug. Graue Strähnen durchzogen sein rostrotes, im Nacken zusammengebundenes Haar. Lächelnd reichte er Teela seine Hand. »Warrens Tochter ist mit einem Major verlobt. Also kann es nicht schaden, wenn sie die Schatten des Soldatenlebens kennenlernt. Ich bin Joshua Brandeis, Militärarzt. Immer wieder muß ich unsere Jungs zusammenflicken. Wenn Sie nicht allzu zart besaitet sind, Ma'am, und mir helfen wollen, heiße ich Sie an Bord willkommen.«

Sie drückte seine Hand und schaute ihm ernst in die Augen. »Haben Sie den Eid des Hippokrates geleistet, Doktor?«

»In der Tat, junge Dame.«

»Und was geschieht, wenn ein Indianer in Ihre Hände fällt?«

Wissend erwiderte er ihren Blick. »Was diesen Krieg betrifft, teile ich keineswegs die Meinung Ihres Stiefvaters, Miss Warren. Welcher Verletzte auch immer vor mir liegt, ich schneide ihm Kugeln aus dem Fleisch, binde durchtrennte Arterien ab, schiene gebrochene Gliedmaßen und gieße Schwefel auf die Wunden. Nun, möchten Sie mir beistehen?«

»Nein, sie darf das Kampfgebiet nicht betreten ...«, begann John in strengem Ton. Aber Teela ignorierte ihn.

»Ja, ich helfe Ihnen, Dr. Brandeis«, verkündete sie entschlossen.

»Teela!« John drehte sie zu sich herum. »Wenn ich nicht einmal meine Verlobte im Zaum halten kann — wie sollen mir dann meine Männer gehorchen?«

»Solange sie nicht hören, was wir besprechen, werden sie nichts von unserer Meinungsverschiedenheit bemerken. Und wie du inzwischen wissen müßtest, gehorche ich niemandem.« Das Schiff glitt bereits den Fluß hinab, zu der Stelle, wo die Schüsse gekracht hatten.

»Um Himmel willen, ich habe versprochen, auf dich aufzupassen!«

»Und wenn James da draußen ist?«

»Willst du ihn sterben sehen?«

»John, bitte, ich flehe dich an ...«

»Da sind wir schon.« Er wandte sich von ihr ab und befahl seinen Männern, an Land zu gehen. Hier gab es keinen Kai, und das Schiff mußte in der Mitte des Stroms ankern. Rasch wurden kleine Boote ins Wasser hinabgelassen, und die Soldaten kletterten in disziplinierten Reihen hinein.

Im ersten Boot saß John. Dr. Brandeis stieg ins zweite, den Riemen seiner Arzttasche über die Schulter geworfen. »Kommen Sie?« fragte er und streckte Teela eine Hand entgegen.

Ohne zu zögern, ließ sie sich ins Boot helfen, und acht Männer folgten ihr. »Ziehen Sie den Kopf ein Miss!« mahnte ein Soldat.

»Solange Sie in unserer Nähe bleiben, passiert Ihnen nichts«, versprach ein anderer. »Wir sind ein Freiwilligenregiment, die Reste verschiedener Kompanien, die zusammengezogen wurden, um dem guten, alten John zu dienen. Und wir werden Sie alle schützen.«

»Vielen Dank ...« Teela zuckte zusammen, als neues Gewehrfeuer krachte, vermischt mit gellenden Schmerzensschreien und Kriegsgeheul.

Nun schabte der Kiel über den Kiesgrund des Flusses. Die Männer sprangen hinaus und zogen das kleine Boot ans grasbewachsene Ufer. Auf den Arm des Doktors gestützt, stieg auch Teela aus. Mit schmalen Augen schaute er sich um. »Beeilen wir uns!«

Sie wateten durch tiefen Schlamm, und Teela hielt entsetzt den Atem an, als sie die Leichen im hohen Gras liegen sah. Auf dem blutigen bunten Hemd eines Kriegers lag eine Kette aus silbernen Halbmonden. Blicklos starrten die glasigen dunklen Augen zum Himmel hinauf. Er war nicht von einer Kugel getroffen, sondern mit einem Bajonett aufgeschlitzt worden. Mühsam bekämpfte sie ihre Übelkeit. Als sie ein Stöhnen hörte, drehte sie sich bestürzt um.

Nur wenige Schritte entfernt lag der Gegner des Kriegers, ein weizenblonder junger Bursche von der Miliz, in einer fadenscheinigen Hose, einem schlichten Baumwollhemd und schwarzen Lederstiefeln. Blut quoll aus seiner Schulter. Stöhnend preßte er eine Hand auf die Wunde.

Seine blauen Augen starrten Teela an. »Helfen Sie mir!« flüsterte er. »O Gott, ich sterbe ... In diesem Höllenloch ist ein Engel aufgetaucht ...«

Sie kniete neben ihm nieder, aber Dr. Brandeis stieß sie rasch beiseite. »Eine Kugel, mein Sohn?« fragte er und öffnete seine Ledertasche.

»Ja, Sir.«

»Musketenfeuer?«

»Wahrscheinlich, Sir. Da steckt sie drin.«

Brandeis zerriß das Hemd des Soldaten.

»Kugelzange!« befahl er Teela.

Mit bebenden Fingern wühlte sie in der Tasche und fand das gewünschte Instrument. Dann bat Brandeis um sein Skalpell. Während er die Kugel herausschnitt, hielt Teela die Ränder der Wunde auseinander. Sie fädelte einen Seidenfaden in eine Nadel und tupfte das Blut weg, während der Arzt eine zerfetzte Arterie nähte.

Schließlich wusch sie die Wunde mit Whiskey und biß sich in die Lippen, weil der Soldat gequält aufschrie. Nach einer hastigen Behandlung mit Schwefel legte der Arzt dem jungen Mann einen Verband an. »Mehr kann ich im Augenblick nicht für Sie tun, mein Freund. Kommen Sie, Miss Warren!«

Erst jetzt sah sie die großen Blutflecke auf ihrem Kleid. Doch sie achtete nicht weiter darauf und folgte dem Arzt das Ufer entlang. Überall lagen reglose Gestalten, Seminolen und Weiße. Teela beugte sich über einen Krieger, aber Brandeis erklärte: »Der ist tot.« Trotzdem fühlte sie nach dem Puls, doch sie mußte dem Doktor recht geben.

Zwei Soldaten waren in die Beine getroffen worden, die eine Kugel hatte das Fleisch glatt durchbohrt, die andere saß fest. Einen Schwerverletzten, der einen Bauchschuß erlitten hatte, behandelte Brandeis nur mit Whiskey. »Vermutlich wird er die Fahrt nach Fort Brooke nicht überstehen«, erklärte er Teela leise und hörte, wie ihr Atem stockte. »Aber viele werden überleben. Suchen wir weiter.«

Getreu seinem Wort, half er den verwundeten Indianern ebenso wie den Weißen. Immer wieder erklang sporadisches Gewehrfeuer, dann verstummte es. Das Scharmützel hatte ein Ende gefunden. Zwischen den Bäumen, die zwanzig Meter entfernt vom Ufer wuchsen, lagen weitere Tote und Verletzte.

Teela half dem Doktor, einen jungen Soldaten, der vermutlich sein Bein verlieren würde, eine Aderpresse anzulegen. Trotz seiner Schmerzen zwang sich der Patient zu einem Lächeln. »Wir waren auf Patrouille und versuchten ein paar Indianer zu überraschen, Doktor. Statt dessen überraschten sie uns ...«

Behutsam flößte ihm Teela etwas Whiskey ein, und er verlor die Besinnung.

»Das ist immer noch die beste Medizin«, meinte Brandeis, stand auf und hielt nach dem nächsten Verletzten Ausschau.

Auch Teela erhob sich. Schwer und dumpf hämmerte ihr Herz gegen die Rippen. Sie fühlte sich erschöpft und straffte den schmerzenden Rücken. Plötzlich entdeckte sie einen Seminolen, der im hohen Gras lag, das Gesicht nach unten. Er trug dunkle Breeches, hohe Wildlederstiefel und ein gemustertes Baumwollhemd. In dichten schwarzen Wellen verteilte sich das Haar über seinen blutüberströmten Rücken.

Mühsam unterdrückte sie ein Schluchzen, rannte zu ihm und sank auf die Knie. Sie strich ihm das Haar aus dem Gesicht, dann seufzte sie erleichtert, es war nicht James, aber ebenfalls ein Mischling, mit klassischen Zügen.

Obwohl er schwer verwundet war, atmete er noch. In seinem Hals pochte ein Puls. Teela drehte sich um und wollte nach Dr. Brandeis rufen. Doch der Name erstarb auf ihren Lippen. James kam auf sie zu, in dunklen Breeches und einem grüngemusterten Hemd, das mit der Erde und den Bäumen zu verschmelzen schien.

Hoch aufgerichtet blieb er vor ihr stehen und schaute

sie an, mit unergründlichen Augen. Dann kauerte er sich neben den verwundeten Krieger.

»Dr. Brandeis ist sehr tüchtig«, versicherte sie und fuhr nervös mit der Zunge über ihre Lippen. »Und er behandelt die Seminolen ebenso gut wie die Weißen . . .«

»Still!« Ehe er den Krieger untersuchte, spähte er zu den Soldaten hinüber, die am Ufer patrouillierten. Als er die Wunde betastete, erwachte der Mann, und James legte hastig einen Finger an die Lippen. Beruhigend redete er in der Seminolensprache auf ihn ein, und der Mischling nickte.

Entsetzt preßte Teela eine Hand auf ihren Mund und unterdrückte einen Schrei, als James mit bloßen Fingern in die Wunde griff und die Kugel herausholte. »Schnell, gib mir die Schwefelflasche!«

Sie starrte verwirrt auf die kleine Glasflasche, die sie in der Hand hielt, und gab sie ihm. Großzügig schüttete er die Flüssigkeit auf die Wunde.

Der Krieger hatte keinen einzigen Laut von sich gegeben, und jetzt wußte sie, warum er schwieg. Inzwischen hatte er die Besinnung verloren.

»Auch Brandeis hätte sich um ihn gekümmert«, flüsterte sie. »Sogar bei der Army gibt es gute, anständige Männer.«

»Das bestreite ich nicht.« James riß ein paar Streifen aus seinem Hemd und legte dem Mischling einen Verband an. Dabei behielt er die Soldaten am Ufer wachsam im Auge.

»Du mußt ihn liegen lassen . . .«

»Unmöglich. Das ist Yohola, für die Weißen Thomas Artaine, und er hat geschworen, lieber zu sterben, als seine Heimat aufzugeben.«

»Aber . . .«

»Dein guter Militärarzt wird ihn zusammenflicken und gegen seinen Willen nach Westen verfrachten. Also überlaß den armen Kerl *meiner* Obhut. Und jetzt erklär mir, was zum Teufel du hier treibst!«

»Ich ...«

»Habe ich dir nicht gesagt, du sollst nach Hause fahren?«

»So einfach ist das nicht ...«

»Doch, verdammt einfach!« fauchte er. »Ein reiner Zufall hat dieses Scharmützel heraufbeschworen. Weder die Weißen noch die Seminolen wollten angreifen. Was glaubst du, was dir während eines härteren Kampfs zustoßen würde? Insbesondere, wenn die Indianer alle Soldaten in deiner Nähe niedermetzeln?«

»Ich wollte helfen ...«

»Das kannst du nicht. Mit alldem hast du nichts zu tun. Fahr nach Hause!«

Entschieden schüttelte sie den Kopf. »Bitte, James, du mußt von hier verschwinden.«

Ein bitteres Lächeln verzog seine Lippen. »Ja. Nachdem ich ein weißes Mädchen entführt und ihr Gott weiß was angetan hatte, half ich auch noch meinem Freund Osceola, siebenhundert Indianer zu befreien.«

»Was immer geschehen ist — du mußt gehen!«

Er rührte sich nicht von der Stelle. »Nein, *du* mußt gehen. Und verdammt noch mal, ich werde dafür sorgen. Brandeis!«

»Bist du wahnsinnig?« stieß sie hervor. »Man wird dich entdecken!«

Angstvoll sprang sie auf, schaute sich um und erwartete, von allen Seiten würden Soldaten herbeistürmen. Doch sie täuschte sich. Offenbar war der Ruf ungehört verhallt. Als sie sich wieder zu James wandte, hatte er den verletzten Krieger auf seine Schulter gehoben. »Dein Freund braucht Hilfe!« mahnte sie.

»Keine Bange, ich kümmere mich um ihn.« Mit seiner freien Hand packte er ihren Arm. Hastig senkte sie den Blick, um zu verbergen, wie sehr seine Nähe sie beglückte, das Wissen, daß er lebte und unversehrt war. »Hör mir jetzt gut zu, Teela. Du wirst abreisen oder wenigstens auf

Cimarron bleiben. Laß dich nie wieder in unmittelbarer Nähe eines Gefechts erwischen!«

»Zum Teufel, James ...«

»Ich warne dich, denn die Weißen gewinnen nicht alle Schlachten, und ich werde nicht immer in der Nähe sein. Sobald du den Indianern in die Hände fällst, töten sie dich, du kleine Närrin!«

Abrupt ließ er ihren Arm los und verschwand zwischen den Bäumen. Teela blieb wie erstarrt stehen und gewann den Eindruck, er wäre niemals hier gewesen.

12

Die Schaluppe legte am Kai von Cimarron an. Inzwischen hatte Teela erkannt, wie unbedacht ihr Verhalten gewesen war. Tara stand mit ihrem Mann auf der Uferböschung, einem hysterischen Anfall nahe.

Sobald Teela an Land gegangen war, riß Tara sie in die Arme, ohne das blutverschmierte Kleid zu beachten. »Sollen wir dich in Zukunft einsperren, Teela Warren?« schimpfte sie. »Wir haben versprochen, dich zu beschützen. Und du setzt dein Leben so leichtfertig aufs Spiel, daß unser Ehrenwort wie Spott und Hohn klingt. Vor lauter Sorge waren wir halb verrückt!«

»O Gott, es tut mir so leid!« beteuerte Teela zerknirscht. »Ich hatte selber Angst ...«

»Und weil du soviel Angst hattest, mußtest du dich mitten ins Kampfgetümmel stürzen?« fragte Jarrett erbost.

»Ich — ich wollte doch nur sehen, ob ...«, stammelte sie.

Offenbar erriet er, was sie befürchtet hatte — James auf dem Schlachtfeld zu finden, verwundet oder tot. »Jetzt können wir's nicht mehr ungeschehen machen«, seufzte er, dann wandte er sich zu Major Harrington und Dr.

Brandeis, die das Schiff soeben verlassen hatten. »John!« rief er in strengem Ton.

Harringtons Gesicht lief feuerrot an. »Glaub mir, Jarrett, ich hatte nicht vor, sie mitzunehmen.«

»Aber ich war verdammt froh, als sie an Bord kam.« Grinsend schüttelte der Doktor Jarretts Hand. »Miss Warren half mir und bewies, wie tüchtig sie ist. Ihrer Umsicht und Vernunft haben wir's zu verdanken, daß ein oder zwei arme Teufel, die jetzt in der Kabine liegen, ihre schlimmen Wunden überleben werden.«

»Wenn Umsicht und Vernunft genügen würden, wäre dieser Krieg längst beendet«, meinte Jarrett und starrte sie an, immer noch vorwurfsvoll.

»Komm, Teela!« drängte Tara und umfaßte energisch ihren Arm. »Jetzt brauchst du erst mal ein heißes Bad und eine Tasse Tee. Bleibst du hier, John?«

»Nein, Tara. Zunächst versorgen wir unsere Verwundeten, so gut wir können, und abends segeln wir nach Tampa Bay. Die meisten Männer müssen ins Fort Brooke-Lazarett gebracht werden.«

»Meine liebe Miss Warren ...«, begann Dr. Brandeis und verneigte sich vor Teela. »Wenn ich mir eine Bemerkung erlauben darf — ich finde Ihre Anwesenheit auf dem Schlachtfeld viel nützlicher als gewisse Aktivitäten Ihres Vaters ...«

John trat ihm auf die Zehen, und der gute Doktor stöhnte gespielt auf. »Das dürfen Sie in alle Welt hinausposaunen, falls Sie vors Kriegsgericht gestellt oder eine Kugel in den Rücken kriegen wollen!«

Doch der Arzt besaß ein unerschütterliches Selbstvertrauen. »Adieu, schöne Lady!« Galant küßte er Teelas Hand. »Wenn Sie jemals wieder geneigt sind, unsere armen Patienten zu betreuen, würde ich mich sehr über Ihren Beistand freuen.«

»Vielen Dank.« An diesem Tag hätte sie nicht gedacht, daß ihr irgend jemand ein Lächeln entlocken würde.

»Auf Wiedersehen, meine Liebe, und nimm dich in acht«, bat John und hauchte einen Kuß auf ihre Stirn.

»Vielleicht findest du etwas später Zeit, uns im Haus zu besuchen, John«, schlug Jarrett vor.

»Mal sehen — danke.«

Während der Major mit Joshua Brandeis an Bord zurückkehrte, stiegen Tara und Teela den Hang hinauf. Jarrett blieb nachdenklich am Kai stehen.

Auf der Veranda angekommen, drückte Tara ihren Schützling in einen Schaukelstuhl. »Du zitterst ja am ganzen Körper. Ruh dich ein bißchen aus. Inzwischen lasse ich ein Bad für dich vorbereiten. Dein Kleid ist völlig ruiniert. Diese Blutflecken kann man nicht mehr entfernen.«

»Das spielt keine Rolle.«

»Natürlich — was ist schon ein Kleid, verglichen mit dem Leben, das du gerettet hast?«

Tara eilte in die Halle, und Teela betrachtete die Farbenpracht des Sonnenuntergangs am Horizont. Nach einer Weile stieg Jarrett die Verandastufen herauf und ging wortlos an ihr vorbei. Von neuen Schuldgefühlen geplagt, stand sie auf und folgte ihm ins Haus. Da sie ihn im Salon nicht antraf, klopfte sie an die Bibliothekstür und trat ein, ohne eine Antwort abzuwarten. Er stand vor dem Kamin, drehte sich nicht um. Offensichtlich hatte er mit ihr gerechnet.

»Schließ die Tür, Teela.« Als sie gehorchte, wandte er sich zu ihr. »Welche Absichten hegst du eigentlich, was meinen Bruder betrifft?«

»Wie bitte?« wisperte sie.

»Treibst du irgendein Spiel mit ihm?«

»Verzeih mir, Jarrett, solltest du diese Fragen nicht lieber deinem Bruder stellen?«

»Unter normalen Umständen — vielleicht. Aber diese Zeiten sind nicht normal. Mein Bruder ist ein Halbindianer und zwischen zwei Fronten geraten. Jeden Tag könnte ihn eine der beiden Parteien töten. Deshalb muß er sich im Wald oder im Sumpf verstecken. Um zu überleben, braucht er seinen klaren Verstand, und er darf sich nicht von einer jungen Frau ablenken lassen, die ein romantisches kleines Abenteuer mit einer faszinierenden Rothaut sucht. Also frage ich noch einmal. Was hast du mit James vor?«

Unbehaglich wich sie seinem Blick aus. »Ich suche kein ›kleines‹ Abenteuer.«

»Und warum bist du wie eine kopflose Närrin ins Gewehrfeuer gerannt.«

»Weil ich wissen mußte, ob er ...«

»War's das wert? Die Sorge, die du uns bereitet hast? Die Vergeltungsmaßnahmen deines Vaters, falls er davon erfährt?«

»Ja!« rief sie. »Ja! Ja! Ich habe James gesehen und mich vergewissert, daß er am Leben ist — und unverletzt!«

Verblüfft hielt Jarrett den Atem an. »Du hast ihn gesehen?«

»Nur ich. Die anderen haben nichts bemerkt. Als ich mich um einen verletzten Krieger kümmerte, tauchte James plötzlich auf. Und dann trug er seinen Freund in den Wald.«

Jarrett nickte und musterte sie forschend. »Verzeih mir, daß ich so unfreundlich war. Ich wollte dich nicht kränken. Aber er ist mein Bruder.«

»Und ein erwachsener Mann, für sich selbst verantwortlich.« Unsicher suchte sie nach Worten. »Ich habe nicht ...«

»Ja, ich weiß«, unterbrach er sie sanft. »Zu einer Affäre gehören immer zwei. Es ist nur — ich habe Angst um euch beide. Wohin soll das führen?«

»Vielleicht ist dein Bruder gar nicht an einer Fortsetzung dieser ›Affäre‹ interessiert.«

»Weil er vermutlich erkennt, daß eure Beziehung keine Zukunft hat. Machst du dir gar keine Gedanken darüber,

Teela? Wärst du glücklich, wenn du mit ihm durch die Wildnis fliehen müßtest, Tag für Tag, von Soldaten gejagt? Glaub mir, die Seminolen, für die James so verzweifelt kämpft, führen ein hartes, beschwerliches Leben.«

»Keine Bange, Jarrett, dein Bruder läßt mich ohnehin nicht daran teilhaben.«

»Du solltest nach Charleston zurückkehren.«

»Bin ich in deinem Haus denn nicht mehr willkommen?«

Seufzend schüttelte er den Kopf. »Hier bist du immer willkommen. Ich versuche dir nur die Situation zu erklären. Und wie gesagt, ich habe Angst um euch beide.«

»Auch ich bin erwachsen.«

»Aber du erkennst nicht, welche Gefahren dir in diesem Land drohen. Seit du dich mit James eingelassen hast, lebst du um so gefährlicher.«

»Und wenn ich meinen Weg trotzdem gehen muß?« fragte sie langsam.

»Oh, du kleine Närrin!« entgegnete er, doch der Tadel klang liebevoll. »Du liebst ihn.«

»Wirklich?«

»Allem Anschein nach.«

»Und dein Bruder?« flüsterte sie.

»Das weiß ich nicht«, antwortete Jarrett wahrheitsgemäß. »Er trauert immer noch um seine Frau und sein Kind. Und um sein Volk. Für ihn steht dieser Krieg an erster Stelle. Und was danach kommt ...« Bedrückt zuckte er die Achseln. »Geh jetzt nach oben. Inzwischen ist dein Bad sicher fertig.« Er wandte sich wieder zum Kamin, und Teela verließ wortlos die Bibliothek.

In ihrem Zimmer traf sie Tara und zwei Dienstboten an, die dampfende Kessel zu einer Sitzbadewanne schleppten und heißes Wasser hineingossen. Der eine war ein schlanker schwarzer Bursche namens Jake, der andere, ein junger Ire, hieß Sean.

»So, das wär's!« rief Tara. »Danke.« Als die beiden hinausgeeilt waren, lächelte sie Teela an. »Da drüben auf dem kleinen Tisch steht eine Tasse Tee mit einem Schuß Cognac. Neben der Wanne findest du Seife und Handtücher. Du willst jetzt sicher allein bleiben. Nimm dir Zeit, und wenn du abends Lust auf Gesellschaft hast, komm hinunter.«

»O Tara, wie soll ich nur danken — für dein Verständnis und deine Fürsorge?«

»Schon gut, meine Liebe.« Leise schloß Tara die Tür hinter sich.

Teela trat vor den hohen Drehspiegel. In ihrem blutbefleckten Kleid sah sie wie das Mordopfer in einem dramatischen Theaterstück aus. Aber es war kein Spiel gewesen, und der Tod, den die bedauernswerten Opfer gefunden hatten, kam einem Mord gleich.

Sie riß sich das blutige Kleid vom Leib und versank dankbar im heißen Badewasser. Den Kopf an den Metallrand gelehnt, schloß sie die Augen. Plötzlich preßte sich eine Hand auf ihren Mund, und sie versuchte sich in wilder Panik zu befreien.

Erst als sie ihre Gegenwehr aufgab, ließ James sie los und legte mahnend einen Finger an seine Lippen. Mit nackter Brust, in feuchten, glitschigen Stiefeln stand er vor ihr. Offenbar war er auf dem Weg nach Cimarron durch mehrere Bäche gewatet. In einer Scheide an seiner Hüfte steckte ein Messer.

»Was machst du hier?« röchelte sie und starrte ihn wütend an, nachdem er sie so gnadenlos erschreckt hatte.

»Johns Schaluppe liegt immer noch am Kai. Sind Soldaten im Haus?«

»Nein. Sogar John ist an Bord geblieben.«

»Warum?«

»Weil er sich um die Verletzten kümmern muß. Heute abend sollen sie ins Fort Brooke-Lazarett gebracht werden.«

James ging zu dem kleinen Tisch hinüber. Auf dem Tablett stand eine Platte mit Fleischpasteten und Gebäck. Heißhungrig begann er zu essen und schenkte sich eine Tasse Tee ein, die er in einem Zug leerte. Dann kehrte er zu Teela zurück und kniete neben der Wanne nieder. »Ich war furchtbar hungrig. Auch das gehört zu den unerfreulichen Begleiterscheinungen dieses Kriegs.«

»Warum hast du dich heute in die Schlacht gestürzt?«

»Das war keine Schlacht, nur ein kleines Scharmützel.«

»Ganz egal, wie du's nennst — zu viele Männer sind gestorben.«

»Meinst du die roten oder die weißen?«

»Alle.«

Langsam schüttelte er den Kopf. »Ich glaube, du verstehst nicht, daß ich zu den Indianern genauso gehöre wie hierher — in Jarretts Leben. Zu den Männern, die heute ihr grausiges Kriegsgeschrei ausgestoßen haben, die Lendenschurze und Federn tragen, eine andere Sprache sprechen, ihre Gesichter bunt bemalen und weiße Soldaten skalpieren. Und weiße Frauen.«

»Warum hast du gekämpft?« fragte sie hartnäckig.

»Weil ich mit jenen Männern zusammen war. Sie gehören zu den Seminolen, die Osceola und seine Freunde am 2. Juni aus dem Fort Brooke-Gefängnis befreit haben.«

»Befreit?« wiederholte sie leise. »Angeblich hat Osceola sie zur Flucht gezwungen. Ob sie es wollten oder nicht. Sogar hier, im Haus deines Bruders, höre ich Gerüchte und Neuigkeiten.«

»Ich weiß nicht genau, was geschehen ist«, antwortete James ausweichend. Dann fluchte er ungeduldig. »Einerseits gehöre ich zu ihnen, andererseits nicht. Wenn sie Blut vergießen wollen, weihen sie mich nur selten in ihre Pläne ein. Alle wissen, in welchem Zwiespalt ich mich befinde. Manchmal sage ich beim Kriegsrat meine Meinung — oder ich berate die weißen Soldaten.«

»Eines Tages könnte Osceola dich töten.«

»Du kennst ihn nicht, und du verstehst ihn nicht. Niemals würde er mich töten. Aber anderes Blut wird fließen. Und deshalb mußt du das Land verlassen.«

»Inzwischen gehöre ich hierher.«

»Nein! Glaubst du wirklich, in dieser Wildnis würde dir ein Platz gebühren, nur weil du ein paar Stunden lang einem Militärarzt geholfen hast, Verwundete zu behandeln? Du gehörst in Samt und Seide, hinter ein Spinett, in Ballsäle.«

»Immerhin habe ich heute bewiesen, wozu ich imstande bin.«

»Als du Brandeis geholfen hast, Weiße und Seminolen gleichermaßen zusammenzuflicken?«

»Ja!«

»Wie leicht hätte auch ich da draußen liegen können, in meinem Blut ...«

»Genau das hatte ich befürchtet.«

»Du solltest keine Angst um mich haben.«

»Und du solltest nicht kämpfen.«

»Vermutlich willst du's gar nicht verstehen. Ich muß manchmal kämpfen. Weil das meine Heimat ist. Deine nicht. Fahr endlich nach Hause!«

»Du mußtest dich den Kriegern anschließen, und ich mußte die Soldaten begleiten.«

»Begreifst du's denn nicht? In meiner Wildnis hast du nichts verloren. Wenn du hierbleibst, riskierst du dein Leben.«

»Und du setzt deines jeden Tag aufs Spiel.«

»Es ist *mein* Kampf, meine Existenz, nicht dein Krieg.«

»Trotzdem ist es mein gutes Recht ...«

»Nein, verdammt!« Plötzlich sprang er auf, packte ihre Hände und zog sie aus der Wanne. Als die kühle Nachtluft ihren nassen Körper streifte, fröstelte sie, und James nahm sie auf die Arme.

Halb benommen vor Glück, spürte sie endlich wieder seine Nähe, seine warme Brust, seinen kraftvollen Herzschlag. So froh war sie, daß er zu ihr gekommen war — und doch fürchtete sie sich wie nie zuvor.

Tagelang hatte sie ohne ihn gelebt, eine neue Art der Einsamkeit kennengelernt, die Kälte, nachdem sie das Feuer berührt hatte. Sie war unfähig gewesen, ihre Emotionen zu ergründen. Und jetzt erkannte sie die Wahrheit. Jarrett hatte recht, sie liebte James. Und all die Gründe, warum sie ihn *nicht* lieben sollte, vertieften dieses Gefühl. Daß er niemals den leichten Weg wählen und stets Anerkennung verlangen würde, für alles, was er war. Und daß er gegen das Unrecht kämpfen mußte, das den Seminolen widerfuhr. Dies war ein Teil seiner Faszination. Schon bei der ersten Begegnung hatte sie's vorausgesehen — er würde in ihr Herz und ihre Seele eindringen, in ihre Träume, in ihre Sehnsucht — um dann plötzlich wieder zu verschwinden, wie ein Gespenst in der Nacht.

»So einfach ist das nicht«, flüsterte sie.

»Nein?«

»Ohne anzuklopfen, schleichst du in mein Zimmer — nachdem du mich an der Seite deines schwerverletzten Freundes bedroht hast. Du benimmst dich wie . . .«

»Wie ein Wilder?« Inzwischen hatte er sie zum Bett getragen, und er ließ sie behutsam auf die weiche Decke gleiten. »Genauso fühle ich mich auch.« Sein Körper preßte sich an ihren, weckte süße Erinnerungen und ein betörendes Versprechen.

»Dann solltest du in den Wald zurückkehren.«

»Oder auch nicht. Vielleicht bin ich in diesem Augenblick genau da, wo ich hingehöre.«

»Und wo du nicht bleiben wirst, wenn der Augenblick verstrichen ist!« forderte sie ihn heraus.

»Natürlich werde ich in den Wald zurückkehren. Dort bin ich zu Hause. Und du nicht. Ich bin ein Wilder, ich weiß mich nicht zu benehmen. Das alles muß ich dir klarmachen.«

»Oh, diese Warnung ist überflüssig.«

Abrupt stand er auf, und Teela fröstelte, nachdem sie die Hitze seiner Haut genossen hatte. Aber er schlüpfte nur rasch aus seinen Rehlederstiefeln und den Breeches, dann bedeckte er sie wieder mit seiner Wärme.

Noch nie hatte er sie so schnell und zielstrebig geliebt — ohne seine Verführungskünste anzuwenden. Sie wollte gegen den Überfall protestieren und ihn mit beiden Fäusten wegstoßen.

Doch dann klammerte sie sich schluchzend an ihn. Das Dunkel der Nacht schien sie einzuhüllen, und in seinem Schutz überließ sie sich rückhaltlos ihrer Leidenschaft. Irgendwann spürte sie vage, wie sich James' Muskeln anspannten, wie ein heißer, drängender Rhythmus ihr Herz zu zerreißen drohte. Ein Feuerstrom schien sie zu erfüllen wie geschmolzene Lava, und sie erschauerte im Rausch ihrer Erfüllung.

Danach ließ er sie nicht los. Er hielt sie weiter fest in den Armen. Doch wenige Minuten später fluchte er, stand auf, zog sich an und eilte wortlos zur Tür hinaus, die in den Flur führte.

Wie erstarrt lag sie da. Dann sprang sie zitternd aus dem Bett, wütend auf James, wütend auf sich selbst. Sie lief zur Wanne und wusch ihr Gesicht. Inzwischen war das Wasser abgekühlt.

»Oh, zum Teufel mit ihm!« flüsterte sie und wickelte sich in ein großes Badetuch. »Mit seinem Indianerblut hat's gar nichts zu tun. Er ist einfach nur wild und grausam, und ich hasse ihn. Hoffentlich sehe ich ihn nie wieder!« Sie eilte zum Toilettentisch, ergriff eine Bürste und begann, ihre feuchten Locken zu entwirren. Nun würde sie sich anziehen, nach unten gehen, und wenn er das nächste Mal irgendwo in ihrer Nähe auftauchte ...

Leise wurde die Tür geöffnet und wieder geschlossen. Teela drehte sich verwirrt um. Da stand er, und seine zivilisierte Erscheinung wirkte fast lächerlich. Ein weißes

Hemd, dunkle Breeches, glänzend polierte Stiefel. Sorgsam gekämmt, fiel das schwarze Haar auf die Schultern herab.

»Ganz egal, wie ›wild‹ du dich fühlst«, fauchte sie, »wenn du in Zukunft mein Zimmer betrittst, solltest du vorher anklopfen!«

Er überging ihren Tadel. »Ich habe meinem Bruder gesagt, du würdest nicht hinunterkommen.«

»Und wer gibt dir das Recht, für mich zu sprechen? Natürlich gehe ich hinunter.«

»Nein.« Mit zwei Schritten war er bei ihr und entwand ihr die Bürste. »Wenn du mit aller Macht hierbleiben willst, mitten in diesem elendem Krieg, muß ich in deinem Namen sprechen.«

»Ich gehe hinunter.«

»Heute nacht nicht.«

»Glaubst du wirklich, du könntest mir Befehle erteilen? Du stolzierst hier herein wie der König der Wälder, nimmst dir einfach, was du willst ...«

»Weil ich so hungrig war«, unterbrach er sie mit sanfter Stimme.

»Und dann verschwindest du wieder ...« Tränen drohten ihre Stimme zu ersticken.

»Als ich hierherkam, hätte ich beinahe den Menschen vergessen, der mir am wichtigsten ist. Meine Tochter. Deinetwegen! Zuerst mußte ich *dich* sehen!« Er stand so dicht vor ihr, daß sein warmer Atem ihre Wange berührte. »Wenn du morgen früh erwachst, bin ich verschwunden. Aber vorher werde ich dir immer wieder sagen, was du tun mußt. Fahr nach Hause! So schnell wie möglich!«

»Geh doch«, fauchte sie. »Jetzt gleich!«

Aber er schüttelte den Kopf, nahm sie in die Arme und küßte sie, sinnlich und begierig. Das Badetuch glitt von ihrem Körper, und er hob sie hoch und trug sie zum Bett.

Diesmal nahm er sich sehr viel Zeit, um sie zu lieben — so erotisch, so betörend, so unerträglich süß. Seine

Hände, seine Lippen, das flüssige Feuer seiner Zungenspitze — überall ...

Bis zum Morgengrauen hielt er sie fest, und sie genoß das Gefühl seiner Nähe. Sie wollte nicht schlafen und jeden einzelnen Augenblick auskosten. Doch dann wurde sie von ihrer Erschöpfung überwältigt.

Im Halbschlaf hörte sie seine Stimme, eindringlich und entschlossen. »Ich werde dich nicht lieben, Teela, weil ich's nicht kann. Verdammt, geh weg von hier!« Mühsam hob sie die schweren Lider und las den Zorn in seinen blauen Augen. »Du gehörst nicht zu meinem Leben«, stieß er hervor. Dann küßte er sie stöhnend.

»Geh zum Teufel!« wisperte sie an seinen Lippen.

Und am Morgen war er verschwunden, so wie er es angekündigt hatte.

13

Tage und Wochen verstrichen. Zunächst fürchtete Teela, ihr Stiefvater könnte zurückkehren und sie zwingen, ihm irgendwohin zu folgen. Aber offenbar glaubte er nun, sie wäre eine gehorsame Tochter und würde die gewünschte Ehe eingehen. Das verdankte sie John Harrington, und sie fühlte sich schuldig, wann immer sie an ihn dachte. Oft überlegte sie, was wohl geschehen wäre, hätte sie ihn unter anderen Umständen kennengelernt. Vor der Begegnung mit James.

Sie hörte nichts von Michael Warren. Allmählich entspannte sie sich und führte ein ruhiges, sicheres Leben auf Cimarron, fern von den Kriegswirren.

In diesem heißen Sommer erkrankten viele Soldaten und starben, vor allem an den Stichen der zahllosen infizierten Insekten. Tyler Argosy, in der Nähe von Tampa stationiert, segelte oft zum Haus der McKenzies und informierte sie über die letzten Neuigkeiten. Wenn er in der Bibliothek saß und mit Jarrett bei Sherry oder Cognac die Kriegssituation erörterte, hörten Tara und Teela zu. Die meisten Army-Truppen befanden sich in elendem Zustand.

Den Seminolen ging es noch schlechter. Im Sommer, in dem die Weißen von tödlichen Krankheiten heimgesucht wurden, sammelten die Indianer Nahrungsvorräte für den harten Winter — eine schwierige Aufgabe, da die Soldaten alles Getreide vernichteten, das sie entdeckten. Um Vergeltung zu üben, plünderte der rote Feind die Farmen und Siedlungen der Weißen. So entwickelte sich ein hartnäckiges Tauziehen. Die Atmosphäre war gespannt wie vor einem Gewitter, und General Jesup strebte tatsächlich einen Gewittersturm an. Während Soldaten und Indianer das Ende der langen, heißen Sommertage abwarteten, plante er seine Strategie.

James meldete sich nicht. Sobald wie die Weißen neue Indianerattacken fürchteten, bangte Teela um sein Leben.

Manchmal ritt sie mit Tara oder Jarrett zu Robert Trents Plantage. Sie mochte den freundlichen Nachbarn, und an einem windstillen, schwülen Tag besuchte sie ihn allein, von Jeeves begleitet, den sie mühsam dazu überredet hatte. Nach der Ankunft ritt er zurück. Robert informierte sie über die Geschichte Floridas, erklärte ihr, wo die Upper und die Lower Creeks früher gelebt hatten, und schilderte, wie sie nach Süden gezogen waren. Anschaulich beschrieb er die Sitten und Gebräuche anderer Stämme, der Alachuas, Tallahassees und Mikasukees. Es war spät geworden, und so übernachtete Teela in seinem hübschen, komfortablen Haus.

Am nächsten Morgen betrat sie den Balkon und sah Robert vor der Glastür seines eigenen Zimmers stehen. Er bemerkte sie nicht, denn er starrte zum Waldrand hinüber. Als sie seinem Blick folgte, sah sie eine Indianerin im hellbraunen Lederkleid, mit langem, schwarzem

Haar. Sie legte einen Finger an die Lippen, dann verschwand sie im Unterholz.

Verwundert betrachtete Teela Robert. Da spürte er, daß er beobachtet wurde, zuckte zusammen und schaute sie an. »Oh — Miss Warren ... Haben Sie gut geschlafen?«

»Ja, danke. Wer war das?«

»Niemand.«

»Moment mal, Robert, dieses Mädchen ...«

»Ich sagte doch, niemand.«

»Glauben Sie mir, ich würde es verstehen, wenn ...«

»Sie haben niemanden gesehen, Miss Warren«, unterbrach er sie hastig. »Nehmen Sie bitte Rücksicht auf meine Situation. James McKenzie stellt seine eigenen Regeln auf. Und wenn Ihr Stiefvater auch ein Schlächter ist — er würde Ihnen niemals die Kehle durchschneiden, ganz egal, ob er weiß, was Sie getan haben, oder ob er Sie nur verdächtigt. Aber wenn die Seminolen auch nur vermuten, daß Tamara hier war, würden sie das Mädchen töten und mein Haus niederbrennen. Verstehen Sie?«

»Natürlich, ich habe niemanden gesehen«, beteuerte sie leise und kehrte ins Gästezimmer zurück.

Jeeves holte sie am Nachmittag ab. Abends badete sie das Baby mit Jennifers Hilfe. Etwas später kam Tara herein und warf Teela einen sonderbaren Blick zu.

Als der kleine Ian schlief und Jennifer in ihr eigenes Zimmer gegangen war, fragte Tara: »Hat's dir bei Robert gefallen?«

»O ja, er ist ein faszinierender Mann.«

»Allerdings. Und so anständig ...« Tara zögerte. »Nachdem du bei ihm übernachtet hattest, hofften wir ...«

»Was denn?« fragte Teela erstaunt.

»Ihr beide würdet euch ineinander verlieben«, gestand Tara, und das Blut stieg ihr in die Wangen.

Verlegen schüttelte Teela den Kopf. »Ist es noch nicht schlimm genug, daß ich angeblich mit John verlobt bin, während ...«

»Während du mit einem anderen schläfst?«

»Nun ja ...«, flüsterte Teela, von schmerzlicher Sehnsucht nach James erfaßt.

»Bitte, mißversteh mich nicht!« Tara legte ihr einen Arm um die Schultern. »Ich verurteile dich keineswegs. Und ich bewundere deinen Mut. Du kamst so unerschrocken in dieses Kriegsgebiet — während ich hierherfloh, um einer noch schlimmeren Gefahr zu entrinnen.« Lächelnd erwiderte sie Teelas fragenden Blick. »Oh, das ist eine lange Geschichte. Ich versteckte mich in New Orleans, und Jarrett heiratete mich nur, um mich da rauszuholen.«

»Wohl kaum! Er vergöttert dich.«

»Ja, in dieser Hinsicht hatte ich Glück. Aber so fing's nicht an. Und ich erzähl's dir nur, weil Robert mir damals half. Ich weiß, was für ein lieber, gütiger Mensch er ist. Deshalb hoffte ich, ihr beide ...«

»Nein, er ist nur ein Freund.«

»Und du liebst immer noch meinen Schwager.« Seufzend trat Tara an ein Fenster.

»Was ich empfinde, kann ich nicht ändern.«

»Und er kann nicht ändern, was er ist. Niemals wirst du das ganze Ausmaß seiner Trauer um Naomi und sein Kind begreifen. Du gehörst nicht zu seiner Welt, du bist Michael Warrens Mündel. Großer Gott, Teela, für euch beide gibt's keine Zukunft. Das mußt du verstehen!«

»Ich verlange doch gar nichts von James.«

»Aber du wartest auf ihn. Und wir wissen nicht, ob und wann er wiederkommen wird.«

Teela faltete ihre zitternden Finger ineinander. »Vielleicht sollte ich abreisen.«

»O nein, so habe ich's nicht gemeint!« Bestürzt wandte sich Tara zu ihr. »Wir sind froh, daß du hier bist, und wir alle lieben dich, sogar das Baby hat dich ins Herz geschlossen.«

»Auch ich liebe euch«, versicherte Teela, die Augen voller Tränen. »Und ich bin euch sehr dankbar.«

»Als ich dich warnte, wollte ich dich nicht kränken. Ich weiß, wieviel du meinem Schwager bedeutest. Aber — die Situation ist so schwierig.« Teela nickte beklommen, und Tara schlug vor: »Jetzt sollten wir uns fürs Dinner umziehen. Nur eins will ich dir noch sagen. Wenn James wüßte, daß ich versucht habe, dich mit Robert zu verkuppeln, würde er mich im Fluß ertränken.«

»Unsinn! Er hat mir doch selber geraten, einen anderen zu heiraten.«

»Wahrscheinlich meint er's sogar ernst. Er möchte dich in Sicherheit wissen. Trotzdem ist er sehr besitzergreifend, und es muß ihn große Überwindung gekostet haben, dich zu verlassen. Ob's ihm noch einmal gelingen wird? Das bezweifle ich.«

»Ja, das frage ich mich auch — jeden Tag ...«

Beim Dinner drehte sich das Gespräch um belanglose Dinge. Sorgsam wurde das Thema des Kriegs vermieden. Jarrett erkundigte sich nach Teelas Besuch bei Robert, die dunklen Augen ausdruckslos, und sie erklärte, sie habe den Aufenthalt im Nachbarhaus sehr genossen. In diesem Augenblick traf der Bote ein.

Jeeves kam ins Eßzimmer und flüsterte dem Hausherrn etwas zu. Ohne eine Erklärung abzugeben, entschuldigte sich Jarrett und eilte hinaus. Seine Frau und Teela starrten sich verwirrt an, bevor sie aufsprangen und ihm folgten.

Als sie die Veranda erreichten, sahen sie einen grauhaarigen Seminolen auf einem mageren Pferd sitzen. Geduldig wartete er und beobachtete Jarrett, der einen Brief las.

»Was ist los?« fragte Tara mit gepreßter Stimme.

»Nichts«, erwiderte Jarrett, »alles in Ordnung.« Dann wechselte er zur Indianersprache über, und der alte Mann antwortete in ruhigem Ton. Teela spürte seinen forschenden Blick und gewann den Eindruck, er würde sie mustern, um später irgend jemandem von dieser Begegnung zu berichten.

Nachdem Jeeves ihm prallgefüllte Satteltaschen überreicht hatte, schien sich der Seminole bei Jarrett zu bedanken, hob eine Hand und ritt wieder in die Wildnis zurück.

»Wer war das, Jarrett?« fragte Teela besorgt.

»Gehen wir wieder ins Eßzimmer.«

»Aber ...«

Jarrett schlenderte ins Haus, und die beiden Frauen blieben ihm auf den Fersen. In aller Ruhe setzte er sich an den Tisch und trank einen Schluck Wein.

»Um Himmels willen!« rief Teela, und er schaute sie überrascht an.

»Beruhige dich, es ist nichts passiert. Das war Jim Johnson, ein Mischling, der schon immer beim Volk meines Bruders gelebt hat. Heute abend kam er, um mir eine Nachricht von meiner Stiefmutter zu überbringen. Es geht ihr gut. In der Gegend, in der sie sich gerade aufhält, finden keine Kämpfe statt.«

»Stiefmutter?«

»Mary McKenzie«, erklärte Tara.

»Die Mutter meines Bruders, die uns beide großgezogen hat«, ergänzte er.

»Und nun lebt sie da draußen?« fragte Teela entsetzt. »Wo Soldaten wie mein Stiefvater immer wieder Indianerinnen und Kinder niedermetzeln? O Jarrett, wie kannst du das zulassen?«

»Oft genug haben wir versucht, sie hierherzuholen«, versicherte Tara. »Aber sie will nicht bei uns wohnen. Sie liebt die Wildnis, trotz aller Mühsal.«

»Und wir haben kein Recht, ihr unser Leben aufzuzwingen«, betonte Jarrett.

Verständnislos schüttelte Teela den Kopf. »Was werdet ihr tun, wenn die Army den Sieg erkämpft? Wenn alle Krieger gefallen sind, bis auf den letzten Mann? Wenn die Frauen und Kinder nach Westen getrieben oder von Schurken wie Michael Warren ausgerottet werden? Soll

Mary McKenzie sterben, nur damit sie ihrer Lebensart treu bleiben kann?«

Erbost sprang Jarrett auf und schleuderte seine Serviette zu Boden. »Niemand wird ein Mitglied meiner Familie ermorden, solange noch ein Tropfen Blut durch meine Adern fließt! Aber ich zwinge weder Mary noch James, meinen Standpunkt zu vertreten. Ich kann auch nicht die Kämpfe meine Bruders ausfechten. Jeder Mann muß seinen eigenen Regeln gehorchen.« Ohne ein weiteres Wort verließ er das Zimmer, und Teela wandte sich zerknirscht zu Tara.

»Tut mir leid, ich hatte kein Recht, so mit Jarrett zu reden. Ich war nur überrascht, weil seine Stiefmutter da draußen in der Wildnis lebt ...«

»Schon gut, Teela. Wann immer Mary erwähnt wird, regt er sich schrecklich auf. Er sorgt sich um sie, denn sie bedeutet ihm sehr viel. Und mir auch.«

»Wie ist sie denn?«

»Eine wunderbare, großzügige Frau, stark und intelligent. Das merkt man den Söhnen an, die sie großgezogen hat.«

»Und wie war Naomi?«

»Bildschön«, antwortete Tara zögernd. »Und sie wäre stets ein Teil von James' Leben gewesen, weil sie sein Volk und auch seine Sprache verstand.«

»Also hat er sie geliebt — und nicht nur begehrt.«

»Teela ...«

»Nein, bitte, sag nichts! Ich bin erwachsen und durchaus imstande, meine Handlungsweise zu verantworten. Wirklich, du mußt mich nicht bemitleiden.« Plötzlich erhob sie sich, floh aus dem Zimmer und rannte auf die Veranda. An eine Säule gelehnt, atmete sie die frische Nachtluft ein. Sie liebte dieses Land, die Sonnenuntergänge, die Hitze, den stolzen Flug exotischer Vögel. Aber sie gehörte nicht hierher.

Wenn sie doch davonlaufen könnte ... Aber die Soldaten würden sie zurückbringen. Es sei denn, sie könnte ihnen ausweichen.

»O Gott!« flüsterte sie und preßte ihre Hände an die Schläfen. Da hörte sie den Schaukelstuhl hinter sich knarren und drehte sich erschrocken um.

Jarrett stand auf, ging zu ihr und legte einen Finger unter ihr Kinn. »Wenn ich grausam und ungeduldig war — das wollte ich nicht.«

»Nein, du warst nicht grausam«, entgegnete sie und wich zurück. »Und du mußt dich meinetwegen nicht sorgen. Ich bin nicht so schwach, wie ich vielleicht aussehe. Als ich mich mit James einließ, tat ich's freiwillig, und ich akzeptiere alle Konsequenzen.«

Zu ihrer Verblüffung lächelte er. »O nein, du bist nicht schwach, und deine Kraft fasziniert meinen Bruder genauso wie deine Schönheit.« Nach einer kurzen Pause schüttelte er seufzend den Kopf. »Hätte ich dich bloß nicht hierhergebracht! Aber wie sollte ich ahnen, daß du hier in dein Unglück rennen würdest?«

»Vorhin warst du mir böse, weil ich nicht verstand, warum du Mary ihrem eigenen Leben überläßt. Gerade ich hätte das begreifen müssen. Wir alle sollten so leben, wie wir's für richtig halten. Könnte ich die Zeit zurückdrehen, würde ich die Ereignisse nicht ändern. Vielleicht liegt eine öde, trostlose Zukunft vor mir. Wie auch immer, ich bereue nichts.«

Er schaute sie nachdenklich an. Dann schien er einen Entschluß zu fassen. »Jim Johnson hat mir eine Nachricht von Mary gebracht. Aber er hat auch James gesehen.«

»Ja?« flüsterte sie atemlos.

»Gerade hält er Kriegsrat mit Osceola, Philip, Jumper, Micanopy und den anderen. Es geht ihm gut.«

»Und wenn ihn die Soldaten finden?«

»James kann sehr gut auf sich selber aufpassen.«

»Natürlich. Danke.«

»Jetzt solltest du schlafen.«

»Ja, Jarrett. Gute Nacht.«

Stundenlang warf sie sich unruhig im Bett umher. James hatte zweifellos gewußt, daß Jim Johnson nach Cimarron reiten würde. Doch er hatte ihr keine Nachricht geschickt. Warum auch? Nach seiner Ansicht war alles gesagt. Endlich schlief sie vor Erschöpfung ein und erwachte am frühen Morgen, als es an der Tür klopfte.

»Teela, steh auf!« rief Tara. »Schnell!«

Erschrocken rannte Teela zur Tür, öffnete sie und starrte in Taras bleiches Gesicht. »James?« flüsterte sie.

»Nein, nein! Dein Stiefvater will dich abholen.«

Aber Teela kannte nur einen einzigen Gedanken. James, es geht ihm gut ...

Plötzlich wurde ihr schwarz vor Augen, und sie brach zusammen.

Wenig später kam sie zu sich und merkte, daß sie auf ihrem Bett lag. Tara neigte sich angstvoll zu ihr herab. »Sei ganz ruhig! Wenn Jarrett nichts unternimmt, lasse ich mir irgend etwas einfallen. Du mußt nicht mit deinem Stiefvater gehen ...«

»Deshalb bin ich nicht in Ohnmacht gefallen.« Teela setzte sich auf. Immer noch leicht benommen, strich sie über ihre Stirn. »Ich fürchte mich nicht vor Michael Warren. Aber — du warst so aufgeregt, und ich hatte solche Angst um James.«

»Ja, das verstehe ich. Warren wurde auf einen neuen, gutbewachten Stützpunkt versetzt. Tyler Argosy und Dr. Brandeis reiten mit ihm. Also würde dir nichts zustoßen. Aber du mußt deinen Stiefvater nicht begleiten.«

»Was bleibt mir denn anderes übrig?« Teela holte tief Atem und stieg aus dem Bett. »Ich ziehe mich nur rasch an, dann komme ich mit hinunter.«

»Wenn du meinst ... Wir erwarten dich in der Bibliothek.« Nur zögernd verließ Tara das Zimmer.

Während Teela sich wusch und anzog, versuchte sie,

alle lästigen Gedanken zu verdrängen. Doch das gelang ihr nicht, und sie erkannte, daß sie erstaunlicherweise bereit war, ihrem Stiefvater zu folgen. So sehr sie dieses Haus und seine Bewohner auch liebte — sie ertrug es nicht, noch länger hier auszuharren und vor Sehnsucht nach James zu vergehen.

Als sie den Fuß der Treppe erreichte, öffnete ihr ein schweigender, aschfahler Jeeves die Tür zur Bibliothek.

»Machen Sie sich keine Sorgen um mich, Jeeves!« flüsterte sie ihm zu und betrat den Raum.

Jarrett McKenzie stand hoch aufgerichtet hinter seinem Schreibtisch, Joshua Brandeis und Tyler Argosy saßen ihm gegenüber, und Michael Warren ließ langsam einen Globus kreisen. In seiner Nähe hatte Tara Stellung bezogen. Tiefes Schweigen erfüllte den Raum. Aber Teela ahnte, daß vor ihrer Ankunft eine hitzige Diskussion stattgefunden hatte.

Sobald sie die Schwelle überquerte, sprangen Joshua und Tyler höflich auf. Der Militärarzt eilte ihr entgegen und ergriff ihre Hände. »Meine Liebe, ich habe Sie schmerzlich vermißt.«

»Danke, Dr. Brandeis. Freut mich, Sie wiederzusehen.«

Ihr Stiefvater starrte sie mit harten, kalten Augen an. »In Zukunft wirst du die Gesellschaft unseres guten Doktors öfter genießen, Teela. Ich wurde beauftragt, Soldaten und Nachschub ins Fort Deliverance zu bringen. Sogar Mr. McKenzie wird zugeben müssen, daß du dort in Sicherheit bist. Über zweihundert Männer reisen mit mir, und in Deliverance sind noch mehr stationiert. Natürlich wirst du uns sehr gern begleiten, da John Harrington im Fort gelegentlich seinen Dienst versehen wird.«

»Colonel Warren, Sie beabsichtigen, ein gefährliches Gebiet zu durchqueren ...«, begann Jarrett in strengem Ton.

Aber Teela unterbrach ihn und lächelte beschwichtigend. »Oh, ich interessiere mich sehr für dieses Land. Da mich so viele Soldaten beschützen, kann mir gar nichts zustoßen. Und falls Dr. Brandeis einmal meine Hilfe braucht ...«

»Allerdings«, bestätigte Joshua. »Wie ich Ihnen bereits versichert habe, Mr. McKenzie — Miss Warren ist überaus tüchtig. Ein Naturtalent.«

Unglücklich wandte sich Jarrett zu Teela. »Es wäre uns trotzdem lieber, du würdest hierbleiben.«

»Uns?« wiederholte Michael Warren.

»Meiner Frau und mir, Sir.«

»Vielen Dank für eure Gastfreundschaft.« Teela wich Jarretts eindringlichem Blick aus. »Ich habe mich sehr wohl bei euch gefühlt. Aber wenn John ins Fort Deliverance kommt, sollte ich ihn dort erwarten.«

»Oh, John besucht uns sehr oft auf Cimarron«, betonte Jarrett.

»In Zukunft wird Harrington sich in der Nähe von St. Augustine aufhalten, Sir, so wie ich«, erklärte Michael Warren. »Dort treiben sich gerade ein paar Rothäute herum und halten Kriegsrat. Bald werden wir sie alle ausräuchern. Wir ziehen starke Streitkräfte zusammen, und Teela wird bestens bewacht. Das versichere ich Ihnen, Mr. McKenzie, obwohl ich nicht dazu verpflichtet bin. Immerhin ist sie meine Tochter.«

»Stieftochter«, verbesserten ihn Jarrett, Tara, Teela und sogar Tyler Argosy wie aus einem Mund.

Ein sanftes Lächeln umspielte Teelas Lippen. Aber Michael Warren amüsierte sich nicht.

»Jedenfalls trage ich die Verantwortung für mein Mündel«, sagte er.

»Sorg dich nicht um mich, Jarrett«, bat sie.

Resignierend breitete er die Arme aus. »Wenn du unbedingt fortgehen willst ...«

»Ja«, antwortete sie schlicht.

»Dann will ich dir jetzt helfen, deine Sachen zu pakken«, erbot sich Tara.

»Vielleicht sollte ich Teela diesmal nicht aus den Augen lassen«, meinte Michael Warren mißtrauisch.

»Ich komme bald wieder herunter«, versprach Teela, und er schien ihr zu glauben, denn er erhob keine Einwände mehr.

Von Tara gefolgt, lief sie aus der Bibliothek und in ihr Zimmer hinauf.

»Bitte, Teela, du mußt ihn nicht begleiten«, begann Tara, sobald sie die Tür hinter sich geschlossen hatte. »Ich weiß, du gehst nur mit ihm, um Jarrett und mir Schwierigkeiten zu ersparen.«

»Nicht nur deshalb. Beruhige dich, mir wird nichts passieren. Ich habe keine Angst vor Warren. In Joshuas und Tylers Gegenwart kann er mir nichts antun.«

»Aber ...«

»So sehr ich euch alle liebe — ich habe das Gefühl, daß ich Cimarron verlassen muß. Hier bin ich zu nichts nütze. Und wenn ich Joshua helfe, kann ich immerhin einige Menschenleben retten.«

Seufzend gab sich Tara geschlagen. »Also gut, aber dein Entschluß wird meinem Schwager sicher mißfallen.«

»Ich höre doch ständig, daß er seinen eigenen Kampf ausfechten und sein eigenes Leben führen muß. Genau das werde ich auch tun — sonst verliere ich den Verstand!«

Darauf gab Tara keine Antwort.

Eine halbe Stunde später verabschiedete sich Teela von den McKenzies. Der Abschied fiel ihr unendlich schwer. Sie umarmte Tara, küßte das Baby und Jennifer, dann reichte sie Jarrett, der sie immer noch mißbilligend anschaute, ihre Hand. »Gib auf dich acht«, bat er.

»Ja, das verspreche ich dir.«

»Ich frage mich, ob mein Bruder weiß, wie sehr du ihn liebst.«

»Hoffentlich nicht, da er meine Gefühle nicht erwidert.«

»Für dich würde er sterben. Kannst du noch mehr verlangen?«

»Für viele Menschen würde er sterben.«

»Weil das *sein* Krieg ist. Versuch's doch zu verstehen. Trotzdem würde er für *dich* sterben. Für dich allein. Nicht für irgendeine Sache. Aber was die Zukunft betrifft — er ist nun mal realistisch ...«

»Bin ich das nicht?« Lächelnd küßte sie seine Wange. »Mach dir keine Sorgen, ich werde ihm nicht erlauben, für mich zu sterben. Wenn ich ihn jemals wiedersehe«, fügte sie wehmütig hinzu.

»Beinahe wünschte ich, eure Wege würden sich nie mehr kreuzen. Aber seltsamerweise spüre ich, daß wir uns alle wieder treffen werden. Also, paß gut auf dich auf.«

»Und du auf dich — und deine Familie ...« Ein krampfhaftes Schluchzen erstickte ihre Stimme. Hastig wandte sie sich ab und lief zum Kai hinunter, wo die Schaluppe ihres Stiefvaters wartete.

Joshua führte sie die Laufplanke hinauf. Als sie sich noch einmal umdrehte, sah sie die McKenzies auf der Veranda stehen. Jarrett hatte einen Arm um seine Frau gelegt, den anderen um Jennifer, und Tara drückte das Baby an sich. Die Augen voller Tränen, hob Teela eine Hand und winkte ihnen.

Während das Schiff landeinwärts segelte, erklang Joshuas Stimme an ihrer Seite. »Diesen Tag verbringen wir auf dem Fluß, Mädchen. Dann reiten wir zum Fort Deliverance. An Bord, in dieser Gesellschaft, habe ich Ihnen wenig zu sagen. Aber sobald wir an Land gegangen sind, werde ich ganz offen mit Ihnen reden, Teela. Das verspreche ich Ihnen.«

Dann ließ er sie allein, und sie hörte, wie die Besatzung auf dem Deck umhereilte. Langsam verschwand der McKenzie-Kai hinter einer Biegung.

14

Rasch und zielstrebig rückte die Army vor. Am zweiten Tag erreichte das letzte Transportschiff — ein einfaches Boot, von einem Fischer in Tampa ausgeliehen — den Landeplatz, von dem aus der Marsch nach Osten beginnen sollte. Zweihundert Soldaten unterstanden Michael Warrens Kommando — fünfundfünfzig Kavalleristen, hundertvierzig Infanteristen und Miliz.

In weitem Bogen durchquerten sie das Land, das einst den Indianern gehört hatte, und brachten ihre Ausrüstung zum neuen Stützpunkt — Gewehre, Proviant- und Satteltaschen, Zelte, große Gummitücher, Schafsfelle, Satteldecken, Zaumzeug, Hufeisen, Kochgeschirr und Werkzeug. Und Lebensmittel, die der drückenden Hitze standhielten — Reis- und Maissäcke, Wein und Whiskey. Jarrett hatte Teela oft erzählt, welch ein beschwerliches Leben die Indianer führten. Nun hätte sie ihm erklären können, daß es für die Soldaten genauso mühselig war, den Feind zu verfolgen. Doch das würde er ohnehin wissen.

Eine bunt zusammengewürfelte Schar bildete den Trupp. Erstaunlicherweise gehörten Einwanderer dazu, die kaum Englisch sprachen. Manche Soldaten hatten andere Berufe erlernt, zum Beispiel die Juristerei oder das Priesteramt. Aber da das ganze Land unter finanziellen Schwierigkeiten litt, waren zahlreiche Männer zur Army gegangen, nur um ihre Familien und sich selbst zu ernähren.

Mit einigen hatte Teela Freundschaft geschlossen. Andere waren ihr geradezu feindlich gesonnen, besonders die Regulären von der Eliteeinheit ihres Stiefvaters.

Am dritten Reisetag entdeckten sie eine kleine Yuchi-Gruppe, und eine Abteilung wurde beauftragt, das ›Problem zu lösen‹. Es waren nicht mehr als fünfzig Indianer, vielleicht zwanzig Krieger mit ihren Frauen und Kindern.

Nachdem die Soldaten das Lager überfallen hatten, wurde Warrens Hauptkontingent gezwungen, hindurchzumarschieren.

Entsetzt starrte Teela die blutüberströmten, verstümmelten Leichen an. Nicht nur sie allein war schockiert. Sie hörte, wie einige Männer einander zuflüsterten, dieses Gemetzel sei überflüssig gewesen. Einen so grausamen Mord könne der Allmächtige niemals gutheißen, wenn die Opfer auch Heiden gewesen sein.

Als Teela weiterritt, spürte sie die Tränen kaum, die über ihre Wangen rannen. In der Abenddämmerung hielten sie an einem Fluß. Sie stieg ab und beobachtete, wie die Männer ein Lager aufschlugen. Zögernd ging sie zu Tyler, der einige Befehle erteilte. »Lieutenant Argosy ...«

»Ja, Miss Warren?«

»Wer war der Kommandant des Trupps, der die Yuchis angegriffen hat?«

»Mischen Sie sich da nicht ein ...«

»Wer, Lieutenant?« fauchte sie.

An seiner Seite stand ein Soldat. »Das war Captain Julian Hampton«, erklärte er hilfsbereit. »Jetzt finden Sie ihn unten am Ufer, Ma'am.«

»Kümmern Sie sich um das Zelt, Soldat!« herrschte Tyler ihn an.

Aber es war zu spät. Teela lief bereits zu dem jungen Captain, der gerade sein Gesicht wusch und kühles, erfrischendes Wasser trank. Als sie näher kam, richtete er sich auf, ein attraktiver dunkelhaariger Mann mit gepflegtem Schnurrbart und haselnußbraunen Augen. Kraftvoll schlug sie ihm ins Gesicht, und er zuckte verblüfft zusammen. Von der vehementen Attacke aus dem Gleichgewicht gebracht, plumpste er in den Fluß.

Sofort rappelte er sich wieder hoch und watete ans Ufer zurück. Er starrte Teela ungläubig an und berührte seine mißhandelte Wange. »Sind Sie verrückt geworden, Ma'am?«

Ja, vielleicht, dachte sie. Doch das war ihr egal, und sie hob ihre Hand, um erneut zuzuschlagen. In letzter Sekunde wurde sie von Joshua Brandeis zurückgehalten, mit sanfter Gewalt.

»Wie konnten Sie unschuldige Frauen und Kinder ermorden, Captain?« schrie sie.

»Bitte, Teela, kommen Sie mit mir!« mahnte der Doktor.

»Miss Warren!« Nun rannte auch Tyler Argosy zum Ufer herab, packte ihren Arm und versuchte sie wegzuzerren.

»Warten Sie, Tyler!« rief der junge Captain. »Miss Warren, Sie sehen nur, was Sie sehen wollen. Auch weiße Frauen und Kinder wurden getötet. Eines Tages werden Sie unsere Handlungsweise verstehen, wenn eine Rothaut vor ihnen steht und ein Skalpiermesser hochschwingt, um Ihr prachtvolles Haar zu erbeuten.« Wütend zog er seinen nassen Schlapphut in die Stirn und stapfte davon.

»Leider hat er recht, Teela«, bemerkte Joshua. »Solche Dinge passieren immer wieder.«

»Ja, das weiß ich. Aber der eine Mord entschuldigt den anderen keineswegs.«

»Sicher nicht. Trotzdem können Sie nicht gegen die ganze Army kämpfen, mein Mädchen. Und es ist Ihr Stiefvater, der hier die Befehle gibt. Kommen Sie, vergessen Sie's . . .«

»Niemals!«

»Trinken Sie einen Schluck Whiskey, und dann gehen Sie schlafen.«

Diesen Rat befolgte sie. Zitternd saß sie neben Joshua, trank einen Becher Whiskey, und sobald ihr Zelt aufgeschlagen war, zog sie sich zurück.

Als sie nach einer unruhigen Nacht erwachte, stand Michael Warren vor ihr. »Komm mit mir!« befahl er und zog sie auf die Beine, ehe sie protestieren konnte. »Wir werden unsere Probleme außerhalb des Lagers besprechen.«

Widerstrebend ließ sie sich an den Zelten vorbeiführen. Die meisten Soldaten schliefen noch, und die Wachtposten salutierten vor dem Colonel, der seine Tochter zum Fluß hinabzerrte. Dort wehte der Wind die Stimmen davon, so daß sie nicht ins Camp drangen.

»Misch dich nie wieder in meine Angelegenheiten ein, Teela!«

»Du hast den Männern befohlen, Kinder zu ermorden!«

Gellend schrie sie auf, als er ihr ins Gesicht schlug. Sie taumelte an den schlammigen Wasserrand. »Was weißt du schon von diesem Krieg, von Recht und Unrecht? Du weißt nur, was dir dein Freund eingeredet hat, dieses verdammte Halbblut. Aber ich warne dich, Mädchen. Wenn du mich noch einmal lächerlich machst, peitsche ich dich aus, vor den Augen der ganzen Truppe!«

»Tu's doch!« zischte sie.

Er war bereits davongegangen. Aber ihr herausfordernder Ruf bewog ihn, zurückzukehren. Voller Haß starrte sie ihn an.

»Jetzt bist du nicht mehr auf Cimarron, Teela. Jarrett McKenzie und sein Bruder, diese Rothaut, mögen einen gewissen Einfluß auf der Halbinsel ausüben. Aber die Army ist keineswegs machtlos. Soll ich dir erklären, warum? Den Weißen in Boston blutet das Herz, wenn sie an die armen, edlen Eingeborenen denken. Aber die Weißen im Süden wollen diese Halbinsel besiedeln. Deshalb müssen die Seminolen vertrieben werden, und die weißen Politiker brauchen tüchtige Männer, die das zustande bringen. In erster Linie bin ich ein Soldat, der seine Pflicht erfüllt. Für mich ist ein Mischling einfach nur eine Rothaut. James McKenzie macht mir fast genausoviel Ärger wie Osceola. Sobald ich diesen Bastard sehe, werde ich ihn niederknallen. Mit meiner Truppe kann ich ihn jagen wie einen Panther. Schreib dir das hinter die Ohren, Teela! Wenn du dich meinen Wünschen noch ein einziges Mal widersetzt ...«

»Von dir nehme ich keine Befehle entgegen. Ich bin mit John Harrington verlobt.«

»Und John Harrington kämpft auf *meiner* Seite. Noch bist du nicht mit ihm verheiratet. Als meine Tochter schuldest du mir Respekt und Gehorsam. Übrigens, auch die Soldaten skalpieren ihre roten Feinde. Nicht offiziell, aber sie tun's. Solltest du mich noch einmal in Verlegenheit bringen, hole ich mir James McKenzies Skalp. Ist das klar?«

»Ja.«

Befriedigt und süffisant lächelnd wandte er sich ab, und sie erschauerte unter dem warmen Sonnenschein. Ich bin stärker als er, dachte sie. Letzten Endes werde ich die Oberhand gewinnen ... Aber plötzlich stülpte sich ihr Magen um. Von heftigen Schwindelgefühlen erfaßt, kniete sie sich zum Fluß hinab, spritzte kaltes Wasser in ihr Gesicht, und die Übelkeit verflog. Entschlossen straffte sie die Schultern. O ja, Michael Warren, dich werde ich besiegen, gelobte sie sich.

In einem Wäldchen südwestlich von St. Augustine hatten sich zahlreiche Häuptlinge und Krieger versammelt. Sie waren aus mehreren Richtungen zusammengekommen, aber nicht aus dem Norden, wo der Feind die Indianer bereits aus dem schönen Land südlich von Tallahassee verscheucht hatte. Ironischerweise trug diese Hauptstadt der weißen Eroberer den Namen des Stammes, der das Gebiet jahrtausendelang bewohnt hatte. Nun war die Urbevölkerung in eine Gegend östlich von St. Augustine getrieben worden, westlich von Tampa Bay und südlich von Ocala. Sogar die ›guten‹ spanischen Indianer, die nördlich vom Peace River lebten, mußten sich immer neuer Angriffe erwehren.

Nach der Massenflucht aus dem Fort Brooke-Gefängnis hatte angeblich sogar der vernünftige, moderate General Jesup erklärt, alle Indianer seien ehrlos. Osceola würde

Vereinbarungen treffen, wann immer er Vorteile daraus ziehen könne, und dann sein Wort brechen.

An diesem Abend hatten sich viele einflußreiche Krieger im rotgoldenen Licht des Lagerfeuers eingefunden. Einige waren allein gekommen, andere mit ihren Familien. Statt der üblichen Hütten bauten sie einfache Quartiere aus Kiefernzweigen und Kohlpalmenblättern, die man schnell und ohne großen Arbeitsaufwand errichten konnte. Es wäre sinnlos gewesen, Zeit und Mühe für stabilere Unterkünfte zu opfern, da die Soldaten ohnehin bald auftauchen, die Indianer verjagen und das Lager niederbrennen würden.

Während der Diskussion über den Krieg sollte Osceola eine zentrale Rolle spielen. Aber vorerst starrte er schweigend in die Flammen und wartete, bis James den Brief gelesen hatte, der kürzlich aus dem Bettzeug eines weißen Soldaten gefallen war.

James schaute in die Runde. Da saßen Alligator, der alte Micanopy, Coweta und Coacoochee, auch Wildcat genannt, Philips Sohn. »Der Soldat schrieb an seinen Onkel und erkundigte sich nach seiner Familie. Dann berichtete er von Jesups neuesten Maßnahmen. Offenbar hat der General die Regierung um Hilfe bei der Lösung eines Problems gebeten. Er will *Indianer* rekrutieren, die gegen uns kämpfen sollen — Shawnees, Delawares, Kickapoos, Sioux und Choctaws.« Wenn er mit den Seminolenführern sprach, sagte er stets die Wahrheit, obwohl es Situationen gab, wo er eine Lüge vorgezogen hätte. »Jesup empfiehlt der Regierung, diese Indianer zu bezahlen, damit sie ihre traditionellen Feinde bekämpfen, die Krieger töten, die Frauen und Kinder versklaven.«

»Dann werden wir die Sioux und die Choctaws und alle anderen Feinde genauso in den Tod schicken wie die weißen Soldaten!« stieß Coweta wütend hervor.

»Und wenn immer neue kommen?« entgegnet darauf Osceola.

»Auch die werden wir töten!« rief Wildcat.

»Noch viel mehr werden kommen«, warf James mit ruhiger Stimme ein. »Ein unendlicher Strom.«

Erbost sprang Wildcat auf, ein junger, kraftvoller Mann mit vernarbtem Gesicht. Er trug den Namen ›Wildkatze‹, weil er als Kind versehentlich einen Panther aufgescheucht und den Kampf überlebt hatte. »Nun sprichst du, als wärst du einer von *ihnen* — als wolltest du uns veranlassen, alle Forderungen der Weißen zu erfüllen.«

James schüttelte den Kopf. »Noch nie habe ich einen Freund verraten, noch nie gegen mein Volk gekämpft. Ich versuche zu vermitteln und ...«

»Das verstehst du nicht, Running Bear, weil dein Blut unrein und dein Geist befleckt ist.«

James' Augen verengten sich. »Auch in Osceolas Adern fließt ›weißes‹ Blut, und das gilt für viele Männer unserer Generation. Also wirf mir meine Herkunft nicht vor.«

»Oft genug gehört dein Herz den Weißen.«

»Mein Herz schlägt für die Leidenden und Unterdrückten.«

»Aber du beurteilst die Weißen zu milde. Hör mir zu! Sie wollen uns verjagen, und wenn ihnen das mißlingt, werden sie versuchen, uns auszurotten.«

»Nicht alle Weißen hegen diesen Wunsch.«

»Wie auch immer, genau das verlangt die weiße Regierung von ihren Soldaten. Und du kämpfst nur dann auf unserer Seite, wenn dich ein Messer des Feindes bedroht.«

»Niemals würde ich Plantagen angreifen«, erklärte James ärgerlich. »O ja, ich kenne die Not unseres Volkes. Frauen ersticken ihre kleinen Töchter und Söhne, damit sie nicht verhungern, Soldaten schlagen den Kindern die Schädel ein, und ihre Pferde zertrampeln schreiende junge Burschen. Aber eins versichere ich euch — mein weißer Bruder würde nicht mit Männern kämpfen oder Seminolenkinder angreifen. Seine einzige überlebende

Nichte ist eine Seminolin, und meine *weiße* Schwägerin wagte einmal ihr Leben für meine Familie. Jetzt wohnt meine Tochter bei ihnen und wird liebevoll aufgezogen. Und mein weißer Neffe steht mir genauso nahe. Niemals könnte ich mich an einem Überfall beteiligen, der weißen Kindern das Leben kosten würde. Als meine Seminolenfrau und meine kleine Tochter starben, blieb mein weißer Bruder bei ihnen, während andere vor dem Fieber flohen. Das alles bestimmt meine Handlungsweise. Was immer ich tue oder unterlasse, ich stehe dazu, offen und ehrlich. Willst du mich etwa deshalb einen Verräter nennen?«

»Ich will deine Grundsätze nicht verdammen, Running Bear«, antwortete Wildcat und schlug mit der Faust auf seine Brust. »Aber wir müssen kämpfen, um unsere Lebensart zu erhalten, für die Zukunft unserer Kinder.«

»Natürlich kämpfen wir«, bestätigte Osceola, »Und wir werden weiterkämpfen. Wenn die Soldaten uns folgen, trennen wir uns und weichen ihnen aus. Wir sind nur so weit gekommen, weil sie uns in den geheimen Schlupfwinkeln nicht aufspüren können. Da wir uns nach jedem Kampf verstecken, haben sie bis jetzt nicht gewonnen. Das dürfen wir nicht vergessen.«

»Manchmal muß man reden«, warf Coweta ein. »Jesup hat seine Boten mit weißen Tüchern zu uns geschickt, so daß wir uns seinen Häuptlingen ungefährdet nähern können, wenn wir verhandeln wollen.«

»Im Augenblick gibt es nichts zu sagen.« Osceola stand auf. »Lassen wir den General seinen großen Feldzug planen. Wir werden ihn beobachten und abwarten. Und weiterkämpfen. Was mich betrifft — wenn Running Bear mich bittet, einigen Frauen und Kindern die Kapitulation zu gestatten, wende ich mich nicht gegen die Verzweifelten. Aber an eins muß ich dich erinnern, Running Bear. Einige Familien würden ihre Krieger lieber töten, ehe sie ihnen erlauben, sich den Weißen zu beugen. Überleg dir gut, welche Vereinbarungen du mit den Soldaten triffst. Vielleicht stellen sie sich sogar gegen dich. Das wäre vorerst alles. Solltest du mich ersuchen, mit der Army zu reden — dazu bin ich bereit. Doch du mußt stets bedenken, daß ich kämpfen werde, bis ich nicht mehr kämpfen kann.« Er verließ das Lagerfeuer, und James musterte ihn nachdenklich. Trotz der milden Sommernacht hatte der Häuptling eine Decke um seine Schultern geschlungen.

Auch die anderen entfernten sich. Nur James blieb sitzen und starrte ins Feuer. Wie müde er dieses Kriegs war, der keine Hoffnung auf ein Ende weckte ... Und er war es ebenso müde, sich ständig zu verteidigen. Wenigstens wußten die Häuptlinge, gegen wen sie kämpften. Er selbst kämpfte meistens nur, um seinen klaren Verstand zu bewahren.

Nach einer Weile kehrte Wildcat zurück und setzte sich. »Wir sind zusammen aufgewachsen. Und wir waren immer Freunde.«

»Ich bin auch jetzt nicht dein Feind.«

»Hin und wieder zürne ich dir, weil du viel mehr siehst als wir. Aber ich bin dir sehr dankbar, weil du so oft zu uns kommst, um uns zu beraten — obwohl du dich von deinem Volk abwenden und das Leben eines weißen Mannes führen könntest.«

»Ich weiß manchmal selber nicht, wo ich stehe«, gab James zu. »So oder so, ich kämpfe auf verlorenem Posten.«

»O nein, mein Freund. Du bist nur bedrückt, weil du unter deiner Einsamkeit leidest. Jetzt ist Sunflower die Witwe meines Vetters, Bird-in-Flight. Als nächster Verwandter ihres Mannes steht es mir zu, ihre Trauerzeit zu beenden. Für dich will ich's tun, Running Bear. Bring ihr das Hochzeitsgeschenk. Sie wird es erwidern, und du mußt keine leeren Nächte mehr ertragen — in der schweren Zeit, die vor uns liegt.«

»Vielen Dank, Wildcat, aber ...«

»Sie ist sehr jung und sehr schön«, betonte der junge Häuptling gekränkt.

»Ja, und deshalb will ich sie nicht verletzen. Sie hat genug gelitten.«

»Angeblich warst du mit einer weißen Frau zusammen. Weist du Sunflower zurück, weil sie eine Indianerin ist?«

»Keineswegs. Eine solche Frage dürftest du mir nicht stellen. Naomi war Seminolin. Und ich liebte sie von ganzem Herzen.«

Dieses Argument schien Wildcat zu beschwichtigen. Aber seine Neugier war noch nicht befriedigt. »Und die weiße Frau?«

»Welcher rote Narr würde eine weiße Frau lieben?« In James' Stimme schwang ein bitterer Unterton mit.

»Nur ein Krieger unter dessen roter Haut weißes Blut fließt. Einer, der Warrens Tochter begegnet ist, einer seltenen Schönheit. Wie ich höre, gleicht sie einem exotischen Vogel zwischen Sperlingen.«

»Was weißt du von ihr?« fragte James verwirrt.

»Nun, sie ist Warrens Tochter«, entgegnete Wildcat lächelnd. »Und gewisse Krieger kümmern sich nicht um Schönheit oder Jugend oder Unschuld.«

»Verrat mir doch endlich, was du über sie weißt!«

»Ihr Haar leuchtet wie rotgoldenes Feuer, und sie ist gertenschlank, aber mit wohlgeformten weiblichen Rundungen. Wenn man in ihre Augen schaut, glaubt man, eine schimmernde Wiese zu sehen, vom Sommerregen benetzt.«

Nur mühsam bezwang James seinen Zorn und seine Angst. Wenn er seine Hände um Wildcats Hals legte, wäre niemandem gedient. »Wo hast du sie gesehen?«

»Ich habe sie gut beschrieben, nicht wahr?« Wildcat lachte herausfordernd. »Glaubst du, wir würden nichts von ihr wissen?«

»Wildcat ...«

»Ist sie sehr sinnlich?«

Da verlor James die Beherrschung und stürzte sich auf Wildcat. Ineinanderverkeilt, rollten sie über den Boden. Wildcats Finger schlossen sich um die Kehle seines Gegners, aber James schüttelte ihn ab, warf ihn auf den Rücken und umklammerte seine Hüften mit eisenharten Schenkeln.

Als er ihm eine Faust ans Kinn rammte, stürmte Alligator aus dem Gebüsch. »Die Weißen werden uns noch früh genug umbringen!« fauchte er. »Da wir in der Unterzahl sind, brauchen wir jeden einzelnen Krieger — und zwar lebend. Steht auf und benehmt euch vernünftig! Jetzt seid ihr keine Kinder mehr.«

James und Wildcat starrten sich an. Nein, sie waren tatsächlich keine kleinen Jungen mehr, so wie früher, wo sie sich oft gebalgt hatten.

Erstaunt las James Scham und Reue in den Augen des Kriegers, dessen zügelloses Temperament weithin bekannt war. Natürlich wollten sie einander nicht töten. Deshalb suchten sie Mittel und Wege, um den Kampf ehrenvoll zu beenden.

James erhob sich, reichte dem jungen Häuptling eine Hand und zog ihn auf die Beine. »Verzeih mir, ich hätte meine Wut bezwingen müssen. Es war meine Schuld.«

»O nein, *ich* muß dich um Vergebung bitten, denn ich habe einen langjährigen Freund mutwillig erzürnt.«

»Bleiben wir Freunde?«

»Gewiß. Und um deine Frage zu beantworten — ich sah Warrens Tochter im neuen Fort. Diesen Stützpunkt wollten wir angreifen, aber er ist zu gut befestigt, von zu vielen Soldaten bemannt. Ich versteckte mich zwischen den Bäumen am Rand der Lichtung und spähte in einen großen Saal. Dort tanzte die weiße Frau mit vielen Soldaten, in Seide und Spitze, und sie lachte fröhlich.«

Alles Blut wich aus James' Wangen.

»Aber so schön sie auch ist«, fügte Wildcat hinzu, »sie paßt nicht zu dir. Du solltest Sunflower heiraten.«

»Wenn ich sie zur Frau nehme, solange schwere Sorgen mein Herz belasten, würde ich ihr unrecht tun«, erwiderte James diplomatisch. Seltsam, wie ruhig er sprechen konnte, obwohl sich alle seine Nerven zum Zerreißen anspannten ...

»Ja, das verstehe ich.«

»Sunflower hat einen tapferen Krieger verloren, der sie über alles liebte. Bald wird ihr ein Mann begegnen, der eine so wundervolle Frau verdient.«

»Vielleicht. Mein Herz und meine Gebete werden dich begleiten, mein Freund.«

»Und ich will stets an dich denken.« James wandte sich ab und ging davon — unfähig, ein Gespräch fortzusetzen, das ihn in tiefster Seele quälte.

Was zum Teufel trieb eigentlich Teela, diese kleine Närrin?

»Running Bear!«

Widerstrebend blieb er stehen, als Wildcat nach ihm rief, und drehte sich um.

»Du bist mein Freund, und ich verstehe dich.« Zögernd kam Wildcat auf ihn zu. »Aber eins solltest du wissen. Wenn du in unserem Volk auch geachtet wirst und großen Einfluß besitzt — du hast Feinde.«

»Daran zweifle ich nicht«, antwortete James unbehaglich. »Jeder hat Feinde.«

Inzwischen hatte sich Alligator entfernt, und sie standen allein im Dunkel. Trotzdem senkte Wildcat seine Stimme. »Der Kriegerhäuptling der Mikasukee, Otter, hat geschworen, alle Weißen zu töten und ihnen heimzuzahlen, was sie uns angetan haben. Jetzt beobachtet er die Soldaten im Fort. Sobald sie's in kleinen Gruppen verlassen, wird er sie angreifen. Er kann es kaum erwarten, Michael Warren zu skalpieren. Und vorher will er ihm den Skalp seiner Tochter schicken.«

»Danke.« James drückte Wildcats Hand.

»Falls wir die Frau treffen, bringen wir sie zu dir —

selbst wenn sie nicht zu dir paßt und uns noch tiefer ins Elend stürzen wird.«

»Vielen Dank, mein Freund.« Langsam wanderte James zu seinem provisorischen Quartier. Kalte Angst verdrängte seinen Zorn. Alles, was in seiner Macht stand, hatte er getan, um Teela zur Abreise zu bewegen. Im Haus seines Bruders war sie wenigstens sicher gewesen. Warum hatte sie Cimarron verlassen?

Warren, dachte er, und neue Wut stieg in ihm auf. Natürlich, der Colonel hatte seine Tochter abgeholt. Und Jarrett war außerstande gewesen, dies zu verhindern. Sonst hätte er womöglich Jennifers Leben gefährdet. Das mußte auch Teela gewußt haben. Und nun schwebte sie selbst in tödlicher Gefahr.

Verzweifelt ballte James die Hände. O Gott, warum war sie nicht verschwunden, solange sich noch eine Gelegenheit dazu geboten hatte? Er streckte sich auf seiner Decke aus und starrte zwischen den Kohlpalmenblättern zur Mondsichel hinauf. Dann schloß er die Augen. Sie würde das Fort nicht verlassen, ihr Leben nicht aufs Spiel setzen. Sicher erkannte sie, welches Schicksal ihr in der Wildnis drohte — der Tochter des verhaßten Mannes.

Im Augenblick konnte James nichts weiter tun, als abzuwarten und zu beten.

Nein, verdammt, damit kann ich mich nicht begnügen, dachte er und kroch aus dem Unterschlupf.

15

Das Fort Deliverance gehörte zu einer Reihe von Bollwerken, die man in aller Eile errichtet hatte, um die Indianer abzuwehren. Den Freiwilligen aus Tennessee und Georgia, die es gebaut hatten, war versichert worden, sie könnten ihren Kriegsdienst in Florida beenden, sobald es mehrere solcher Festungen gäbe. Obwohl es einen starken Außenposten in der Wildnis bildete, fand man überall Anzeichen mangelnder Sorgfalt, die verrieten, in welch kurzer Zeit es entstanden war. In Teelas Zimmer leckte das Dach, der Wind pfiff durch die Ritzen der Holzwände. Nachts hörte sie die Wölfe heulen, die gefährlich nahe heranzurücken schienen.

Doch das störte sie nicht. Daß sie ihrem Stiefvater ausgeliefert war, erschien ihr viel schlimmer.

Sie stand am Schutzwall, der das Fort an allen vier Seiten umgab, und blickte über das Land hinweg. Dreißig Meilen weiter nördlich lag St. Augustine, doch es hätten tausend sein können, denn sie sah nur endloses, fremdartiges Grün. Im Norden ragten hohe Kiefern auf, im Süden und Südwesten erstreckte sich das Sumpfgebiet, und im Osten reichte der Adlerfarn bis zum Atlantik.

Irgendwo da draußen führten Wege durch die Wildnis, sogar Straßen, von der Army angelegt. Aber wer die Festung verließ, mußte den Eindruck gewinnen, er würde ein unberührtes Paradies betreten, wo es nur grüne Vegetation, braune Erde und den blauen Himmel gab, hin und wieder auch das dunkle Türkis eines fließenden Gewässers.

Fort Deliverance, in dem das Dach leckte und der Wind heulte, in dem jeden Tag Menschen starben, nicht an Kugeln oder Messern oder Pfeilen, sondern an schrecklichen Krankheiten ...

Bisher hatte Teela einen klaren Kopf behalten, was sie Joshua Brandeis und anderen Freunden verdankte. Sie war noch kein einziges Mal ausgeritten. Die Zeit konnte sie sich vertreiben, indem sie dem Doktor im Lazarett zur Hand ging. Sie litt mit den Patienten, fand Trost im Bewußtsein, ihre Qualen zu lindern, las ihnen Geschichten vor und ließ sich Briefe diktieren, die sie nach Hause schickten. Deshalb wußte sie, wie sehr sie ihren Dienst in der Festung, die Hitze und die Seuchen haßten, daß sie allmählich gegen das Kriegsgeschrei der Indianer abstumpften.

Einige Soldaten verabscheuten die Rothäute, andere waren fasziniert von diesem Volk, das seinen Lebensraum so hartnäckig verteidigte. Viele hatten sogar Freunde unter den Seminolen gefunden. Manche hofften einfach nur, den Krieg zu überstehen und heimzukehren. Aber Teela lernte auch Soldaten kennen, die in der Halbinsel Florida einen Garten Eden sahen, die Erfüllung eines amerikanischen Traums. Dafür kämpften sie mit Leib und Seele.

Einen Großteil ihrer Zeit verbrachte sie mit Dr. Brandeis, und sie genoß seine Gesellschaft. Was er von den Seminolen hielt, wußte sie nicht. In seinem Umgang mit anderen Leuten machte er keinen Hehl aus seinen Sympathien oder Antipathien, wenn er auch bestrebt war, sich mit niemandem zu verfeinden.

Seine wichtigste Pflicht sah er in der Aufgabe, Menschenleben zu retten. Er erklärte Teela den medizinischen Wert einfacher Arzneien wie Schwefel, Salz, Moos, Schlamm, Kräuter und Wurzeln, die man überall in dieser Wildnis fand. Aber er betonte immer wieder, die beste Medizin sei der Lebenswille. Darin müsse sie die Patienten stets bestärken.

Manchmal brachten die Soldaten einen verwundeten Seminolen ins Lazarett. Teela fürchtete Tag für Tag, James in einem der Krankenbetten zu sehen. Inständig hoffte sie, er wäre nach Süden geritten, zu seiner Mutter. Doch sie wußte, daß er bei den Kriegern bleiben würde, um in ihrem Namen über einen etwaigen Waffenstillstand zu verhandeln oder notfalls zu kämpfen ...

So verstrichen die Wochen, während sie wartete und betete und ihrem Stiefvater aus dem Weg ging. Glücklicherweise lobten die kranken und verletzten Soldaten ihre Leistungen im Lazarett so enthusiastisch, daß er sie in Ruhe ließ.

Aber als sie am Schutzwall stand und das Land betrachtete, hörte sie plötzlich seine Stimme. »Teela!«

Sie erschauerte und hatte das sonderbare Gefühl, die Zeit des Wartens wäre beendet. Bald würde etwas geschehen. Sie drehte sich um und sah ihn die Holzstufen heraufsteigen. In strammer militärischer Haltung kam er zu ihr. Sogar inmitten der Wildnis, in der sich die meisten Soldaten eher lässig kleideten, legte er großen Wert auf seine untadelige Uniform, mit gestärktem Kragen, messerscharfen Bügelfalten an den Hosenbeinen und seinen Rangabzeichen über jeder Schulter. »Heute abend findet ein Tanzabend statt, mein Kind, im Hauptsaal des Forts.«

Schon wieder ein Tanzabend, dachte sie bedrückt. War das alles, was passieren sollte? St. Augustine lag nicht allzuweit entfernt. Dort lebten viele junge Damen aus guter Familie, die sogar die gefährliche Reise nach Deliverance auf sich nahmen, um im Kreis der Offiziere einen passenden Ehemann mit erstklassigen beruflichen Aussichten zu suchen. Und die Soldaten flirteten nur zu gern mit den Mädchen.

Teela haßte diese Feste. Wenn es ihr auch nichts ausmachte, mit ihren Freunden zu tanzen — manchmal wurde sie von Männern aufgefordert, deren Mordlust sie voller Abscheu beobachtet hatte, die Menschen wie Tiere jagten. Die Berührung der Hände, an denen soviel Blut klebte, war ihr unerträglich. Außerdem fühlte sie sich seit einiger Zeit oft müde.

»Letzte Woche habe ich eine Party besucht«, erwiderte sie. »Aber da John Harrington noch immer nicht hiergekommen ist, wäre es unschicklich, wenn ich zum zweitenmal innerhalb weniger Tage an einem Tanzfest teilnehmen würde — ohne meinen Verlobten.«

»Diese Party geben wir aus besonderem Anlaß. Wir erwarten General Jesup höchstpersönlich. Deshalb mußt du als Gastgeberin fungieren. Nachdem er schon soviel von dir gehört hat, möchte er dich kennenlernen.«

»Aber ...«

»Morgen muß ich das Fort verlassen, um eine neue Kampagne zu kommandieren. Falls du während meiner Abwesenheit hierzubleiben gedenkst, solltest du meine Wünsche erfüllen.«

Natürlich würde sie lieber gehorchen, als mit ihm zu reiten und die Greueltaten seiner Männer mit anzusehen ...

»Für eine Frau wäre die Reise sehr beschwerlich«, fügte er hinzu.

»Davor fürchte ich mich nicht.«

»Vielleicht vor mir?«

Teela schüttelte den Kopf. »Was du mir antun willst, kann ich ohnehin nicht verhindern.«

Zu ihrer Verwirrung las sie tiefen Kummer in seinen Augen. »Bei Gott, ich habe stets versucht, gut für dich zu sorgen, dem Andenken meiner verstorbenen Frau zuliebe. Und es ist die Pflicht einer Tochter, ihren Vater zu respektieren. Aber du begehrst bei jeder Gelegenheit gegen mich auf. Man sollte dich nächtelang mit einer Bibel einsperren, damit du Demut und Gehorsam lernst. Leider fehlen mir im Augenblick die nötige Zeit und Geduld, um dir Disziplin beizubringen. Und so erinnere ich dich nur daran, daß ich dein Herr bin, bis du den jungen Mr. Harrington heiratest. Danach möchte ich nichts mehr mit dir zu tun haben. Du wirst heute abend im Hauptsaal erscheinen und dem General höflich begegnen. Oder du mußt mich durch die Wildnis begleiten, auf dem Rücken eines Maulesels festgebunden.«

Glücklicherweise erwartete er keine Antwort und ging davon, mit schneidigen Schritten.

Sie floh in ihr kleines Zimmer, warf sich aufs Bett und fürchtete, sie würde erbrechen müssen. Doch die Übelkeit ließ nach. Sie stand auf, und während sie ihr Gesicht mit kaltem Wasser benetzte, klopfte es an der Tür.

»Teela?«

Da sie Katy Walkers Stimme erkannte, rief sie: »Herein!« Die junge Frau war mit Lieutenant Harry Walker verheiratet, dem Zweiten Kommandanten des Forts.

Lächelnd trat Katy ein und schloß die Tür hinter sich. Sie sah sehr attraktiv aus, mit rosigen Wangen und dichten dunklen Locken. Was Teela ganz besonders an ihr schätzte, war die ruhige Gelassenheit inmitten chaotischer Zustände. »Gerade habe ich Annabella gebeten, Tee zu servieren. Ich sah dich mit deinem Vater reden und hierherlaufen. Alles in Ordnung? O Gott, ich weiß, was dich quält! Dein hübscher Verlobter schlägt sich da draußen in der Wildnis herum, und du mußt schon wieder einen Tanzabend besuchen und ein freundliches Gesicht machen. Das ist es doch, nicht wahr?«

»So was ähnliches«, erwiderte Teela. Wenn sie sich auch sehr gut mit Katy verstand — wie konnte sie ihr anvertrauen, John Harrington sei nur ein wundervoller Freund und sie würde unentwegt für einen Halbindianer beten, der ihr keinen Platz in seinem Leben einräumte?

Es klopfte erneut an der Tür, und Katys schwarze Zofe trug ein Teetablett herein.

»Danke, Annabella. Stell's doch ...«, vergeblich schaute sich Katy nach einem Tisch um. Das Zimmer war mit einem Feldbett, einer kleinen Kommode, Teelas Reisetruhe und einer Waschschüssel eingerichtet, »... hier aufs Bett.«

Kichernd gehorchte das Mädchen. »Noch was, Miss Katy?«

»Vorläufig nicht. Ruh dich ein bißchen aus. Später mußt du mir bei der Toilette für die Party helfen.« Annabella nickte und ging hinaus. Nachdenklich starrte Katy die Tür an, die sich hinter ihrer Zofe geschlossen hatte. Dann erschauerte sie. »O Teela, manchmal jagt's mir wirklich Angst ein, was hier passiert. Erst vor wenigen Monaten überwältigten unsere Soldaten einen Kriegertrupp, der fast nur aus jungen Negern bestand. Zur Hälfte waren's ehemalige Sklaven, die früher in St. Augustine gelebt hatten! Dort dachten die Leute schon, die Sklaven würden rebellieren. Zum Glück hat man's verhindert.«

»Im Norden gewinnen die Abolitionisten, die sich für die Abschaffung der Sklaverei einsetzen, immer mehr Anhänger.« Zögernd fuhr Teela fort: »Katy, du darfst es diesen Menschen nicht verübeln, daß sie nach Freiheit streben.«

»Sogar die Seminolen halten sich Sklaven.«

»Das stimmt. Aber die meisten Schwarzen, die hierher geflohen sind, führen jetzt ein freies Leben und unterstützen die Indianer auf den Schlachtfeldern ...«

»... und bilden ihre eigenen Banden«, ergänzte Katy. »Oder sie fliehen vor den grausamen Rothäuten. Viele sind in die Forts gekommen, um Schutz zu suchen.«

»Weil sie sonst verhungern würden, so wie die Seminolen.«

»Natürlich, alle leiden unter den ständigen Kämpfen — die Schwarzen, die Roten und die Weißen«, seufzte Katy, setzte sich zu Teela aufs Bett und schenkte den Tee ein. »Und du bist gewiß nicht die einzige, die Mitleid mit den Indianern hat. Einige Soldaten haben sich sogar mit gewissen Kriegern angefreundet. Aber du solltest nicht vergessen, auf welcher Seite du stehst.«

»Nicht auf der Seite von Männern, die Unschuldige ermorden.«

»Gegen die habe ich auch was — vor allem, wenn sie *mich* umbringen wollen.«

Verwirrt hob Teela die Brauen. »Was meinst du?«

Sie dachte zunächst, Katy würde nur über ihre Locken streichen. Doch dann zog die junge Frau eine Perücke von ihrem Kopf, und Teela hielt entsetzt den Atem an.

»O Gott, Katy, es tut mir so leid — wie konnte ich ahnen ...«

»Schon gut«, erwiderte Katy und setzte die Perücke wieder auf. »Ich dachte, ich würde sterben. Und ich hab's nur mit knapper Not überlebt. Kurz nach dem Dade-Massaker besuchte ich Freunde auf einer schönen Plantage, südwestlich von St. Augustine. Ein paar Mikasukis fielen über uns her. Erst töteten sie meine Gastgeber, dann schossen sie auf mich. Doch die Kugel prallte von meinem Medaillon ab. Sie dachten, ich würde sterben. Niemals werde ich das Gesicht des Mannes vergessen, der mir den Skalp abschnitt. Seine Augen waren kalt wie Eis und pechschwarz. Was vielleicht am traurigsten ist — mein Freund Herb, ein gebildeter Jude, war jahrelang von sogenannten ›zivilisierten‹ Leuten verfolgt worden. Er zog mit seiner Frau Jean nach Florida, um ein neues Leben zu beginnen. Nachdem wir den Indianern soviel weggenommen hatten, fand er, wir wären ihnen was schuldig und müßten sie fortan in Ruhe lassen. Aber als sie die Plantage angriffen, fragten sie nicht nach Herbs Gesinnung.«

»O Katy«, flüsterte Teela erschüttert.

»Nun, ich bin am Leben geblieben, und nur das zählt. Aber was ich durchgemacht habe, wünsche ich niemandem, keinem Weißen, keinem Roten und keinem Schwarzen. Und seither weiß ich auch, auf welcher Seite ich stehe.«

Teela stellte ihre Tasse aufs Tablett, weil ihre Hände zitterten, und sie fürchtete, den Tee zu verschütten.

»Vielleicht verstehst du die Soldaten jetzt etwas besser«, meinte Katy hoffnungsvoll. »Sogar deinen Vater.«

»Meinen Stiefvater ... Ja, ich beginne einiges zu verstehen, den Krieg und die Angst und die Entschlossenheit der Soldaten. Aber Michael Warren? Niemals!«

Milde lächelnd stand Katy auf. »Du bist eine Idealistin, und wenn du schon keine perfekte Welt haben kannst, wünschst du dir wenigstens eine gute.«

»Träumen wir nicht alle davon?«

»Vermutlich schon. Aber nicht jeder will das Gute in anderen Menschen sehen. Freut mich, daß du dazu bereit bist. Das finde ich erfrischend und sehr tapfer. Du sprichst immer aus, was du denkst, würdevoll und unerschrocken.«

»O Katy, du bist viel mutiger. Und ich verhalte mich nicht immer würdevoll. Oft genug stoße ich Männer vor den Kopf, die lange und hart gekämpft haben. Aber wenn ich sehe, was sie den Kindern antun, kann ich nicht anders. Und jetzt, nachdem du mir deine tragische Geschichte erzählt hast, weiß ich nicht, was ich an deiner Stelle empfinden würde. Jedenfalls glaube ich, daß es sehr viele Indianer gibt, die einfach nur in Frieden leben wollen. Auf jedes Monstrum, das Michael Warren herangezüchtet hat, kommen ein paar Dutzend guter, anständiger Soldaten. Die meisten versuchen, ihre Befehle zu befolgen — und gleichzeitig Frauen und Kinder zu schützen.«

»Sicher ist es sehr schwer, beiden Seiten gerecht zu werden.«

»Verdammt schwer«, bestätigte Teela und lächelte wehmütig. »Wo wird das alles enden?«

»Das weiß ich nicht.«

»Nachdem du fast getötet wurdest — warum bleibst du hier im Fort und lieferst dich all den Gefahren aus?«

»Weil ich meinen Mann liebe. Und weil er mein Leben ist. Außerdem hat er mir versichert, das Risiko sei gering. Bei jedem Scharmützel fallen mehr Indianer als Weiße. Wahrscheinlich sind nur noch drei- oder vierhundert Krieger übriggeblieben. Und die Army hat ein paar hundert Soldaten im Fort Deliverance stationiert. Also müssen wir keinen Angriff befürchten.«

»Wohl kaum.«

»So, und jetzt werde ich ein Bad nehmen und mich für heute abend schön machen.« Katy ging zur Tür, wo sie sich noch einmal umdrehte. »Wenn's auch keine perfekte oder gute Welt gibt, Teela — tröste dich mit dem Gedanken, daß nur Menschen wie du imstande wären, einen solchen Traum zu verwirklichen.«

»Und wenn jemals eine perfekte Welt entstehen sollte, gehörst du ganz sicher dazu, Katy«, erwiderte Teela.

Vergnügt winkte Katy ihr zu. »Mach heute abend keinen Ärger. Versprich's mir! Ich will nicht mitansehen, wie du deinen Stiefvater in Wut bringst.«

»Keine Bange, ich werde mich ordentlich benehmen. Aber nur dir zuliebe — nicht seinetwegen.«

»Also *mir* zuliebe? Wie nett von dir! Bis heute abend!«

Katy schloß die Tür hinter sich, und Teela stellte das Teetablett auf den Boden. Dann sank sie ins Bett, schloß die Augen und fragte sich, wo James diese Nacht verbringen würde. Es kam ihr so vor, als wäre eine Ewigkeit seit der letzten Begegnung verstrichen — oder als hätte sie alles nur geträumt. Aber manchmal erwachten so lebhafte Erinnerungen, daß ihr Herz zu brechen drohte. Deutlich sah sie ihn vor sich und glaubte fast, sie könnte ihn berühren.

Knapp zwei Monate waren vergangen. Warum konnte sie ihn nicht endlich vergessen? Er gönnte ihr keinen Platz in seinem Leben. Wieso verzehrte sie sich vor sinnloser Sehnsucht? Auch jetzt versuchte sie vergeblich, alle Gedanken an ihn zu verdrängen.

Schließlich schlief sie vor Erschöpfung ein und träumte, sie würde durch die Wildnis laufen, durch Sümpfe und Unterholz. Kreischende Reiher füllten den Himmel mit weißen Flügeln, Hufschläge ließen die Erde erbeben. Und Teela konnte ihre Beine kaum bewegen, weil sie irgend etwas Schweres an sich preßte. O Gott, sie kamen immer näher — und würden sie erschießen oder erstechen.

Was schleppte sie mit sich herum? Irgend etwas, das sie fast zu Boden drückte ... Verwundert schaute sie hinab. Es war ihr eigener gewölbter Leib — ein Kind unter ihrem Herzen. Und sie floh durchs Gebüsch, um sich zu retten — und ihr Baby.

Atemlos drehte sie sich um und erblickte die Verfolger.

In den flimmernden Hitzewellen, die vom Morast aufstiegen, sah sie die Reiter nur verschwommen. Verzweifelt lief sie weiter, ein qualvolles Schluchzen erschütterte ihren Körper ...

Sie fuhr aus dem Schlaf hoch, und ihr Herz schlug wie rasend. Natürlich — sie war in Sicherheit. Nichts im Zimmer hatte sich verändert, das Teetablett stand immer noch am Boden. Und doch — der Traum war so real gewesen. Glasklar erinnerte sie sich an alle Einzelheiten. Nur eins wußte sie nicht. Ob ihr die Seminolen gefolgt waren oder die Soldaten.

16

Etwa vierzig Alachuas hatten sich einen Weg zu einem hochgelegenen Laubwald an der Ostseite des Sees auf einer kleinen Halbinsel gebahnt. Nur ein einziger Weg führte zum Lager.

Als James und Wildcat vom Fort Deliverance zurückritten, lief ihnen ein narbiger Indianerjunge entgegen, der kaum zusammenhängend sprechen konnte. »Soldaten zwischen den Bäumen ... Ganz in der Nähe ... Böse Soldaten — sie reiten mit dem, der unentwegt tötet. Und wir sind machtlos — höchstens zwölf Männer können sie bekämpfen. Zehn sind alt, zwei liegen im Sterben. Vielleicht schreien die kleinen Kinder und führen die Feinde zu uns. Wir alle werden den Tod finden.«

»Nein, wir kämpfen für euch«, erwiderte Wildcat.

Aber James schüttelte langsam den Kopf. »Gegen eine ganze Kompanie würden zwei Mann nichts ausrichten. Wir müssen näher heranreiten und die Lage sondieren. Steig auf und führ uns hin!« Er griff nach dem Arm des Jungen und zog ihn zu sich aufs Pferd.

Bald entdeckten sie die Soldaten, die sich dem Lager der Alachuas näherten, hielten an und lauschten.

»Die zweite Frau des *mico* hat ein Baby, das oft schreit«, erklärte der Junge. »Wenn sie's nicht erstickt, sterben wir alle.«

»Vielleicht«, flüsterte James.

In sicherem Abstand folgten sie dem Trupp. Sobald die Army-Pferde gezügelt wurden, verstummten James und seine Begleiter, und sie redeten erst wieder, als die Soldaten weiterritten.

»Oder vielleicht auch nicht«, fügte er hinzu, sprang aus dem Sattel und bedeutete dem Jungen, auf dem Rücken der Stute sitzen zu bleiben. »Ich durchquere den See und hole so viele Leute wie möglich auf diese Seite herüber. Hier können sie sich im dichteren Wald verstecken. Danach komme ich hierher zurück, locke die Soldaten auf eine falsche Fährte, und sie werden tagelang reiten, ohne eins unserer Lager aufzuspüren.«

Auch Wildcat stieg ab. »Ich begleite dich. Inzwischen wird unser kleiner Freund die Feinde im Auge behalten. Er ist noch sehr jung, aber klug.«

»Wenn die Soldaten ihn finden, bevor wir ...«

»Mit meiner Hilfe kannst du die Leute schneller über den See bringen.«

James protestierte nicht mehr, und die beiden Freunde schwammen zur Halbinsel, wo sie mit dem alten Kriegerhäuptling sprachen.

Zuerst sollten seine junge Frau und das halbverhungerte Baby auf einem hastig gezimmerten Floß über den See befördert werden.

Während James zum anderen Ufer zurückschwamm und das Floß hinter sich herzog, ermahnte er die Frau, ihr Kind am Schreien zu hindern, und sie versuchte es. Am Ufer angekommen, sah er sie lautlos weinen, und das Baby schwieg.

Kaltes Entsetzen erfaßte sein Herz. Hatte sie das Kind

vor lauter Scham und Verzweiflung erstickt? Aber sie schüttelte den Kopf. »Meine kleine Tochter schläft.«

»Gut. Lauf mit ihr möglichst weit in den Wald hinein und warte.«

Sie nickte, und er schwamm zurück. Mittlerweile hatte Wildcat fünf junge Helfer gefunden, die Floße bauten. Der Häuptling, seine erste Frau und zwei sehr alte Krieger wurden übers Wasser transportiert, dann folgten ihnen andere. Nach der vierten Fahrt waren alle Alachuas in Sicherheit gebracht worden, und James kehrte ein letztes Mal ins Lager zurück, um sich zu vergewissern, daß niemand dortgeblieben war.

Während er in der Mitte des geisterhaften Dorfs stand, hörte er ein Geräusch in den Büschen. Blitzschnell duckte er sich hinter einer Hütte und sah einen jungen Soldaten heranschleichen, einen Späher, der sich offensichtlich umschauen sollte. Wenn er nicht starb, würde er das Versteck verraten, und die Alachuas hätten kein Zuhause mehr.

Schweren Herzens folgte er dem Weißen, einem blutjungen, sommersprossigen Burschen mit angstvollen grünen Augen, der sich vermutlich noch nie rasiert hatte. Sicher wäre er am liebsten umgekehrt und dadurch am Leben geblieben. Aber er mußte seine Tapferkeit beweisen, durfte den Tod nicht fürchten. James eilte ihm lautlos nach, verfluchte sich selbst und zog sein Messer aus der Scheide am Hosenbund. Da die anderen Soldaten in der Nähe warteten, wagte er nicht zu schießen.

Als er zustechen wollte, drehte sich der Junge um. Er schrie nicht, starrte das Messer an und bekreuzigte sich. »Heiliger Jesus!« flüsterte er, bekreuzigte sich und schloß die Augen.

James zögerte nur kurz, ehe er das Messer in die Scheide zurücksteckte, den Burschen mit einem Fausthieb außer Gefecht setzte und über seine Schulter warf. In weitem Bogen trug er ihn um den Army-Standort herum und legte ihn in sicherer Entfernung vom Indianerdorf auf den Boden. Der Soldat bewegte sich, öffnete die Augen und starrte ihn verängstigt an.

»Keine Angst, ich werde dich nicht töten«, versprach James und kniete neben ihm nieder. »Aber ich schlage dich wieder bewußtlos. Bald wird man dich finden.«

»Gott segne Sie!« wisperte der Bursche und richtete sich auf. »Oh, Sie glauben wahrscheinlich nicht an den Allmächtigen, oder? Vielleicht bin ich schon tot und rede im Himmel mit einem blauäugigen Indianer, der englisch spricht. Dann müssen auch Sie irgendeinen Gott da oben haben, und er möge Sie segnen. Meine Ma wird für Sie beten.«

»Wie alt bist du?«

»Nächsten Monat werde ich siebzehn.«

»Also zu jung für die Army.«

»Vermutlich. Aber daheim brauchen wir das Geld.«

»Geh nach Hause, Junge.« James schlug ihm die Faust aufs Kinn.

Lautlos sank der Soldat ins Gras zurück, und James ließ ihn unter einer Eiche liegen. Dann eilte er zu Wildcat und den Alachuas zurück. Sie warteten im Wald, bis die Soldaten weiterritten, und das Dorf wurde nicht entdeckt.

Ohne Blutvergießen ging der Tag zu Ende. James fühlte sich trotzdem elend, denn er hatte Teela im Fort Deliverance gesehen.

Die Augen geschlossen, stand Osceola vor dem Lagerfeuer und hielt seine Hände über die Flammen. In einem großen Kessel simmerte ein Eintopf, falls hungrige Krieger auftauchten. Aber es war schon spät, und der Häuptling blieb allein.

Obwohl er immer noch einen muskulösen Körper besaß, hatte er stark abgenommen. Seine Ehefrauen wußten, daß seine Kräfte schwanden. Und manchmal, wenn er nachts den Mond betrachtete und die Wölfe heulen hörte, befiel ihn die schicksalhafte Ahnung, seine Zeit wäre begrenzt.

Seltsam, wie oft er neuerdings an die Vergangenheit dachte ... Osceola, der Sohn eines Engländers, hatte als Creek in der Upper Creek-Stadt Tallahassee das Licht der Welt erblickt und den Namen Billy Powell erhalten.

Doch die Weißen zweifelten an seiner Herkunft. War Powell tatsächlich sein Vater oder nur mit seiner Mutter verheiratet gewesen? Egal. Während der Creek-Kriege war Powell nämlich nach Alabama zurückgekehrt und Osceola mit dem Clan der Mutter nach Florida gezogen. Dort hatten ihn die männlichen Verwandten zum Krieger ausgebildet. Dann nahm er an seinem ersten Seminolenkrieg teil. Aber auch friedliche Zeiten hatte er erlebt, an die er sich gut erinnerte.

Im Morgensonnenschein war er durchs Dorf gewandert und hatte dem flüsternden Wind gelauscht. Er ging mit Pfeil und Bogen zur Jagd saß oft bei den Gästen aus der Stadt, die der *mico* empfing, und hörte den Männern zu, wenn sie Kriegsrat hielten. Bevor neue Kämpfe mit den Weißen oder feindlichen Creeks begannen, rief der *holibonaya,* der Kriegssprecher, die Truppen zusammen. Die Krieger sehnten die Schlacht herbei, die jungen Burschen erfüllten triviale Aufgaben — Brennholz, Wurzeln und Beeren sammeln oder Schweine hüten. Ehe sie den Status der Krieger erreichten, mußten sie auf der Jagd oder in kleineren Scharmützeln ihren Mut beweisen.

Jeden Mai fand eine große Versammlung aller Clans statt und dann wieder im Sommer, beim Tanz des Grünen Maises. Dabei wurden viele Angelegenheiten geregelt, Ehen geschlossen, Ansprüche geklärt, und die jungen Leute verliebten sich.

Manchmal war das Leben hart und beschwerlich gewesen, manchmal angenehm. Doch es hatte stets einer bestimmten Ordnung gehorcht. Jetzt schien sich alles im

Chaos aufzulösen, unvorhersehbare Ereignisse bestimmten den Alltag.

Er hatte mit Wildcat und den anderen gesprochen, und alle erkannten den Ernst der Lage. Würden sie noch ein weiteres Kriegsjahr überstehen? Osceola wußte es nicht. Er war bereit, wieder mit dem Militär zu verhandeln, unter einer der weißen Flaggen, die Jesup den Indianern geschenkt hatte.

Auch der General, des endlosen Krieges müde, strebte den Frieden an. Wenn es sich nicht vermeiden ließ, würde Osceola weiterkämpfen. Aber vorher wollte er reden.

Plötzlich hörte er leise Schritte im weichen Erdreich und drehte sich um. Otter trat ans Feuer, das Gesicht so reglos wie aus Stein gemeißelt. In den schwarzen Augen lag ein kalter Glanz. »Ich bin gekommen, um Osceola mitzuteilen, daß meine Männer und ich im Morgengrauen zu unserem Dorf reiten werden.«

»Gewiß. Unsere Stärke liegt in der Fähigkeit, zu kämpfen und uns dann zurückzuziehen, in die Tiefe des Laubwalds und der Sümpfe, wo uns die Soldaten nicht finden.«

»O nein!« Wütend schlug sich Otter auf die nackte Brust. »Ich ziehe mich nicht zurück.« Wie alle Seminolenkrieger, die einen Kampf ausfechten würden, trug er nur einen Lendenschurz. Sie wußten aus Erfahrung, daß Schußwunden zu eitern begannen, wenn die Kugeln die Fasern der Kleidung ins Fleisch preßten. Auf seiner dunklen Haut und im geflochtenen rabenschwarzen Haar schimmerte Bärenfett. Er war bereit für die nächste Schlacht, und es gab keinen kühneren Häuptling. Kein anderer empfand so heißen Zorn, so wilde Rachsucht. Bei einem Überfall auf sein Dorf waren seine Frau, sein kleiner Sohn und seine Töchter verbrannt. Er selbst fürchtete den Tod nicht. Eher das Leben, dachte Osceola.

»Keiner von uns hat den Kampf aufgegeben.«

Angewidert knirschte Otter mit den Zähnen. »Osceola

sieht nur, was er sehen will. Aber ich kenne einige, die nur zu gern kapitulieren würden.«

»Viele sind müde.«

»Hast du so lange gekämpft und getötet, um letzten Endes klein beizugeben?«

»Auch *ich* bin müde.«

»Du!«

»Nicht müde genug, um den Kampf aufzugeben«, betonte Osceola. »Jetzt wissen die Soldaten nicht, wo wir sind. Ich jage, fertige neue Waffen an und sammle Kräfte. Und ich warte den nächsten Schritt des weißen Mannes ab.«

Otter schüttelte den Kopf. »Natürlich werde ich wieder an deiner Seite kämpfen, Osceola. Doch ich bin der Kriegerhäuptling meines eigenen Clans, und ich ziehe in meine eigenen Schlachten.«

»So muß es auch sein«, stimmte Osceola zu. Er bemitleidete Otter. Aber dessen Ungestüm mißfiel ihm. Disziplin zählte zu den wichtigsten Vorzügen der weißen Soldaten. Wenn Osceola in diesem Krieg auch die Position des Befehlshabers einnahm — seine Krieger konnten jederzeit heimkehren oder aussichtslose Kämpfe auf eigene Faust ausfechten.

»Allmählich läßt du dich von deiner Schwäche übermannen!« knurrte Otter.

»Ich werde vernünftiger, und ich suche jene Kämpfe, die ich gewinnen kann. Denn ich strebe den Sieg an, kein Gemetzel.«

Wieder schlug sich Otter auf die Brust. »Und ich suche den Tod der weißen Männer!«

»Vergiß nicht — wir versuchen unser Leben zu erhalten, unser Land, die Zukunft unserer Kinder zu retten.«

»All das will man uns verwehren.«

»Wir werden darum ringen, bis es uns gehört. Otter, du bist ein tapferer Krieger, und wir stehen in deiner Schuld. Bedenk doch, daß wir alle denselben Krieg führen!«

Entschlossen straffte Otter die Schultern »O ja, daran denke ich. Aber immer mehr weiße Soldaten versammeln sich im Fort. Sie fahnden nach mir. Und nach Osceola. Vorher werde *ich* sie finden. Und Warrens Skalp soll mir gehören. Jeden einzelnen, der die Festung verläßt, werde ich töten.« Dann neigte er den Kopf, respektvoll trotz seiner stolzen Worte, und verschwand zwischen den Kiefern.

Osceola wandte sich wieder zu den Flammen. O ja, er hatte gekämpft. Zornig und grausam und skrupellos. Und er würde wieder kämpfen. Aber in dieser Nacht fror er ...

In der Nähe des Feuers, an einen moosbewachsenen Eichenstamm gelehnt, schlief der alte Riley Marshall, ein ehemaliger Sklave, der ins südliche Florida geflohen war. Nun diente er den Seminolen als Krieger, und sie beschützten ihn. Osceola rüttelte ihn wach. »Geh zu Running Bear und frag ihn, ob er zu mir kommen würde.«

»Er ist weggeritten, um das Fort zu beobachten.«

»Vorhin kam er zurück und brachte einen Hirschen mit.«

Riley eilte davon, und wenig später tauchte James McKenzie aus der Finsternis auf. »Nun, Osceola? Du hast mich gerufen?«

Forschend musterte der Häuptling seinen Blutsbruder, der ein gemustertes Baumwollhemd und enge Breeches trug. An seiner Halskette hing ein silberner Halbmond, ein schmuckloses rotes Band hielt das schwarze Haar aus der Stirn. Das bronzebraune Gesicht war ausdruckslos. Nur in den Tiefen seiner blauen Augen schien ein unstillbares Feuer zu brennen.

»Heute abend hast du viele hungrige Mäuler mit deinem schönen Hirschen gefüttert. In diesen Wäldern wird es immer schwieriger, auf die Jagd zu gehen.«

Running Bear hob die Brauen und lächelte belustigt. »Auch Osceola ist ein ausgezeichneter Jäger. Und er hat mich wohl kaum zu sich bestellt, um meine Beute zu preisen.«

»Wie ich höre, wohnt Colonel Warrens Tochter im Fort Deliverance.«

»Ja«, bestätigte James tonlos.

Nun amüsierte sich Osceola. »Mein Freund, wenn du glaubst, in dieser Wildnis würden sich keine Gerüchte verbreiten, irrst du dich. Ob du die Frau entführt hast oder ob sie freiwillig in deine einsame Hütte gekommen ist, weiß niemand. Aber daß du sie sehr gut kennst, steht wohl eindeutig fest. Aus diesem Grund wollte ich mit dir sprechen. Hast du sie im Fort gesehen?«

»Mit eigenen Augen. Ich schlich mit Wildcat durchs Gebüsch, und wir beobachteten die Soldaten.«

»Dort leben viele Frauen und Männer, die ich nicht töten möchte. Ich habe meinen Leuten befohlen, Warrens Tochter hierherzubringen, falls sie festgenommen wird. Eins mußt du allerdings bedenken — in den Adern vieler Krieger fließt hitziges Blut. Sie haben ihre Familien verloren, ihre Kinder verbluten sehen.«

»Das weiß ich.«

»Vor allem mußt du Otter im Auge behalten. Der hat geschworen, jeden Soldaten anzugreifen, der das Fort Deliverance verläßt.«

»Oh, vor Otter wurde ich bereits gewarnt. Am besten rede ich selber mit ihm. Jetzt gleich.«

Running Bear ging davon.

Unbehaglich schaute Osceola ihm nach und fragte sich, ob sein Freund einen klugen Entschluß gefaßt hatte. Einen Kampf in den eigenen Reihen konnten sie wahrlich nicht gebrauchen. Aber wenn sie ihrer Lebensart, ihrer Ehre und ihren Grundsätzen nicht treu bleiben wollten — wofür kämpften sie dann so wild und entschlossen?

James wußte, wo Otter zu finden war.

Soeben hatte sich der Mikasuki-*mico* in seinem provisorischen Quartier auf der Decke ausgestreckt. Die Seminolen stellten niemals Wachtposten auf, nicht einmal nach Einbruch der Dunkelheit. Vergeblich hatte James die Häuptlinge vor den nächtlichen Angriffen der weißen Soldaten gewarnt. So leicht ließen sich alte Gepflogenheiten nicht ändern. Als er jetzt auf die erhöhte Holzplatte stieg, wo der *mico* schlief, überraschte er ihn. Verwirrt sprang Otter auf, sofort zum Kampf bereit. Dann erkannte er Running Bear, was seinen Argwohn nicht minderte. »McKenzie!« stieß er James' ›weißen‹ Namen hervor.

»Wie ich soeben erfuhr, willst du die Soldaten im Fort töten.«

»Irgendwann werde ich alle Weißen töten.«

»In der Festung wohnt eine Frau, die mir gehört.«

»Die weißen Männer haben keine Rücksicht auf *meine* Frau genommen.«

»Aber ich bitte dich — den Häuptling deines Clans — meine Position zu respektieren ...«

»Als Mischling?«

»Als *mico* meiner Familie«, erwiderte James, »mit dem Recht des Blutes, das ich von meiner Mutter erbte.«

Feindselig starrte Otter ihn an. »Du hast den schwarzen Trank getrunken und gelernt, so zu jagen wie unsere Krieger, im Lendenschurz zu kämpfen, mit Pfeil und Bogen zu schießen, die Muskete des weißen Mannes zu schwingen. Und unsere Männer hören auf dich. Immer wieder hast du deine Macht und deine Stärke bewiesen. Du könntest uns zu großen Siegen führen und die Weißen vernichten. Aber du kämpfst nur an unserer Seite, wenn ein Gewehr auf dein Herz zielt. Und nun bittest du mich, eine weiße Frau zu schonen.«

»Weil sie mir gehört. Sie soll nicht getötet werden.«

»Wenn sie dir gehört, hol sie doch aus der Festung.«

James verbarg seine Gefühle. O Gott, diese Qual, die sein Herz zu zerfressen drohte ... Mochte er auch behaupten, sie würde ihm gehören — es stimmte nicht. Sie war eine weiße Frau, die in der Welt des weißen Mannes lebte. Und so lange sie bei Michael Warren blieb, durfte er sie nicht für sich beanspruchen. »Ich bitte dich, ihr nichts anzutun.«

Plötzlich riß Otter ein Messer aus der Scheide an seinem Schienbein und schleuderte es zu Boden, so daß die Spitze in einer Wurzel steckenblieb. »Kämpfe mit mir, Running Bear, kämpfe um sie! Entscheide ihr Schicksal!«

»Gegen dich soll ich kämpfen? Ich suche deinen Tod nicht.«

»Und ich deinen ebensowenig. Ich möchte dich kämpfen sehen, so wie ich gekämpft habe — für das, was du liebst, was du erträumst. Das Leben.«

Ehe James antworten konnte, ergriff Otter sein Messer.

James sprang zurück und erkannte, daß der Krieger in dieser Nacht Blut sehen wollte, selbst wenn er keinen tödlichen Kampf anstrebte.

Als Otter zum Angriff überging, wehrte James die Hand ab, die das Messer festhielt. Doch die Schwungkraft der Attacke warf beide zu Boden, und sie wälzten sich über die Holzplatte.

Schließlich lag Otter obenauf, riß die Waffe hoch, und James glaubte schon, die Klinge würde sich in seinen Hals bohren. Seine Finger umschlossen das Handgelenk des Gegners noch fester, und er bot seine ganze Kraft auf, um den kleineren Mann von sich zu schleudern. Drei Schritte entfernt landete Otter zwischen Steinen und Erdreich. Sofort sprangen beide wieder auf und umkreisten einander.

Kurz vor dem nächsten Angriff des Mikasuki ließ sich James fallen und brachte ihn aus dem Gleichgewicht. Otter versuchte zuzustechen, aber Running Bear war schneller, hieb seine Faust auf den Arm des Kriegers, und das Messer flog in hohem Bogen davon. Dann preßte er seinen Arm auf die Kehle des Gegners und schnürte ihm die Luft ab.

Haßerfüllt starrte Otter ihn an. »Töte mich!« würgte er hervor. »Mach ein Ende!«

»Deshalb bin ich nicht gekommen. Überlaß mir die weiße Frau, falls du sie gefangennimmst.«

Nun entstand ein langes Schweigen, und James hörte leise Schritte. Otters Männer eilten zum Schauplatz des Kampfes. Doch sie mischten sich nicht ein, beobachteten die Ereignisse und warteten.

Auch Otter hatte die Ankunft seiner Krieger bemerkt und begann zu sprechen, als James den harten Griff lockerte. »Ich will das Fort nicht angreifen und nur die Soldaten töten, die herauskommen, um mein Volk zu vernichten.«

»Und die Frau?«

»Wenn ich sie erbeute, mußt du sie aus meiner Gewalt befreien.« James erhob sich unbehaglich, und Otter sprang auf. »Morgen reite ich zu meinem Dorf im Südwald. Ich werde das Fort nicht angreifen. Und Warrens Tochter ist nur in Gefahr, wenn sie es verläßt. Um deiner Kampfkraft willen, die wir brauchen, werde ich nicht vergessen, daß sie dir gehört.«

»Gib mir dein Wort.«

Otter nickte. Eine Zeitlang blieb James im Mondlicht stehen und beobachtete ihn. Plötzlich schnitt der Häuptling in seine Handfläche, hielt sie ihm hin, und Running Bear ergriff das Messer, um seine eigene Haut aufzuritzen. Dann schüttelten sie sich die Hände.

Als James davonging, spürte er immer noch das Blut. Warm und klebrig.

Wieviel Blut sollte noch vergossen werden? Und wie konnte er Teela schützen?

»Running Bear!«

Am Waldrand, in der Nähe eines plätschernden Bachs, blieb er stehen und drehte sich um. Brown Rabbit, ein alter Mikasuki-Krieger mit Negerblut, hatte seinen Namen gerufen.

»Glaub mir, Otter wird sein Wort halten. Er bewundert dich, und er bedauert, daß du nicht deine ganze Entschlossenheit und Stärke einsetzt, um an unserer Seite zu kämpfen. Immer wieder behauptet er, du würdest in jeder Schlacht zwanzig Männer töten, wenn du nur wolltest, und uns von vielen weißen Soldaten befreien.«

»So wie er es wünscht, kann ich nicht kämpfen.«

»Das weiß ich. Viele wissen es. Nur Otter weigert sich, deine Gesinnung zu achten. Trotzdem wird er sein Wort nicht brechen, aber er will versuchen, möglichst viele weiße Männer in den Tod zu schicken. Wenn die weiße Frau dir gehört, sorge dafür, daß sie das Fort nicht verläßt. In der Hitze des Gefechts geschehen manchmal schlimme Dinge, die niemand beabsichtigt.«

»Danke, Brown Rabbit.«

Der alte Mann nickte und kehrte zu den anderen Mikasukis zurück. Den Kopf in den Nacken gelegt, schaute James zu den Sternen hinauf.

Er war zum Fort geschlichen und auf eine der hohen Eichen am Rand der Lichtung geklettert, um in den Hof zu blicken, ins Zentrum der Festung. Und er hatte sie gesehen. Das Blut war schneller durch seine Adern geflossen, eiskalt und glühend heiß zugleich.

Ebenso wie Wildcat hatte er erkannt, daß die Indianer das Fort nicht angreifen konnten. Es war zu stark befestigt, und die Krieger würden bei einem aussichtslosen Angriff ihr Leben opfern. Vermutlich wußte Jarrett, wie gut Deliverance gesichert war, sonst hätte er Teela nicht gehen lassen und sogar einen gefährlichen Streit mit Michael Warren riskiert.

Wenn sie im Fort blieb, würde ihr nichts zustoßen. Und wenn nicht ...

Er holte tief Atem. Was bedeutete sie ihm? Eine weiße Frau, die er gedrängt hatte, einen anderen zu heiraten — weiche Arme, die in der Nacht den Schmerz linderten. Mehr durfte sie nicht sein.

Und trotzdem war sie viel mehr. Wenn er auch kein Recht auf sie besaß, sie lebte in seinem Herzen, in seinem Blut, in seiner Seele. Und er konnte sich nicht von der Sehnsucht befreien, ihre Stimme zu hören, ihre strahlenden Augen zu sehen, sanft oder zornig, leidenschaftlich oder rebellisch.

»Verdammt, warum mußte sie hierherkommen?« flüsterte er dem Mond zu.

17

General Jesup, Kommandant aller Streitkräfte in Florida, war ein hochgewachsener, schlanker Mann. Gerüchtweise hatte Teela gehört, manchmal dürfe man ihm nicht trauen. Aber es gab nur wenige ranghohe Militärs, über die niemals gelästert wurde. Sie fand nicht, daß er suspekt aussah, und seine klaren, klugen Augen gefielen ihr.

»Läge die Entscheidung bei mir«, versicherte er, während er etwas steifbeinig mit ihr tanzte, »wäre das alles längst beendet. Wir haben harte Kämpfe in dieser Wildnis ausgefochten, ebenso wie Governor Calls Truppen vor meiner Zeit. Als ich im Januar hier eintraf, erkannte ich, was in Washington niemand begreift — selbst wenn wir bis in alle Ewigkeit durch Wälder und Sümpfe streifen würden, wir kämen keinen Schritt weiter. Manchmal war Osceola zum Greifen nahe, und ich dachte schon, ich hätte den verdammten alten Habicht endlich geschnappt. Aber er entwischte mir immer wieder.«

»Warum lassen Sie die Seminolen nicht einfach in Ruhe? Diese armen Menschen wollen doch nur ein friedliches Leben im Süden Floridas führen.«

Seufzend schüttelte er den Kopf. »Wenn ich's nur könnte! Ich bin so enttäuscht und verbittert ... Vor einiger Zeit bat ich um meine Entlassung. Doch dann zweifelten elende Klatschmäuler und meine politischen Gegner an meinen Fähigkeiten. Deshalb möchte ich den Dienst nicht quittieren, bevor ich meine Kompetenz bewiesen habe. Guter Gott! Wie gern würde ich den Indianern die elenden Sümpfe überlassen! Leider bildet sich unsere Regierung ein, wir müßten mit aller Macht die Stellung halten, und ich bin nur ein Befehlsempfänger. Meine Order gibt mir keinen großen Spielraum — die Seminolen sollen aus Florida verschwinden, aber die Seminolen verschwinden nicht. Glauben Sie mir, Miss Warren, ich würde diesem Höllenloch lieber heute als morgen den Rücken kehren. Immer mehr Soldaten erkranken, unentwegt streiten meine regulären Offiziere mit den Milizkommandanten. Und die meisten wollen endlich nach Hause. Natürlich gibt's auch Männer, die in diesem Krieg geradezu aufblühen. Zum Beispiel Ihr Vater — ein bewundernswerter Kämpfer, den nicht einmal die schwülste Hitze aufs Krankenlager wirft, der gnadenlos jeder Spur folgt, bis er die Beute erobert hat . . .«

»Ja, das kann mein Stiefvater sehr gut«, stimmte Teela zu. Sie sah Michael Warren am Rand der Tanzfläche stehen, wo er sich mit Tyler Argosy und Dr. Brandeis unterhielt. Trotzdem beobachtete er seine Tochter aufmerksam, und sie schien ausnahmsweise sein Wohlgefallen zu erregen. Jesups Anerkennung würde die Karriere des Colonels fördern. Zweifellos war der General dankbar für den Eifer jener Kommandanten, die einzelne Scharmützel gewannen und die Probleme wenigstens etwas dezimierten.

Jesup schaute ihr ernsthaft in die Augen. »Wie ich höre, haben Sie sich mit gewissen Feinden angefreundet, Miss Warren.«

»Von ›Feinden‹ weiß ich nichts, Sir«, antwortete sie vorsichtig.

»Ihr Vater behauptet, Sie seien von diesem Mischling

James McKenzie entführt worden, einem gefährlichen Mann, der den Krieg niemals beenden und unschuldige Frauen und Kinder bedrohen würde.«

»Unsinn, niemand hat mich entführt. Ich lernte James McKenzie auf einer Party im Haus seines Bruders kennen.«

»Ach ja, Jarrett McKenzie, der nicht an unserer Seite kämpft, weil er die Hälfte seines Blutes mit einem Seminolen teilt ... Und James, intelligent und gebildet, vertraut mit der Kultur seines weißen Vaters, in der er ein respektables Leben führen könnte ... Trotzdem hat er sich den Wilden angeschlossen.«

»Soviel ich weiß, hat er sich um beide Seiten verdient gemacht.«

»Gewiß, er ist ein tüchtiger Mittelsmann. Bedauerlicherweise gelingt es ihm ebensowenig wie uns, dem Blutvergießen ein Ende zu setzen.« Nach einer kleinen Pause fuhr Jesup fort: »Morgen wird ihr Stiefvater wieder mit einer kleinen Abteilung losreiten und einer Spur in den Sumpf folgen. Der junge Harrington wird vorerst nicht hierherkommen. Also sind Sie mehr oder weniger auf sich selbst gestellt. Sie sollten nach Hause reisen und sich in Sicherheit bringen.«

Wenn Jesup ihrem Stiefvater diesen Vorschlag unterbreitete, würde Warren notgedrungen darauf eingehen. Eine Chance, die sich vielleicht nicht wiederholen würde ... Nein, sie wollte hierbleiben, in James' Nähe. »Sie sind sehr freundlich, General, und ich danke Ihnen für die Sorge um mein Wohl. Aber ich möchte das Fort nicht verlassen, ehe ich noch einmal mit John gesprochen habe.« Rasch senkte sie die Wimpern und schämte sich der Lüge, obwohl John Harrington das Täuschungsmanöver guthieß.

»Ah, die junge Liebe ...« Der General zwinkerte ihr zu. »Das verstehe ich. Sicher sind Sie genau die richtige Frau für diesen vielversprechenden Offizier, Miss Warren.

Wenn Sie irgendeinen Wunsch haben, während Ihr Vater und Ihr Verlobter so tapfer an der Front kämpfen — zögern Sie nicht, ihn auszusprechen.«

»Danke, Sir.«

In diesem Augenblick erklang ein schriller Schrei, und das Orchester hörte zu spielen auf. »Sir! General Jesup!« Zwei Soldaten stützten einen blutüberströmten jungen Mann und führten ihn auf die Tanzfläche. Entsetzt hielt Teela den Atem an. Offensichtlich war ein Teil seiner Kopfhaut abgezogen worden. »Sir ... Captain Dixon vom Vierten Freiwilligenregiment erstattet Bericht ...« Dann vergaß er das militärische Protokoll und begann zu schluchzen. »Wir spürten Otter auf, ein Trupp von zehn Mann, und wir dachten, wir könnten sein Lager umzingeln und ihn überraschen. Oh, wir waren unserer Sache so sicher! Aber diese verdammte Rothaut war nicht vor, sondern hinter uns. Als wir das Dorf erreichten, fiel er über uns her. Ich konnte zum Fort kriechen, aber meine Jungs — sie sind alle tot!«

Dr. Brandeis berührte Teelas Schulter. »Kommen Sie, schnell!« flüsterte er. Er zog sie zu dem jungen Captain hinüber. Nachdem er ihn kurz untersucht hatte, wandte er sich an den General. »Sir, dieser Mann braucht sofort Hilfe.«

»Ja, in der Tat«, bestätigte Jesup. »Captain, Sie sind ein tapferer Soldat, und wir werden für Sie beten — ebenso für die Seelen Ihrer Männer.«

Hastig stieß Josuah Brandeis die Tür auf. Teela und die Soldaten, die den Verletzten stützten, folgten ihm ins Lazarett. Dort wurde der Captain auf eine Bahre gelegt.

»Teela, reinigen Sie vorsichtig die Kopfwunde und holen Sie den Schwefel. Haben wir Äther?«

»Ja, ein bißchen was ist noch übrig.«

»Gut. Die gefährlichste Wunde dürfte an der Schläfe sein. Öffnen Sie meine Tasche und nehmen Sie die Schere heraus.«

In aller Eile gehorchte sie. Die beiden Soldaten, die den Captain ins Fort geführt hatten, traten zurück, erbleichten und sahen so aus, als müßten sie sich jeden Augenblick übergeben.

»Gießen Sie ein bißchen Whiskey auf seinen Kopf, Teela«, befahl der Doktor.«

Während sie die Flasche öffnete, las sie in den blauen Augen des Captains, daß er einen Schluck gebrauchen konnte, bevor er den brennenden Alkohol auf dem offenen, wunden Fleisch spüren würde. Sie hielt ihm den Flaschenhals an die Lippen, und er trank. Danach biß er die Zähne zusammen und schrie nicht, als sie die braune Flüssigkeit auf seinen Kopf träufelte.

Erstaunlich — nach all dem Grauen, das sie im Lazarett schon gesehen hatte, mußte sie mit den Tränen kämpfen. Sie behandelte die Wunde mit Schwefel und half dem Arzt, den Captain von der blutigen Uniform zu befreien. Glücklicherweise hatten ihn keine Kugeln getroffen. Aber mehrere Schnittwunden zogen sich seitlich über die Brust und den Bauch. Dafür würde der Whiskey nicht reichen. Sie brauchten Äther.

Nachdem Brandeis dem Verletzten das betäubende Mittel verabreicht hatte, warteten sie. Mit glasigen Augen schaute der Captain zu Teela auf. Sie versuchte zu lächeln und ergriff seine Hand. »Bald werden Sie nichts mehr spüren, Captain.«

»Mein Herz wird für immer bluten«, stöhnte er. »Oh, meine Jungs, meine armen Jungs!«

»Jetzt müssen sie nicht mehr leiden, Captain, sie sind im Himmel. Und bedenken Sie — Ihre tapferen Männer waren Freiwillige, die genau wußten, was sie taten, und Ihrem Kommando gern gehorchten. Sicher haben Sie nach bestem Wissen und Gewissen gehandelt, Sir.«

Die Augen geschlossen, nickte er. »Ja, alles, was in meiner Macht stand ... Aber ich durfte noch lange genug leben, um einen Engel zu sehen — meine Jungs nicht.«

»Dafür können sie bald mit richtigen Engeln tanzen, Sir.«

Kraftlos drückten seine Finger ihre Hand. »Gott segne Sie, Ma'am ...«

Joshua wies mit dem Kinn auf die Nadeln und die Seidenfäden, die glücklicherweise mit dem letzten Transportschiff eingetroffen waren. Fast hundert Stiche waren erforderlich. Danach saß Teela neben dem schlafenden Captain, bis in die späte Nacht hinein. Um zwei Uhr morgens kehrte Joshua ins Lazarett zurück, die Whiskeyflasche in der Hand, und nahm einen großen Schluck. »Sicher wird er's schaffen, wenn ihm eine Infektion erspart bleibt. Immerhin konnten wir ihn schnell genug behandeln. Gehen wir in mein Büro, Teela, Sie haben sich einen Schluck verdient.«

Erschöpft folgte sie ihm in einen kleinen Nebenraum. Zwischen den Regalen voller Bücher und Medikamente stand ein kleiner Schreibtisch, übersät mit Formularen, Entlassungspapieren, Briefen und Krankenberichten. Sie setzten sich, und Joshua nahm ein Glas aus einer Schublade, das er mit Whiskey füllte. »So, das trinken Sie jetzt — in einem Zug!«

Verwundert hob sie die Brauen, aber sie gehorchte, und eine angenehme Wärme durchströmte ihre Adern.

»Besser?« fragte er.

Sie nickte und war wieder den Tränen nahe. »Was für ein guter, tapferer Mann ...«

»Und Sie haben die Indianer gehaßt, als er hereingekommen ist, nicht wahr?«

»Ja«, gab sie zu. »So wie ich Captain Julian Hampton an jenem Tag haßte, an dem er sämtliche Bewohner eines Indianerdorfs massakriert hatte.«

»Ein verdammtes Dilemma, was?«

»Natürlich. Und ich fühle mich so hilflos. Heute abend schlug der General mir vor, nach Hause zu reisen. Das wollte ich nicht, weil ich dachte, ich würde hier gebraucht. Aber — nun denke ich anders. Nein, bitte, sagen Sie nichts. Ich werde warten, bis mein Stiefvater mit seinen Leuten davongeritten ist. Und dann frage ich den General, ob ich das Fort so bald wie möglich verlassen darf. Am besten reite ich mit der nächsten Abordnung, die Nachschub holen soll, nach St. Augustine.«

Joshua schwieg, und Teela starrte auf ihre Hände hinab. In dieser Nacht fühlte sie sich so müde, so entmutigt.

»Tut mir leid. Ich bin Ihnen sehr dankbar, Joshua — und John Harrington und den anderen. Vielleicht dürfte ich nicht gehen, das wäre ich ihm schuldig — und Ihnen . . .«

»Doch, Sie müssen gehen, obwohl ich Sie schmerzlich vermissen werde.«

»Könnten Sie's John erklären?«

»Er wird's sicher verstehen. Für uns alle ist's am besten, wenn Sie diese verdammte Hölle möglichst schnell verlassen, Teela. Wie Sie wissen, haben Sie nicht nur Freunde im Fort. Captain Hampton wird Ihnen nie verzeihen, daß Sie ihn an jenem Tag in den Fluß befördert haben. Und manche Soldaten nennen Sie ›Indianerliebchen‹.«

»O Gott«, flüsterte sie.

Seufzend griff Dr. Brandeis nach der Whiskeyflasche und nahm einen Schluck. »Ich weiß, Sie lieben James McKenzie. Und mir tut das Herz weh, wenn ich an euch beide denke. Solange dieser Krieg dauert, wird er kämpfen — vor allem jetzt, wo er als Renegat gebrandmarkt wird. Ihretwegen, Teela.«

»Meinetwegen?«

»Das Gerücht, er hätte Sie entführt, hält sich ziemlich hartnäckig. Für die meisten Weißen ist es einfacher, zu glauben, Sie hätten Ihren Vater damals notgedrungen verlassen. Die können sich einfach nicht vorstellen, daß Sie freiwillig weggelaufen sind. Jetzt sind die Soldaten eifrig bestrebt, Rache an Ihrem ›Entführer‹ zu nehmen.«

»Also habe ich alles noch schlimmer gemacht.«

»Das konnten Sie nicht ahnen. Jedenfalls ist es besser, wenn Sie so schnell wie möglich verschwinden.« Joshua stand auf und küßte Ihre Stirn. »Alles Gute, Teela, ich werde für Sie beten.«

»Danke, Joshua. Sie sind so ein guter Mensch, und ich werde Sie niemals vergessen.«

Dann verließ er das Büro, und sie blieb bedrückt am Tisch sitzen. Noch nie in ihrem Leben war sie so verzweifelt gewesen. Sie litt mit Joshua, dem armen Captain, der an diesem Abend skalpiert worden war, mit den Seminolenkindern, die man so unbarmherzig ermordet hatte. Und mit James. Joshua hatte recht — James McKenzie war ein Teil dieses Krieges, und er würde in dieser elenden Wildnis ausharren. Weil er nicht anders konnte. Bis zum bitteren Ende würde er kämpfen.

Sie wollte endlich seinen Wunsch erfüllen und in ihre Heimat zurückkehren.

18

Wider sein besseres Wissen hatte sich James von Wildcat überreden lassen, das Fort am Abend der Party zu beobachten. Im Gegensatz zu seinem Freund war er froh beim Anblick der dicken Mauern, der vielen Wachtposten und zahlreichen Soldaten, die sich auf die Zangenbewegung vorbereiteten.

Er saß auf dem dicken Ast einer alten Eiche und sah die jungen Damen aus St. Augustine ankommen, die wieder einmal nach Heiratskandidaten Ausschau hielten. Da der Krieg die männliche Bevölkerung des Territoriums erheblich dezimiert hatte, war es immer schwieriger, passende Ehemänner zu finden. Auch den Offizieren von Deliverance drohte ein baldiger Tod. Aber die Mädchen wollten offensichtlich lieber Witwen werden als alte Jungfern.

Während sie die Ankunft der Gäste beobachteten, prophezeite Wildcat, welche der hübschen jungen Damen eines Tages so fett sein würde wie eine Kuh und welche sich zum Hausdrachen entwickeln würde. James hörte nur mit halbem Ohr zu.

Obwohl sein Freund unentwegt schwatzte, suchten seine scharfen Augen eine Lücke im Sicherheitssystem des Forts. James wiederum wartete ungeduldig, bis Teela auftauchen würde.

Und dann sah er sie durch eines der Fenster, in einem eleganten Kleid mit engem Oberteil und weitem Rock, das dunkelrote Haar kunstvoll hochgesteckt. Sie tanzte mit einem großen älteren Mann, plauderte angeregt und lächelte sogar.

Natürlich erkannte James den General, der Florida von allen Indianern befreien sollte. Kein übler Mann, kriegsmüde und durchaus bereit, den Seminolen die südliche Halbinsel zu überlassen, aber von der Regierung gezwungen, weiterzukämpfen ...

Plötzlich zeigte Wildcat zu den Büschen am Rand der Lichtung hinüber und riß James aus seinen Gedanken.

Ein blutender, schwerverletzter, schreiender Soldat taumelte zum Tor der Festung, das sofort geöffnet wurde, und James verstand die Worte: »Oh, meine Jungs, meine armen Jungs ... Das waren Otters Krieger ...«

Durch die Fenster des Erdgeschosses sahen die beiden Freunde, wie der Verwundete ins Lazarett gebracht wurde, gefolgt von Dr. Brandeis und Teela.

Nachdem sie den Mann verarztet hatten, saß Teela im Büro, zunächst mit dem Doktor, später allein — stundenlang. James und Wildcat blieben auf ihrem Beobachtungsposten, bis die Morgenröte den Himmel färbte.

»Schau doch!« flüsterte Wildcat und berührte James' Arm. Etwa zweihundert Soldaten schwangen sich auf ihre Pferde, unter Warrens Kommando. Als Teela vor das Tor trat, verengten sich James' Augen. Sie trug immer noch eine blutverschmierte weiße Schürze über ihrem Abendkleid.

»Gegen eine so große Schar können wir nichts ausrichten«, meinte Wildcat.

James sah Warren zu seiner Tochter reiten. Ausdruckslos starrte sie ihn an, nur die Finger, die sich in ihre Schürze krallten, verrieten ihre Erregung. Offenbar wechselten sie ein paar Worte, dann führte der Colonel seinen Trupp in den Wald.

Also würde Teela hierbleiben, in Sicherheit. James atmete erleichtert auf, als Brandeis erschien und mit ihr in die Festung ging.

Inzwischen war Wildcat vom Ast gesprungen, und James folgte ihm.

»Ich töte diesen Warren!« fauchte Wildcat. »Irgendwie werde ich ihn töten!«

»Aber nicht, wenn er wieder im Fort ist«, murmelte James.

Ergeben schüttelte sein Freund den Kopf. »Nein, nicht im Fort.«

Sie kehrten zu ihren Pferden zurück, die sie im Gebüsch festgebunden hatten. Mittlerweile war die Sonne aufgegangen. James begleitete Wildcat nicht zu Osceolas Lager. Statt dessen suchte er einen abgeschiedenen kleinen See auf, den er schon in seiner Kindheit gekannt hatte. Hier hoffte er, inmitten einer zerrissenen Welt, ein bißchen inneren Frieden zu finden.

Vierundzwanzig Stunden nach Warrens Aufbruch eilte Katy ins Lazarett, um ihrer Freundin eine Neuigkeit mitzuteilen. »Meine Liebe, gerade hat General Jesup verlauten lassen, daß du Captain Mayerling und seinen Trupp morgen früh nach St. Augustine begleiten sollst. Dort liegt ein Schiff im Hafen, die *Bonne Brianne,* die dich nach Charleston bringen wird.«

Schon so bald, dachte Teela in plötzlicher Panik. Sicher,

es war ihr Wunsch gewesen, diesen Ort des Grauens zu verlassen. Seit Otters Greueltat fühlte sie sich erschöpft und mutlos. Sie konnte sich nicht mehr an die vage Hoffnung auf ein baldiges Kriegsende klammern.

Joshua hatte mit dem General gesprochen, der bereit war, ihr zu helfen, ihrem Vater und John Harrington zu erklären, er habe auf Teelas Abreise bestanden.

»O Teela, du warst eine so gute Freundin, und ich werde dich schmerzlich vermissen.« Katy umarmte sie wehmütig. »Aber da du hier einige Feinde hast, die dir deine Sympathie für die Indianer verübeln, ist es wohl besser, wenn du nach Hause fährst.«

Nach Hause ... Sie liebte Charleston. Wenn es bloß nicht so weit entfernt wäre von dem Mann, dem ihr Herz gehörte ... Trotzdem mußte sie fortgehen. Vielleicht würde sie vieles anders sehen, während sie wieder durch die schönen, gepflegten, zivilisierten Straßen ihrer Heimatstadt wanderte, und James eines Tages vergessen. Sie hatte so lange nichts mehr von ihm gehört.

Dachte er überhaupt noch an sie? Mühsam zwang sie sich zu einem Lächeln. »Die Gelegenheit ist wirklich gut. Aber auch du wirst mir sehr fehlen, Katy. Captain Mayerling ...«

»Ein sehr erfolgreicher Offizier, der schon viele Indianerdörfer niedergebrannt hat. Bei ihm bist du sicher.«

Sicher — ja, gewiß, dachte Teela und hoffte inständig, der Ritt würde nicht lange dauern. Mayerling vertrat denselben Standpunkt wie ihr Stiefvater — nur ein toter Indianer war ein guter Indianer. Und er hatte schon viele Seminolen getötet. Auch Frauen und Kinder. Seine Untergebenen prahlten mit seinen Heldentaten, aber andere Soldaten verurteilten seine Brutalität, allerdings nur hinter vorgehaltener Hand.

Doch das alles spielte keine Rolle. Teela hatte beschlossen, das Fort zu verlassen, und Warren konnte sie nicht daran hindern.

In der Nacht hörte James den Vogelschrei, der kein Vogelschrei war. Hastig kroch er aus seinem Unterschlupf, erwiderte den Ruf und wartete. Ein Pferd kam zwischen den Büschen hervor, und er ging Wildcat entgegen. »Was ist geschehen?«

»Ein Trupp wird das Fort verlassen, unter Mayerlings Kommando. In einer Stunde.«

Ausgerechnet Mayerling. Bei allen Kriegern verhaßt ... Sicher würde Otter die Gelegenheit nutzen, über den Mann herzufallen.

»Wie viele?«

»Fünfzig oder sechzig Soldaten.«

»Und Otter wird sie alle massakrieren«, seufzte James schweren Herzens. Zweifellos verdiente Mayerling den Tod. Der Bastard sammelte die Ohren aller Indianerkinder, die er ermordet hatte. Aber einigen Männern, die ihn begleiteten, müßte ein solches Schicksal erspart werden.

»Deine rothaarige Hexe reitet mit ihm.«

In sprachlosem Entsetzen starrte James ihn an. Dann rannte er zu seiner Stute.

Der Abschied von Katy fiel ihr schwer, die Trennung von Joshua Brandeis noch schwerer. Erst jetzt, als er sie umarmte und etwas zu lange festhielt, erkannte sie, was sie ihm bedeutete, wie lieb sie ihn gewonnen hatte. Aber sie schätzte ihn nur als Freund, während er offensichtlich mehr für sie empfand.

Ungeduldig drängte Captain Mayerling, der bereits im Sattel saß, zum Aufbruch. »Wir haben einen weiten Ritt vor uns, Miss Warren, und heute abend einen zweiten, wenn wir mit den Vorräten zurückkehren.«

»Falls Sie wiederkommen wollen, schreiben Sie mir, Teela«, bat Joshua.

»Natürlich.«

»Andererseits — kein vernünftiger Mann sollte Ihnen

erlauben, noch mal einen Fuß in dieses Höllenloch zu setzen. Ich bin heilfroh, daß Sie abreisen.«

»Danke für alles, Joshua.«

Lächelnd küßte er ihre Stirn, dann hob er sie auf ihr Pferd, einen schönen schwarzen Kavalleriewallach, den die Soldaten abends ins Fort zurückbringen würden.

Das Tor schwang auf, und sie ritt inmitten der Männer hinaus. Schweigend folgten sie der schmalen Straße, eine ermüdende Stunde reihte sich an die andere. Auf Teelas Stirn perlten Schweißtropfen. Die Wildnis schien sich grenzenlos auszudehnen, in beklemmender Stille ...

Plötzlich erklang unheimliches Geschrei.

»Attacke!« rief jemand.

»Absteigen!« befahl Mayerling. »Kampfformation!« Im nächsten Augenblick krachten Schüsse, und er fiel aus dem Sattel, eine tödliche Kugel in der Brust.

Wieder hallte ohrenbetäubendes Gewehrfeuer durch den Wald. Teelas Rappe bäumte sich auf. Mühsam brachte sie ihn unter Kontrolle. Die Soldaten sprangen von den Pferden und suchten Schutz zwischen den Bäumen am Straßenrand, gegenüber der Stelle, an der die ersten Schüsse des Hinterhalts geknallt hatten.

Mit schrillem Kriegsgeheul stürmten die Indianer aus der Deckung, halbnackt, mit Gewehren und Messern, Pfeilen und Bögen bewaffnet. Der Rappe brach zusammen, schreiend landete Teela am Boden.

Als sie einen Krieger auf sich zukommen sah, sprang sie auf, versuchte wegzulaufen, stolperte über eine Leiche, prallte gegen einen Seminolen, der gerade einen glücklicherweise toten blonden Soldaten skalpierte. Eine Hand packte sie an der Schulter und riß sie herum. Dicht vor ihren Augen glänzte eine blutige Klinge ...

Oft genug hatte James Todesangst und Blut gerochen, aber noch nie ein so gräßliches Gemetzel mitangesehen. Die Soldaten waren besiegt, und die wenigen, die noch lebten, würden bald sterben. Doch an diese armen Seelen verschwendete er kaum einen Gedanken. Inbrünstig hoffte er, daß Teela den Angriff einigermaßen unbeschadet überstanden hatte, verzweifelt suchte er nach ihr.

Und dann entdeckte er sie auf der anderen Straßenseite. Sie starrte den Krieger an, der sie mit einem Messer bedrohte, und ihre funkelnden Augen verrieten keine Furcht — nur Verachtung.

Schmerzhaft krampfte sich James' Herz zusammen. Ohne sie würde er sterben, obwohl er nicht mit ihr leben konnte.

Das Messer schnellte hinab. Würde Otter sie töten? Vergaß er sein Versprechen?

»Halt, Otter!« schrie James in der Hitichi-Sprache. »Denk an dein Wort! Ihr Tod würde auch deinen bedeuten!«

Nicht nur Otter erstarrte mitten in der Bewegung. Ringsum herrsche atemlose Stille, als James abstieg und zu dem Mikasuki-Häuptling rannte.

Offenbar erkannte Teela nicht, daß die Rettung nahe war. »Bastard!« fauchte sie und trat mit aller Kraft in Otters Unterleib. Wütend schrie der Krieger auf, ließ sie los, und sie versuchte zu fliehen. Aber er hielt sie fest, das Messer zuckte wieder empor.

Ehe es herabsausen konnte, umklammerte James den muskulösen Arm des Kriegers, zerrte ihn von Teela weg, warf ihn zu Boden und entwand ihm das Messer.

In mörderischem Haß starrte Otter ihn an. »Wirst du mich töten, um Warrens Tochter willen? Elender Verräter!«

James schleuderte das Messer beiseite. Inzwischen war der Schauplatz des Massakers wieder zum Leben erwacht. Die Krieger zogen Ringe von den Fingern der Leichen, suchten in den Satteltaschen nach Lebensmitteln. »Nein, ich werde dich nicht töten, Otter. Und du wirst die weiße Frau nie wieder anrühren.«

Ohne eine Antwort abzuwarten, sprang James auf und verfolgte Teela, die durch den Wald rannte. Es dauerte nicht lange, bis er sie einholte, seine Finger in ihr Haar krallte und sie zu Boden riß.

Verbissen wehrte sie sich. Doch sie war seiner Kraft nicht gewachsen.

Einige Stunden später lag er neben ihr in seinem provisorischen Quartier. Er hatte sie gerettet und auf sein Pferd gehoben, war mit ihr durch den Wald geritten, weit weg von jenem grausigen Schlachtfeld. Und er hatte sie geliebt. Trotz einer warnenden inneren Stimme ...

Nun starrte er ihren weißen Rücken an, das zerzauste, glänzende rote Haar.

Geh weg, verlaß sie, ermahnte er sich.

Genausogut hätte er dem Mond befehlen können, vom Himmel herunterzusteigen. So nahm er sie erneut in seine Arme.

Er durfte nicht bei ihr bleiben, mußte sich von ihr trennen. Aber solange es noch möglich war, wollte er ihre Nähe spüren, ihren schönen, verführerischen Körper.

19

Als Teela erwachte, brach der Tag an. Zwischen den Zypressen, Kiefern und moosbewachsenen Eichen schimmerte sanftes rosiges Licht und fing die Staubkörnchen ein, die in der Luft schwebten. Die Tautropfen im Gras glitzerten wie Diamanten. Bald würde heißer Sonnenschein die kühle Frische des Morgens verdrängen.

James war offenbar schon seit einiger Zeit wach. Er saß auf dem Erdboden, an einen der Pfosten gelehnt, die das Dach aus Kohlpalmenblättern trugen, und zerkaute einen Grashalm.

Nachdenklich schaute er Teela an, und sie wickelte sich etwas fester in ihre Pelzdecke. »Gut geschlafen?«

»Ja, seltsamerweise«, erwiderte sie und wich seinem Blick aus. »Obwohl ich erst vor wenigen Stunden ein gräßliches Gemetzel mitansehen mußte ...«

»Und wie nennst du Mayerlings Angriffe auf die Indianerdörfer?« fragte er, kam zur ihr und kniete nieder. »Krieg?«

»Auch das war grausamer Mord. Doch die eine Greueltat rechtfertigt die andere noch lange nicht. Untersteh dich, die Krieger zu verteidigen, die mich skalpieren wollten, nur weil ich Warrens Stieftochter bin! Die sind nicht besser als er!«

Langsam hob er die Brauen. »Nein, vermutlich nicht. Aber eins mußt du bedenken. Das Militär kam hierher, um die Seminolen zu verjagen oder auszurotten. Während wir der weißen Rasse nichts dergleichen angedroht haben.«

Der leidenschaftliche Zorn in seinen Augen erschreckte Teela, und sie rückte von ihm weg. »Falls du mir die Schuld an diesem Krieg geben willst — meinetwegen. Ich bin zu müde, um dir zuzuhören.«

Verwirrt zuckte sie zusammen, als er ihr die Decke wegriß. »Oh, du bist müde? Und du hast das anstrengende Leben im Fort trotzdem so lange ausgehalten?«

»Wie du dich vielleicht entsinnst, wäre ich gestern abgereist, wenn deine Seminolen unseren Trupp nicht massakriert hätten.«

»Zu spät! Oft genug habe ich dich aufgefordert, dieses Land zu verlassen oder wenigstens im Haus meines Bruders zu bleiben. Leider hast du nicht auf mich gehört. Und jetzt bist du meine Gefangene — ein vergleichsweise angenehmes Schicksal. Genausogut könntest du eine skalpierte Leiche sein. Übrigens, die Gefangenen der Seminolen sind *niemals* zu müde, um ihren Eroberern zu dienen.«

Die Morgenluft war kalt und feucht. Fröstelnd verschränkte Teela die Arme vor der Brust. Aber obwohl er sie mit voller Absicht demütigte, sprühte unbeugsamer Stolz aus ihren Augen. »Geh zum Teufel, James McKenzie! Verspritz dein Gift anderswo! *Mich* kannst du nicht zwingen, dir zuzuhören ...«

»Kaffee«, unterbrach er sie.

»Was?«

»Kaffee! Unsere Frauen arbeiten, sobald sie erwachen. Immer. Und seit die Weißen in unser Land einfielen, führen die Indianerinnen ein noch schwereres Leben. Mühsam ernähren sie ihre Familien mit den Früchten des Waldes und dem Jagdwild, das ihre Männer erlegen. Sie bauen sogar ein bißchen Gemüse an. Und wenn die Seminolen wieder einmal fliehen müssen, packen ihre Frauen die wenigen Habseligkeiten zusammen. Manchmal kämpfen sie und töten ihre Kinder, um ihnen ein schlimmeres Schicksal zu ersparen.«

»Was hat das alles mit Kaffee zu tun?«

»Den würde ich gern trinken.«

»Wie schön für dich ...«

Ihre Stimme erstarb. Plötzlich lag er auf ihr und umklammerte ihre Handgelenke. Aus seinen Augen schien ein stählernes Feuer zu sprühen. »Du bist meine Gefangene, Teela. Offenbar weißt du dieses Glück nicht zu würdigen. Wir töten nicht alle Frauen und Kinder, die wir gefangennehmen. Viele bleiben freiwillig bei uns, lernen uns lieben und erkennen, daß wir keineswegs die grausamen Wilden sind, für die sie uns hielten. Manche glauben sogar, sie hätten in den eleganten Salons der Weißen primitivere, brutalere Menschen gesehen als bei uns.«

»Laß mich los!«

»Das muß ich wohl, wenn du Kaffee kochen sollst.«

»Ist Kaffee denn nicht ein Luxus des weißen Mannes?«

»Mag sein, aber wir kaufen ihn schon seit sehr langer Zeit. Und ich bin ein bißchen verwöhnt. Zum Frühstück trinke ich gern Kaffee. Das Flußwasser ist frisch und sauber. Da drüben findest du die Feuerstelle und in meiner Satteltasche alles andere, was du brauchst.«

»Tatsächlich?« fauchte sie. Nicht nur vor Kälte zitterte sie am ganzen Körper. Gestern hatte sie geglaubt, sie würde ihn nie wiedersehen. Und nun spürte sie seine nackte Brust auf ihrer, seinen kraftvollen Herzschlag. Vergeblich redete sie sich ein, sie würde ihn hassen wegen seiner höhnischen Verachtung. Aber er hatte sie nicht im Stich gelassen, als ihr Leben in Gefahr gewesen war. Wie auch immer — die widersprüchlichen Gefühle spielten keine Rolle, weil seine Nähe sie so verwirrte. »Ich werde deinen verdammten Kaffee nicht kochen ...«

»Jetzt will ich gar keinen mehr.« Ein heißer Kuß verschloß ihr den Mund, seine Hände glitten zu ihren Hüften hinab. »Jetzt nicht mehr.«

»Warte ...«, flüsterte sie und stemmte ihre Fäuste gegen seine Brust. »Ich mache Kaffee ...«

»Zu spät. Du läufst zu spät weg — und du beschließt zu spät, mir zu gehorchen.«

Zu spät ...

In so vielen einsamen Nächten hatte sie von James geträumt und sich nach ihm gesehnt. Aber sie hatte nicht geahnt, wie schön es wäre, ihn mitten in der paradiesischen Wildnis zu lieben, auf der weichen, moosbewachsenen, mit Kiefernnadeln bestreuten Erde, unter den goldenen Strahlen der Morgensonne, an diesem abgeschiedenen Flußufer, wo sie nur das leise Plätschern der Wellen hörte und den Atem des geliebten Mannes.

Trotzdem versuchte sie ihm auszuweichen, wollte nicht vollends kapitulieren. Vergeblich. Als seine Zunge eine ihrer Brustwarzen umkreiste, stöhnte sie leise. »Ich — ich mache sehr guten Kaffee«, stammelte sie und schlang ihre Finger in sein dichtes Haar, um ihn wegzuschieben — oder um noch mehr von ihm zu spüren.

»Aber *das* kannst du noch besser.«

»Nein«, wisperte sie.

Doch er hörte es nicht. Und sie meinte es auch gar nicht ernst. Sie öffnete die Schenkel, und er drang in sie ein. Erhitzt von der aufgehenden Sonne und der Leidenschaft ihres Liebhabers, glaubte sie, ihr Fleisch müßte verbrennen. So viele verschiedenartige Eindrücke stürmten auf sie ein. Der rauschende Flug einer Vogelschar, hoch über ihren Köpfen. James' drängende Hände auf ihren Hüften, seine Küsse, die duftenden Kiefernnadeln. Und dann verschmolz alles miteinander. In ihrem Innern schienen Sonnenstrahlen zu bersten, in flüssigem Gold zu zerfließen, ihren ganzen Körper auszufüllen.

Später lag James eine kleine Weile neben ihr, dann stand er abrupt auf, ging nackt zum Fluß und tauchte unter. Teela starrte zwischen den Kohlpalmenblättern zum leuchtendblauen Himmel hinauf. Wie war es nur möglich, ein so übermächtiges Glück und gleichzeitig so tiefe Verzweiflung zu empfinden?

Als er zu ihr zurückkam, bemerkte er: »Du brauchst was zum Anziehen.«

»Daran hättest du letzte Nacht denken sollen, statt meine Sachen zu zerreißen.«

»Natürlich, wie dumm von mir ... Aber wir hatten uns so lange nicht gesehen.« Lächelnd zog er sie auf die Beine. »Jetzt koche ich Kaffee.«

»Nein, ich ...«

»Dann mache ich Feuer.«

»Und ich hole Wasser.«

Nach ein paar Minuten war der Kaffee fertig. James hatte in einem kleinen Kreis aus Steinen ein Feuer entfacht und einen Rost darüber gelegt, auf den er den Wasserkessel stellte. Sein Zichorienkaffee schmeckte stark und bitter.

Während Teela an ihrem Becher nippte, schaute sie sehnsüchtig zum Fluß hinab.

»Möchtest du baden?« fragte er.

»Ist das nicht gefährlich?«
»Nun, du könntest ein paar Alligatoren treffen.«
»O Gott!« rief sie schaudernd, und James lachte.
»Überall in Florida gibt's Krokodile. Aber hierher kommen sie nur selten. Außerdem bevorzugen sie Vögel und kleine Säugetiere. Die meisten wilden Geschöpfe lassen einen in Ruhe, wenn man sich nicht zu nahe heranwagt.« James legte den Kopf schief. »Das müßtest du inzwischen wissen.«
Sie lächelte. »Also bist du auch ein wildes Geschöpf?«
»Ist's dir noch nicht aufgefallen?«
»Darüber kann ich mir noch kein Urteil bilden, weil ich immer wieder neue Wesenszüge an dir entdecke. Ich werde einfach nicht schlau aus dir.«
»Sicher wirst du mich während deiner Gefangenschaft besser kennenlernen.«
Teela verdrehte seufzend die Augen. »Würdest du mich vor wilden Tieren beschützen, wenn ich bade?«
»Möchtest du das?«
»O ja.«
»Dann komm!« Er führte sie zum Ufer, und sie wateten ins klare, erfrischende Wasser. Deutlich konnte sie durch die Wellen den Grund sehen. James erklärte ihr, der Fluß würde von unterirdischen Quellen gespeist. Zunächst blieb sie in seiner Nähe, dann schwamm sie davon, genoß die Kälte der Strömung und die Sonnenwärme. Nie zuvor hatte sie ein so köstliches Gefühl der Freiheit verspürt — trotz ihrer Gefangenschaft.
An diese süße, natürliche Freiheit gewöhnt, hatte James bald keine Lust mehr zu baden. »Komm heraus!«
»Nein!« rief sie und tauchte unter. Vor lauter Schreck schluckte sie Wasser, als plötzlich ihr Fuß gepackt wurde, und schlug verzweifelt um sich.
Aber es war kein bedrohliches Tier, sondern James, der sie an die Oberfläche zog. »Ich habe gesagt, du sollst rauskommen.«

»Und ich möchte noch drinbleiben«, erwiderte sie und trat Wasser.

»Vergiß nicht, daß du meine Gefangene bist.«

»Eine Gefangene muß doch versuchen, die Flucht zu ergreifen.«

»Auch wenn's gefährlich ist?«

»Versuchst du mir angst zu machen?«

»Schau mal runter.«

Sie spähte in die Tiefe, sah zwei dunkle Schemen dahingleiten und warf sich schreiend auf James. Was ihr das nützen sollte, wußte sie selber nicht, denn er trat ebenfalls Wasser. Durch den heftigen Zusammenstoß wurden beide nach unten gerissen, in die Nähe der monströsen Tiere.

Prustend tauchte sie auf, in James' Armen, und starrte in sein lachendes Gesicht.

Wenn er lachte, war die Welt in Ordnung. Nichts konnte ihr zustoßen. Es gab ohnehin keine Gefahren, die schlimmer waren als der unselige Krieg.

»Hast du solche Tiere noch nie gesehen?« fragte er.

»Nein. Warum schwimmen wir nicht zum Ufer? Stört's dich gar nicht, daß sie ...«

»Hat Tara dir nichts von ihren geliebten Seekühen erzählt? Das sind sanftmütige Säugetiere, wie die Delphine.«

»Aber verdammt häßliche Biester!«

»Obwohl sie nicht besonders hübsch aussehen, mußt du dich nicht vor ihnen fürchten. Sie sind keine Fleischfresser. Und sie würden niemals einen Menschen angreifen.«

Immer noch an seinen Hals geklammert, schaute sie wieder hinunter und beobachtete die beiden Tiere, offenbar eine Mutter und ihr Junges. Trotz der schwerfälligen Leiber bewegten sie sich mühelos und anmutig. Die Mutter war fast drei Meter lang und grau gefleckt, das Baby ungefähr halb so groß und etwas heller.

»Seltsam ...«

»Was?«

»Daß es so schwierig ist, der äußeren Erscheinung zu entnehmen, was man fürchten muß — und wem man trauen darf.«

»Fürchte alles — und traue niemandem«, warnte er sie.

»Und trotzdem traust du deinem Bruder.«

»Weil mein Blut in seinen Adern fließt.«

»Das Blut eines weißen Mannes.«

»Teela ...«

»Du darfst dich glücklich schätzen.«

»Warum?«

»Weil du nicht nur dein Blut, sondern ganz besondere Gefühle mit Jarrett teilst. In meinem Leben gibt es niemanden, dem ich so nahe stehe. Meinen Vater liebte ich, und er starb vor vielen Jahren. Auch meine geliebte Mutter habe ich verloren. Und nun bin ich Michael Warrens Mündel.«

Inzwischen war er mit ihr zu einer seichten Stelle geschwommen, wo sie stehen konnten. Er hielt sie immer noch im Arm und strich ihr das nasse Haar aus dem Gesicht. »Vielleicht weißt du gar nicht, wie schnell du in dieser Wildnis Freunde gefunden hast?«

»Freunde?«

»Jarrett und Tara lieben dich, Robert Trent, der junge Harrington und Joshua Brandeis würden für dich durchs Feuer gehen. Wobei sich die drei Letztgenannten viel mehr wünschen als deine Freundschaft. Es sei denn ...«

»Willst du mir vorwerfen, ich würde Johns Gefühle erwidern?«

»Vorwerfen? Ich habe dir doch geraten, ihn zu heiraten.«

Als sie sich erbost losreißen wollte, preßte er sie fest an seine Brust. »Hör mir jetzt gut zu, Teela. Glaubst du, ich würde mich nicht Tag und Nacht nach dir sehnen und von dir träumen? Am liebsten würde ich jeden Mann umbringen, mit dem ich dich tanzen und lachen sehe. Diese Eifersucht bricht mir fast das Herz. Und trotzdem sage ich — ja, du solltest Harrington heiraten, weil ich dir ein glückliches Leben in Ruhe und Frieden wünsche. Manchmal bin ich so verbittert, und ich bedaure zutiefst, daß ich nicht für immer in der Welt des weißen Mannes wohnen und meinem Volk den Rücken kehren kann. Aber die Seminolen, ihr Leid und ihr Hunger sind meine Welt. In deiner tanzt man, in meiner läuft man ständig davon. Meine Welt ist die rauhe Erde, deine ein weiches Federbett. Ohne deine Welt kannst du nicht überleben. Und ich *muß* ohne sie überleben.«

Erstaunt rückte sie ein wenig von ihm ab und schaute in sein Gesicht. Beinahe hatte er ihr seine Liebe gestanden. Empfand er mehr für sie als hitzige, flüchtige Leidenschaft? Was sie in seinen Augen las, weckte einen dumpfen Schmerz in ihrer Brust. »Und wenn ich ohne *dich* nicht überleben kann?«

Da umarmte James sie wieder. Verzweifelt schmiegte sie ihre Wange an seinen Hals und war seiner nassen Haut dankbar, die ihre Tränen verbarg.

»Du kannst und du mußt auch ohne mich überleben, Teela.«

»Was ist das für ein Leben, wenn die Seele stirbt?«

»Ich hatte gedacht, meine Seele wäre schon lange tot.«

»James ...«

»Hast du jemals einen Mann im Wasser geliebt?« fragte er.

»Um Himmels willen, das mußt du doch wissen!« rief sie empört.

»Pst!« Lächelnd küßte er ihre Lippen, und sie sah in seinem Blick eine Zärtlichkeit, die er ihr noch nie geschenkt hatte.

»Oh, zum Teufel mit dir!« wisperte sie ohne Überzeugungskraft.

»Da wir dieses Vergnügen noch nie geteilt haben ...«

Der Fluß war so kalt. Und ihr Körper schien zu brennen.

Später zog sie eins seiner langen Baumwollhemden an, und sie tranken wieder Zichorienkaffee.

Fürs Abendessen hatte er Fische gefangen. Teela lernte sie auszunehmen, zu entgräten und über dem offenen Feuer zu braten. Während der Mahlzeit erzählte er von seiner Kindheit, von seinen Reisen nach Charleston, wo Jarretts Mutter herstammte. Und sie berichtete, wie sich die Stadt verändert hatte.

Allmählich brach die Dämmerung herein. Sie saßen am Flußufer und beobachteten den Sonnenuntergang. Schweigend genossen sie die kühle Brise und sahen den orangeroten Ball in violettem Nebel versinken. Tiefes Dunkel verhüllte die Wildnis, und James entfachte ein kleines Lagerfeuer im Moos. Als sie davorsaßen, brachte er ihr ein paar Muskogee- und Hitichi-Wörter bei und erklärte die Unterschiede zwischen den beiden Sprachen. Teela erwähnte, sie würde sich sehr für Medizin interessieren, die Kunst der Ärzte bewundern und sich freuen, wenn sie einen Menschen genesen sah.

Im Flammenschein spürte sie seinen prüfenden Blick. »*Jeden* Menschen sehe ich gern genesen«, fügte sie hinzu. »Ganz egal, ob er weiß oder schwarz oder rot ist.«

Lächelnd neigte er sich zu ihr und küßte ihre Lippen, hob sie hoch und trug sie in sein Quartier. Leidenschaftlich nahm er sie in die Arme und liebte sie. Niemals schien seine Begierde zu erlöschen, mit jedem Lächeln weckte sie ein neues Verlangen.

Ringsum tobte der Krieg. Viele Hundert Menschen waren gestorben. Beinahe hätte auch Teela den Tod gefunden. Und nun lag sie unter Kohlpalmenblättern und war so glücklich wie nie zuvor in ihrem Leben.

Mitten in der Nacht erwachte sie. James' Finger strichen über ihren Rücken. Sie wandte sich zu ihm, erwiderte seinen Kuß mit gleicher Glut, und er verschmolz mit ihr. Langsam bewegte er sich, dann immer schneller ...

Irgendwann hörte sie einen Vogelruf, wie aus weiter Ferne, öffnete die Augen und blinzelte ins Dunkel. Ein zweiter leiser Schrei erklang.

»Was war das?« wisperte sie.

»Nichts.« Zögernd erhob er sich. Im silbrigen Mondlicht sah sie ihn zum Wasser gehen. Eine Zeitlang stand er am Ufer und erschien ihr in seiner Nacktheit wie ein heidnischer Gott. Dann verschwand er zwischen den Büschen.

Zitternd zog sie die Pelzdecke enger um ihren Körper und lauschte angespannt. Doch sie hörte nichts. Als sie eine Hand auf ihrer Schulter spürte, drehte sie sich erschrocken um und starrte James an. Lautlos war er herangeschlichen.

»Was ist los?« fragte sie ängstlich.

»Nichts.«

»Aber ...«

»Nichts!« wiederholte er in entschiedenem Ton und legte sich zu ihr. Sehnsüchtig zog er sie an sich, und sie gewann den Eindruck, als wollte er sie nie wieder loslassen.

Major General Joseph M. Hernandez stand vor seinem Zelt. In den Ruinen der Dunlawton Plantation hatten hundertsiebzig Mann ein Lager aufgeschlagen. Die Nacht sank herab. Was für eine angenehme, friedliche Atmosphäre ... Er liebte die Dämmerung, den weichen Mantel der Schatten, die der Wildnis eine gedämpfte Schönheit verliehen.

Da er aus Florida stammte, störte es ihn nicht, in dieser Gegend seinen Dienst zu versehen. Von spanischer Herkunft, besaß er einen subtilen Humor und war den Menschen zugetan, im allgemeinen und im besonderen. Mit vielen Indianern hatte er Freundschaft geschlossen, und er bemitleidete sie. Er kannte den Feind, den er bekämpfte. Und er fragte sich immer wieder, ob der Krieg jemals enden würde.

»General!« Durch das hohe Gras des einst so schönen, gepflegten Rasens, der sich vor dem ausgebrannten Plantagenhaus erstreckte, eilte John zu ihm, ein junger Adjutant, und salutierte hastig. Hernandez erwiderte den Gruß. »Als wir dem Neger folgten, fanden wir das Indianerlager, Sir. Wahrscheinlich wird uns der Angriff keine Mühe bereiten.«

»Ah.« Hernandez nickte. Wenn die Seminolen nicht unter den Attacken der Weißen litten, mußten sie sich mit rebellischen Negern herumschlagen. In dieser Nacht war der Army-Trupp hierhergekommen, weil ein schwarzer Diener des Mikasuki-Häuptlings Philip des beschwerlichen Indianerlebens müde geworden war. Ständig mußten sie fliehen, in immer armseligeren Schlupfwinkeln unterkriechen, und sie konnten ihre Familien und Dienstboten kaum noch ernähren.

Philips einstiger Diener hatte versprochen, die Weißen zum Lager des Häuptlings zu führen, und Wort gehalten.

»Sir?« fragte John, und Hernandez seufzte tief auf.

»Geben Sie den Männern Bescheid. Wir umzingeln das Lager, beobachten den Feind und greifen im ersten Tageslicht an.«

»Ja, Sir.«

Um Mitternacht umstellte Hernandez das Indianerlager an drei Seiten mit Freiwilligen. Seine Regulären blieben auf den Pferden sitzen — bereit, im Morgengrauen loszupreschen.

Kein Hund bellte, kein Wachposten wanderte umher. In der Tiefe des Laubwalds schliefen die Indianer unbewacht, obwohl sie sich damit tödlichen Gefahren aussetzten.

Sobald das rosige Licht des neuen Tages am Horizont erschien, gab Hernandez den Befehl zum Angriff. Ein Kampf fand nicht statt, kein einziger Indianer starb, nur einer entkam, die restlichen wurden gefangengenommen. Von der blitzschnellen Attacke überrumpelt, hatten die Seminolen gar keine Gelegenheit gefunden, sich zu wehren.

»Oh, Seine königliche Hoheit!« rief ein Soldat und lachte schallend.

Beim Anblick des kleinen, nur mit einem Lendenschurz bekleideten Indianers, der seinen Kopf voller Stolz in den Nacken warf, mußte auch Hernandez lächeln. »Häuptling Philip?«

Der Seminole nickte. An seiner Seite stand ein Dolmetscher, aber der *mico* hatte seinen Namen offensichtlich verstanden.

»Nun sind Sie mein Gefangener, Sir. Rufen Sie Ihre Anhänger zusammen und verhandeln Sie mit uns.«

Der Dolmetscher wiederholte die Worte, und Philip starrte den General an. Dann sprach er mit einem seiner Männer.

»Philip wird Boten entsenden und seine Verbündeten holen lassen«, erklärte der Dolmetscher.

»Sagen Sie ihm, ich will auch mit seinem Sohn Coacoochee reden, den Weißen unter dem Namen Wildcat bekannt.«

Nun schien Philip zu lächeln und wandte sich wieder an seine Krieger.

»Was hat er gesagt?« fragte Hernandez.

»Daß er nach Wildcat schicken wird, Sir. Und die weißen Männer sollen sich in acht nehmen.

Man kann nie wissen, welche Kreatur erscheinen wird, wenn man eine Wildkatze ruft.«

Grinsend nickte der General dem Häuptling zu und ging davon.

Noch war die Nacht nicht vorbei. Ein Gefangener namens Tomoka Jon hatte versprochen, den Trupp zu einem anderen Indianerlager zu führen. Nachdenklich starrte Hernandez vor sich hin. Er müßte stolz sein, weil er Philip festgenommen hatte, einen so bedeutsamen Feind. Je mehr Häuptlinge unschädlich gemacht wurden, desto eher würden die Weißen den Widerstand der Seminolen brechen.

Aber er empfand keine Freude und fühlte sich nur müde. Würde man die Wildkatzen und übrigen Waldbewohner jemals zähmen können? Das bezweifelte er.

Wieviel Blut mochte noch fließen, ehe die amerikanische Regierung zu dieser Erkenntnis gelangen würde?

20

Auf seltsame Weise verstrichen die Tage, so als wäre die Zeit in der Tiefe des Waldes, am Flußufer, irgendwie stehengeblieben. Das stimmte natürlich nicht. Teela und James wußten, daß jenseits ihrer Idylle der Krieg weitertobte. Aber vorerst noch in weiter Ferne.

Anfangs wirkte er bedrückt und versuchte ihr klarzumachen, sie sei nicht für das Leben in der Wildnis geschaffen. Wenn er betonte, es gebe nichts zu essen, erwiderte sie gleichmütig, sie sei nicht hungrig. Er sammelte Wurzeln und zeigte ihr, wie man sie zermahlen mußte.

Immer wieder verkündete er, die Seminolinnen würden ihren Männern dienen, und sie entgegnete, sie sei keine Seminolin.

Zweimal wurde ihr am Morgen übel. Sie versuchte es zu verbergen. Aber er merkte es. Damit sie sich stärken konnte, pflückte er Beeren, holte Kartoffeln von einer verlassenen Plantage und erlegte einen Hasen, den sie zu seinem Ärger erstaunlich fachkundig über dem offenen Feuer briet.

O ja, sie würde ihm beweisen, daß sie sich in der Wildnis behaupten konnte.

Allmählich besserte sich seine Stimmung, und er wies

Teela nicht mehr auf die Unterschiede zwischen den Weißen und den Indianern hin. In ihrer abgeschiedenen kleinen Welt waren sie einfach nur ein Mann und eine Frau, die zusammenlebten.

Was er mit ihr vorhatte, verriet er nicht, und sie fragte nicht danach. Sie schwammen im Fluß und fischten, lagen in der Sonne, schliefen unter dem Mondlicht und liebten sich, sahen niemanden und wollten niemanden sehen.

Am schönsten ist es, wenn die Sonne versinkt, dachte Teela, wenn der Himmel violett schimmert, wenn sich die Reiher und Kraniche auf den knorrigen Wurzeln am Wasserrand niederlassen. Dann saß James manchmal im Moos, an einen umgestürzten Zypressenstamm gelehnt, und hielt sie in den Armen.

Eines Abends erzählte Teela von ihrer Mutter, die geglaubt hatte, es wäre richtig gewesen, Michael Warren zu heiraten. Bis zu ihrem letzten Atemzug hatte Lilly gedacht, er würde gut für ihre Tochter sorgen. »Wahrscheinlich liebte sie ihn nicht, sondern nur meinen richtigen Vater. Aber ...«

»Ja?«

»Nun, in Charleston werden die meisten Ehen arrangiert. Seit meine Mutter denken konnte, wußte sie, daß sie meinen Vater heiraten würde. Und ich bildete mir wohl nur ein, er wäre die große Liebe ihres Lebens. Kinder malen sich so was gern aus.«

»In dieser Hinsicht hatte ich Glück. Mein Vater betete meine Mutter an und war bereit, alles für sie aufzugeben. Doch das verlangte sie gar nicht von ihm.«

»Sicher vermißt sie ihn sehr.«

»O ja«, bestätigte er und strich sanft über ihre Schulter. »Er war ein großartiger Mann. Als Jarretts Mutter starb, trauerte mein Vater monatelang, bis er einen neuen Lebensinhalt fand. Er begeisterte sich für die indianische Kultur, besuchte mehrere Stämme, und so lernte er Mary kennen. Sie liebte ihn innig — und Jarrett auch. Manchmal glaube ich sogar, mein Bruder würde ihr mehr bedeuten als ich. Das warf ich ihr einmal vor, und sie erwiderte lachend, sie würde ihn ja schon viel länger kennen.«

»Wie eifersüchtig du bist ...«

»Natürlich war's dumm von mir. In Marys großzügigem Herzen ist so viel Platz für Liebe. Vielleicht wird sie wieder heiraten. Bei meiner Geburt war sie erst sechzehn, und sie sieht immer noch jugendlich aus. Sie hat lange genug um meinen Vater getrauert. Ich denke ...«

»Was?«

»Sie wird wieder heiraten. Falls es nach dem Krieg noch Männer gibt.«

»Darüber will ich nicht reden«, erwiderte Teela und rückte ein wenig von ihm weg.

Aber er zog sie sofort wieder an sich. »Irgendwann müssen wir darüber reden — und besprechen, was wir tun werden.«

»Bleiben wir doch einfach hier im Wald.«

»Nicht für immer.«

»Warum nicht?«

»Warren würde uns gnadenlos verfolgen. Und so dankbar ich auch für eine Gelegenheit wäre, ihn zu töten — während er nach dir sucht, würde er viele Menschen ermorden. Damit dürfen wir unser Gewissen nicht belasten.«

»Und was wirst du tun?«

»Das weiß ich noch nicht«, antwortete er ausweichend.

»Du wirst wieder kämpfen!« beschuldigte sie ihn.

»Hast du einen besseren Vorschlag?«

»Allerdings! Du könntest auf Cimarron wohnen, bei deinem Bruder und deiner Tochter.«

»Soll ich das Volk meiner Mutter verraten?«

»Du bist auch Jarrett und Jennifer und deinen weißen Freunden verpflichtet.«

»Aber die schweben nicht in Lebensgefahr.«

»Du kannst die Seminolen ohnehin nicht retten. Irgendwann werden sie den Krieg verlieren, weil sie der Übermacht nicht gewachsen sind.«

»O nein. Ein Indianer kann mühelos ein Dutzend hungriger, müder, kranker Soldaten besiegen.«

»Auch die Seminolen hungern, und viele sind an Malaria oder Masern gestorben.«

»Teela ...«

»Wenn du doch einsehen würdest, James ...«

»Genug! Das reicht jetzt!«

Wütend sprang sie auf und stemmte ihre Hände in die Hüften. »Genug? Glaubst du, ich lasse mir von dir den Mund verbieten? Aber du hast verdammt recht. Ich habe wirklich genug.«

Den Kopf hoch erhoben, ging sie davon, und er starrte ihr verblüfft nach. Dann lächelte er über die Diskrepanz zwischen ihrer stolzen Haltung und ihrem Äußeren. Das Baumwollhemd bedeckte die Oberschenkel nur knapp. Anmutig schlenderte sie am Ufer entlang. Wohin sie wollte, wußte er nicht. Eins stand jedenfalls fest — sie würde ihr Ziel nicht erreichen.

Sekundenlang schloß er die Augen. Die wunderbare gemeinsame Zeit war zweifellos begrenzt. Eines Nachts hatte Wildcat ihn in diesem Paradies aufgesucht und erklärt, Otter habe Running Bears Recht auf die weiße Frau anerkannt und würde sie künftig in Ruhe lassen. Der Häuptling freute sich über seinen erfolgreichen Angriff. Nur wenige Feinde waren dem Gemetzel entkommen. Eindringlich warnte Wildcat seinen Freund vor den vielen Soldaten, die sich in der Gegend von St. Augustine herumtrieben und die Wälder absuchten.

Doch die Warnung war überflüssig gewesen. James wußte selbst, daß er Teela in Sicherheit bringen mußte. Seufzend stand er auf und folgte ihr.

Obwohl er fast lautlos hinter ihr hereilte, hörte sie seine

Schritte und drehte sich um. Er packte sie, sank mit ihr zu Boden, und sie wehrte sich erbost. »Genug!« fauchte sie. »Genug! Genug!«

»Allerdings — genug.« Ein leidenschaftlicher Kuß verschloß ihre Lippen und beendete den Streit. Niemals wird's genug sein, dachte er wehmütig.

Sie mußten mit den weißen Männern reden, weil es die jüngsten Ereignisse erforderten. Düster starrte Osceola ins Lagerfeuer.

Ja, er würde verhandeln. Die Kinder verhungerten, die Frauen bestanden nur mehr aus Haut und Knochen. Deshalb mußte wenigstens ein vorübergehender Waffenstillstand geschlossen werden.

Otters Ankunft unterbrach seine Gedanken. Eindringlich begann der Mikasuki zu sprechen. »Wir brauchen Running Bear. Jetzt!« betonte er und setzte sich zu Osceola ans Feuer. »Daß er gegen mich kämpfte, nehme ich hin, weil ich ihn herausgefordert hatte. Und ich gestehe ihm sein Recht auf die weiße Frau zu, obwohl ich ihren Skalp gern an mein Gewehr gehängt hätte. Darauf gebe ich dir mein Wort. Aber nun verkriecht er sich mit ihr in der Tiefe des Laubwalds und vergißt uns. Du weißt, wo er ist. Sag es mir, und ich werde ihn holen.«

Niemals würde Osceola das Versteck seines Blutsbruders verraten. Er kannte es, weil Wildcat dort gewesen war.

Nun würde Wildcat nicht mehr zu Running Bear reiten, denn ein Bote hatte ihm mitgeteilt, die Soldaten hätten Philip aufgefordert, nach seinem Sohn zu schicken. Hätte sich der *mico* geweigert, wäre er vielleicht gehängt worden. Deshalb befand sich Wildcat jetzt in der Gewalt des Feindes — ein tapferer Krieger, dessen Abwesenheit die Seminolen erheblich schwächte.

Aber es gab andere vertrauenswürdige Männer, die Running Bear verständigen konnten. Otter gehörte nicht dazu, trotz seines Ehrenworts. Plötzlich fühlte sich Osceola sehr müde. An manchen Tagen, unter der warmen Sonne, glaubte er, seine alten Kräfte würden zurückkehren. Doch er erwachte immer öfter mit dem unheimlichen Gefühl, der Tod hätte auf seinem Körper geschlafen. Wieder einmal wanderten seine Gedanken in die Vergangenheit zurück.

So schön war Wild Orchid damals gewesen, mit kupferbrauner Haut und pechschwarzem Kraushaar, ein Erbe ihres Negerbluts. Auch Weiße hatten zu ihren Ahnen gezählt und ihrem Gesicht weiche Züge verliehen.

Eines Tages wagte sie sich zu nahe an die Soldaten heran, die sie für eine entlaufene Sklavin hielten und gefangennahmen. Es nützte nichts, daß Osceola versicherte, die Mulattin sei seine Frau. Machtlos mußte er mit ansehen, wie sie in Ketten weggeschleppt wurde. In einigem Abstand folgte er ihnen nach St. Augustine, suchte vergeblich Mittel und Wege, um Wild Orchid zu befreien. Schließlich erfuhr er, ein weißer Mann habe sie gekauft und würde sie in sein Plantagenhaus bei Tallahassee bringen.

Auf dem Sklavenmarkt war sie von lachenden, lüsternen Interessenten begutachtet worden, die erklärt hatten, sie sei gewiß eine Zierde für das Bett ihres neuen Herrn.

Osceola fühlte sich elend, denn er wußte, daß ein Kampf nicht nur ihn, sondern viele andere Krieger töten würde. Vorerst waren sie zu schwach, besaßen zu wenig Gewehre und Munition.

Während er verzweifelt im Wald außerhalb von St. Augustine wartete, Pläne schmiedete und wieder verwarf, hörte er plötzlich einen Jubelschrei.

Wild Orchid warf sich in seine Arme. Hinter ihr führten die McKenzies das Pony am Zügel, das sie geritten hatte: Running Bear und sein weißer Bruder. Sie hatten von dem Unrecht gehört, das Osceola widerfahren war, und den weißen Pflanzer überredet, ihnen die Sklavin zu verkaufen. Für einen exorbitanten Preis, wie er vermutete. Aber darüber hatte keiner der beiden Brüder gesprochen.

In all den Jahren war ihm Wild Orchid lieb und teuer gewesen, ebenso wie seine zweite Frau, Morning Dew. Und nun durfte er James McKenzie nicht mißgönnen, was er selbst in so reichem Maße genossen hatte. Schon gar nicht, nachdem ich die rothaarige Schönheit gesehen habe, dachte er belustigt.

»Laß ihn noch einmal die Sonne sinken sehen, Otter, und den Morgentau auf der Haut spüren.«

»Osceola, du vergißt, was geschehen ist. Wir brauchen ihn. Sofort ...«

»Eine Nacht mehr oder weniger wird die Kriegsereignisse und den Lauf der Geschichte nicht ändern. Morgen will ich nach ihm schicken.«

Bevor die Welt zusammenbrach, sollte James McKenzie sein Paradies noch ein wenig genießen.

General Thomas Sidney Jesup saß an seinem Schreibtisch und studierte noch einmal die Order des Heeresministers Joel Poinsett. Bedrückt schloß er die Augen und verfluchte seinen Kriegsdienst in Florida, sogar das gesamte Militär.

Wenn sie in Washington doch endlich von ihren hohen Rössern herunterkämen, dachte er wütend. Beharrlich ignorierten sie seine Bitte, die Seminolen in Ruhe zu lassen und ihnen ihr armseliges Leben im Niemandsland der südlichen Halbinsel zu gönnen, im elenden, von Moskitos bevölkerten Sumpf.

Verzweifelt strich er mit allen Fingern durch sein weißes Haar. In den Sümpfen, wo die Indianer wie Gespenster zu verschwinden pflegten, konnte dieser Krieg nicht gewonnen werden. Aber er hatte keine Wahl — er mußte die Seminolen ausrotten. Bevor im Juni fast siebenhundert Krieger aus dem Gefängnis in Tampa geflohen waren, hatte er geglaubt, der Widerstand wäre gebrochen, der Krieg beendet. Er schlug mit der Faust auf den Tisch. Nein, die Indianer verdienten keine Fairneß. Sie waren niederträchtig und tückisch. Deshalb mußte man keine Gewissensqualen erleiden, wenn man sie hinterging. Jesup begann die Order an General Hernandez zu schreiben. Als seine Hand plötzlich zitterte, legte er die Feder beiseite.

Doch die Finger bebten immer noch, und ein kalter Schauer rann über seinen Rücken.

An diesem Morgen hatte Teela eigenhändig ihren ersten Fisch gefangen, und sie war sehr stolz darauf. Sie briet ihn über dem offenen Feuer, und sie aßen ihn mit Nüssen und Beeren. Später schwammen sie im Fluß. Teela fürchtete sich nicht mehr vor unheimlichen Tieren. Immer wieder tauchte sie in die Tiefe, und es gelang ihr sogar, James' Fuß zu packen und ihn nach unten zu ziehen.

Ehe er sie einholen und sich rächen konnte, schwamm sie zum Ufer, kletterte lachend und kreischend die Böschung hinauf und rannte davon. Im Wasser konnte sie ihm vielleicht entrinnen, an Land war sie seinen schnellen Beinen nicht gewachsen. Aber als er ihr folgte, hielt er plötzlich den Atem an. Wie erstarrt blieb er stehen und schaute an ihr vorbei zum Waldrand.

Dort saß ein schwarzer Reiter auf einer mageren grauen Stute. Osceolas alter Diener Riley war gekommen, um Running Bear zu holen. Nun gingen die schönen Tage im einsamen Paradies, an das James sich so verzweifelt geklammert hatte, zu Ende. Allein schon Rileys Ankunft wies auf Schwierigkeiten hin. Normalerweise hätte Wildcat ihn aufgesucht.

Herausfordernd blickte Teela über die Schulter. Dann schaute sie wieder nach vorn und schrie entsetzt auf. Beinahe wäre sie mit Riley zusammengestoßen, der inzwischen vom Pferd gestiegen war. James folgte ihr, während sie zitternd zurückwich, und nahm ihren nackten Körper in seine Arme.

Kein Wunder, daß sie erschrocken war ... Der dunkelhäutige Mischling bot einen furchterregenden Anblick. Zu dunklen Lederhosen trug er ein schlichtes weißes Hemd. Aber auf seinem Kopf saß ein bunter Turban mit Reiherfedern, ein Geschenk Osceolas an den getreuen Diener, und mit diesem Kopfputz war er über zwei Meter groß.

»Schon gut, Teela«, sagte James beschwichtigend. »Das ist Riley, ein Freund, und du mußt dich nicht vor ihm fürchten.«

»Aber — ich bin nackt.«

»Hast du was, das Miss Warren anziehen könnte, Riley?« fragte James.

Ernsthaft nickte der alte Mann und warf ihm einen Ranzen zu, den James öffnete. Hastig trat Teela hinter seinen Rücken, und er gab ihr einen weiten, mit Indigo gefärbten Rock und eine bunte Bluse.

»Kaffee, Riley?« lud James den alten Mann ein. Für ihn hatte Riley offenbar keine Kleidung mitgebracht. Seine Breeches lagen neben dem umgestürzten Zypressenstamm.

»Ja, das wäre nett, James.« Riley beherrschte die Muskogee- und die Hitichi-Sprache, aber mit James sprach er stets englisch.

»Nun, dann komm mit uns.« James eilte voraus, um seine Hose zu holen.

»Sind Sie allein gekommen, Riley?« fragte Teela.

»Ja, Miss Warren.«

»Wieso haben Sie uns aufgespürt?«

»Osceola kennt dieses Versteck. Und Wildcat war schon einmal hier. Deshalb wußten wir genau, wo wir James finden würden, wenn es an der Zeit ist.«

»Was?« rief sie verwirrt. »Wildcat war hier? Und wir haben nichts davon gemerkt?«

»Oh, James ist zu ihm gegangen«, entgegnete Riley grinsend.

Inzwischen hatte James seine Hose angezogen, und sie trafen sich vor seinem improvisierten Unterschlupf. Anklagend starrte Teela ihn an. Als er zum Fluß ging, um Wasser zu holen, folgte sie ihm. »Wir haben von Anfang an gewußt, daß unsere Zeit in diesem Paradies begrenzt ist«, erklärte er.

»Offenbar war dein Freund Wildcat der Vogel, der dich in jener Nacht gerufen hat«, flüsterte sie vorwurfsvoll und versetzte seiner Schulter einen kräftigen Fausthieb. »Wenn er gesehen hätte, wie wir beieinanderlagen — splitternackt ...«

»Wildcat wollte uns nicht stören, und er kam nur hierher, um mir mitzuteilen, wir seien vor Otter sicher. Und jetzt benimm dich anständig, sonst muß ich dir den Hintern versohlen, damit ich vor meinem Freund nicht das Gesicht verliere. Riley ist ein guter Mann, aber verdammt redselig, und er würde mich bei meinem Volk verunglimpfen.«

Ohne eine Antwort abzuwarten, packte er ihr Handgelenk. In der anderen Hand den Kaffeetopf, führte er sie zu seinem Quartier zurück. Mittlerweile hatte Riley ein paar Köstlichkeiten ausgepackt, geräuchertes Rehfleisch und Maiskuchen.

Während das Feuer unter dem Wasserkessel brannte, fragte James: »Was gibt's für Neuigkeiten?«

»Die Soldaten haben Philips Lager überfallen. Dieses Versteck hatte ihnen sein unzufriedener Diener verraten, ein Neger, dessen Frau das Indianerleben haßte.« Riley machte eine kurze Pause und warf Teela einen Blick zu, der sie vor den Gefahren weiblicher Bosheit warnen sollte. »Seinem Vater zuliebe ist Wildcat zu den Weißen geritten. Nun soll wieder verhandelt werden. Osceola hat General Jesup eine Nachricht geschickt, und der General hat geantwortet. Bald soll eine Versammlung stattfinden. Coa

Hadjo wird für Osceola sprechen, Running Bear, aber der Häuptling bittet dich, ihn zu begleiten.«

»Natürlich.«

Ehe Riley weitersprach, zögerte er kurz. »Osceola sagt, man würde dich für den gefährlichsten aller Indianer halten — einen weißen Indianer ...«

»Warum?«

»Weil Colonel Warren behauptet, du hättest viele Soldaten ermorden lassen, um seine Tochter zu stehlen. Deshalb sollst du hängen.«

»Er ist ein Lügner!« rief Teela entsetzt.

»Aber viele Leute werden seinen Lügen glauben«, erwiderte James.

»Dann kannst du nicht zu Osceola gehen, du mußt in deinem Versteck bleiben ...«

»Ich muß gehen.«

»Nein, du ...«

»Teela!« unterbrach er sie in gebieterischem Ton.

»Bis morgen kannst du hierbleiben«, sagte Riley. »Dann erwartet Osceola dich hinter der Soldatenstraße, die nach Osten führt.«

James nickte. »Gut.«

»Nein, das ist gar nicht gut ...«, begann Teela, bis James ihr den Mund zuhielt.

»Sehr gut, Riley.«

Der alte Mann schenkte sich Kaffee ein und stand auf. »Also, dann bis morgen. Ich schlafe drüben zwischen den Büschen.«

»Ja, bis morgen«, stimmte James energisch zu, seine Hand immer noch auf Teelas Lippen gepreßt. Er ließ sie erst los, als Riley davongegangen war.

Tränen verschleierten ihr den Blick. »O James, du darfst nicht gehen!« Mit beiden Fäusten trommelte sie gegen seine Brust, und er wehrte sich nicht. Schweigend wartete er, bis ihre Kräfte erlahmten und sie sich schluchzend an ihn lehnte.

»Einen letzten Sonnenuntergang haben wir ja noch.«

»Aber du darfst nicht ...«

Mit einem zärtlichen Kuß brachte er sie zum Schweigen.

In dieser Nacht liebte sie ihn wild und hemmungslos. Ohne Worte. Nur mit atemlosem Schluchzen. Nachdem sie vor Erschöpfung eingeschlafen war, hüllte er sich in eine Pelzdecke und ging zu Riley, der an einem Eichenstamm lehnte und ihn bereits erwartete.

»Osceola weiß, daß ich für Teela sorgen muß«, begann James.

»Ja, er hat einen Boten zu Jarrett McKenzie geschickt. Er wird deine Frau holen.«

Nur mühsam verbarg James seine Gefühle. »Ruh dich jetzt aus, Riley.«

Wenig später streckte er sich wieder neben Teela aus und betrachtete ihren nackten Körper, der im Mondlicht wie Elfenbein schimmerte. Er wollte sie schlafen lassen. Aber die Sonne war bereits zum letztenmal in diesem Paradies untergegangen. Und so weckte er sie mit sanften Küssen und liebte sie, sanft und leidenschaftlich zugleich.

Zum letztenmal war die Sonne hinter den dunklen Bäumen versunken, und ein roter Morgen dämmerte herauf. Ein blutroter Morgen.

21

Am nächsten Morgen war sie still und in sich gekehrt, James versuchte nicht, sie zu trösten. Sie badete allein im Fluß. Wortlos zog sie die Sachen an, die Riley ihr gebracht hatte.

Er wollte sie umarmen, der schrecklichen Zukunft trotzen. Statt dessen wandte er sich ab, denn er konnte sie nicht fest genug an seine Brust drücken, um die Zukunft zu ändern.

Würde er sie an diesem Tag zum letztenmal sehen? So vieles mochte geschehen. Osceolas Verhandlungen konnten zu einem erbitterten Kampf führen. Und Warren hatte seinen Soldaten vermutlich befohlen, Running Bear am nächstbesten Baum aufzuknüpfen, sobald sie ihn schnappten. Deshalb mußte Teela in Sicherheit gebracht werden.

»Komm!« rief James, als sie am Ufer stand und den Sonnenaufgang beobachtete. Zögernd drehte sie sich um, senkte die Wimpern und ging zu ihm.

Riley saß bereits auf seinem Grauschimmel, und James hob Teela in den Sattel seines braunen Pferdes. Dann stieg er hinter ihr auf. »Bleiben wir doch hier«, flüsterte sie. Aber er schüttelte schweigend den Kopf.

Da Riley und James das Terrain gut kannten, kamen sie schnell voran. In der frischen Luft lag bereits die erste Ahnung des Herbstes.

Gegen Mittag zügelte James seine Stute, weil er sah, daß der Pfad vor kurzem benutzt worden war. Sicher hielt sich sein Bruder ganz in der Nähe auf. Er stieß den Schrei eines Seetauchers aus und spürte, wie Teela zusammenzuckte. Wenig später ritt Jarrett McKenzie zwischen den Büschen hervor, begleitet von Robert Trent und mehreren Indianern, die schon lange auf seiner Plantage arbeiteten.

Die beiden Brüder stiegen ab und umarmten sich.

»Wie geht's meiner Tochter?« fragte James.

»Sehr gut. Sie schickt dir herzliche Grüße.«

»Komm mit mir.« Nachdem sie sich von den anderen entfernt hatten, fügte James hinzu: »Wie ich von Riley erfahren habe, gibt Warren mir die Schuld am Angriff auf Mayerlings Truppe.«

Jarrett nickte grimmig. »Aber General Jesup und die meisten anderen Kommandanten kennen dich zu gut, um diese Geschichte zu glauben. Wahrscheinlich hast du inzwischen gehört, daß Philip und seine Leute gefangengenommen wurden, außerdem ein paar Yuchis, darunter Blue Snake und Yuchi Billy. Philip hat nach Wildcat geschickt, der nun ebenfalls in Haft ist.«

»Das weiß ich bereits.«

»Wildcat erklärte den Generälen, die Anklage gegen dich sei purer Unsinn. Hättest du nicht eingegriffen, wäre Miss Warren allein schon wegen ihres Namens getötet worden.«

»Oh, das trifft sich gut, denn Osceola hat offensichtlich ein Treffen mit den Militärs arrangiert.«

»Ja. Manche Leute vermuten, er würde die Besprechung nur abhalten, um herauszufinden, ob er Philip und die anderen irgendwie befreien kann. Natürlich hat Jesup die siebenhundert Krieger, die Osceola im Juni aus dem Gefängnis geholt hat, nicht vergessen.«

James schüttelte den Kopf. »Vorerst muß Jesup nichts dergleichen befürchten. Osceola ist krank — sehr krank. Davon scheinen die Generäle nichts zu ahnen.«

»Mag sein. Hoffentlich wird man bei der Versammlung einen Friedensvertrag abschließen. Aber ich fühle mich unbehaglich.«

»Was weißt du?«

»Nichts. Unsere Army-Freunde trauen mir nicht mehr.«

»Tut mir leid.«

»Oh, das brauchst du nicht zu bedauern. In diesem Krieg stehen wir beide auf der Verliererseite.«

»Sieht so aus.« James drückte die Hand seines Bruders. »Vielen Dank.«

»Keine Ursache. Wir sind die Söhne desselben Vaters. Vielleicht können wir irgendwann wieder wie eine normale Familie leben. Darum bete ich jeden Tag. Und für diese ferne Zukunft verwahre ich dein Vermögen. Paß gut auf dich auf, damit du's später auch mal genießen kannst.«

Lächelnd nickte James und schaute zu Teela hinüber. »Du wirst dich doch um sie kümmern? Ich weiß, ich verlange sehr viel von dir. Aber ich bitte dich inständig — du mußt sie beschützen.«

»Ja, gewiß. Tara ist mit den Kindern nach St. Augustine gezogen. Dort haben wir für Herbst und Winter ein Haus gemietet, damit ich die militärischen Operationen aus der Nähe beobachten und gegebenenfalls eingreifen kann. Soviel ich weiß, sollen die Verhandlungen zwischen Osceola und der Army beim Fort Peyton stattfinden, sieben Meilen südlich von der Stadt. Harrington ist derzeit in Peyton stationiert. Hoffentlich wird er die Konfrontationen verhindern, die sich ergeben könnten, sobald Warren wieder auf der Bildfläche erscheint.«

»Wo ist der Colonel jetzt.«

»Immer noch im Landesinneren, vermutlich im Süden, wo er Jagd auf Frauen und Kinder macht. Wenn er seine Order befolgt, wird er uns in den nächsten Monaten nicht behelligen.«

»Das beruhigt mich.« James wandte sich wieder zu Teela, die in stoischer Haltung auf seinem Pferd saß. »Und nun mußt du mir etwas versprechen, Jarrett.«

»Was?«

»Du darfst niemals dein Leben für mich wagen.«

»Hör mal ...«

Abwehrend hob James eine Hand. »Misch dich nur ein, wenn ich dich drum bitte. Im Augenblick ist die Situation gefährlicher denn je. Unsere Verwandtschaft könnte deine weißen Freunde veranlassen, dich hinterrücks zu ermorden, und dein Einfluß auf mich wird dir womöglich im Kreis meines Volkes schaden. Deshalb flehe ich dich an — unternimm nichts! Wenn ich deine Hilfe brauche, verständige ich dich. Und jetzt gib mir dein Wort.«

Unglücklich runzelte Jarrett die Stirn. »James, wir leben in so schwierigen Zeiten ...«

»Dein Wort, großer Bruder — White Tiger.«

»Also gut«, stimmte Jarrett zu, immer noch zögernd. »Ich versprech's dir.«

»Bring Teela in Sicherheit. Am besten schickst du sie weit weg. Oder zwing sie, Harrington zu heiraten. Wenn er ihr sagt, sie soll in ihre Heimat zurückkehren, muß sie sich fügen.«

Jarrett verschränkte die Arme vor der Brust und hob die Brauen. »Hast du's irgendwann geschafft, diese Frau zu irgend etwas zu zwingen?«

»Manchmal«, erwiderte James lächelnd. »Man darf ihr nicht zeigen, daß auch die Männer gewisse Schwächen haben. Dann klappt's vielleicht. Verdammt, du mußt sie vor den Traualtar schleppen, notfalls mit Gewalt. Oder verfrachte sie an Bord eines Schiffs. Vor Otters Angriff wollte sie nach Charleston fahren. Dort wäre sie am besten aufgehoben.«

»Ich will alles tun, was in meiner Macht steht, aber ...«

»Ja?«

»In diesem Krieg folgst du deiner Bestimmung. Möglicherweise hat Teela schon einen ähnlichen Entschluß gefaßt.«

»Verdammt, das darf sie nicht! Sie würde ihr Leben aufs Spiel setzen.«

»So wie gewisse andere Leute.«

»Jarrett ...«

»Schon gut, ich werde Teela beschützen.«

»Danke.« James seufzte erleichtert.

»Und du paß auf dich selber auf.«

»Natürlich.«

Sie kehrten zu den anderen zurück, und James hob Teela von seinem Pferd herunter. Diskret zogen sich Jarrett und seine Leute an den Rand der kleinen Lichtung zurück, und Riley folgte ihnen.

»Bittest du mich noch einmal, mit dir in unserem Paradies zu bleiben?« fragte James leise.

»Nein, du hast deine Entscheidung getroffen. Also spielen meine Wünsche keine Rolle. Was ich auch sagen würde — du verläßt mich.«

»Ja. Jarrett bringt dich nach St. Augustine. Von dort mußt du nach Charleston fahren. Das hattest du doch vor, als Otter über deine Eskorte herfiel.«

»Seither hat sich soviel geändert.«

»Teela, wie oft soll ich dich noch auffordern, endlich abzureisen?«

»O ja, du ziehst wieder in den Krieg, und deshalb willst du mich loswerden.«

Plötzlich ertrug er den kalten Glanz in ihren Augen nicht mehr. Er riß sie in die Arme, preßte ein letztes Mal seinen Mund auf ihren, um sich den süßen Geschmack einzuprägen und eine Erinnerung für schwere Zeiten mitzunehmen. Und er wollte ihr seinen Zorn zeigen, seine Bitterkeit, das Feuer, das in ihm brannte und auch andere versengte ...

Als er die Arme sinken ließ und zurücktrat, zitterte sie am ganzen Körper. Ihre Lippen waren gerötet und geschwollen.

»Ja, verdammt, ich will dich loswerden!« stieß er hervor und sprang auf sein Pferd.

Ehe er davongaloppierte, wagte er nicht, sie noch einmal anzuschauen.

So schnell wie möglich ritt Jarrett mit Teela und seiner kleinen Eskorte durch den Wald. Falls Osceola immer noch seine gewohnte Macht ausübte, drohte ihnen keine Gefahr. Doch er wollte nichts riskieren.

Teela mußte unentwegt an die Worte des geliebten Mannes denken. So hat er's nicht gemeint, redete sie sich ein, und ich hätte ihn nicht dazu herausfordern dürfen ... Aber die Erinnerung lastete schwer auf ihrer Seele. Die Trennung brach ihr fast das Herz, und sie bangte um sein Leben. Wenn die Truppe ihres Stiefvaters über ihn herfiel, wäre er der Übermacht einfach hilflos ausgeliefert.

Erst nach Einbruch der Dunkelheit schlugen sie ein Nachtlager auf. Sie machten kein Feuer, um weder Indianer noch Soldaten anzulocken. Jarrett wollte Teela möglichst unauffällig nach St. Augustine bringen und ihr Zeit geben, sich zu besinnen, bevor sie gezwungen wurde, mit Warrens Freunden zu sprechen und den Überfall zu schildern.

Gemeinsam mit Robert Trent machte er ein Lager für sie zurecht, aus einer wasserdichten Plane und Decken. Ein Sattel diente als Kopfkissen. Dann saß er neben ihr, an einen alten Eichenstamm gelehnt, sein Gewehr in Reichweite. »Jetzt kannst du schlafen. Du bist in Sicherheit.«

»Solange ich bei dir bin — oder bei James fürchte ich mich nicht.«

»Teela ...«, begann er zögernd, »dieser Krieg geht immer weiter, und ich sehe keine Lösung des Problems. Wenn frische Grenzen gezogen sind, werden die Siedler sie erneut überqueren. Die Indianer wiederum schicken ihre Plündertruppen los, weil sie in ihren armseligen Gebieten zu wenig Nahrung finden. Viele Generäle glauben, sie könnten den Krieg beenden, indem sie die Häuptlinge gefangennehmen. Aber die jungen Krieger wachsen zu kampfstarken Anführern heran.«

»Warum erzählst du mir das alles? Das weiß ich doch.«

»Weil du meinen Bruder liebst. Rückhaltlos und ohne Vorurteile. Aber du darfst ihn nicht lieben. Was dir dein Herz befiehlt, wird diese Welt nicht gestatten. Du mußt abreisen und alles vergessen, was du hier erlebt hast.«

»Gegen meine Gefühle bin ich eben machtlos.« Sie setzte sich auf und schlang ihre Arme um die Knie. »Und wenn ich bei ihm bin, ist mir die restliche Welt gleichgültig. Du sagtest, daß ich ihn liebe. Und was empfindet James?«

»Er ist von dir besessen. Aber er ist gezwungen, sich von dir trennen, wegen dieses Krieges, der noch endlos lange dauern kann.«

»Immer wieder hat er mich aufgefordert, Harrington zu heiraten. Meint er das ernst?«

»Wenn du Harrington heiratest, würde James ihm vermutlich die Kehle durchschneiden. Trotzdem meint er's ernst.«

Sie legte sich wieder auf die Decken, denn in ihren Augen brannten Tränen, die Jarrett nicht sehen durfte. Zu ihrer Verwirrung spürte sie einen väterlichen Kuß auf der Stirn.

»Du kleine Närrin! Nur weil er dich liebt, will er, daß du Harrington heiratest.« Dann versank er in beharrrlichem Schweigen, und sie hörte nur mehr den Nachtwind flüstern, der sie in den Schlaf lullte.

Im Morgengrauen ritten sie weiter. Jarrett versuchte, St. Augustine zu erreichen, bevor die Stadt erwachte.

In Charleston hatte Teela einige Geschichten über St. Augustine und seine spanischen Erbauer gehört. Vor langer Zeit waren sie auf die Suche nach Gold und dem Jungbrunnen gegangen, den die Indianer dem spanischen Mystiker Ponce de Leon verheißen hatten. Die schöne Architektur der Stadt zeigte viele Elemente aus der Kultur ihrer Gründer. Nun standen zwischen den jahrhundertealten Regierungsgebäuden mit den Balkonen und Torbögen moderne Stein- oder Holzhäuser.

Als sie durch einen alten Friedhof ritten, zeigte Jarrett auf das gigantische Castillo de San Marcos, das Fort Marion, das sich auf einer Landzunge erhob. »Jetzt dürfen uns keine Soldaten über den Weg laufen.« In hastigem Trab folgten sie den schmalen Straßen, bis zu dem alten spanischen Haus, das er gemietet hatte.

Nach dem langen Ritt fühlte Teela sich erschöpft. Aber es war wundervoll, Tara, Jennifer und den keinen Ian wiederzusehen, ein heißes Bad zu nehmen, Sherry zu trinken und in das weiche Baumwollnachthemd zu schlüpfen, das die Gastgeberin ihr lieh.

An diesem Abend ging sie nicht zum Dinner hinunter. Sie verspeiste in ihrem Schlafzimmer ein saftiges Steak mit Maisbrei, dann lehnte sie sich in einem bequemen Polstersessel zurück, und Tara bürstete ihr das lange Haar.

»Bald werden sich die Zeitungsreporter auf dich stürzen«, warnte Tara. »Die Leser interessieren sich für alles, was mit Indianern und Entführungen und Geiselnahmen zusammenhängt.«

»Aber ich wurde nicht entführt.«

»Das weiß ich, und deshalb solltest du mit den Reportern reden. Erklär ihnen, James McKenzie hätte dein Leben gerettet. Manchmal übt die öffentliche Meinung einen großen Einfluß auf die Army aus.«

Teela ergriff Taras Hand. »Ist James meinetwegen in noch größerer Gefahr?«

»Nun, im Augenblick hält man ihn für einen Verbrecher«, gab Tara seufzend zu. »Aber nicht deinetwegen. Daran ist Warren schuld, dieser niederträchtige Lügner. Wenn du's erlaubst, bringe ich dich mit den richtigen Personen zusammen. Dann wird die Wahrheit ans Licht kommen. Du solltest James möglichst bald entlasten. Bevor dein Schiff auslaufen wird.«

»Mein Schiff?«

»Nun, du wirst demnächst nach Charleston zurückkehren.«

Teela schluckte mühsam. »Dazu — bin ich noch nicht bereit.«

»Trotzdem solltest du abreisen.«

Aber Teela schüttelte entschlossen den Kopf. »Nachdem ich James in Schwierigkeiten gebracht habe, will ich's wiedergutmachen.«

»Und was wirst du tun? In die Wildnis reiten und auf Indianer oder Soldaten schießen?«

»Erst einmal werde ich deinem Reporter die ganze Geschichte erzählen.«

»Wenn dein Vater aus dem Landesinneren zurückkehrt, wird er dir was Schreckliches antun.«

»O Tara, ich kann noch nicht wegfahren. Bitte, stell du dich nicht auch noch gegen mich!«

»Niemand ist gegen dich. Aber es wäre für James und dich am besten, wenn du in deine Heimat zurückkehren würdest.«

Plötzlich krampfte sich Teelas Magen zusammen, und sie biß in ihre Unterlippe.

»Was fehlt dir denn?« fragte Tara erschrocken.

»Schnell, der Nachttopf ...« Teela übergab sich, dann wusch sie ihr Gesicht und die Hände mit dem frischen Wasser, das ihre Freundin gebracht hatte.

»Alles wieder in Ordnung?«

»Wahrscheinlich habe ich das köstliche Essen zu gierig verschlungen.«

Tara warf ihr einen seltsamen Blick zu. »Versuch jetzt zu schlafen. Morgen reden wir weiter.«

Todmüde sank Teela in das weiche Bett, und die Augen fielen ihr zu.

Tara betrat die Bibliothek des schönen gemieteten Hauses, das ein reicher spanischer Don um die Mitte des siebzehnten Jahrhunderts errichtet hatte, um seine geliebte Braut zu beglücken. Für den imposanten Kamin war das gleiche Material verwendet worden wie für den Bau der Festung, Kalkstein aus Muschelschalen. Jetzt gehörte das Haus einem Nachfahren des Dons, einem liebenswerten Mann mit spanischem Namen und englischem Akzent. Das Gebäude war im Familienbesitz geblieben, während die Engländer, dann wiederum die Spanier und schließlich die Amerikaner die Herrschaft übernommen hatten. Bereitwillig stellte er Jarretts Familie sein Heim zur Verfügung. Tara fühlte sich wohl in der Stadt, die von so vielen verschiedenartigen Kulturen geprägt war. Hier wohnten nicht nur Weiße, sondern auch ehemalige Sklaven und sogar Indianer, die sich der amerikanischen Lebensart anpaßten. Jarrett hatte die Übersiedlung vorgeschlagen, um während der Herbst- und Wintermonate etwas Abwechslung zu finden und gesellschaftliche Kontakte zu pflegen. Das behauptete er zumindest.

Aber Tara wußte natürlich, das ihn die veränderte Szenerie und die Gesellschaft nicht im mindesten interessierten. Er war hierhergekommen, weil er um seinen Bruder bangte und glaubte, in unmittelbarer Nähe des Militärs könnte er ihm wirksamer helfen.

Als sie über den Fliesenboden der Bibliothek ging, blickte er von einem Aktenordner auf, der auf dem antiken spanischen Schreibtisch lag. »Schläft sie?«

Tara nickte. »Vermutlich. Sie war sehr müde.«

»Bald werden einige Schiffe in Richtung Charleston auslaufen.«

»Sie will vor ihrer Abreise noch mit einem Reporter reden«, erklärte Tara und setzte sich auf eine Schreibtischkante.

Seufzend lehnte sich Jarrett in seinem Sessel zurück. »Zwei Männer entkamen dem Gemetzel. Und beide versicherten den Journalisten, James McKenzie sei nicht der Anführer jener Indianerbande gewesen, die über Mayerlings Truppe herfiel. Natürlich klang Warrens Geschichte viel interessanter.«

»Aber sie ist erlogen.«

»Manche Lügen regen die Fantasie der Öffentlichkeit viel wirksamer an als die Wahrheit.«

»Sicher wird Teelas Geschichte die Zeitungsleser noch mehr faszinieren.«

»Und Warren könnte grausame Rache üben.«

»O nein, das wagt er nicht. Außerdem wird sie das Land verlassen, bevor er zurückkommt.«

»Sie möchte gar nicht abreisen.«

»Überhaupt nicht?« rief Tara und runzelte die Stirn.

»Trotzdem wird unserer armen Freundin nichts anderes übrigbleiben.«

»Willst du sie gewaltsam an Bord eines Schiffes bringen?«

»Was soll ich tun? Glaubst du, sie läßt sich zwingen, Harrington zu heiraten?«

»Wohl kaum.« Nach einer kleinen Pause fügte Tara hinzu: »Jarrett, sie fühlt sich nicht gut.«

»Woran leidet sie? Müssen wir sie unter Quarantäne stellen? Wenn sie die Kinder ansteckt ...«

»Nein, nein, sie hat kein Fieber. Aber Magenbeschwerden.«

Nachdenklich klopfte er mit einem Finger auf die Tischplatte. »Sie kam mir schon unterwegs so schwach und müde vor, obwohl sie sich kein einziges Mal über den beschwerlichen Ritt beklagte.«

»Jarrett, du verstehst nicht ...«

»Vielleicht sollte sie Harrington wirklich heiraten. Er würde gut für sie sorgen.«

»Unmöglich.«

»Aber wenn Warren ihr Vormund bleibt ...«

»Sie kann Harrington nicht heiraten, weil sie schwanger ist.«

»Großer Gott!« stöhnte er und umklammerte die Hände seiner Frau. »Wieso weißt du das? Seit er sie vor den Indianern gerettet hat, sind nur wenige Wochen verstrichen.«

»Es muß im Juni passiert sein, als er nach der Massenflucht der Indianer aus dem Fort Brooke-Gefängnis in unser Haus schlich.«

»Ja, an jene Nacht erinnere ich mich. Damals hatte ich ihn zum letztenmal getroffen, bevor wir uns gestern wiedersahen. Aber nur weil ihr übel war ...«

»Vorhin sah ich sie in der Badewanne sitzen. Ihr Körper hat sich merklich verändert.«

»Um Himmels willen! Und James hat keine Ahnung!«

»Wahrscheinlich weiß nicht einmal Teela, in welchem Zustand sie sich befindet. Vor Ians Geburt hat's auch lange gedauert, bis ich merkte, was mit mir los war. So vieles stürmte damals auf mich ein. Und Teela ist's so ähnlich ergangen. Mitte Juni — und jetzt haben wir Ende September. Bald wird man's ihr deutlich ansehen.«

Jarrett nahm eine Flasche und zwei Gläser aus seiner Schreibtischschublade und schenkte Cognac ein. »Also werden wir wieder Tante und Onkel.«

Lächelnd stieß Tara mit ihm an. »Nun müssen wir uns Warrens wegen keine Sorgen mehr machen. Vor lauter Wut wird er einen Schlaganfall bekommen, wenn er die Neuigkeit erfährt, und sterben.«

»Hoffen wir's. Sollen wir die künftige Mutter informieren? Aber was soll dann geschehen?«

»Das weiß ich nicht.«

»Du hast ja nur einen winzigen Schluck getrunken.«

»Mehr würde mir nicht bekommen. In letzter Zeit geht's mir auch nicht so gut.«

»Tara! Versuchst du mir beizubringen . . .«

»Ja. Diese kleinen Vettern oder Kusinen werden kurz hintereinander zur Welt kommen.«

»Wie wundervoll!« Jarrett sprang auf und umarmte seine Frau. »Habe ich dir in letzter Zeit gesagt, daß ich dich mehr liebe als alles auf der Welt?«

»Mindestens einmal im Monat. Und nicht nur in der Hitze deiner Leidenschaft.«

»Jetzt ist alles viel einfacher geworden«, spottete er mit Galgenhumor. »Wir müssen Teela nur bis Mitte März verstecken, und dann behaupten wir, soeben seien wir die stolzen Eltern von Zwillingen geworden.«

»Da gibt's ein kleines Problem.«

»Und welches?«

»Niemand wird James' Kind für deins halten — weil Indianerblut in den Adern des Babys fließt.«

»Vielleicht wär's wirklich am besten, wenn Warren einem Herzschlag erliegt.«

»Man soll zwar nicht um den Tod eines Menschen beten, aber ich glaube, in diesem Fall würde uns der Allmächtige verzeihen.«

22

Prachtvoll gekleidet saß Osceola auf seinem Kriegspony, in enger roter Hose, buntem Hemd und Fransenjacke, mit einem gefiederten Turban. An seiner Seite sah James den Unterhäuptling und Berater Coa Hadjo. Beide wurden von mehreren halbnackten Kriegern umringt.

»Danke, daß du gekommen bist, als ich dich gerufen habe, Running Bear«, begrüßte Osceola seinen Blutsbruder.

»Ich kann es kaum erwarten, deine Neuigkeiten zu hören.«

»Komm mit uns.«

Sie ritten durch dichtes Gebüsch am Rand der Sümpfe, dann durch einen Kiefernwald, bis sie eine große Lichtung erreichten. Dort wurden sie von Frauen, Kindern und alten Leuten begrüßt. Einige Burschen, noch zu jung für den Krieg, übernahmen die Pferde, und die Männer setzten sich ans Lagerfeuer.

Nachdem sie gegessen hatten, fragte Osceola: »Du weißt, was geschehen ist, Running Bear?«

»Philip und seine Krieger wurden gefangengenommen. Danach überfielen die Soldaten ein Yuchi-Dorf, und nun befinden sich auch Blue Snake und Yuchi Billy in ihrer Gewalt — ebenso wie Wildcat, der dem Ruf seines Vaters folgte.«

»So ist es«, bestätigte Coa Hadjo. »Wir haben General Jesup mitgeteilt, daß wir verhandeln wollen.«

»Bei der Versammlung wird Coa Hadjo für mich sprechen«, erklärte Osceola. »Auch du mußt Augen und Ohren offenhalten, Running Bear. Du wirst mir helfen, die Worte des weißen Mannes und ihre wahre Bedeutung zu verstehen.«

»Gewiß, Osceola. Was erhoffst du von deiner Unterredung mit dem Militär?«

Seufzend hob der Häuptling seine Hände. »Ich wollte die Weißen niemals bestehlen oder ihre Frauen und Kinder töten. Wenn sie auch gestorben sind, das leugne ich nicht. Stets habe ich die Grenzen geachtet. Nun möchte ich neue ziehen, die Weißen in Frieden leben lassen, und mein Volk soll ein ebenso friedliches Leben führen.«

»Aber einige weiße Männer glauben, du würdest bei der Versammlung herausfinden, wie streng die Gefangenen bewacht werden.«

Osceola wechselte einen Blick mit seinem Berater. Dann bemerkte Coa Hadjo: »Bei jeder Besprechung versucht man, neue Erkenntnisse zu gewinnen.«

»Natürlich«, stimmte James grinsend zu.

»Ich strebe keinen Kampf an, Running Bear«, beteuerte der Häuptling. »Das schwöre ich dir beim Großen Geist.«

»Noch nie habe ich an Osceolas Wort gezweifelt.«

»Danke, daß du helfen willst.« Osceola stand auf, die Wangen aschfahl, und schien zu zittern. Auch James und die anderen erhoben sich.

»Es ist mir stets eine Freude, meinen Freund aufzusuchen«, entgegnete James und musterte ihn besorgt. Der Häuptling sah krank aus. Langsam ging er zu seinem Zelt, gefolgt von den Kriegern.

Nur James und der Berater blieben am Lagerfeuer zurück.

»Was hältst du wirklich von dieser Besprechung, Running Bear?«

»Die Männer haben geredet und geredet. Meistens wurde gelogen — auf beiden Seiten.«

»Welche Wahrheit gibt es außer jener, die jeder Mann in seinem Herzen sieht?«

»Osceola ist schwer krank.«

»Und sehr müde«, ergänzte Coa Hadjo.

»Was bedeutet das?«

»Daß er des Krieges müde ist. Gute Nacht, Running Bear.«

James nickte ihm zu und starrte noch eine Zeitlang in die Flammen, nachdem Coa Hadjo im Dunkel verschwunden war. Dann ging er zu dem Lager, das man ihm bereitet hatte. Auf einer erhöhten hölzernen Plattform, die den Schläfer vor nächtlichen Kriechtieren schützte, waren Kohlpalmenblätter ausgebreitet. Müde streckte er sich darauf aus, schloß die Augen und kannte nur einen einzigen Gedanken — jetzt war sie nicht mehr bei ihm.

Neben ihr hatte er so gut geschlafen, ihre Wärme gespürt, ihre Herzschläge. Nun fröstelte er und fühlte sich einsam.

Wenn er doch wenigstens träumen könnte von einer Welt, in der es keinen Krieg gab ... Lachend würde Teela zu ihm laufen, unter einer strahlenden Sonne, und er würde sie umarmen, müßte sie nie mehr loslassen.

Nur ein Traum, der niemals Wirklichkeit werden konnte ...

Jarrett lud fünf Kriegsberichterstatter aus verschiedenen Staaten in sein Haus ein.

Während Teela die Wahrheit über ihre Gefangennahme und die sogenannte Entführung erzählte, saßen Tara und Jarrett an ihrer Seite. »Die Anklage, die gegen James McKenzie erhoben wurde, ist geradezu lächerlich«, erklärte sie mit ruhiger Stimme, »denn ich verdanke ihm mein Leben.«

»Und Ihre Gefangenschaft, Miss Warren?« erkundigte sich Mr. Thomason, der Reporter einer Washingtoner Zeitung. »Sie wurden doch von einem Wilden festgehalten. Gegen Ihren Willen ...«

»Mein Schwager ist kein Wilder«, fiel Tara ihm ärgerlich ins Wort.

»Tut mit leid, Mrs. McKenzie«, entschuldigte sich Thomason hastig und strich über seinen weißen Kinnbart. »Was ich sagen wollte — Sie mußten eine Zeitlang in der Wildnis bleiben, Miss Warren. Und da drohte Ihnen keine Gefahr? Was hält Ihr Verlobter davon? Haben Sie nach dieser Tortur schon mit Major Harrington gesprochen?«

»John Harrington und James McKenzie sind die besten Freunde. Sicher wird John meinem Retter von Herzen danken. Und noch etwas, Sir — ich kann Häuptling Otter, der meinen Tod wünschte, nicht verdammen, da seine Familie in diesem Krieg grausam ermordet wurde.«

»Ungeheuerlich!« rief ein korpulenter Journalist aus St. Augustine.

»Wenn Sie die Wahrheit ungeheuerlich finden, habe ich nichts mehr zu sagen, Sir«, entgegnete Teela und stand auf. »Nun müssen Sie mich entschuldigen ...«

Ohne eine Antwort abzuwarten, verließ sie den Salon und hörte erleichtert, wie Jarrett die Reporter in unmißverständlichem Ton verabschiedete.

Plötzlich fühlte sie sich erschöpft. Sie floh in ihr Zimmer und streckte sich auf dem Bett aus. Inzwischen hatten die Reporter das Haus verlassen, und Teela hörte ihre Stimmen, fast direkt unterhalb des Schlafzimmerfensters.

»Unglaublich!« entrüstete sich Mr. Evans aus Atlanta. »Eine anständige Frau wäre nach solchen Erlebnissen schockiert.«

»Viele Frauen, die von Indianern gefangengenommen werden, geraten unter den Einfluß ihrer Entführer«, warf einer seiner Kollegen ein.

»Gentlemen! Offenbar vergessen Sie, daß der betreffende Mann ein McKenzie ist, ein halber Weißer, der Bruder eines einflußreichen Großgrundbesitzers. Beide haben im Lauf der Jahre ein hohes Ansehen erlangt und oft genug als Vermittler in diesem traurigen Konflikt fungiert.«

»Also sympathisieren auch Sie mit den Indianern, Thomason?« Teela glaubte die Stimme des bösartigen Evans zu erkennen.

»Meine Freunde, ich habe auf beiden Seiten Recht und Unrecht gesehen. Fänden Sie es besser, wenn die junge Miss Warren eine *anständige* Leiche wäre? Ihr Leben wurde gerettet. So einfach ist das alles. Und genau diese Geschichte wird in meiner Zeitung erscheinen.«

»Aber Warren hat eine andere Überzeugung gewonnen. Er behauptet, seine Tochter wäre der Faszination dieses Halbbluts verfallen. Nachdem James McKenzie die Soldaten bei jenem hinterhältigen Überfall getötet hatte, bat sie ihn vielleicht, sie zu schonen, und versprach ihm gewisse — eh — Freuden ...« Ein erstickter Laut beendete Evans Spekulationen. Dann erklang Jarretts Stimme.

»Darf ich Sie bitten, Sir, meinen Bruder nicht in unmittelbarer Nähe meines Hauses zu verunglimpfen. Sonst könnte ich mich bemüßigt fühlen, einen stichhaltigen Grund für Ihre verleumderischen Angriffe gegen meine Familie zu liefern.«

»Mr. McKenzie, Sie tun mir weh ...«, würgte Evans hervor.

»Verschwinden Sie lieber, bevor ich Sie umbringe!«

Teela hörte, wie sich hastige Schritte entfernten, und holte tief Atem. Warum war sie so erschöpft, obwohl sie stundenlang geschlafen hatte? Als es an der Tür klopfte, setzte sie sich auf. »Herein!«

Tara betrat das Zimmer und stellte ein Teetablett auf den Nachttisch. »Das hast du sehr gut gemacht.«

»Soeben hörte ich sie reden. Was ich sagte, spielt keine Rolle mehr. Alle halten an ihrer vorgefaßten Meinung fest.«

»Nicht alle. Ich glaube, du hast Thomason überzeugt. Und jetzt mußt du endlich was essen.«

»Vielen Dank, Tara, ich bin nicht hungrig.«

»Oh, du kleine Närrin! Willst du denn kein gesundes Kind zur Welt bringen?«

»Was?« Entgeistert starrte Teela ihre Freundin an.

»Bald wird man deinen Zustand bemerken. Und du hast noch nicht einmal diese Möglichkeit in Betracht gezogen?«

Nein, o Gott, nein ...

Warum nicht?

Weil sie so beschäftigt gewesen war. Im Fort Deliverance hatte sie Tag für Tag Patienten gepflegt — und sich vor lauter Angst um James verzehrt. Und dann ...

»Teela?«

Wie aus weiter Ferne hörte sie Taras Ruf. Schwirrende graue Nebel erfüllten den Raum, und im nächsten Augenblick sah sie nichts mehr.

In den Tagen vor der Verhandlung lag eine seltsam friedliche Atmosphäre über Osceolas Lager. James beobachtete den Häuptling mit wachsender Sorge. Manchmal wirkte Osceola gesund und kräftig. Aber er wurde immer wieder von Fieberkrämpfen geschüttelt. Wenn er sich schlecht fühlte, sprach er oft von der Vergangenheit, von seinem Leben, das ein einziger Kampf gewesen war.

»Die Weißen glauben, ich hätte sie alle töten wollen. Doch ich kämpfte nur, um meinem Volk sein Land zu erhalten. O ja, ich weiß, was die Zeitungen den Leuten erzählen. In den großen Städten wohnen Menschen, die diese Schlacht verurteilen, weil sie uns den Boden unter den Füßen entzieht und die angestammte Heimat raubt. Andere behaupten, die Weißen besäßen ein größeres Recht auf die Halbinsel als wir, die Seminolen, obwohl wir schon vor über hundert Jahren nach Florida kamen. Hier vergossen wir unser Blut. Damit tränkten wir diese

Erde. Ich kämpfte immer nur, um in unserem Land zu bleiben — um unsere Jagdgründe zu verteidigen. Im Volk deines Vaters habe ich sehr viele Freunde gefunden, Running Bear. Wenn sie sich doch nur an die Verträge halten würden!«

Ohne zu antworten, starrte James ins Lagerfeuer, und Osceola lächelte.

»Gewiß, viele sagen, ich würde die Verträge brechen und die Weißen bestehlen. Hin und wieder tat ich es. Sonst wären meine Kinder verhungert.«

»Diese neuen Verhandlungen bereiten mir Unbehagen.«

»Warum?«

James zuckte die Achseln. »Das kann ich nicht erklären. Ich fühle es — so wie wir die Schritte der Menschen in unsere Nähe spüren. Oder eine Witterung im Wind. Und ich habe Angst um dich.«

»So oder so — die Besprechung wird stattfinden.«

Dann brach der große Tag an. Osceola, Coa Hadjo und viele andere Krieger zogen ihre festlichen Kleider an. Auf einer Lichtung, nicht weit vom Fort Peyton entfernt, hob der Häuptling eine große weiße Flagge.

James' Kleidung bekundete weder sein indianisches noch weißes Erbe. Zu seinen dunklen Breeches trug er ein Baumwollhemd, ein rotes Tuch hielt das Haar aus seiner Stirn. Als er zu Osceola ging, hörte er einen Vogelruf, den er nicht erwartet hatte, und beantwortete ihn.

Jarrett trat zwischen den Büschen hervor. »Komm mit mir! Die Soldaten sind schon auf dem Weg hierher.«

Hastig folgte James seinem Bruder durchs Gestrüpp. Unter einer alten Eiche blieben sie stehen.

»Heute morgen verließ General Hernandez die Stadt, um an den Verhandlungen teilzunehmen. Jesup begleitet ihn nicht, denn er ist so nervös, daß er das Ergebnis der Besprechung im Fort Peyton abwarten will. Fast zweihundertfünfzig gutbewaffnete Männer bilden Hernandez' Eskorte. James, hier wird keine Verhandlung stattfinden. Immer wieder gewann Jesup den Eindruck, Osceola hätte ihn betrogen. Nun will er ihn unter der Flagge des Waffenstillstands gefangennehmen. Du solltest auf keinen Fall hierbleiben. Inzwischen hat Teela vor mehreren Reportern eine Erklärung abgegeben ...«

»Ist sie immer noch hier?«

»Ja, in unserem Haus. Dort wird ihr nichts zustoßen. Harrington hat sich mit ihr in der Stadt gezeigt, um allen Klatschmäulern den Wind aus den Segeln zu nehmen. Und nun muß ich dir noch etwas über Teela erzählen. Aber zuvor möchte ich ein anderes Problem erwähnen. Obwohl die meisten Soldaten deine Verdienste als Vermittler schätzen, sind viele Offiziere bestrebt, alle zu hängen, die man mit irgendwelchen Attacken gegen die Weißen in Verbindung bringen könnte.«

»Will man Osceola hängen?«

»Davon ist keine Rede. Die Indianer sollen ins Fort Marion gebracht werden, das alte Castillo de San Marcos.«

Plötzlich hörte James Hufschläge und zog seinen Bruder tiefer ins Gebüsch. »Jetzt muß ich zurückgehen, Jarrett.«

»Dann wird man dich zusammen mit den anderen festnehmen.«

»Vielleicht. Ich werde mich vor deinen weißen Freunden rechtfertigen. Aber nun muß ich zu Osceola zurückkehren. Ich glaube, er wird bald sterben. Wenn ich dich brauche, gebe ich dir Bescheid. Und wenn nicht, bahne ich mir meinen eigenen Weg durch diese Welt. Du mußt verschwinden, sonst hält man dich für einen Verräter.«

»Warte! Ich habe dir noch etwas zu sagen ...«

In wachsender Sorge spähte James zwischen den Zweigen hindurch und beobachtete die Reiter. »Geh!« befahl er, tauchte im Gestrüpp unter und stürmte in die Richtung des Lagers. Zu spät. Verzweifelt blieb er am Rand der Lichtung stehen und beobachtete, wie Hernandez' Truppen die Indianer umzingelten, die unter ihrer weißen Flagge standen. Er konnte nichts mehr tun.

Also hatte ihn seine böse Ahnung nicht getrogen. Die Witterung im Wind ... Und Jarretts Warnung war berechtigt gewesen.

An Coa Hadjos Seite trat Osceola vor, und General Hernandez ging ihm mit seinem schwarzen Dolmetscher entgegen. Höflich begrüßte er den Häuptling und dessen Berater. »Eigentlich hatte ich viel mehr Krieger erwartet. Wo sind Alligator, Micanopy, Jumper und Cloud?«

»Leider sind sie erkrankt«, erwiderte Coa Hadjo. »Das fleckige Leiden, Masern genannt, hat schon viele unserer tapferen Männer niedergestreckt.«

In diesem Augenblick entdeckte Hernandez den Halbindianer, der am Waldrand stand, die Arme vor der Brust verschränkt.

Als sie sich zunickten, stieg das Blut in die Wangen des Generals, und seine Augen verrieten, was er dachte. Gewiß, dies war ein niederträchtiger Betrug, von Jesup geplant, und Hernandez verurteilte solche Methoden. Aber er mußte seine Order befolgen.

»Ich bin Osceolas Freund«, versicherte er. »Warum wollen Sie mit uns reden?«

»Zu unser aller Wohl«, erwiderte Coa Hadjo.

»Möchten Sie kapitulieren?«

»Nein. Wir wußten nicht, daß dies von uns erwartet wird. Den ganzen Sommer hielten wir Frieden.«

»Oh, da gab es einige Zwischenfälle ...«

»... die nicht von uns verursacht wurden. Wir haben den Frieden gesucht. Leider können wir nicht alle unsere Krieger im Zaum halten — ebensowenig, wie die Generäle jene Soldaten kontrollieren, die unsere Frauen und Kinder töten.«

»Haben Sie inzwischen zurückgegeben, was gestohlen wurde?«

Nun zögerte Coa Hadjo. »Wir brachten die Neger zurück, die der weiße Mann für sein Eigentum hält.«

In Hernandez' Gesicht spiegelte sich ein innerer Konflikt wider. »Seien Sie versichert — ich bin Ihnen nicht übel gesinnt.« Der Dolmetscher übersetzte die Worte. »Doch wir wurden schon so oft hintergangen. Deshalb müssen Sie jetzt mit mir kommen. Man wird Sie alle gut behandeln. Das verspreche ich. Hier ist Blue Snake von den Yuchis, der mich begleitet hat, um mit Ihnen zu reden. Er wird Ihnen erklären, daß Sie sich ergeben müssen.«

Die Schultern gebeugt, bleich und müde, trat Blue Snake zwischen den berittenen Soldaten hervor. »General Hernandez, soviel ich weiß, pflegt man den Feind nicht gefangenzunehmen, wenn er verhandeln will.«

Überrascht wandte sich Hernandez zu Blue Snake. Mit einer knappen Geste bedeutete er seinen Soldaten, vorzurücken, und die Falle schnappte zu. Obwohl sämtliche Krieger Gewehre trugen, konnten sie keinen einzigen Schuß abgeben, ehe man sie alle töten würde.

James betrachtete Osceolas ausdrucksloses Gesicht, während Hernandez weitere Erklärungen abgab. So wie Jarrett es vorausgesagt hatte, sollten die Indianer ins Fort von St. Augustine gebracht werden. Osceola und zwei Häuptlinge stiegen auf Pferde, die anderen mußten zu Fuß gehen.

Bevor Hernandez das Zeichen zum Aufbruch gab, ritt er zu James.

»Das war Betrug, General.«

»Eine notwendige Maßnahme.«

»Soeben haben Sie einen legendären Kriegerhäuptling festgenommen, der unter einer weißen Flagge stand.«

»Und ich werde es bis zum Ende meiner Tage bereuen«, seufzte Hernandez müde. »Leider sah Jesup keine andere Möglichkeit. Er glaubt, er könnte den Krieg beenden, wenn er Osceola in seine Gewalt bringt.«

»Damit wird er nicht den Krieg beenden, sondern einen Märtyrer schaffen.«

»Gott verzeihe mir — ich hoffe einfach nur, das Blutvergießen wird für eine Weile aufhören. Was ich getan habe, kann ich nicht vor Ihnen rechtfertigen, James, aber ich gebe Ihnen eine Gelegenheit, im Wald zu verschwinden.«

Entschlossen schüttelte James den Kopf. »Danke, ich weiß Ihr Angebot zu schätzen. Trotzdem muß ich Osceola begleiten.«

»Aber ...«

»Droht mir der Galgen?«

»Nein, man wird Sie zum Renegaten stempeln.«

»Da hat man mir schon schlimmere Dinge vorgeworfen. Nochmals — vielen Dank.«

»Meine Männer werden Ihr Pferd holen ...«

»Nicht nötig, ich gehe lieber.«

An diesem Morgen hat das Militär einen brillanten Erfolg errungen, dachte James. Osceola, der berühmte *mico,* Coa Hadjo und etwa siebzig Krieger sind gefangen, dazu sechs Frauen, ein paar Neger ... Vermutlich ist schon ein Bote zum Fort Peyton geritten, um General Jesup mitzuteilen, sein betrügerischer Trick habe sich gelohnt.

Von Fanfarenklängen begleitet, erreichten sie die Stadt. Zahllose Menschen drängten sich am Straßenrand, um die Prozession der gefangenen Indianer zu beobachten. Den Blick geradeaus gerichtet, ging James an der Zuschauermenge vorbei.

»Oh, ist das nicht das Halbblut McKenzie?« hörte er eine spöttische Stimme.

»Jetzt zeigt er sein wahres Gesicht. Er ist und bleibt ein Indianer, obwohl sein Bruder ihn in weiße Rüschenhemden steckt.«

»Immerhin hat er auf dem gesellschaftlichen Parkett Aufsehen erregt.«

»Kein anständiger Mann würde seine Tochter in die

Nähe dieses Wilden lassen. Selbst wenn er so reich wie Midas ist!«

»Reich?«

»Die Hälfte der McKenzie-Ländereien gehört ihm.«

»So gut er auch aussieht, er ist nun mal eine primitive Rothaut ...«

Solche Worte hatte er oft genug gehört. Er begleitete die Gefangenen, weil sie seinem Volk angehörten, weil er tun mußte, was er tun konnte. Weder die verächtlichen Blicke, noch die Beleidigungen vermochten ihn zu verletzen. Den Kopf hoch erhoben, setzte er seinen Weg fort.

Und dann sah er *sie* am Straßenrand.

Sie trug ein blaugeblümtes Kleid. Noch nie war sie ihm so elegant erschienen. Das dunkelrote Haar war zu einem kunstvollen Knoten am Hinterkopf festgesteckt.

An ihrer Seite stand John Harrington, und ihre Hand lag auf seinen Arm.

Irgend etwas an ihr war verändert. Natürlich. James hatte sie zuletzt im Sumpf gesehen, halb nackt, mit flatterndem, offenem Haar. Jetzt war sie wieder die vornehme Dame — und er der Mischling McKenzie, dem sich keine anständige weiße Frau jemals nähern würde. Obwohl ihn das Erbe seines Indianerblutes mit Stolz erfüllte, empfand er tiefe Bitterkeit. Was sein Wesen ausmachte, würde Teela niemals verstehen.

Mitfühlend starrte sie ihn an, dann wandte sie sich ab. Er ertrug ihr Mitleid nicht, die Art, wie sie ihm den Rücken kehrte. Schämte sie sich? Wie fest sie Harringtons Arm umklammerte ...

Ja, sie war verändert — völlig verändert. Und es lag nicht nur an ihrem Mitleid, an ihrer Scham.

In diesem Stadium noch so subtil ... Aber unverkennbar.

So viele Gefühle stürmten auf ihn ein — Verzweiflung, Zorn, Angst, Eifersucht ...

Warum stand sie so dicht neben Harrington? Verdammt, dachte James, habe ich ihr nicht immer wieder geraten, den Mann zu heiraten? Habe ich sie nicht von mir gestoßen?

Doch das spielte keine Rolle mehr. Er wollte zu ihr laufen, sie packen und schütteln — und allen Leuten zeigen, was für ein wilder Indianer er war.

Offensichtlich erwartete sie ein Kind — nicht erst vor wenigen Wochen empfangen. Sie mußte es gewußt haben, die ganze Zeit, im einsamen Paradies am Flußufer. Und sie hatte kein Wort gesagt.

Wenn es mein Kind ist — warum hat sie geschwiegen, fragte er sich. *War alles, was wir teilten, Lüge — außer jener wilden Leidenschaft?*

Hör auf, befahl er sich. Doch die Zweifel und der Zorn fraßen sich in ein Herz, das schon schmerzlich genug unter dem Verrat an Osceola, an seinem Volk litt.

Wessen Kind wuchs in ihrem schönen Körper heran?

Plötzlich tauchte der alte Riley an seiner Seite auf. »Ich habe Warrens Tochter in der Menschenmenge gesehen«, erklärte er leise in der Muskogee-Sprache. »Vielleicht wird sie versuchen, mit dir zu reden ...«

»Wenn sie klug ist, hält sie sich von mir fern!« stieß James wütend hervor und eilte weiter.

Jetzt war sein Stolz, der ihm eben noch geholfen hatte, die höhnischen Blicke und Worte zu ertragen, tief verletzt.

Ausgerechnet *sie* mußte zwischen den Zuschauern stehen, am Arm eines weißen Mannes, und James McKenzie beobachten — den hilflosen Gefangenen.

23

Teela stürmte in die Halle des alten spanischen Hauses und rief nach Jarrett. Aber er kam nicht.

»Um Himmels willen, was ist denn los?« Tara rannte die Stufen herab.

»Gerade wurden mehrere gefangene Indianer ins Fort gebracht ...« Mühsam rang Teela nach Atem, schwankte ein wenig, und John Harrington, der ihr gefolgt war, hielt sie fest. »James — war auch dabei ... Wo finde ich Jarrett?«

Leichenblaß umklammerte Tara das Treppengeländer. »Er ist heute morgen weggeritten und noch nicht zurückgekehrt.«

»Im Fort kann James nichts zustoßen, Teela«, versicherte John. »Beruhige dich.«

»Aber wenn mein Stiefvater in die Stadt kommt ...« In diesem Augenblick schwang die Haustür auf, und Teela drehte sich um. »O Jarrett, dein Bruder wurde festgenommen!«

»Ja, ich weiß.«

»Du weißt es?« schrie sie entsetzt. »Dann tu doch was!«

»Leider sind mir die Hände gebunden. James hätte vor der Gefangennahme Osceolas und der anderen Krieger fliehen können. Doch er wollte sie ins Fort begleiten. Und ich mußte ihm versprechen, mich nicht einzumischen.«

»O Gott ...«

»Er schwebt nicht in Gefahr«, erklärte Jarrett.

»Und wenn mein Stiefvater zurückkommt?«

»Noch ist es nicht soweit.«

Teela konnte nicht verstehen, warum er sich weigerte, die dicken Festungsmauern einfach niederzureißen. »Vielleicht wird James von einem Wärter bewacht, der alle Indianer haßt.«

»Dann würde sein Zorn wohl eher Osceola gelten, der

schon so viele weiße Menschen in den Tod geschickt hat.«

»Verdammt, Jarrett . . .«

»Glaub mir, ich bin machtlos. Außerdem unterschätzt du meinen Bruder. Er ist klug und stark — und durchaus imstande, auf sich selber aufzupassen.«

»Jarrett . . .«

»Ich habe ihm versprochen, nicht einzugreifen.«

»Aber ich nicht!« fauchte sie, lief aus dem Haus und stieg auf den Kutschbock ihres kleinen Einspänners, der immer noch am Straßenrand stand.

»Warte, Teela!« rief John Harrington.

»Das schaffe ich allein.«

»Ich helfe dir. Immerhin gehöre ich zum Militär.«

Als er neben ihr saß, küßte sie ihn dankbar auf die Wange. »O John, du bist der beste Freund der Welt.«

»Eher der größte Narr der Welt. Eigentlich müßte ich hoffen, du würdest mich erhören, wenn deinem grandiosen Krieger was passiert.«

»Meinst du das ernst?«

»Nein. Fahren wir los.«

Erleichtert ergriff sie die Zügel. Wenige Minuten später hielten sie vor dem Castillo, und John hob sie vom Kutschbock. Ringsum herrschte reges Leben und Treiben.

Zahllose Neugierige drängten sich an den Mauern und versuchten, einen Blick auf die gefangenen Indianer zu erhaschen. Mühsam bahnte sich John einen Weg durch die Menge und führte Teela in ein Büro, wo er einem Soldaten erklärte, sie seien gekommen, um James McKenzie zu sehen — einen wohlbekannten, irrtümlich verhafteten Halbindianer.

Aber der mißgelaunte grauhaarige Schreiber blickte nur kurz von dem Formular auf, das er gerade ausfüllte. Über die eine Hälfte seines schmalen Gesichts zogen sich häßliche Narben. »Keine Besucher.«

»Was?« rief Teela.

»Ihr Halbindianer ist nicht unschuldig, Ma'am.«

»Wie können Sie es wagen ...«

»Er hat mehrere Menschen ermordet und die Tochter eines Colonels entführt.«

»Das ist eine verdammte Lüge!«

»Teela!« mahnte John.

Natürlich, junge Damen durften nicht fluchen. Wenn es ihr auch egal war, was der Soldat von ihr hielt — sie wollte ihn nicht gegen sich aufbringen, und so beschloß sie, ihre Zunge zu hüten. »Ich selbst bin die Frau, die angeblich entführt wurde. Und ich schwöre auf ein Dutzend Bibeln, James McKenzie hat nichts dergleichen getan. Außerdem war ich Zeugin des Massakers ...«

»Also konnten Sie mit ansehen, wie er die Soldaten niedergemetzelt hat?«

Da vergaß sie ihre guten Vorsätze. »Oh, Sie aufgeblasener Idiot!«

»Keine Besucher. Der Indianer Running Bear wird den überlebenden Zeugen gegenübergestellt und eine Gelegenheit erhalten, sich zu rechtfertigen. Das wäre alles.«

»Alles? Moment mal, ich setze Himmel und Hölle in Bewegung, und ich ...«

»Bitte, Teela!« fiel John ihr ins Wort, umfaßte ihren Arm und zog sie näher zu sich heran. »Das ist Clarence Higgens«, flüsterte er. »Früher gehörte er dem Kommando deines Vaters an. Als die Truppe von Osceolas Kriegern angegriffen wurde, entging er dem Tod um Haaresbreite. Wir müssen den Rückzug antreten, zumindest vorerst.«

»Sicher finde ich jemanden, der Sie eines Besseren belehren wird, Soldat«, verkündete sie kühl — keineswegs bereit, den Kampf aufzugeben.

Der narbige Lieutenant Higgens starrte sie an. »Wenn Sie es wünschen, kann ich Sie zu Ihrem Vater ins Landesinnere schicken«, forderte er sie heraus.

»Fahren Sie zur Hölle!« zischte sie, und John zerrte sie hastig aus dem Büro. Im Flur entdeckte sie den alten Riley Marshall, der von einem jungen Sergeant eskortiert wurde. »Riley! rief sie. »Gerade habe ich versucht, James zu sehen ...« Verwirrt verstummte sie, als er den Kopf schüttelte.

»Gehen Sie nicht zu ihm.«

»Aber ...«

»Miss, ich flehe Sie an, gehen Sie nicht zu ihm. Lassen Sie ihm Zeit. Er würde Ihnen seine ganze Wut ins Gesicht schleudern.«

»Was? Warum?«

»Weil er betrogen wurde.«

»Vom Militär?«

»Und von Ihnen. Bitte, besuchen Sie ihn nicht. Sonst würden sie uns alle in noch größere Schwierigkeiten bringen.«

Er eilte weiter, von seinem Bewacher begleitet, und Teela schaute ihm fassungslos nach. Um Gottes willen, wovon redete der Mann? Heiße Tränen stiegen ihr in die Augen. Also hatte James jene schrecklichen Abschiedsworte ernst gemeint — er wollte sie tatsächlich loswerden und nie wiedersehen.

»Teela?«

»Gehen wir, John.«

Schweigend steuerte sie den Wagen zu Jarretts Haus zurück. In der Halle angekommen, begann John: »Wir können doch immer noch versuchen, mit James zu sprechen ...«

»Von mir aus soll er in der Festung vermodern!« fauchte sie und lief die Treppe hinauf.

Die Haftbedingungen waren relativ angenehm, denn Captain Morrison, der Kommandant des Castillos, erlaubte den Indianern, sich innerhalb der Mauern frei zu bewegen. Eigentlich gab es nur ein einziges Problem. Für die vielen Gefangenen reichten die Toiletten nicht aus, und infolge der mangelhaften hygienischen Zustände verbreitete sich bald eine ansteckende Fieberkrankheit.

Zum Glück wurden sie gut ernährt. Osceola und einige andere Krieger ließen ihre Familien nachkommen. Begierig aßen die halbverhungerten Kinder alles auf, was man ihnen vorsetzte.

James hatte seinen Bruder gebeten, sich nicht einzumischen. Obwohl er wußte, wie sehr Jarrett unter der beunruhigenden Situation litt, beschloß er, zu warten.

In der Festung drohte ihm keine Gefahr. Die Freunde, die er beim Militär gefunden hatte, versicherten ihm, Warren halte sich immer noch im Landesinneren auf, um seine speziellen Kampfmethoden anzuwenden.

Vom Festungsarzt Dr. Wheedon, der die kranken Indianer behandelte, erfuhr er, die beiden Soldaten, die Otters Attacke überlebt hatten, würden sich im Fort Brooke von ihren schweren Verletzungen erholen und dann auf Hernandez' Wunsch ins Castillo kommen, wo sie James entlasten sollten.

Als er in einem der großen Räume auf dem Boden saß, an die Wand gelehnt, kam Wildcat zu ihm und ließ sich an seiner Seite nieder. »Soeben teilte mir der weiße Captain mit, daß wir zu einer Party in St. Augustine eingeladen wurden. Wir dürfen hingehen, mit unseren Bewachern. Wahrscheinlich möchten die vornehmen Stadtbewohner zwei berühmte Rothäute begaffen.«

»Amüsier dich ohne mich auf dieser Party, mein Freund. Ich habe keine Lust, Feste zu feiern.«

»O nein, Running Bear, du mußt mich begleiten. Wenn du nicht mitkommst, wird man mich wahrscheinlich wieder ausladen.«

»Diese Leute wollen uns doch nur anstarren.«

»Dann sollen sie's doch tun. Ich bin genauso neugierig auf diese Gesellschaft wie sie auf mich. Geh doch mit mir hin und erzähl mir, was die Leute über mich sagen.«

»Wildcat ...«

»Vielleicht ist deine Frau da.« James biß die Zähne zusammen. Wenn sie die Party besuchte, könnte er mit ihr reden und die Wahrheit herausfinden.

In so vielen endlosen Nächten hatte ihn der Gedanke an Teela und ihre Schwangerschaft verfolgt. Seit wann erwartete sie das Baby? Und vom wem stammte es? Diese Ungewißheiten zerrissen ihm das Herz. Immer wieder erinnerte er sich an seine Frage an jenem Tag, ob sie schon einmal einen Mann im Wasser geliebt habe. Und an ihre Antwort, das müsse er doch wissen ...

Aber davor waren sie wochenlang getrennt gewesen, und er hatte sie nur durch die Fenster des Forts Deliverance gesehen. Sie war offiziell mit Harrington verlobt. An seiner Seite hat sie die verhafteten Indianer beobachtet, dachte James verbittert, und in all den Tagen meiner Gefangenschaft kein einziges Mal versucht, mit mir zu sprechen ...

Hatte sie beschlossen, John zu heiraten? Aus einem ganz bestimmten Grund? Was verband die beiden? Mehr als die vorgetäuschte Verlobung? Oder gab es einen anderen Mann in Teelas Leben? Vielleicht Dr. Brandeis, den sie so bewunderte?

Jedenfalls hatte sie ihm, James McKenzie, den Rücken gekehrt, dem Seminolen, dem Häftling, dem Ausgestoßenen.

Zum Teufel mit ihr! Er mußte sie sehen und mit ihr reden, die gräßliche Qual beenden. Noch länger konnte er nicht in dieser Festung sitzen und die Wände anstarren. »Also gut, Wildcat, ich gehe mit dir auf diese Party.«

Sein Freund lächelte erleichtert. »Sicher gibt's was Gutes zu essen. Ich werde alles kosten und daran denken, wenn ich wieder kämpfe.«

Würde er jemals wieder die Gelegenheit erhalten, zu kämpfen? Diese Frage sprach James nicht aus, aber Wildcat merkte ihm an, was er dachte.

»Ich bin Philips Sohn, ein *mico* der Mikasukis. Meine Mutter ist die Schwester Micanopys, eines Alachua-*mico*. Aus diesen Gründen betrachte ich mich als geborenen Anführer. Manchmal hat Osceola mich verspottet. Er glaubt, er wäre der beste aller Häuptlinge, und er hat uns tatsächlich zu glorreichen Siegen geführt. Mir traut er nur zu, kleine Plündertruppen zu kommandieren, während er selbst gegen die berühmtesten Generäle kämpft. Nun, meine Zeit wird noch kommen, schon bald. Allzulange bleibe ich nicht mehr in diesen Mauern. Und du wirst mit mir fliehen.«

»Ich bin hierhergekommen, um Osceola beizustehen.«

»Schön und gut, aber man weiß nie, wann man flüchten *muß*.«

Ehe James antworten konnte, sprang Wildcat auf und eilte davon.

Später gesellte sich Dr. Wheedon zu James und lud ihn zu einem Spaziergang ein. Der Doktor, ein mittelgroßer, älterer Mann, war mit einer attraktiven Frau verheiratet und der Vater mehrerer kleinerer Kinder. Bevor die Masern ausgebrochen waren, hatte ihn seine Familie öfter im Fort besucht. »Osceola ist sehr krank, Mr. McKenzie.«

»Das weiß ich.«

»Es fällt mir schwer, ihn zu behandeln, weil er sich an die Regeln seiner Medizinmänner hält.«

»So ist er nun einmal.«

»Ein interessanter, faszinierender Mann, humorvoll und warmherzig — natürlich völlig unzivilisiert ... Gewiß wäre es vergebliche Liebesmüh, ihm ein bißchen Bildung beizubringen. Aber ich finde ihn ungemein sympathisch.«

Abrupt blieb James stehen. »Wie seltsam, Sir! Ich habe eine umfassende Ausbildung genossen und nie den Eindruck gewonnen, das wäre eine Zeitverschwendung gewesen.«

»Weil Sie ein halber Weißer sind und unter zivilisierten Menschen gelebt haben. Also besteht ein gewaltiger Unterschied zwischen Ihnen und Osceola.«

»Wirklich?« James hob die Brauen. »Auch in Osceolas Adern fließt das Blut eines weißen Mannes.«

»Trotzdem kann man ihn nicht mit Ihnen vergleichen«, erwiderte der Arzt entschieden. »Aber falls Sie irgendeinen Einfluß auf ihn ausüben, machen Sie ihm bitte klar, daß ich ihn untersuchen und behandeln muß.«

Da James seiner Stimme nicht traute, nickte er nur. Eigentlich hätte er das Interesse des guten Doktors an den ›Wilden‹ anerkennen müssen. Statt dessen ärgerte er sich maßlos, weil Wheedon glaubte, er wäre intelligenter und lernfähiger als die Medizinmänner — nur wegen seiner Hautfarbe.

Lächelnd kam Tara in Teelas Zimmer. »Ich habe eine Überraschung für dich.«

Teela, die vor dem Kaminfeuer saß, wandte sich neugierig zu ihrer Freundin. Die McKenzies bemühten sich rührend, ihr über diese schwierige Zeit hinwegzuhelfen — die Ungewißheit, was James' Schicksal betraf. Auch Jarretts Nerven wurden auf eine harte Probe gestellt, denn er mußte sein Versprechen halten, nicht einzugreifen. Sein Bruder hatte ihm nur einen kurzen Brief geschrieben und erklärt, es gehe ihm gut. Dann fügte er die Bitte hinzu, seiner Tochter liebe Grüße auszurichten. Teela wurde mit keinem Wort erwähnt.

Unentwegt fragte sie sich, was Rileys seltsame Worte bedeuten mochten. Warum hatte sie James' Zorn erregt? Weil sie in St. Augustine blieb? Oder war sein Stolz verletzt, weil sie ihn auf dem Weg zum Gefängnis beobachtet hatte? Oder wußte er, daß sie ein Kind erwartete, und glaubte, sie hätte die Schwangerschaft geplant, um ihm das Leben noch schwerer zu machen? In letzter Zeit wurde ihr nicht mehr übel. Wenn sie sich unbehaglich fühlte, dann nur, weil sie dumm genug gewesen war, ihren Zustand nicht zu erkennen.

Doch das konnte ihre heiße Freude über das Wunder, das in ihrem Körper geschah, nicht trüben. Angesichts dieses Glücks spielte es gar keine Rolle, was James von seiner Vaterschaft halten mochte. Mit der ganzen Kraft ihres Herzens würde sie ihr Baby lieben und ihm eine gute Mutter sein.

Aber manchmal stellte sie sich die bange Frage, was Michael Warren tun würde, wenn er die Wahrheit erfuhr. Vielleicht sollte sie den Rat der MacKenzies befolgen und nach Hause fahren, um ihr Kind zu schützen. In Charleston könnte sie bei Jarretts Verwandten wohnen, weit genug von ihrem Elternhaus entfernt, das jetzt dem Stiefvater gehörte. Wenn sie dann im nächsten Mai großjährig wurde, konnte er sie zu nichts mehr zwingen.

Nachdem sie von ihrer Schwangerschaft erfahren hatte, war sie nahe daran gewesen, in ihre Heimat zu reisen. Doch dann hatte sie James gesehen, in schmachvoller Gefangenschaft auf dem Weg zum Castillo. Nichts konnte sie bewegen, St. Augustine zu verlassen, solange er sich in ihrer unmittelbaren Nähe aufhielt. Selbst wenn er sich weigerte, sie zu sehen, selbst wenn sie von niederträchtigen Soldaten bedroht wurde. Außerdem führte sie ein angenehmes Leben bei lieben Menschen. Auch Tara erwartete ein Baby, und Teela fand es wundervoll, dieses Erlebnis mit ihrer Freundin zu teilen.

Zu Jennifer entwickelte sie ein besonders inniges Verhältnis. Sie spielte mit James' kleiner Tochter, las ihr Märchen und andere Geschichten vor. Wenn das Kind angstvolle Fragen nach dem Vater stellte, versicherte Teela, er sei im Fort gut aufgehoben.

John Harrington blieb stets in ihrer Nähe, fürsorglich und hilfsbereit. Obwohl er immer noch im Fort Peyton stationiert war, kam er oft nach St. Augustine und verlor niemals die Geduld mit ihr.

Auch er hatte James nach der Gefangennahme nicht mehr gesehen, da er einen Tag später zu seiner Dienststelle zurückgekehrt war. Bald würde er Urlaub bekommen und Teela wieder besuchen. Wann immer sie ihn sah, weckte seine unerschütterliche Zuneigung Schuldgefühle. Er tat alles für sie, was in seiner Macht stand, erwähnte niemals ihren Zustand, und sie hoffte inständig, sie würde ihre Dankbarkeit eines Tages beweisen können.

Wäre nicht die ständige Sorge um James gewesen, hätte sie diese Zeit genossen. Da sie Tara nicht mit ihrem Kummer belasten wollte, zwang sich Teela zu einem Lächeln. »Eine Überraschung?«

»Eine Party.«

»O Tara, ich sollte nicht auf Parties gehen. Mein Zustand ist zwar noch nicht offensichtlich, aber manche Klatschbasen haben scharfe Augen. Und wenn entsprechende Gerüchte aufkommen, könnte ein Offizier ins Landesinnere reisen und Michael Warren holen.«

»Keine Bange, Jarretts Freunde werden uns rechtzeitig verständigen, wenn Warren zurückkommt.«

»Trotzdem, eine Party wäre unangenehm. Die älteren Damen lehnen mich ab.«

Angewidert rümpfte Tara die Nase. »Um die mußt du dich nicht kümmern. Du stehst unter Jarretts Schutz. Ganz egal, was er tut — seine gesellschaftliche Position in Florida bleibt unangefochten. Übrigens, James wird zu dieser Party kommen.«

»*Was?*« rief Teela.

»Ja, ich dachte mir, das würde dich interessieren«, bemerkte Tara trocken. »John hat geschrieben, er sei an diesem Abend frei und würde dich gern zur Party begleiten. Nun, willst du die Gelegenheit nicht nutzen?«

»Oh, doch!« erwiderte Teela. Immerhin hatte sie James einiges zu sagen. Sie konnte es kaum erwarten, ihm gegenüberzutreten.

Die Soiree fand bei Mrs. Virginia Teeney statt, der Witwe des Brigadier General Wilfried Teeney. Von einigen Offizieren begleitet, betraten James und Wildcat das elegante Haus. Der berühmte Halbindianer trug dunkle Breeches und ein weißes Hemd, Wildcat seine Festkleidung — eine enge Lederhose, ein blaues Kattunhemd und einen Schal über einer Schulter.

Zunächst blieb Wildcat in der Nähe seines Freundes, der — im Gegensatz zu ihm selbst — fließend Englisch sprach. Doch er stand bald im Mittelpunkt der Aufmerksamkeit, und während James alte Bekannte begrüßte, wurden sie immer weiter voneinander entfernt.

Wie James belustigt feststellte, schien seine Gefangenschaft die Faszination, die er auf die Gesellschaft ausübte, nicht zu beeinträchtigen. Als das Orchester zu spielen begann, fehlte es ihm nicht an Tanzpartnerinnen. Seltsamerweise wurde er sogar von den ehrbaren Vätern schöner Töchter aufs Parkett gedrängt.

Das Essen schmeckte köstlich. Wieder an Wildcats Seite, verspeiste er delikate Pasteten und würzige Gemüsegerichte. Überschwenglich lobte Wildcat die Maiskuchen, die eine ältere Dame mitgebracht hatte, und ein junger Dolmetscher, ein uniformierter Halbindianer, übersetzte ihr die Worte.

Lächelnd bedankte sie sich für das Kompliment und errötete vor Freude. »Sagen Sie Ihrem Mann, daß er eine gute Frau gefunden hat«, fügte Wildcat hinzu, »obwohl sie so fett wie eine Kuh ist.«

Um dem Dolmetscher aus der Verlegenheit zu helfen, mischte sich James ein. Zufällig erinnerte er sich an den Namen des Ehemanns.

»Mr. Hubley, mein Freund hat mir versichert, Ihre Gemahlin sei eine ausgezeichnete Köchin. Nachdem Sie eine solche Frau gefunden haben, müssen Sie sich glücklich schätzen.«

»Oh, ich bin ja so froh, daß es diesem armen Wilden

schmeckt!« beteuerte Mrs. Hubley strahlend. »Er muß doch halb verhungert sein.«

Galant küßte James ihre Hand, nickte Mr. Hubley zu und führte Wildcat rasch beiseite. »Du kannst diesen Männern nicht sagen, ihre Frauen seien fett.«

»Aber das war doch keine Beleidigung!« verteidigte sich Wildcat. »Ich habe nur erklärt, sie sei eine gute Köchin, und deshalb würde es keine Rolle spielen, daß sie so fett ist.«

Nun trat ihnen der Festungskommandant Morrison in den Weg, flankiert von einem jungen Adjutanten und dessen vollbusiger Frau. »Ah, Mr. McKenzie, Mr. — Wildcat! Darf ich Sie mit Lieutenant Anderson und seiner Gattin bekannt machen?«

»Freut mich«, murmelte James und schüttelte dem jungen Paar die Hände. Wie erwartet, wurde er auf dieser Party unentwegt angestarrt, und die rundliche Mrs. Anderson bildete da keine Ausnahme.

»Oh, das Vergnügen ist ganz auf meiner Seite!« flötete sie. »Wie menschlich diese Wilden aussehen, nicht wahr, Liebling? Obwohl sie doch im Wald hausen ...«

»Was hat sie gesagt?« fragte Wildcat.

Der Dolmetscher stand hinter ihnen. Trotz seiner Army-Uniform nahm er Anstoß an dem albernen Geschwätz der weißen Frau und übersetzte es wortwörtlich.

»Wie nett ...« Wildcat grinste sie an, und sein durchdringender Blick trieb ihr das Blut in die Wangen. »Erklären Sie doch Mr. Anderson ...«, fuhr er in der Muskogee-Sprache fort, dann wechselte er plötzlich zu seinem gebrochenen Englisch über. »Jetzt sieht Ihre Frau noch recht hübsch aus, Sir. Aber sobald sie ein paar Babies bekommen hat, wird sie schrecklich in die Breite gehen.«

»Bitte entschuldigen Sie uns!« Energisch zerrte James seinen Freund beiseite. »Verdammt, ich wollte nicht auf diese Party gehen, und du hast mich dazu überredet.«

»Schon gut, ich werde dich nicht mehr in Verlegenheit

bringen«, versprach Wildcat würdevoll. »Obwohl ich immer nur die Wahrheit sage.«

Aber James hörte nicht mehr zu. Soeben hatte er Teela entdeckt, die an John Harringtons Seite zwischen den Gästen hindurchschlenderte. Ihr Haar war zu einem eleganten Knoten hochgesteckt, nur ein paar seidige Locken hingen auf die Schultern herab. Das Samtkleid schimmerte im gleichen Smaragdgrün wie ihre Augen und betonte die elfenbeinweißen Schultern. Nach der Empire-Mode geschnitten, mit hoher Taille, verbarg es geschickt die Schwangerschaft.

»Glaub mir, Running Bear ..., begann Wildcat, dann unterbrach er sich. »Ah, da ist ja Warrens Tochter!«

»Ja«, bestätigte James und ging über das Parkett.

Wildcat folgte ihm und hielt ihn zurück. »Wollen wir uns wie zivilisierte Wilde benehmen?«

»Natürlich.«

»Dann mach mich mit ihr bekannt.«

Da James keine Wahl hatte, mußte er Wildcat gestatten, ihn zu begleiten. Lächelnd eilte John seinem Freund entgegen und umarmte ihn. »James, mein guter Junge, wie schön, dich wiederzusehen! Offenbar geht's dir gut. Was ist eigentlich los? Ich versuchte dich im Castillo zu besuchen, aber ein griesgrämiger alter Lieutenant verwehrte mir den Zutritt. Und Jarrett teilte mir mit, du würdest dich selber um deine Angelegenheiten kümmern. Aber sei versichert, wenn ich irgend etwas für dich tun kann ...

»Das tust du doch bereits.« Schon im nächsten Augenblick bereute James den Klang seiner eisigen Stimme, denn Harrington freute sich aufrichtig über die unverhoffte Begegnung. »Du kümmerst dich um Warrens Tochter.«

»Ja, wir gehen öfter aus. Vorerst läßt uns der Colonel in Ruhe. Aber für dich hat er einiges vorgesehen. Zum Beispiel den Galgenstrick.«

»Tatsächlich?«

»Wildcat!« Erst jetzt erblickte John den Krieger, der hinter James stand und fuhr etwas stockend in der Muskogee-Sprache fort: »Wie elegant Sie aussehen! Amüsieren Sie sich gut?«

»So gut, wie sich ein Gefangener amüsieren kann«, entgegnete Wildcat.

»Also, ich finde das großartig!« verkündete John grinsend. »Wir treffen uns weder an der Front noch bei langwierigen Verhandlungen — sondern auf einer Party! Wirklich, ich muß sagen ...« Abrupt verstummte er, als er James' Blick sah, der Teela zu durchbohren schien. »Eh — würdest du gern mit meiner Verlobten tanzen?«

Mit seiner Verlobten: Warrens Wahl für seine Stieftochter. Teela. War es Hohn, ein alberner Scherz oder die Wahrheit?

Mühsam bezwang James seinen Zorn. »O ja, das wäre wundervoll.« Er ging zu Teela, die sich gerade mit einem grauhaarigen Colonel unterhielt, nickte dem Mann zu und ergriff ihre Hand.

Mit funkelnden Augen starrte sie ihn an und versuchte, ihm ihre Finger zu entziehen. Aber er war stärker und riß sie in seine Arme — in das Feuer, das ihn seit der letzten Begegnung quälte, das sein Herz zu verbrennen drohte.

24

Als er sie auf die Tanzfläche zerrte, zischte sie: »Bastard!«

Die Stirn spöttisch gerunzelt, beugte er sich zu ihrem Ohr hinab. »Biest!«

»Was für abscheuliche Manieren du hast ...«, begann sie. Doch da wirbelte er sie bereits im Walzertakt übers Parkett, und der schnelle Rhythmus nahm ihr fast den

Atem. Er war ein ausgezeichneter Tänzer und zog viele Blicke auf sich, nicht zuletzt, weil Teela bei jeder Drehung den Arm abzuschütteln suchte, der ihre Taille umfing. Schließlich gab sie ihren Widerstand auf und folgte seiner Führung, vermied aber geflissentlich jeden näheren Körperkontakt. »Laß mich los!« fauchte sie. »Oder soll ich dir vor all den Leuten eine Szene machen?«

»Drohst du mir?«

»Für einen Wilden bist du erstaunlich scharfsinnig.«

»Besten Dank für das nette Kompliment! Wie kann ich mich revanchieren? Vielleicht, indem ich dir versichere, wie sehr mich unser Wiedersehen beglückt ...«

»Lügner!«

»Oh, ich lüge nicht.«

»Dann bist du ein elender Heuchler!«

»Und wofür soll ich *dich* halten? Leichten Herzens bist du in die Zivilisation zurückgekehrt, *la belle femme* in Samt und Seide, und du vergißt ...«

»Nichts vergesse ich — und einen Mann, der mich so gräßlich behandelt hat, schon gar nicht!«

»Habe ich das getan? Nun, ich will's wieder gutmachen und dir gestehen, daß ich nur deinetwegen auf diese Party gegangen bin.«

»Wie seltsam, nachdem du dich so entschieden geweigert hast, mich zu sehen ...«

»Nur weil ich unter vier Augen mit dir sprechen muß.« Er tanzte mir ihr durch eine offene Glastür, auf die hintere Veranda hinaus. Dort blieb er stehen und grub seine Finger schmerzhaft in Teelas Schultern. »Von wem ist das Kind?«

»Was?«

»Du hast mich sehr gut verstanden. Also, von wem ist das Kind?«

Mühsam rang sie nach Luft. »Oh, du Schurke!« würgte sie hervor und schlug ihn blitzschnell ins Gesicht. Dann befreite sie sich von seinem Griff und rannte hoch erhobenen Kopfes davon. Statt ins Haus zurückzukehren, eilte sie über den Rasen.

»Verdammt, Teela ...«

»Geh zum Teufel! Oder zurück ins Gefängnis! Ich will nichts mehr mit dir zu tun haben!«

»Bleib stehen!« befahl er und rannte ihr nach.

»Laß mich in Ruhe!«

Plötzlich drangen laute Stimmen aus dem Ballsaal. »Der Indianer ist entkommen!«

O Gott, Wildcat, dachte James. Offenbar hat er eine Chance zur Flucht genutzt. Doch dann erkannte er, daß die Soldaten ihn selbst verfolgten. Und Teela stürmte immer noch davon!

Nein, er durfte sie nicht gehen lassen. So vieles war ungesagt geblieben. »Teela, komm zurück!« Ehe er sie einholen konnte, wurde sein Arm gepackt. »Lassen Sie mich los!«

»Ich habe ihn!« schrie der Mann, und James' Faust traf sein Kinn.

Doch dann fielen vier andere Soldaten über ihn her. Schüsse krachten, und James wehrte sich nicht mehr. Seufzend lief Kommandant Morrison zu ihm. »Um Himmels willen, was ist bloß in Sie gefahren, Mr. McKenzie? Ich dachte, Wildcat würde uns Ärger machen. Aber dieser Vollblutindianer flirtet charmant mit den Damen, während Sie sich hier draußen mit meinen Leuten herumbalgen.«

»Das hatte ich nicht vor, Captain. Leider versuchten mich Ihre Männer zurückzuhalten, als ich etwas erledigen wollte.«

»Hören Sie, Mr. McKenzie, Sie können nicht herumlaufen, wie's Ihnen paßt. Sie sind ein Kriegsgefangener. Und so sehr ich's auch bedaure, ich muß Sie ins Fort zurückbringen.«

James fügte sich in sein Schicksal, da er keine Wahl hatte. Falls er weiterhin Widerstand leistete, würde man ihm womöglich eine Kugel in den Kopf jagen. »Also gut, Captain.«

Auf dem Rückweg zur Festung vermochte er seinen Zorn kaum zu zügeln. Teela hatte ihn geschlagen und war davongerannt. An einem Ort, wo man ihm verwehrt hatte, ihr zur folgen, wo er — der hilflose Gefangene — von einer Übermacht bezwungen worden war ... Wenn er das nächste Mal eine Antwort von ihr verlangte, würde er es so einrichten, daß niemand dazwischentreten konnte.

Später kam Wildcat zu ihm, und James kannte nur einen einzigen Gedanken. »Gebt mir rechtzeitig Bescheid, wenn ihr eure Flucht plant.«

»Begleitest du uns?«

»Ja.« Er *mußte* sie wiedersehen. Zu *seinen* Bedingungen. Selbst wenn er es nicht mit seinem Gewissen vereinbaren konnte, Osceola und die anderen im Stich zu lassen.

»Was für ein Spektakel!« meinte Tara, als sie Teelas Zimmer betrat und ihre Handschuhe abstreifte. »Jarrett fand keine Gelegenheit, mit seinem Bruder zu reden. Aber wir hörten das Getuschel im Ballsaal. Falls die Gerüchte stimmen, versuchte James dich zu attackieren, und du liefst davon. Mindestens acht Soldaten mußten ihre ganzen Kräfte aufbieten, um ihn zu bändigen. Darf ich diesem Tumult entnehmen, daß ihr gestritten habt?«

»Er ist ein elender Bastard! O Gott, wurde jemand verletzt?«

»Nun, einer der Jungs wird morgen mit blauen Flecken am Kinn aufwachen. James kann ziemlich brutal zuschlagen.«

Unbehaglich kaute Teela an ihrer Unterlippe. Obwohl sie den Zwischenfall bedauerte, fühlte sie sich jedoch im Recht. »Er — er hat mich gefragt, wer der Vater des Babys ist.«

»Dann hat er nichts Besseres verdient.«

»Tara ...«

»Ja?«

»Was geschah, nachdem ich nach Hause gefahren war?«

»James wurde ins Castillo zurückgebracht. Laß ihn eine Weile schmoren. Vielleicht gibt ihm die peinliche Szene zu denken, und er wird sich in Zukunft etwas vernünftiger benehmen.«

»Hoffen wir's ...«

Tara verließ das Zimmer und lehnte sich an die geschlossene Tür. Teela und James waren viel zu eigensinnig und zu stolz. Irgendwie mußte dieses Problem gelöst werden. Doch dafür brauchten sie Zeit, die sie vermutlich nicht finden würden.

»Hast du dir den Fluchtweg eingeprägt?« wisperte Wildcat, obwohl keiner der Wächter auch nur ein Wort Muskogee verstand.

James nickte. Während sie durch den Festungshof wanderten, schaute er nach Südwesten.

In dieser Richtung galten die Mauern als unüberwindlich. Deshalb wurden dort keine Soldaten postiert. In einer dunklen Nacht konnten geübte Kletterer ungehindert den Schutzwall erreichen. Etwa viereinhalb Meter über dem Boden klaffte eine kleine Öffnung, anderthalb Meter hoch und nur vierzig Zentimeter breit, in die fast zwei Meter dicke Mauer eingelassen und von zwei Eisenstäben versperrt. Aber James, Wildcat und ein Krieger namens Coweta hatten entschieden, sie könnten die eine Stange aus der Verankerung lösen, an der zweiten ein Kletterseil befestigen, sich durch das Loch zwängen und auf der anderen Seite in den Burggraben hinablassen. Von dort würden sie entweder zum Meer fliehen oder ins Landesinnere verschwinden.

»Wir wechseln uns ab und schaben am Kalkstein rings um die Stange«, erklärte James.

»Und wie kommen wir da hinauf?« fragte Wildcat.

»Oh, da gibt's Mittel und Wege«, meinte Coweta, ein kräftig gebauter Indianer mit Negerblut.

Vier Tage später stand James auf einer Pyramide aus Seminolen und entfernte die letzten Gesteinsbrocken von der Eisenstange, die sie erst aus ihrer Verankerung lösen wollten, wenn sie fliehen würden. Sonst hätten aufmerksame Beobachter Verdacht geschöpft. Plötzlich flüsterte Wildcat: »Running Bear!«

»Was gibt's?«

»Wir müssen reden. Schnell!«

Vorsichtig rüttelte James an der Stange, die sich mühelos bewegen ließ. Nun war das Werk vollbracht, und er kletterte an der menschlichen Pyramide hinab. Ein Krieger nach dem anderen sprang herunter.

»So, wir sind soweit, Wildcat«, verkündete James.

»Und keinen Augenblick zu früh!«

»Was ist geschehen?«

»Komm mit mir!«

James folgte Wildcat durch einen Torbogen in eine Zelle, wo Osceola im Kreis seiner Familie saß. »Ihr wißt doch sicher, daß der alte Riley hier gewisse Vergünstigungen genießt?« begann der Häuptling und bedeutete ihnen, Platz zu nehmen.

»Ja«, bestätigte James und runzelte die Stirn. »Warum?«

»Er teilt den weißen Soldaten unsere Wünsche mit und stellt ihnen in unserem Namen Fragen. Um sich erkenntlich zu zeigen, erweist er ihnen hin und wieder einen Dienst.«

»Manchmal bringen sie die entlaufenen Sklaven zu ihren einstigen Herren zurück.«

Ungeduldig winkte Osceola ab. »Das müssen wir in diesem Fall nicht befürchten. Jedenfalls ist Riley oft mit den Soldaten zusammen und hört sie reden. Und neulich belauschte er jemanden, der die Papiere bearbeitet und früher unter Warrens Kommando stand. Dieser Soldat schickte eine Nachricht an den Colonel und teilte ihm mit, du würdest hier im Gefängnis sitzen. Wo Warren sich aufhält, wußte der Mann nicht genau — ebensowenig, wann der Brief sein Ziel erreichen wird. Aber ein tüchtiger Reiter auf einem guten Pferd legt an einem Tag mindestens fünfzig Meilen zurück, oder?«

»Ja, das stimmt«, sagte James nachdenklich.

»Du zögerst immer noch, zu fliehen, weil du dich um mich und die anderen sorgst. Aber nun mußt du gehen. Schon seit vielen Tagen fliegt dein Herz über diese Mauern hinweg, obwohl dein Gewissen dir befiehlt, bei uns auszuharren. Beende diesen inneren Kampf und verlaß die Festung! Meinetwegen brauchst du nicht zu bangen. Ich ergebe mich in mein Schicksal. Was geschehen wird, wird geschehen. Aber du mußt verschwinden.«

»Osceola, Warren kann nicht einfach hier hereinstürmen und mich niederschießen . . .«

»Das hätte er gar nicht nötig. Nachts können bestochene Wärter zu dir schleichen — oder dein Essen vergiften. Wer weiß? Womöglich erhängst du dich in deiner Zelle. Ein tragischer Selbstmord . . . Natürlich wird man Verdacht schöpfen, aber keine Beweise finden. James, du mußt gehen!«

Widerstrebend nickte James. »Du sagst es, großer *mico.*«

Osceola lächelte und zog seine Decke enger um die Schultern. »Früher war ich ein außergewöhnlicher Krieger, was?«

»Das bist du immer noch.«

Sichtlich zufrieden, nahm der Häuptling das Kompliment zur Kenntnis.

In dieser Nacht stand James mit Wildcat unterhalb der Öffnung. »Schaffen wir's, durch dieses winzige Loch zu kriechen?«

»Mir wird's leichtfallen, dir etwas schwerer. Aber du

bist fest entschlossen. Wir reiben unsere Körper mit Fett ein und winden uns hindurch, bis wir frei sind. Oft genug haben wir gehungert, weil wir nichts zu essen fanden. Und in letzter Zeit rührten wir unsere Speisen kaum an, um abzunehmen. Willst du die Flucht wirklich wagen? Du könntest dich an deinen weißen Bruder wenden. Sicher würde er dir helfen.«

»Nein, ich habe ihn gebeten, sich nicht einzumischen. Sonst würde er vermutlich seine Familie in Gefahr bringen. Deshalb ist es besser, wenn ich mit euch komme.« James kniete neben Osceola nieder, der an der Mauer saß. »Vielleicht kann ich draußen mehr für euch tun als hier drin.«

Manche Krieger hatten versucht, den Häuptling zur Flucht zu überreden und gerechte Rache an den betrügerischen Weißen zu üben. Doch Osceola fühlte sich zu schwach dafür, wenn er den Soldaten auch nicht zeigte, wie schlecht es ihm ging. Außerdem hatte er seine Entscheidung bereits getroffen und sich mit seinem Schicksal abgefunden.

Nun ergriff er James' Hand. »Ich bin stolz auf dich, denn du wirst weiterkämpfen. Morgen erkläre ich den weißen Männern, ich hätte mit dir fliehen können, aber beschlossen, in der Festung auszuharren.« Er senkte die Stimme. »Wie du weißt, kann ich euch nicht begleiten, James. Ich würde euch nur behindern und ins Verderben stürzen. In dieser Nacht will ich für uns alle zum Großen Vater beten.«

»Allzuweit werde ich mich nicht von dir entfernen. Sobald man mich von der Schuld an jenem Massaker freispricht, das Otter begangen hat, helfe ich euch . . .«

»Wenn du das Feuer in deinem Herzen gelöscht hast, mein guter Freund?«

»Ja, großer *mico.* Wenn ich die Flammen gelöscht habe, die meine Seele verzehren.« James stand auf, müde und doch dankbar für die Körperkräfte, die er immer noch besaß, während die Krankheit so viele Indianer hinweggerafft hatte. Erst vor vier Nächten war Yuchi Billy gestorben und von Medizinmännern begraben worden.

Eine schwarze Wolke schob sich vor den Mond. Jetzt war es an der Zeit, die Freiheit zu erringen. Achtzehn Gefangene hatten sich zur Flucht entschlossen, sechzehn Männer und zwei Frauen. In tiefem Schweigen trafen sie ihre Vorbereitungen. Die gelockerte Eisenstange wurde entfernt, ein Seil um die zweite geschlungen und festgebunden.

Den kleinen, schlanken Frauen bereitete es keine Mühe, durch die schmale Öffnung zu kriechen. Aber James fürchtete, seine breiten Schultern würden das Wagnis beträchtlich erschweren. Er zwang sich, an Teela zu denken, seinen heftigen Zorn, den sie auf der Party erregt hatte.

Energisch biß er die Zähne zusammen und zwängte seinen eingefetteten Körper durch das Loch. Die anderen erwarteten ihn bereits auf einem Mauervorsprung. Wie Geister standen sie im Nachtwind. Endlich frei. Einer nach dem anderen ließ sich am gestohlenen Seil zum Burggraben hinab.

»Jetzt muß ich meinen eigenen Weg gehen«, erklärte James seinem Freund Wildcat.

»Den Weg des weißen Mannes?«

James schüttelte den Kopf, obwohl er wußte, daß er sich nicht am Krieg gegen die Weißen beteiligen würde — gleichgültig, welche Anschuldigungen Warren gegen ihn erheben mochte. Niemals hatte er bereitwillig gekämpft, immer nur für das Überleben seines Volkes. »Ich habe stets versucht, Frieden mit den Völkern meines Vaters und meiner Mutter zu halten. Diesen Frieden will ich wiederfinden.«

»Solange ein Krieg tobt, findet man aber keinen Frieden.«

»Vielleicht doch, in unseren Herzen ... Aber eins verspreche ich dir, ich werde meine Seminolenbrüder nie verraten.«

Wildcat lächelte. »Keines deiner beiden Völker, was? Möge der Große Geist dich begleiten. Wenn du die Gesellschaft deiner weißen Brüder und Schwestern nicht mehr erträgst, komm zu mir. Ich werde weiterkämpfen. Mit meinem Leben, mit meinem Blut.« Er umarmte den Freund, dann führte er die anderen Flüchtlinge davon. Bald verschmolzen sie mit den nächtlichen Schatten.

Bei seinen Gesprächen mit Dr. Wheedon hatte James herausgefunden, wo Jarrett wohnte. Eine Zeitlang schwamm er durch einen schmalen Meeresarm, dann schlich er durch finstere Gassen, bis er das Haus fand.

Triefnaß stand er auf dem hölzernen Gehsteig und blickte zum ersten Stock hinauf, durch eine Balkontür. Teela saß an einem Toilettentisch. Hinter dünnen weißen Vorhängen sah er ihre Gestalt nur undeutlich im flackernden Kerzenschein.

Nun blies sie die Flamme aus, und er lächelte. Bis auf einen Lendenschurz war er nackt, ein Lederband hielt sein langes Haar im Nacken zusammen. Das Meereswasser hatte das Fett von seinem Körper gewaschen.

Behende kletterte er an einem Spalier herauf, schwang sich auf den Balkon, glitt zwischen den dünnen Vorhängen hindurch und betrat den dunklen Raum. Er sprang zum Bett, kniete neben der Frau nieder und preßte ihr eine Hand auf den Mund. Vergeblich suchte sie sich zu befreien. »Nun, meine Süße, von wem ist das Kind?«

Zu seiner Verblüffung bewegte sich ein großer, dunkler Schatten auf der anderen Seite des Betts. »Von mir!«

25

James sprang auf, bereit zum Kampf oder zur Flucht. Aber niemand griff ihn an. Und dann erkannte er die Stimme, die aus der Finsternis drang.

»Von mir, verdammt noch mal! Was zum Teufel machst du um diese Zeit in unserem Schlafzimmer?« Ein Streichholz flammte auf, eine Kerze wurde entzündet. Verwirrt starrte James seinen Bruder und seine Schwägerin an, die im Bett saßen und ihn erwartungsvoll musterten.

»Tut mir leid, Tara«, entschuldigte er sich, »ich dachte . . .«

»Was du dachtest, weiß ich«, unterbrach sie ihn. »Leider bist du im falschen Zimmer. Versuch's mal am Ende des Flurs. Die letzte Tür links.«

»Du hättest an die Haustür klopfen können.« Kritisch inspizierte Jarrett die äußere Erscheinung des Eindringlings.

»Allzulange kann ich nicht bleiben«, erklärte James.

»Nun, vielleicht solltest du lange genug bleiben, um mit uns zu reden.«

»Nicht mit uns«, protestierte Tara.

»Natürlich, du hast recht«, stimmte Jarrett zu. »Geh zu Teela, James. Aber vorher will ich wissen, was eigentlich los ist. Eine Massenflucht?«

»Ja.«

»Unter deinem Kommando?«

»Nicht direkt.« James drehte sich zögernd um. »Ich schloß mich den anderen nur an, weil ich keine Wahl hatte — falls ich jemals lebend aus dem Castillo herauskommen wollte. Michael Warren wurde über meine Gefangenschaft im Castillo informiert.«

»Dann mußt du aber die Stadt möglichst schnell verlassen.«

»Morgen früh breche ich auf, bevor unsere Flucht entdeckt wird.«

»Also hat Jesup seinen großartigen Fang verloren — den legendären Häuptling?«

»Nein, Osceola wird sterben. Vielleicht bleibt ihm noch ein bißchen Zeit, ein paar Wochen oder Monate. Jesup glaubt, nachdem er den *mico* verhaftet hat, wird er den Krieg gewinnen. Da irrt er sich.«

»Ja, ich weiß«, seufzte Jarrett.

Lautlos öffnete James die Tür und schloß sie hinter sich.

»Sollen wir's wirklich erlauben?« fragte Jarrett seine Frau. »Womöglich kriegt das arme Mädchen einen Herzanfall.«

»So ein Schwächling ist sie nicht, aber vielleicht versucht sie ihn umzubringen«, entgegnete Tara seelenruhig. »Verdient hätte er's. Wie auch immer, die beiden müssen ihre Probleme selber lösen.«

»Jetzt, wo James aus einem Militärgefängnis entwichen ist, sind die Probleme größer denn je.«

»Sie hatten kein Recht, ihn festzuhalten. Seine Flucht war unumgänglich. Wenn er im Castillo bliebe, würde Warren ihn zweifellos ermorden lassen. Nur eins verstehe ich nicht. Warum will er verschwinden? Wir könnten ihn doch verstecken.«

»Unsinn, bei uns würde man zuerst nach ihm suchen.«

»Aber ...«

»Tara!«

»Hör mir doch zu ...«

»Tara!«

»Jarrett ...«

Wie er aus langer Erfahrung wußte, gab es nur eine einzige Möglichkeit, seine Frau zum Schweigen zu bringen. Und so küßte er sie.

Wieder ein schrecklicher Traum ... Auf schmalen Wegen rannte sie durch den Wald, von Insekten umschwirrt, und sie trug eine schwere Last. Sie wurde verfolgt, die beängstigenden Schritte kamen immer näher. Plötzlich hörte sie ein Zischen und schrie beinahe auf, als eine Schlange von einem tiefhängenden Zweig herabschnellte.

Sie betrachtete die Bürde in ihren Armen — ein Baby — dunkelhaarig, winzig, neugeboren, so hilflos. Nun glaubte sie, den Atem des Verfolgers im Nacken zu spüren. Entsetzt drehte sie sich um.

Aber zwischen den Bäumen sah sie niemanden. Wer jagte sie durch die Wildnis? Ein Soldat oder ein Seminole? Nur eins wußte sie — er wollte sie töten. Erst sie, dann ihr Kind . . .

Lautlos betrat James das Zimmer. Die Balkontür stand offen. In geisterhafter Grazie flatterten die dünnen, vom Nachtwind bewegten Leinenvorhänge. Helleres Mondlicht fiel herein als ins Zimmer seines Bruders, und er sah sie im Bett liegen, die dunkelroten Haare wie verschlungene Flammen auf dem weißen Kissen. Rastlos warf sie sich umher.

Sie trug ein Nachthemd aus elfenbeinfarbener Baumwolle, mit Rüschen besetzt, hochgeschlossen — geradezu absurd in seiner keuschen Wirkung, abgesehen von den deutlich vergrößerten Brüsten, über die sich der dünne Stoff spannte. James ging zum Bett und starrte sie an, genauso fasziniert wie bei jener ersten Begegnung auf Cimarron. Seither war sie ihm so vertraut geworden. Und trotzdem gewann er den Eindruck, er würde sie nicht wirklich kennen. Wieso könnte er sonst an ihr zweifeln?

Was nun, fragte er sich. Durfte er ihr Schicksal mit seinem verbinden — jetzt, wo er in größerer Gefahr schwebte denn je? Erst nach dem kurzen Gespräch mit Jarrett war ihm zu Bewußtsein gekommen, daß man ihm vorwerfen würde, er habe die Massenflucht geplant. Jetzt wäre Jesup durchaus berechtigt, seinen Kopf zu fordern.

Sollte er gehen, ohne Teela zu wecken, und ihrem unruhigen Schlaf überlassen, ohne sie zu berühren, mit ihr zu sprechen?

Während er sie betrachtete, öffnete sie plötzlich die Augen. Erschrocken richtete sie sich auf, und er erkannte, welche Erinnerung der Anblick eines fast nackten, nur mit einem Lendenschurz bekleideten, dunkelhäutigen Mannes weckte. Von einem solchen Krieger wäre sie bei jenem Gemetzel fast erstochen worden. Zweifellos würde sie schreien, wenn ihr die Stimme wieder gehorchte. Das mußte er verhindern.

Er neigte sich blitzschnell zu ihr hinab, preßte eine Hand auf ihren Mund wartete, bis sich ihre Atemzüge beruhigten. Als er sie losließ, fauchte sie: »Du Schurke, du ...«

»Von wem ist das Kind?« unterbrach er sie.

»Oh, du abscheulicher, gemeiner Bastard ...« Sie wollte ihn schlagen, aber er hielt ihre Handgelenke fest, drückte sie ins Kissen zurück und warf sich auf ihren Körper.

»Teela, wann wirst du mir endlich sagen ...«

»Von wem das Kind ist? Wenn du es noch ein einziges Mal wagst, mir diese Frage zu stellen ...«

»Was blieb mir denn anderes übrig? Du hast viel länger inmitten weißer Soldaten gelebt als bei mir. Und während ich zum Castillo geführt wurde, sah ich dich am Straßenrand stehen, neben John Harrington ...«

»...der immer nur mein bester Freund war. Und deiner auch! Wie kannst du nur an ihm zweifeln? Und woher nimmst du die Frechheit, an *mir* zu zweifeln?«

»Und was hast *du* getan? Du bist mir auf der Party davongelaufen, obwohl du genau wußtest, daß ich dir nicht folgen konnte, weil die Soldaten mich daran hindern würden.«

»Na und? Haben Sie dich erschossen? Offensichtlich nicht.«

»Aber sie hielten mich fest ...«

»Und du hast einen armen Kerl grün und blau geschlagen.«

»Dann wurde ich ins Gefängnis zurückgebracht.«

»Wo du auch hingehörst ...«

»Du kleine Hexe! Deinetwegen hätte ich sterben können.«

»Nun, du bist doch bereit, für viele andere Menschen zu sterben.«

»Aber vielleicht wäre ich gestorben — nur um deine Antwort zu hören ...«

»...auf eine Frage, die du mir nicht stellen darfst! Dazu hast du kein Recht!« Mit aller Kraft versuchte sie, ihn von sich zu stoßen. »Und jetzt verschwinde, bevor ich ...« Plötzlich verstummte sie, lag reglos da und starrte ihn an, schien ihn aber nicht zu sehen. »James!«

»Was ist denn?« flüsterte er erschrocken. »Habe ich dir weh getan? Das Baby ...«

»O James! Es bewegt sich!« Sie ergriff seine Hand und zog sie zu ihrem Bauch hinab. Zunächst spürte er gar nichts, dann ein schwaches, kaum wahrnehmbares Flattern. »Unser Kind ...« Teelas Stimme brach. »Oh, du bist wirklich ein elender Schuft! Wie konntest du nur an mir zweifeln?«

Um sie von seinem Gewicht zu befreien, richtete er sich auf. Behutsam strich er ihr das zerzauste Haar aus der Stirn. »O Gott, ich wußte doch gar nicht, was ich denken und fühlen sollte. Zuerst schickte ich dich weg, und dann war ich dir böse, weil du gegangen bist.«

In ihren Augen glänzten Tränen. »Es ist dein Kind. Ob du dich freust oder nicht — ob du mich wieder wegschickst oder bei dir behältst, *ich* freue mich. Von ganzem Herzen werde ich dieses Baby lieben. Es soll weder Bitterkeit noch Haß kennenlernen, sondern nur, was gut und wundervoll ist, in *beiden* Rassen ...«

Mit einem zärtlichen Kuß brachte er sie zum Schweigen, schmeckte ihre salzigen Tränen und ihre süßen Lippen. Dann hob er den Kopf und legte beide Hände auf ihren gewölbten Bauch. »Wie soll ich's dir nur erklären, Teela? In meinem Herzen wünschte ich mir deine Liebe. Aber mein Verstand befahl mir, dich in Sicherheit zu bringen — weit weg von allen Gefahren, weg von Warren. Als ich durch St. Augustine ging, zusammen mit den anderen Gefangenen, hörte ich die Leute reden, über die Indianer, über mich. Alles, was ich bin, erfüllt mich mit Stolz. Aber ich haßte sie wegen dieser verächtlichen Worte, wegen ihrer Vorurteile. Ich konnte nicht glauben, daß du mich wirklich willst, mich und mein Leben, nachdem du in die Welt der Weißen zurückgekehrt warst. Vielleicht hattest du nur ein kurzes Abenteuer gesucht, mit einem Wilden, in einer fremdartigen, faszinierenden Szenerie. Und was ich am allerschlimmsten fand — du hattest mir nichts von dem Baby erzählt, in all den Tagen am Flußufer.«

»Weil ich's einfach nicht wußte!« beteuerte sie. »Wirklich nicht ...«

»Ich hatte Angst«, gestand er.

»Du?« fragte sie verwundert. »Du fürchtest dich doch vor nichts und niemandem.«

»Vor meiner Sehnsucht nach dir — und der Erkenntnis, daß du niemals zu mir gehören würdest.«

»Aber ich gehöre zu dir.«

»Wie kannst du zu mir gehören? Nach allem, was ich dir antat? Du erwartest ein uneheliches Kind von mir, einen Mischling, und du bist gesellschaftlich ruiniert.« Er preßte ihre Hand an seine nackte Brust, wie er es schon einmal getan hatte. »Spürst du das Indianerblut? Es hat dich verbrannt. Aber du warst zu unvernünftig, um den Schmerz wahrzunehmen.«

»Mein Herz tut mir weh, wenn ich von dir getrennt bin, wenn ich um dein Leben bangen muß, wenn ich nicht weiß ...« Sie unterbrach sich und beide schauten zur offenen Balkontür hinüber. Auf der Straße erklangen Hufschläge. »Pferde!« wisperte sie. »Mein Gott, James, wieso bist du überhaupt hier? Bist du aus dem Fort ausgebrochen?«

»Ich hatte keine Wahl.«

»Um Himmels willen, sobald sie merken, daß du verschwunden bist, werden sie dich gnadenlos verfolgen!«

James sprang vom Bett auf und lief zur Balkontür. Wie lange war er schon hier? Am Himmel schimmerte die erste schwache Morgenröte. Uniformierte Reiter näherten sich dem Haus seines Bruders. Er mußte so schnell wie möglich verschwinden.

Während sich seine Gedanken überschlugen, flog die Tür auf, und Jarrett stürmte herein, in einem langen wehenden Schlafrock. »Großer Gott, James, du mußt fliehen — schnell!«

»Nein«, entgegnete James, »jetzt will ich nicht mehr davonlaufen. Ich begebe mich in deinen Gewahrsam. Bring mich zu Jesup oder Hernandez. Wir erklären ihnen, mein Leben wäre bedroht worden, wenn ich das Castillo nicht verlassen hätte. Nun will ich mich ein für allemal von Warrens lächerlicher Anklage reinwaschen, ich sei für das Massaker verantwortlich.«

»James, das sind nicht Morrisons Soldaten, sondern Warren und seine Mörderbande!«

Ungläubig runzelte James die Stirn. »Warren? Wie konnte er so schnell nach St. Augustine kommen, meine Flucht entdecken und hierherreiten? Unmöglich . . .«

»Du wußtest, daß man ihn über deine Gefangenschaft informiert hatte. Und ich sage dir, ich erkannte den Mann. Keine Ahnung, wieso er so schnell hier auftauchen konnte! Jedenfalls ist er da. Vielleicht traf er im Castillo ein, nachdem die Wachtposten euer Verschwinden bemerkt hatten. Was macht das schon für einen Unterschied? In diesem Augenblick reitet er zu meiner Tür!«

»O James!« flüsterte Teela entsetzt. »Du wußtest, daß er

informiert war, und kamst trotzdem hierher? Bist du wahnsinnig?«

»Ich mußte kommen.«

»Und jetzt mußt du fliehen!« Sie stieg aus dem Bett und lief zu ihm. »Schnell, er wird dich töten!«

»Und was wird er dir antun?« fragte er zögernd.

»*Mich* kann er nicht ermorden, nicht vor Zeugen.«

»Und wenn er dich aus Jarretts Haus holt?«

»Wie auch immer, James, du mußt gehen«, drängte Jarrett.

»Ich hätte gute Lust, den Kampf auszufechten — hier und jetzt. Dieser Mann soll endlich büßen für seine Grausamkeit, der so viele Menschen zum Opfer fielen ...«

»Sei doch vernünftig, James!« flehte Teela. »Du kannst nicht gegen eine ganze Truppe kämpfen.«

»Bitte, James!« stieß Jarrett hervor. »Beeil dich!«

Aber er wollte nicht gehen. Ein seltsames Unbehagen erfaßte ihn — nicht weil ihm Kugeln aus mehreren Gewehren drohten. Nein, es widerstrebte ihm, Teela zu verlassen.

Aber wenn er hierblieb, würde er eine Katastrophe heraufbeschwören. Natürlich konnte er nicht allein, mit bloßen Händen, gegen Warren und seine Männer kämpfen.

Er warf Teela einen letzten Blick zu. Dann rannte er auf den Balkon, schwang sich über das Geländer und sprang hinab. Geduckt, zwischen Büschen versteckt, beobachtete er die Reiter, die vor dem Haustor hielten. Der Mann an der Spitze hob eine Hand, und James erkannte ihn. Warren. In seinen Augen funkelte ein fanatischer Glanz — wilde, unverhohlene Mordlust.

»Umstellt das Gebäude!« befahl er. »Niemand darf ein oder aus gehen! Heute nacht wird sich dieser Renegat, dieses verdammte Halbblut, nicht hinter der weißen Haut seines Bruders verschanzen.«

James zählte die Soldaten — zehn Mann, alle mit Gewehren, Messern und Bajonetten bewaffnet. Während sie das Haus umzingelten, beobachtete der Colonel die Fenster. »O ja«, hörte James ihn murmeln, »heute wird der elende McKenzie für alles bezahlen, was er angerichtet hat. Mit seinem Blut!« Entschlossen schwang er sich aus dem Sattel und eilte die Eingangstreppe hinauf.

26

James kauerte hinter den Büschen am Gehsteigrand.

Inzwischen waren Warrens Soldaten abgestiegen, und James hätte ein Pferd stehlen können, um in der Nacht zu verschwinden. Aber zuvor wollte er herausfinden, was der Colonel plante. Er kroch zu einer Ecke des Hauses, kletterte auf eine alten Eiche und spähte durch ein Salonfenster. Unter sich hörte er ein leises Rascheln, während sich die Männer rings um das Gebäude verteilten — zwei vorn, zwei hinten, zwei zu beiden Seiten. Zwei würden Warren ins Haus folgen, die Gewehre erhoben. Plötzlich flammte Kerzenlicht auf.

James hörte, wie der Colonel Einlaß begehrte und erklärte, er müsse alle Räume durchsuchen. Dann erklang die Stimme Taras, die erbost protestierte. In ebenso energischem Ton drohte Jarrett, er würde den Gouverneur, General Jesup und sogar den Präsidenten verständigen, wenn Warren und seine Leute nicht sofort verschwänden.

»Heute nacht ist dieses Halbblut aus dem Fort geflohen, gemeinsam mit Jesups wichtigsten Gefangenen. Wenn Sie glauben, der General würde die Rolle übersehen, die Ihr Bruder dabei spielte, täuschen Sie sich gewaltig, McKenzie.«

»Dies ist ein Privathaus, Warren, das ich gemietet habe, und ich verwehre Ihnen den Zugang.«

»Treten Sie beiseite, oder ich schieße.«

»Dann werden Sie wegen Mordes verurteilt. Falls Sie lange genug am Leben bleiben. Das Halbblut, auf das Sie Jagd machen, wird Ihre Kehle durchschneiden.«

»Nun, das werden wir noch sehen. Aus dem Weg!«

»Laß ihn das Haus durchsuchen, Jarrett«, bat Tara. »Später können wir immer noch mit seinen Vorgesetzten sprechen.«

»Ich beginne mit dem Schlafzimmer meiner Tochter«, verkündete Warren und wandte sich an einen seiner Männer. »Newman, wenn er mich zurückzuhalten versucht, schießen Sie ihn nieder!«

»Schauen Sie sich ruhig um, James ist nicht hier«, bemerkte Jarrett.

James beobachtete durch Teelas offene Balkontür, wie Warren ins Zimmer stürmte. »Nun, mein Kind?« herrschte er sie an.

»Also bist du lebend aus der Wildnis zurückgekehrt, Michael.«

»In der Tat!«

»Wie bedauerlich für all die Leute, die du noch ermorden wirst ...«

Die nächsten Worte verstand James nicht, denn der Colonel senkte seine Stimme. Auch Teela sprach etwas leiser, aber was sie sagte, schien Warren zu erzürnen.

»Indianerliebchen!« schrie er. »Hure!« Wütend packte er sie an den Haaren. »Ich bringe dich um! Zumindest werde ich den Bastard töten, der in dir heranwächst!«

Töten, töten, töten ...

Sie war nicht im Wald und nicht im Sumpf. Und doch erlebte sie wieder einmal ihren Alptraum. Sie war gelaufen und gelaufen, hatte die Schritte des Verfolgers hinter sich gehört.

Jetzt wußte sie, wer ihr Baby töten wollte.

Warren.

O nein, das würde sie verhindern. Sie mußte kämpfen. Für ihr Kind. Für James' Kind ...

James spannte alle seine Muskeln an — bereit, vom Eichenast zum Spalier zu springen. Zu seiner Verblüffung begann Teela nicht zu schreien. Statt dessen biß sie die Zähne zusammen und grub ihre Fingernägel mit aller Kraft in Warrens Hand, die ihr Haar festhielt. Mit einem halb erstickten Schmerzenslaut ließ er sie los, dann schlug er sie ins Gesicht, und sie taumelte gegen eine Wand. Wieder hob er beide Fäuste und verprügelte sie unbarmherzig.

Ohne die Konsequenzen zu bedenken, schwang sich James zum Spalier hinüber. Einer der Soldaten entdeckte ihn.

»Halt!«

Doch James ließ sich nicht beirren.

»Halt, oder ich schieße!«

»Sie Schwachkopf! Er schlägt seine Tochter!«

»Mit Fug und Recht ...«

Doch James bewegte sich so schnell, daß der Soldat nicht einmal sein Gewehr heben konnte. Von einem Kinnhaken niedergestreckt, blieb er bewußtlos liegen.

James kletterte am Spalier nach oben, sprang über das Balkongeländer und stürzte sich auf Warren. Mit einer Hand packte er ihn am Kragen, die andere Faust hieb er ihm ins Gesicht und hörte, wie das Nasenbein brach.

Fluchend versuchte sich der Colonel zu wehren. Aber der Zorn verlieh James fast übermenschliche Kräfte. Immer neue Schläge trafen ihr Ziel. Schließlich schleuderte er seinen Feind zu Boden, warf sich auf ihn und hob noch einmal die geballte Hand. Da hörte er Teelas Stimme.

»Nicht, James! Wenn du ihn umbringst, wird man dich wegen Mordes verklagen. Das darfst du nicht tun.« Ihre Finger zerrten an seinem Arm. Zunächst verstand er den Sinn ihrer Worte nicht. Der ganze Raum schien sich zu drehen, in einem blutroten Wirbel. Verwirrt starrte er in ihr gerötetes, von zerzaustem Haar umrahmtes Gesicht. »Teela ...«

»Es geht mir gut.«

»Und — unser Baby?«

»Bitte, James, laß ihn am Leben! Du hast kein Massaker angezettelt und mich auch nicht entführt. Also wird man dich nicht verurteilen. Aber wenn du Warren tötest, bist du verloren. O James, das ist er nicht wert!«

Mühsam zog sie ihn auf die Beine, und er starrte den Colonel an, der hilflos am Boden lag. Dann legte er seine Hände auf Teelas Schultern und küßte ihre Stirn. »Nur dir zuliebe will ich ihn verschonen.«

»*Uns* zuliebe ...«

Plötzlich flog die Tür auf, Soldaten stürmten ins Zimmer, die Gewehre auf Teela und James gerichtet.

»Dieser Wilde hat den Colonel zusammengeschlagen!« rief ein junger Mann.

»Nicht nur das!« brüllte Warren. »Er wollte mich umbringen!«

Hastig halfen ihm seine Leute, aufzustehen.

»Wir nehmen ihn fest, Sir ...«, begann ein Offizier.

»Nicht nötig — wir hängen ihn, hier und jetzt. Draußen an der Eiche.«

Schreiend versuchte Teela, die Soldaten abzuwehren, die James umzingelten. Er schlug um sich, mit beiden Fäusten. Reihenweise brachen stöhnende Männer zusammen, erhoben sich aber immer wieder und attackierten ihn. Doch er leistete erbitterten Widerstand.

Erst als ein Schuß krachte und eine Kugel in die Zimmerdecke schlug, gab er den Kampf auf, denn Warren hielt einen Colt an den Kopf seiner Stieftochter. »Teelas Leben — oder Ihres!«

»Sir!« stieß einer der Männer hervor.

»Still! Also, McKenzie? Teelas Leben oder Ihres?«

Selbst wenn er sich ergeben würde — James traute dem

Colonel zu, Teela trotzdem zu erschießen. Langsam hob er die Hände, zum Zeichen seiner Kapitulation, und die Soldaten ergriffen ihn.

Wo ist Jarrett, fragte er sich und konnte nicht glauben, daß er sein Leben an einen so elenden Schurken wie Warren verlieren sollte. Wenigstens würde sich der Colonel für seine Lynchjustiz verantworten müssen.

Ein Soldat preßte die Mündung seines Gewehrs an James' Hals. ›Mr. McKenzie, Ihre Hände ...‹, verlangte er mit bebender Stimme.

»Warum nennen Sie ihn ›Mr. McKenzie‹?« höhnte Warren. »Das ist Running Bear, ein nichtswürdiges Halbblut. Fesseln Sie ihn! Schnell!«

Da James keine Wahl hatte, ließ er den jungen Soldaten gewähren, der ihm die Hände auf den Rücken band — mit zitternden Fingern. Was er tun mußte, widerstrebte ihm sichtlich, und er verknotete den Strick nicht allzu fest. Der Gefangene verzog keine Miene.

»Gehen wir zur Eiche hinaus!« entschied Warren.

»Nein!« Zwei Männer hatten Teelas Arme gepackt und drückten sie an die Wand. Kreischend riß sie sich los, rannte zu ihrem Stiefvater und hämmerte ihre Fäuste gegen seine Brust. »Das wirst du bitter büßen ...«

Außer sich vor Wut, schmetterte er den Lauf seines Colts an ihre Schläfe, und sie sank lautlos aufs Bett.

Als James einen Schritt in ihre Richtung machte, preßte sich eine Gewehrmündung an seinen Adamsapfel.

»Offenbar wollten Sie das Mädchen nicht sterben sehen, Rothaut.« Warren wischte das Blut von seinem Kinn. Die Nase war gebrochen, und morgen würden blaue Flecken sein ganzes Gesicht entstellen.

Nun bereute James, daß er auf Teela gehört und den Bastard verschont hatte. Aber wenn er in den Tod gehen mußte, würde er Warren mitnehmen. Teela würde frei sein, das Baby betreuen — und Jennifer. Für diese drei, die er inbrünstig liebte, gab es eine Zukunft.

»Gehen wir!« rief der Colonel.

Die Soldaten schoben James zur Tür hinaus und die Stufen hinunter. Endlich sah er Jarrett und erkannte, daß man seinem Bruder keine Gelegenheit gegeben hatte, ihm zu helfen. Er lag verkrümmt am Fuß der Treppe, und Tara kniete neben ihm, von einem Gewehr in Schach gehalten.

Bei James' Anblick rang sie nach Atem. Tränen rannen über ihre Wangen »Oh, ihr Verbrecher! Durch eure Schuld wurde mein Mann verletzt. Dafür werdet ihr bezahlen, das schwöre ich. Laßt meinen Schwager sofort frei!«

James schüttelte die Hände der Soldaten ab, rannte zu ihr und sank auf die Knie. Angstvoll beugte er sich zu Jarrett hinab und versuchte ihm ins Gesicht zu schauen. »Tara ...«

»Beruhige dich, er ist nur bewußtlos. Er wollte nach oben laufen, als er den Schuß hörte, und dieser große, tapfere Bursche ...«, spöttisch zeigte sie auf den Mann, der sie mit Waffengewalt bedrohte, »...schlug ihm den Kolben seines Gewehrs auf den Kopf. James, wohin bringen sie dich? Was haben sie vor?«

»Schon gut, bleib bei Jarrett.«

»James ...«

»Und kümmere dich um Teela.«

»Teela?«

»Diese großen, tapferen Soldaten haben sie nicht besonders freundlich behandelt.«

Unsanft wurde er auf die Beine gezerrt und zur Haustür hinausgestoßen. Einer der Männer lief zu seinem Pferd, führte es zur Eiche und nahm einen Strick aus der Satteltasche. Hastig wurde die Schlinge an einem dikken Ast befestigt, und Warren legte sie um James' Hals. Ohne seinen Haß zu verhehlen, starrte er in die Augen seines Gefangenen. »Noch ein toter Indianer! Bald müssen sie alle sterben. Und Sie wird man vergessen, wie den Staub, zu dem Sie zerfallen werden, wie einen bösen Traum.«

»Da irren Sie sich. Jedesmal, wenn Sie einen von uns töten, taucht ein anderer auf. Und wir kämpfen weiter — unentwegt. Sie können uns nicht schlagen, Warren. Letzten Endes werden Sie in der Hölle landen. Und wir tragen den Sieg davon.«

»Reden Sie keinen Unsinn! Das wird Sie nicht vor dem Tod bewahren. Beten Sie lieber, an welchen Gott Sie auch glauben! Aufs Pferd mit ihm!«

James wurde in den Sattel eines kräftigen Rotschimmels gehoben. Bis auf die beiden Soldaten, die Warrens Exekutionskommando bildeten, bestiegen alle ihre Pferde.

»Machen Sie Ihren Frieden mit dem Schöpfer, Running Bear!« rief der Colonel grinsend. »Nun will ich beobachten, wie Ihre blauen Augen aus den Höhlen quellen. Danach werden Sie nicht mehr so faszinierend aussehen.«

James spuckte ihn voller Verachtung an, verfehlte aber sein Ziel, weil der Mann, der den Rotschimmel am Zügel hielt, ihn schnell genug beiseite zog.

Jetzt hatte James nur noch eine einzige Chance. Er mußte seine Hände aus der Fessel am Rücken lösen und den Henkersstrick benutzen, um in die Freiheit zu fliehen. Zum Glück wurde keine Waffe auf ihn gerichtet. Die Gewehre steckten in den Sattelhalftern, die Messer in den Scheiden.

»Was Sie da tun, ist ungesetzlich, Warren«, erklärte er und bewegte seine Hände.

»Wir führen Krieg gegen die Seminolen. Und Sie sind ein Seminole. Sie haben die Massenflucht aus dem Castillo organisiert und mich kaltblütig zu ermorden versucht. Dafür habe ich Zeugen, und deshalb ist meine Maßnahme gerechtfertigt.«

Inzwischen hatte James seine Hände befreit. Wenn er

den Strick zu fassen bekam, bevor sich die Schlinge um seinen Hals zuzog ...

Als sie aus ihrer Ohnmacht erwachte, pochte es schmerzhaft in ihrem Kopf. Zunächst konnte sie nicht klar denken, dann kehrte die Erinnerung allmählich zurück. *Sie hatten James festgenommen!*

Entsetzt sprang sie vom Bett auf und lief zur Balkontür. O Gott, jeden Augenblick konnte er am Eichenast baumeln ... Sie stürmte die Stufen hinab, in die Halle, wo Tara ihrem Mann gerade auf die Beine half.

»Soeben haben sie eine Schlinge um seinen Hals gelegt!« schrie sie und rannte an Jarrett vorbei zu einem Schrank. Sie wußte, daß er darin eine doppelläufige Schrotflinte verwahrte. Immerhin kannte er die Gefahren dieses Landes gut genug, um stets eine Waffe bereitzuhalten.

Sobald Teela die Schrotflinte in der Hand hielt, wurde sie ihr entrissen. »Vorsicht, das verdammte Ding ist geladen!« warnte Jarrett.

»Aber sie werden ihn hängen!« schluchzte sie. Da entdeckte sie eine Halfter, die neben der Tür hing, und zerrte einen Colt heraus. John Harrington hatte ihr einmal erklärt, eine solche Waffe würde leicht fehlzünden. Doch darum kümmerte sie sich nicht. Sie lief hinter Jarrett zur Haustür.

Plötzlich erstarrte sie mitten in der Bewegung.

Schrilles Geschrei erklang. Um Himmels willen, hatten sie ihn schon ermordet? Beinahe schwanden ihr die Sinne. Aber sie riß sich zusammen und eilte vorwärts.

James hörte die Peitsche, die auf die Kruppe des Pferdes knallte — so schmerzhaft, daß sich das Tier wiehernd aufbäumte, bevor es in die Nacht galoppierte.

Und das war James' Rettung, so wie die Grausamkeit des Mannes, der den Rotschimmel mißhandelt hatte. Als das Pferd hochstieg, lockerte sich der Strick kurzfristig. Diese wenigen Sekunden genügten James, um ihn zu ergreifen und den Kopf aus der Schlinge zu ziehen.

Sobald sich das Seil straffte, schwang er seinen Körper in Warrens Richtung, der sein Pferd nicht schnell genug beiseitelenken konnte und aus dem Sattel stürzte. Schreiend riß der Colonel sein Messer aus der Scheide an seiner Hüfte und stach nach James, während sie sich am Boden wälzten.

»Sir!« rief einer der Soldaten.

Doch die beiden Gegner umklammerten einander im tödlichen Kampf, und der Mann, der sein Gewehr erhoben hatte, konnte nicht auf James zielen, ohne seinen Kommandanten zu gefährden.

Kraftvoll verdrehte James das Handgelenk seines Feindes, bis das Messer den schlaffen Fingern entglitt. Dann packte er Warrens Kopf und schmetterte ihn auf die Gehsteigbretter. Ein seltsames knirschendes Geräusch erklang, das er schon oft gehört hatte. Aber diesmal erschien es ihm fremd.

Erst als der Colonel seine Gegenwehr aufgab, wußte James Bescheid. Das Genick des Mannes war gebrochen.

Jetzt ist Teela frei. Das war sein erster Gedanke.

Doch im nächsten Augenblick erkannte er die Gefahr, in der er schwebte, und schloß gequält die Augen. Es war Notwehr gewesen, er hatte Warren töten müssen. Aber nun mußte er seine Hoffnung, jemals einen Platz zwischen den Welten der Weißen und der Indianer zu finden, endgültig begraben.

»Jesus, diesmal hatte er den Colonel umgebracht!« rief jemand.

»Schnell, Indianer, weg von ihm!« befahl ein anderer Soldat, »ehe wir Ihre rote Haut mit Kugeln durchlöchern!«

Langsam stand James auf. Nun würde man ihn wenigstens vor ein Kriegsgericht stellen und ihm eine Gelegenheit geben, Teela und seine Tochter noch einmal zu sehen.

»Knallt ihn nieder!« schrie eine schrille Stimme. »Er hat Colonel Warren ermordet!«

Entschlossen fuhr James herum, wollte fliehen und die winzige Chance nutzen, den Kugeln zu entrinnen.

Dann hielt er inne, ebenso verwirrt wie die Soldaten. Ein Schuß krachte, Kugeln pfiffen über ihre Köpfe hinweg.

Die Schrotflinte in der Hand, stand Jarrett vor seiner Haustür, an Taras Seite. »Gentlemen, ziehen Sie sich sofort zurück! Sie haben nicht das Recht, sich hier wie ein Lynchmob aufzuspielen!«

»Aber der Colonel ist tot, dieser Wilde — Ihr Bruder hat ihn umgebracht, Mr. McKenzie!« stammelte einer der Männer.

»Vorher hätte Ihr Kommandant beinahe seine Tochter ermordet. Und die geplante Exekution meines Bruders war ungesetzlich. Wenn Sie jetzt nicht sofort verschwinden, wird jeder einzelne für diese ungeheuerlichen Zwischenfälle büßen. Sie wollen James McKenzie hinrichten? Gut, einer kann ihn erschießen. Aber ehe ihn die Kugel trifft, werden in mindestens zwei Bäuchen Riesenlöcher klaffen!«

Keiner der Soldaten konnte antworten, denn in diesem Augenblick drang eine zweite Stimme aus der Richtung des Hauseingangs herüber — eine zornige Frauenstimme. »Wer immer es wagen sollte, sein Gewehr auf James zu richten, wird ihn nicht treffen. Das schwöre ich!«

Beinahe lächelte er, als er Teela an Jarretts anderer Seite stehen sah. Sie trug immer noch ihr weißes Nachthemd, und sie bedrohte die Soldaten mit dem Colt seines Bruders.

Nun meldete sich der junge Offizier zu Wort, der James mit bebenden Fingern gefesselt hatte. »Mr. McKenzie, Miss Warren! In dieser Nacht soll niemand erschossen werden. Wir wollen nicht noch mehr Unheil anrichten. Zwei Jahre lang habe ich in der Wildnis gekämpft, und ich gebe zu, Colonel Warrens Grausamkeit übertraf alles, was ich sonst in diesem Krieg erlebte. Und heute nacht — vergriff er sich sogar an seiner Tochter! Los, Jungs, wir reiten zur Festung!«

»Nehmen Sie die Leiche Ihres Kommandanten mit«, schlug Jarrett vor. »Hier ist er nicht willkommen.«

Der Tote wurde quer über den Sattel seines Pferdes gelegt, und die Truppe entfernte sich. Nur der Mann, der den Auftrag erhalten hatte, James zu exekutieren, gab sich nicht so leicht geschlagen. »Auch Sie werden ins Gefängnis wandern, Jarrett McKenzie! Warten Sie nur ab, bis General Jesup erfährt, was hier geschehen ist! Dann werden Sie sich nirgendwo verstecken können!«

»Das habe ich auch gar nicht vor«, erwiderte Jarrett.

Spontan ritt der junge Offizier zurück und wandte sich an James. »Mein Name ist Noonan, Sir. Und falls Sie einen Zeugen brauchen, verlassen Sie sich ganz auf mich.«

»Danke, Noonan.«

»Ihr Bruder und Ihre — eh — Miss Warren können das Militär nicht bis in alle Ewigkeit von Ihnen fernhalten, Sir. Am besten ergreifen Sie die Flucht.«

»Nochmals vielen Dank.«

Freundlich salutierte Noonan, schwenkte sein Pferd herum und galoppierte der Truppe nach. Bald verhallten die Hufschläge.

James drehte sich zu Jarrett um. »Danke. Und ich dachte schon, sie hätten dir wirklich den Schädel eingeschlagen. Du bist ein verdammt guter Bruder — und du hast gerade noch rechtzeitig das Bewußtsein wiedererlangt.«

»Fast zu spät.« Jarrett grinste schwach. »Übrigens, ich habe noch keinen Mann gesehen, der dem Henkersstrick entronnen wäre.«

Gleichmütig zuckte James die Achseln. »Manche Soldaten knüpfen lausige Knoten«, erklärte er und ging zu Teela. »Was für eine tapfere Kämpferin du bist. Ich glaube sogar, du könntest den Krieg beenden. Meinst du nicht auch, Jarrett?«

»Oder sie fängt einen neuen Krieg an«, scherzte Jarrett, aber er wurde sofort wieder ernst. »Würdest du diesmal auf mich hören, James? Nun mußt du *wirklich* verschwinden.«

James nickte. »Von jetzt an sind Teela und das Baby in Sicherheit.«

»Natürlich. Aber was deine derzeitige Situation betrifft, bin ich mir nicht ganz sicher, kleiner Bruder. Und ich kann nicht die ganze Army niederschießen. Würdest du bitte schleunigst das Weite suchen?«

Tara rannte zu James, schlang die Arme um seinen Hals und küßte ihn auf die Wange. »Glaub mir, er hat recht! Großer Gott, du lebst — und schwebst schon wieder in Gefahr! Geh doch endlich, bevor sie dich verhaften!«

»Ja, sofort.« Liebevoll drückte er sie an sich. »Jennifer ...«

»Nein, du darfst dich nicht von ihr verabschieden. Dazu fehlt die Zeit. Vertrau uns, wir lieben sie und passen gut auf sie auf.«

»Teela ...« Verwirrt schaute er sich um. »Wo ist sie?«

Auch Jarrett merkte erst jetzt, daß sie nicht mehr auf der Eingangstreppe stand, und runzelte die Stirn.

»Mach dir keine Sorgen, James. Wir kümmern uns um sie«, beteuerte Tara.

»James!« rief Teela und eilte die Eingangsstufen herab. Sie hatte sich umgezogen. Nun trug sie ein Tageskleid aus Gingham und Reitstiefel. Mit beiden Händen umfaßte sie den Kopf des geliebten Mannes und küßte ihn.

Nur widerstrebend schob er sie von sich. »Ich muß gehen ...«

»Ja, das weiß ich.«

»Hast du gesehen, daß dein Vater ...«

»Mein *Stiefvater* ist tot. Und du lebst.«

»Dann verstehst du doch, daß ich fliehen muß ...«
»Ich komme mit.«
»Was?«
»Ich begleite dich.«
»Hör mal, Teela, vor mir liegt ein beschwerlicher Weg, und das Baby ...«
»Alles kann ich überleben, solange ich dich nicht verliere.«
»Du begreifst nicht ...«
»Doch.«
»Aber unser Baby ...«
»James, wir beide sind sehr stark, das Baby und ich. Daran zweifle ich keine Sekunde lang. Niemals würde ich ein Leben gefährden, das ich so innig liebe.«
Über ihren Kopf hinweg schaute er Jarrett und Tara hilflos an. »Was soll ich tun?«
»Offensichtlich weiß Teela, was sie will«, entgegnete Jarrett.
»Und sie kann einiges verkraften«, ergänzte Tara.
»Vielleicht müssen wir Tag und Nacht fliehen, Teela«, erklärte James. »Wir würden in den Wäldern leben, in den Sümpfen, und du wärst womöglich jahrelang von der Zivilisation abgeschnitten. Nimmst du das alles auf dich, nur um bei mir zu bleiben?«
Fröhlich nickte sie.
»James, je länger du wartest ...«, mahnte Tara ungeduldig.
»Ja, verschwindet endlich!« drängte Jarrett. »Holt euch Pferde aus meinem Stall, aber schnell!«
Immer noch zögernd, griff James nach Teelas Hand. »Das erwarte ich nicht von dir. Jetzt bist du endlich von Warren befreit. Ich komme zurück, wenn es in meiner Macht steht, und ich werde unser Kind lieben ...«
»Dann sag's *mir.*«
»Was denn?« fragte er verblüfft. »Soeben habe ich versichert, ich würde unser Kind lieben ...«

»Das Baby meine ich nicht«, unterbrach sie ihn und hob herausfordernd ihr Kinn. »Ich rede von *mir.* Überallhin werde ich dir folgen, James McKenzie oder Running Bear. Ich schlafe im Wald oder im Sumpf, wo immer du willst, aber sag endlich, daß du mich liebst!«

Plötzlich wurde ihm ganz leicht ums Herz. Ein glückliches Lächeln umspielte seine Lippen. »O ja, Teela, ich liebe dich. Vor dieser Liebe hatte ich so schreckliche Angst. Aber ich liebe dich mehr als alles auf der Welt. Und dieses Gefühl besiegt selbst meinen Haß und meine Bitterkeit, den Schmerz — all die seelischen Qualen, die mich jahrelang verfolgt haben. Ich liebe dich, ich brauche dich, und ich weiß nicht, ob ich auch nur einen einzigen Tag ohne dich überleben würde.«

Von heißer Freude erfüllt, schloß sie die Augen. »Wenn du's verlangst, reite ich mit dir sogar in die Hölle.«

»Genau dort werdet ihr landen, wenn ihr nicht endlich verschwindet!« mischte Jarrett sich ein.

Da hob Teela wieder ihre Lider. »Er hat recht, James. Komm!«

Hastig verabschiedeten sie sich von Jarrett und Tara, dann liefen sie Hand in Hand zum Stall.

27

Bald würde der Morgen grauen. Wenn James auch fürchtete, Teela zu überanstrengen, so wußte er doch, daß sie sich noch vor Tagesanbruch möglichst weit von St. Augustine entfernen mußten.

In schnellem, aber kontrolliertem Tempo ritten sie landeinwärts, in die Richtung von Palatka. Unterwegs wollten sie Vorräte aus einigen Höhlen holen, ehe sie die Reise nach Süden fortsetzen würden.

James fand eine Hütte in einem schattigen Wäldchen,

die seit Kriegsbeginn leer stand. Nur wer die Wege durchs Sumpfgebiet kannte, konnte sie erreichen. »Hier wirst du dich tagsüber ausruhen, bevor wir weiterreiten«, erklärte er.

Hinter der alten Hütte spendete ein Bach klares Trinkwasser. Sie knieten am Wasserrand nieder, wuschen ihre Gesichter, löschten ihren Durst. »Und nun will ich ein Lager für dich herrichten, Teela. Du mußt schlafen.«

»Nicht nötig, ich fühlte mich sehr gut.«

Seufzend runzelte er die Stirn. »Du hättest nicht mitkommen dürfen, in deinem Zustand.«

»Auch die Indianerinnen kriegen Kinder.«

»Aber sie sind an die ständige Flucht gewöhnt.«

»Fühl doch, wie stark mein Herz schlägt!« Sie ergriff seine Hand und legte sie an ihre Brust.

»Glaub mir, ich bin kein Schwächling.«

Er kreuzte seine Finger mit ihren und spürte die weiche, warme Rundung ihres Busens. »Heute haben wir ein Dach über dem Kopf und frisches Wasser. Aber wir werden in eine Gegend reiten, wo Moskitos und Flöhe um die Plätze auf Menschenfleisch kämpfen. Wir müssen uns einen Weg durch Sumpf und Schlamm bahnen. An manchen Stellen reicht das Wasser bis zu den Knien. Die Pferde werden straucheln und ...«

»Vor alldem fürchte ich mich nicht, James.«

»Weil du zu unvernünftig bist, um Angst zu empfinden.«

Sie suchte nach Worten. »Wenn ich bei dir bin, lebe ich. Und dieses Leben ist mir teurer als meine Sicherheit. In deiner Nähe fürchte ich mich nicht. Und im Augenblick bin ich auch gar nicht müde. Du hast doch gesagt, du liebst mich, erinnerst du dich?«

Lächelnd nickte er. »Sogar sehr gut.«

»Hast du's ernst gemeint?«

»Natürlich.«

»Dann zeig's mir.«

»Teela — wir sind auf der Flucht, und du hast dein Schicksal einem Renegaten anvertraut, einem Mörder ...«

Energisch legte sie einen Finger an seine Lippen. »Warren hätte mich und unser Kind getötet — und dich auch, wenn du dem Henkersstrick nicht entkommen wärst. Mein ganzes Erbe hat er mir gestohlen, den Besitz meines Vaters. Zahllose Menschen sind seiner Grausamkeit zum Opfer gefallen. Reden wir nicht mehr über ihn. Ich will den Haß vergessen und die Liebe entdecken.«

»Aber — Teela, das Baby ...«

Langsam erhob sie sich, sank anmutig auf einen Felsblock und zog ihre Stiefel aus, dann die Strümpfe. Durch gesenkte Wimpern schaute sie ihn an. »Ist der starke Indianer nicht der Mann, für den ich ihn halte?«

Wie leicht sie ihn provozieren — und erregen konnte ...

Ihre Kleider bildeten ein zerknülltes Durcheinander zu ihren Füßen, der weite Rock mit dem engen Oberteil, das dünne Hemd, der Unterrock und die knielange Unterhose. Obwohl das Feuer in ihm brannte, hielt er immer noch inne und starrte sie an. Sie stand auf und trat zum Ufer des Bachs, nackt und unbefangen, so als wäre sie ein Kind der Wildnis. Trotz der seidigen hellen Haut und der zarten Glieder wirkte sie kraftvoll. Und verändert. Viel rundlicher — und erotischer denn je. Die Schwangerschaft schien sie zu stärken und ihre Schönheit zu vertiefen.

»Oh, der Indianer wird's schon schaffen«, entgegnete er gedehnt und ging zu ihr.

Lachend watete sie ins Wasser und genoß die erfrischende Kälte der Wellen. Sie schwamm davon und freute sich, weil sie James in diesem Element gewachsen war. In der Mitte des Bachs drehte sie sich um, konnte ihn nirgends entdecken und zuckte die Achseln. Gleichmütig hielt sie ihr Gesicht ins Licht der Sonnenstrahlen, die zwischen grünen Blättern hindurchdrangen. Als eine Hand an ihrem Fuß zerrte, holte sie tief Luft, tauchte unter und spürte James' warmen Körper. Sein Kuß erhitzte sie sogar im kühlen Wasser. Zärtlich strichen seine Finger über ihre Brüste und Hüften. Er drückte sie fest an sich, ließ sie aber sofort wieder los und erlaubte ihr, hinaufzugleiten und Atem zu schöpfen.

Doch er blieb unter der Oberfläche, und seine Lippen liebkosten ihren Bauch, ihre Schenkel.

Vergeblich versuchte sie, ihn heraufzuziehen. Und so tauchte sie wieder unter. Einen Arm um ihre Taille geschlungen, schwamm er mit ihr zur Oberfläche und zum grasbewachsenen Ufer.

Sobald sie das Wasser verlassen hatten, lag er auf ihr. Fordernde Küsse schürten Teelas Leidenschaft, noch gesteigert von der sanften Brise, die ihre nasse Haut streichelte und sinnliche Gefühle erzeugte. Gnadenlos weckte er heiße Qualen, bis sie einen Schrei ausstieß und glaubte, er würde ihre Lust niemals stillen.

Da richtete er sich auf und flüsterte an ihren Lippen: »Ich liebe dich, ich liebe dich, ich liebe dich ...«

Nur diese Worte — sonst nichts. Und das war alles, was sie ersehnte und erträumte.

Noch nie war er so behutsam mit ihr verschmolzen, noch nie hatte er ihr eine süßere Erfüllung geschenkt. Während die Glut allmählich erlosch, hielt er sie in den Armen und beteuerte wieder: »O Teela, ich liebe dich.« Dann drängte er sie, zu schlafen und sich auszuruhen, und sie gehorchte.

Als sie die Augen öffnete, brach die Dämmerung herein. Im Westen sank die Sonne, eine gigantische purpurrote Kugel, die phantastische Farben versprühte. Auf einen Ellbogen gestützt, beobachtete Teela das prächtige Naturschauspiel.

Nach einer Weile merkte sie, daß James an ihrer Seite erwacht war und ihrem Blick folgte. »Mein Gott, einen so atemberaubenden Sonnenuntergang habe ich noch nie gesehen.«

»Heute ist die ganze Welt schöner denn je, Teela«, erwiderte er und zog sie an sich. In der kühlen Abendluft erschien ihr die Hitze seines Körpers um so verführerischer. Seine Zunge glitt über ihre Brüste und entfachte ein Verlangen, das sie kaum ertrug. Endlich preßte er seinen Mund auf ihren. Sie streichelte sein Gesicht, die muskulösen Schultern, die schmalen Hüften.

Nur am Rand ihres Bewußtseins nahm sie den blauen Reiher wahr, der sich aus dem Wasser erhob und der sinkenden Sonne entgegenschwebte. Und sie glaubte, mit ihm zu fliegen, mitten hinein ins rotgoldene Feuer.

Er hatte sie nicht grundlos gewarnt, denn die Tage wurden immer beschwerlicher. Manchmal durchquerten sie Indianergebiete und verzichteten auf verräterische Lagerfeuer, die den Zorn der Seminolenclans erregt hätten. Schlimmer noch — hin und wieder gewann er den Eindruck, Soldaten wären in der Nähe. Dann versteckte er Teela zwischen dichten Büschen, ritt allein davon und sondierte die Lage.

Nachdem sie mehrere Wochen lang geflohen waren, kehrte er eines Nachmittags von einer Spurensuche zurück und erklärte, vermutlich würden sie einer großen Indianerschar und einem Army-Trupp folgen. »Jesup hat eine Zangenbewegung geplant. Das wissen die Seminolen. Glücklicherweise kennen die Soldaten dieses Terrain nicht.« Unterwegs hatte er einen Hasen erlegt, und er entschied, an diesem Abend könnten sie gefahrlos Feuer machen.

Obwohl Teela die Strapazen der Reise spürte — eines Tages waren ihr die Moskitos so qualvoll zu Leibe gerückt, daß sie James gebeten hatte, lieber weiterzureiten als auszuruhen —, hielt sie allen Unannehmlichkeiten tapfer stand. Immer wieder entdeckten sie verlassene Indianerdörfer und gelegentlich sogar kleine Getreidefelder, die niemand abgeerntet hatte. In den Ruinen einiger

Plantagenhäuser fanden sie Küchengeräte, Salz, Zucker und Gewürze, Decken, Munition und Medikamente.

Mittlerweile hatte Teela gelernt, aus einer wasserfesten Plane ein Nachtlager zu bereiten, das sie wärmte und die Insekten fernhielt. James nahm ihr die Angst vor giftigen Schlangen, aber manchmal durchquerten sie Gebiete, wo sogar er die tödlichen Bisse fürchtete.

Trotz aller Mühsal fühlte sie sich glücklich. Wären sie nicht ständig von der Gefahr bedroht worden, Soldaten zu begegnen, die James hängen oder erschießen könnten, hätte sie sich nichts anderes gewünscht als dieses einfache Leben. Natürlich würde sich das ändern, sobald ihr Baby zur Welt kam.

Die Bewegungen, die sie in ihrem Körper spürte, faszinierten sie. Wenn James ihren Bauch berührte, lachte und scherzte er, um seine Sorge zu verhehlen. Doch das gelang ihm nicht. Wann immer er neben ihr lag und zum Nachthimmel hinaufstarrte, wußte sie, was er dachte.

Fast täglich sprach er von Jennifer und erklärte, wie schmerzlich er sie vermissen würde, welches Unrecht er an ihr begangen habe. Teela versicherte, er dürfe sich nichts vorwerfen, seine Tochter sei bei Tara und Jarrett gut aufgehoben. Falls das Mädchen an seiner Umwelt leide, dann nur, weil es für sein zartes Alter sehr reif und empfindsam sei.

Gemeinsam malten sie sich einen Ort aus, wo sie eines Tages vereint und in Frieden wohnen würden — James, Teela, Jennifer und das Baby.

Eines Abends starrte er nachdenklich vor sich hin. »In den Adern unseres Babys wird kaum Indianerblut fließen, und doch ...«

»Ja?«

Er wandte sich zu ihr. »Oft genügt den Weißen ein einziger Tropfen Indianerblut, um einen Menschen zu verachten.«

»Aber viele wissen, daß die Hautfarbe unwichtig ist, und sie werden unsere Freunde sein.«

»Du lebst in einer Fantasiewelt.«

»Jedenfalls haben wir nur diese eine Welt, und damit müssen wir uns begnügen.«

Am nächsten Nachmittag erklärte er, nun würden sie offensichtlich parallel zu den Soldaten und mehreren Seminolengruppen reiten.

»Sollen wir nicht warten und alle vorbeilassen?« schlug Teela vor. James hatte wieder einen Hasen erlegt, den sie geschickt häutete und ausnahm. Dann briet sie ihn über dem kleinen Lagerfeuer.

»Nein, ich möchte sie überholen.«

»Wenn du meinst ...« Sie aßen, dann lagen sie beisammen und beobachteten die Sterne.

Während der Nacht begann es zu regnen. Blitze zuckten, gefolgt von ohrenbetäubenden Donnerschlägen. Vergeblich suchte James eine Höhle in der näheren Umgebung, und so baute er einen Unterschlupf aus Zweigen und Blättern.

Bald war die Erde überflutet. So kletterten sie auf einen Baum, und Teela schlief in James' Armen. Am Morgen hörte es zu regnen auf.

Niemals erwähnte sie die Insektenstiche an ihrem Hals und an den Armen, niemals beklagte sie sich. Er fürchtete, in dem Regen hätte sie sich eine Fieberkrankheit geholt. Teelas Haut fühlte sich so warm an. Seufzend lehnte er seinen Kopf an den Baumstamm. Nicht zum erstenmal bereute er, daß er sie auf seine Flucht mitgenommen hatte.

Mit strahlenden Augen erwachte sie und wisperte: »Ich liebe dich.«

»Und ich dich«, antwortete er und küßte sie lächelnd. Ja, er liebte sie über alles, aber Tag für Tag riskierte er ihr Leben.

»Weißt du was?« fragte sie leise.

»Was?«

»Heute ist Weihnachten.«

»Und du bist mitten in der Wildnis, wo niemand an Jesus Christus glaubt.«

»Aber ich feiere dieses schöne Fest so glücklich und zufrieden wie seit vielen Jahren nicht mehr.«

»Außerdem bist du krank!« rief er erschrocken, als sie nießen mußte.

»Auch in Charleston war ich manchmal krank.«

»Und ich kann dir nicht einmal was schenken.«

»Oh, ich habe alles, was ich brauche.«

Er sprang vom Ast und half ihr herunter. »Bisher sind wir zu langsam geritten. Von jetzt an müssen wir uns leider beeilen. Jarrett und ich besitzen Hütten an der Bucht, die unser Vater hinterlassen hat. Wenn wir sie erreichen ...«

»Gut, dann brechen wir auf.«

Am Nachmittag folgten sie einem Weg, der den Lake Okeechobee umrundete.

James zügelte sein Pferd und schaute sich unbehaglich um.

»Was gibt's?« fragte Teela.

»Indianer«, erwiderte er und zeigte auf Hufspuren, die sie kaum ausmachen konnte. »Unbeschlagene Pferde. Sehr viele. Und die Abdrücke von Mokassins. Offensichtlich halten sich die Seminolen in unmittelbarer Nähe auf. Ich bringe dich zu dem Wäldchen da drüben. Bleib dort, unter allen Umständen, bis ich dich hole.«

»Aber — James ...«

»Teela, ich weiß noch nicht, was das zu bedeuten hat. Bitte, sei nicht störrisch! Diesmal mußt du mir ausnahmsweise gehorchen. Versprich's mir!«

»Ja, ich schwör's. Und wohin willst du ...«

»Ich muß herausfinden, was da los ist.«

Zu seiner Erleichterung protestierte sie nicht mehr. An einem Hang oberhalb des Sees fand er eine dichtbelaubte alte Eiche mit einem hohlen Stamm, in dem Teela auf ihn warten konnte.

Er küßte sie und wollte auf sein Pferd steigen. Aber sie klammerte sich mit aller Kraft an ihn.

»Hier bin ich nicht in Gefahr«, versicherte er, nahm seine Halskette ab, an der ein silbernes Amulett hing, und streifte sie über Teelas Kopf. »Du vielleicht schon ... Ich führe dein Pferd weg, dann wird dich niemand finden. Und dieser Talisman beschützt dich. Rühr dich bloß nicht vom Fleck!«

»Mach dir keine Sorgen. James ...«

»Vergiß nicht, heute feiern wir Weihnachten. Sei vorsichtig! Dein Leben ist das allerschönste Geschenk, das du mir geben kannst.«

Liebevoll drückte er sie an sich, dann half er ihr, in den hohlen Eichenstamm zu kriechen. Er nahm ihr Pferd am Zügel, schwang sich auf seinen Hengst und galoppierte davon, ehe er sich anders besinnen konnte.

Etwa eine halbe Meile von Teelas Versteck entfernt, band er sein Pferd an einen Kiefernast, folgte den Hufspuren bis zu einer Lichtung und blieb abrupt stehen.

Während des ganzen grausigen Kriegsspektakels hatte er keine so imposante Szenerie gesehen. Noch nie hatten sich die Indianer so gründlich auf einen Kampf vorbereitet.

Im Hintergrund lag der See, im Vordergrund wuchsen hohe Laubbäume, Schlamm und Riedgras bedeckten den Boden. Ein Teil der Halme war gemäht worden, damit sie die Sicht der Gewehrschützen nicht behinderten. Als er das künftige Schlachtfeld betrachtete, bewegte sich etwas zu seiner Linken.

Blitzschnell schlich er dem Indianer nach, der nur einen Lendenschurz trug, und warf ihn zu Boden. Die Hüften des Mannes zwischen die Beine geklemmt, drehte er ihn auf den Rücken und erkannte Racoon, einen jungen Krieger aus Coacoochees Stamm.

»Running Bear!« rief der Junge verblüfft. »Du bist gekommen, um für uns zu kämpfen! Und ich hielt dich für einen der Soldaten. Die soll ich hierherlocken. Es sind sehr viele. Jetzt hat's ein neuer Kommandant auf uns abgesehen, Zachary Taylor. Wildcat sagt, er wird diesen General besiegen.«

»Und wer kämpft an Wildcats Seite?« fragte James.

»Arpeika, Sam Jones genannt. Und Alligator ist auch mit seinen Kriegern eingetroffen. Wir sind fast fünfhundert.«

»Wie viele Soldaten?«

»Über tausend. Doch das stört uns nicht. Wenn sie den Sumpf durchqueren, töten wir sie alle, und das Blut wird sich mit dem Schlamm mischen.«

James erhob sich und zog den Jungen auf die Beine. Als er nach oben schaute, sah er, daß die Sonne beinahe im Zenit stand. Plötzlich krachten Schüsse. Er drehte sich um und sah die Soldaten herankommen.

Offenbar hatten sie sich zu einem Frontalangriff entschlossen, trotz des hinderlichen Sumpfs und der hohen Riedgräser. Da die Pferde dieses Terrain nicht bewältigen konnten, näherten sich die Weißen zu Fuß. Im Laubwald verschanzt, erwiderten die Indianer das Feuer und stießen ihren gräßlichen Kriegsruf aus. »Yohoehee — Yohoehee . . .«

»Geh aus der Schußlinie, Racoon!« befahl James dem Jungen.

»Ich fürchte mich nicht . . .«

»Willst du etwa dein Leben aufs Spiel setzen? Verschwinde!«

Racoon tauchte im Riedgras unter, und James beobachtete, wie die Soldaten den Rückzug antraten, um sich neu zu formieren. Wenig später griff ein anderes Regiment an. Die Männer verteilten sich am Rand der Lichtung, schossen, luden die Waffen nach, schossen wieder . . .

Eine Zeitlang verfolgte James die Schlacht, sah blutüberströmte Soldaten zusammenbrechen und sterben. Dann rannte er zu seinem Pferd und stieg auf. Er durchschaute die Taktik der Army. Am rechten Flügel rückte ein weiteres Regiment vor. Allem Anschein nach plante man rings um den Laubwald einen Nahkampf.

Würde sich die Schlacht verlagern, bis zu dem Hang, wo er Teela zurückgelassen hatte?

Als sie die ersten Schüsse hörte, kletterte sie beinahe aus dem Eichenstamm. James hatte ihr befohlen, hier zu warten, und er wußte, wie man kämpfte, wie man am Leben blieb. Deshalb mußte sie ihm gehorchen.

Doch das Gewehrfeuer kam immer näher. Männer begannen zu schreien, in der Muskogee-Sprache. Einige Wörter hatte sie gelernt, aber nicht genug, um zu verstehen, was die Indianer einander zuriefen, atemlos und aufgeregt.

Offenbar hatten einige Kugeln ihr Ziel getroffen, denn nun erklang schmerzliches Gebrüll, gefolgt von einer tiefen Stille, und dann ...

Neue Schüsse, das haarsträubende Kreischen der Krieger, und plötzlich ein englischer Befehl, ganz in Teelas Nähe ...

»Vorsicht, Männer, wir sind von den anderen abgeschnitten. Lauft bergauf! Beeilt euch! Sucht Deckung zwischen den Bäumen! Ladet die Waffen und schießt sofort, wenn ihr mein Kommando hört!«

Zu ihrer Verblüffung erkannte sie die Stimme — und den schmutzigen, blutverschmierten jungen Mann, der ein Dutzend Soldaten den Hang heraufführte.

John Harrington.

Hastig gingen die Männer in Stellung, rammten Munition in ihre Hinterlader, rissen mit den Zähnen Pulverbeutel auf und schoben Mündungspfropfen in die Läufe.

Wieder ertönte ein haarsträubender Seminolenschrei, und Teela hielt entsetzt den Atem an, als nackte, bemalte

Indianer auftauchten. Eine Gewehrsalve knallte, drei stürzten zu Boden, noch eine Salve ...

Hinter den ersten Indianern hatten drei weitere auf eine Gelegenheit gewartet, das Feuer zu erwidern. Ein junger Soldat wurde in die Schulter getroffen und stöhnte laut, direkt unterhalb der Eiche, in der Teela sich versteckte. Von einem Streifschuß am Arm verletzt, fluchte John, ein anderer Mann stürzte lautlos zu Boden.

Plötzlich stürmten von allen Seiten Indianer herbei, ein erbitterter Nahkampf begann. Die Soldaten kämpften verzweifelt mit Bajonetten, Schwertern und Messern, benutzten sogar die Gewehrkolben als Keulen.

Immer mehr Indianer attackierten die Weißen, die sich tapfer wehrten. Auf beiden Seiten fanden viele Männer den Tod.

John stand vor der Eiche und befahl seinen Leuten: »Tretet hinter mir den Rückzug an, nach Osten zum Hauptkontingent!«

Von Indianern verfolgt, gehorchten sie. Nur zwei Seminolen blieben auf dem Schlachtfeld. Grinsend eilten sie zu John, und er hob mit seinem unverletzten Arm das Gewehr, blickte dem Tod mutig ins Auge. Dann schwankte er und brach zusammen.

Mit einem wilden Kriegsruf liefen die beiden Indianer auf ihn zu. Ohne zu überlegen, kroch Teela aus dem Baumstamm, warf sich über John und starrte die verwirrten Krieger an.

Erst jetzt wurde ihr bewußt, welches Wagnis sie eingegangen war. Sie würden nicht nur John, sondern auch sie töten und skalpieren.

»Nein!« schrie sie, sprang auf und trat vor den reglosen Major.

»Um Himmels willen, Teela!« Mühsam richtete er sich auf. »Diese Wilden werden dich ermorden! Was machst du hier? Bin ich noch nicht gestorben?«

»Nein, sei still!« Sie hob das Amulett hoch, das James

ihr gegeben hatte. Zu ihrer Verwunderung hielten die Indianer inne. Dann kam der eine zu ihr und berührte den silbernen Halbmond.

Angstvoll preßte sie die Lippen zusammen, während die beiden Seminolen miteinander sprachen. Und plötzlich bebte die Erde unter ihren Füßen.

James galoppierte auf die Lichtung und sprang vom Pferd, sein Messer in der Hand. Gebieterisch schrie er die Indianer in der Muskogee-Sprache an und bedeutete ihnen, zu verschwinden.

Obwohl seine Stimme kraftvoll und energisch klang, spürte Teela sein Zittern, als er sie hinter seinen Rücken schob.

Taumelnd stand John auf. »James, mein Freund, bring Teela weg ...«

Einer der Indianer stürzte sich auf James, der Teela in Johns Richtung stieß. Behende wich er einem Fausthieb aus, schlug seinen Gegner in den Bauch, hob ihn hoch und schleuderte ihn gegen den Eichenstamm. Der Mann fiel zu Boden, tot oder bewußtlos.

Nun stürzte sich der zweite Indianer auf James, und beide wälzten sich im Gras, die Messer gezückt. Teela hob Johns Gewehr auf und lud es mit bebenden Fingern. Doch sie konnte nicht auf den Indianer schießen, ohne James zu gefährden.

Abrupt wurde der Kampf mit einem grausigen Geheul beendet.

James hatte den Arm des Mannes gebrochen, um ihn zu zwingen, das Messer loszulassen. Wütend zerrte er ihn auf die Beine und schrie ihn an. Der verwundete Krieger blinzelte verwirrt, ehe er wortlos im Gebüsch verschwand.

Kraftlos lehnte John an der Eiche.

»Ihr beide habt mir das Leben gerettet«, flüsterte er, ehe er die Besinnung verlor und auf den reglosen Indianer fiel.

»Warum bist du aus der Eiche gestiegen, Teela?« fauchte James.

»Weil mir nichts anderes übrigblieb. Sonst hätten sie John getötet.« Er kniete neben seinem Freund nieder, und Teela erklärte: »Kurz nachdem er in den Arm getroffen worden war, brach er bewußtlos zusammen. Er hat schrecklich viel Blut verloren.«

»Schnell, ich muß einen Streifen von deinem Rocksaum abreißen ...«

»Ich habe noch ein bißchen Schwefel. Damit kannst du die Wunde reinigen. Schauen wir nach, wie schwer er verletzt ist.«

Hastig öffnete James die Uniform des Majors und zerfetzte das Hemd. Teela untersuchte den Arm und stellte fest, daß der Knochen nicht gebrochen war. Gemeinsam legten sie John eine Aderpresse an, um die Blutung zu stoppen.

»Was hast du den Indianern gesagt?« fragte Teela. »Wieso sind sie davongerannt?«

»Weil ich ihnen erklärt habe, der Haupttrupp der Soldaten würde hierherkommen.«

»Wie einfallsreich!«

»Die reine Wahrheit.«

Erschrocken stand Teela auf. »O Gott, was sollen wir tun? Wir können John nicht hier liegenlassen. Womöglich stürmen sie vorbei, ohne ihn zu bemerken. Wenn er nicht betreut wird, stirbt er!«

»Ja, er würde sterben.«

»Aber — wir müssen weiter ...«

»Nein«, entgegnete er entschieden.

»Was?« rief sie ungläubig. »Bist du verrückt? Willst du dich festnehmen lassen?«

Ja, vielleicht bin ich verrückt, dachte er. Aber sein Entschluß stand fest. »Tut mir leid, Liebling, wir bleiben hier. Wir können John nicht sterben lassen. Und es gibt noch einen Grund ...«

»Welchen?« wisperte sie.

»Ich darf dich und unser ungeborenes Kind nicht länger gefährden. Außerdem bin ich lange genug davongelaufen. Warren ist tot, und entgegen seiner Behauptung trage ich keine Schuld an jenem schrecklichen Gemetzel.«

»Und wenn man dich trotzdem verurteilt?«

»Auf dieser Welt gibt es immer noch Gerechtigkeit, unabhängig von der Hautfarbe.« Als er ihr blasses Gesicht sah, zog er sie an sich. »Ich werde eine Zukunft für uns aufbauen, Teela. Das verspreche ich dir. Glaub an mich! In deiner Zivilisation bin ich genauso stark wie in meiner Wildnis.«

Tapfer nickte sie, stellte sich auf die Zehenspitzen und küßte ihn. »O ja, ich glaube an dich.«

Im selben Augenblick hörten sie Hufschläge.

»Ruf die Soldaten hierher, Teela!« bat er leise.

»Ich glaube an dich!« wiederholte sie, bevor sie seinen Wunsch erfüllte.

Wenig später eilten die Soldaten zu ihrem immer noch bewußtlosen Kameraden.

28

Obwohl Zachary Taylor am Lake Okeechobee keinen entscheidenden Sieg errungen hatte, wurde er gefeiert und in der militärischen Hierarchie befördert.

Es war eine der größten Schlachten des langwierigen Krieges gewesen. Bisher hatten die Indianer stets blitzschnell angegriffen, um dann im Gebüsch der Wildnis zu verschwinden. Diesmal glaubten sie auf einem Schlachtfeld zu kämpfen, auf dem sie siegen könnten. Aber letzten Endes wurde ihre Flanke durchbrochen. Trotzdem erlitten sie weniger Verluste als die Weißen. Wenn die Soldaten auch viele Feinde gefangennahmen, konnte man bestenfalls von einem Unentschieden sprechen.

John erholte sich bald von seiner Verletzung und erzählte den Kameraden, James habe nicht auf der Seite der Seminolen gekämpft und ihm das Leben gerettet. Im Lazarett, in das man ihn so schnell wie möglich gebracht hatte, wurde er von Dr. Joshua Brandeis behandelt. Während James' Schicksal immer noch ungewiß war, half er Teela und dem Militärarzt, die Verwundeten zu betreuen.

Zu seiner Überraschung behandelten ihn die meisten Kommandanten und Soldaten sehr respektvoll. Hernandez und Zachary Taylor versicherten ihm, er dürfe in St. Augustine mit einer fairen Gerichtsverhandlung rechnen.

»Noch etwas, Mr. McKenzie . . .«, begann Taylor.

»Ja?«

»Es wäre günstig, wenn Sie Miss Warren noch vor dem Prozeß im Rahmen einer christlichen Zeremonie heiraten würden. Oder hätten Sie religiöse Probleme?«

»Nicht im mindesten. Schon gar nicht, wenn die Lady einverstanden ist.«

Offenbar wurde Teela nicht mitgeteilt, warum man sie aus dem Lazarett ins Kommandantenzelt führte. Denn sie runzelte besorgt die Stirn, als sie eintrat. Vor Erleichterung fiel sie in Ohnmacht, nachdem ein gestrenger Zachary Taylor gefragt hatte, ob sie bereit sei, James McKenzie zu heiraten, den — eh — Vater ihres ungeborenen Kindes.

James fing sie auf, fächelte ihr Kühlung zu und rief sie ins Bewußtsein zurück. »Willst du mich lieber hängen sehen?« scherzte er.

»Können wir wirklich heiraten?«

»Sobald du deine Einwilligung dazu gegeben hast.«

»O ja! Ja!«

Der Regimentskaplan kam ins Zelt, ein gütiger Mann, vom unerschütterlichen Glauben beseelt, Gott würde Seine Gnade allen Menschen gleichermaßen erweisen.

Nach der kurzen, schlichten Zeremonie küßten sich die Brautleute unter dem wohlwollenden Applaus aller Anwesenden. Teela kehrte ins Lazarett zurück, und James wurde in Gewahrsam genommen.

Schließlich ritten sie nach St. Augustine. Am Verhandlungstag hoffte James, er würde mit seiner Aussage der geliebten Mutter ebenso treu bleiben wie dem Vater, den er verehrt hatte, und seinem Bruder, einem Verbündeten auf Lebenszeit — auch seiner Frau, dem Baby unter ihrem Herzen, seiner Tochter, sogar Naomis Andenken.

»Bevor ich geboren wurde, kam mein Vater in dieses Land und lebte beim Volk meiner Mutter, das ihn willkommen hieß und über den Verlust seiner geliebten Frau hinwegtröstete. Gentlemen, ich hörte die Behauptung, die Seminolen seien in Florida genausowenig heimisch wie die Weißen. Deshalb dürfe man nicht zögern, sie zu vertreiben. Doch das ist ein Irrtum. Als mein Vater im Creek-Gebiet eintraf, war mein Volk schon seit einem Jahrhundert nach Süden gezogen, auf der Flucht vor dem weißen Mann. Einige Weiße reisten hierher, um zu lernen, und andere, um sich Grund und Boden anzueignen. Durch meine Geburt bin ich auf besondere Weise mit dem Grauen und dem Trauma dieses Krieges belastet. Nicht der Haß gegen diese oder jene Seite bewegt mich, sondern meine Liebe zu beiden Völkern. Als der Konflikt ernsthaft ausbrach, dachte ich, ein Messer würde in mein Herz gestoßen. Von Anfang an fürchtete ich, in diesem Kampf zweier Welten unterzugehen. Um zu überleben, sah ich nur einen einzigen Weg — ich mußte meinem eigenen Gewissen folgen. Es stimmt, ich habe mich geweigert, meine Waffen gegen die Indianer zu erheben. Ebensowenig bekämpfte ich das Volk meines Bruders. Ich bin mit einigen Kriegerhäuptlingen befreundet, zum Beispiel mit Osceola. Aber ich habe auch beim Militär viele Freunde gewonnen. Soviel ich weiß, kursiert das Gerücht, ich würde vor diesem Gericht um Gnade flehen. Das liegt nicht in meiner Absicht. Ich verlange nur Gerechtigkeit. Mich trifft keine Schuld am Massaker, das in der Nähe des Forts Deliverance stattfand, denn ich griff nur ein, um das Leben meiner Frau zu retten. Und wenn ich auch zugebe, daß ich Colonel Michael Warrens Tod verursacht habe, so bitte ich doch um Berücksichtigung mildernder Umstände. Wie mehrere Zeugen bestätigen können, habe ich in Notwehr gehandelt.«

Er stand in einem provisorischen Kriegsgerichtsraum, in einem Zelt zwischen St. Augustine und dem Fort Deliverance. Am Richtertisch saßen General Jesup, müde und traurig wie eine alte Bulldogge, General Hernandez, Captain Morrison und ein Militäranwalt namens Lieutenant Pete Harding. John Harrington, immer noch schwach und mit bandagiertem Arm, war auf einer Bahre hereingetragen worden.

Obwohl Jesup versucht hatte, die Öffentlichkeit auszuschließen, war es ihm nicht gelungen, interessierte Bürger aus St. Augustine und zahlreiche Zeitungsreporter fernzuhalten. Als James verstummte, hörte er mehrere Bleistifte über Papier kratzen. Die Journalisten machten sich Notizen, einige Künstler skizzierten sein Porträt.

Da er seine Verbundenheit mit beiden Völkern demonstrieren wollte, hatte er zunächst eine Hose nach der europäischen Mode, ein Indianerhemd und ein Stirnband getragen. An seiner Halskette hing der silberne Halbmond, den Osceola ihm vor Jahren geschenkt und den er Teela an jenem Tag gegeben hatte, um sie vor Unheil zu bewahren. Aber Jarrett betonte, sein Bruder müsse sich in der amerikanischen Welt behaupten. Deshalb hatte James einen Gehrock und ein weißes Rüschenhemd angezogen und sein Haar im Nacken zusammengebunden. Er wußte, daß er sein Anliegen wortgewandt formulieren und eindrucksvoll auftreten konnte, doch er glaubte, in erster Linie würden ihm Jesups derzeitige Schwierigkeiten zum Erfolg verhelfen.

Unbarmherzig hatte die Presse den General attackiert. Sogar die Weißen, die sich über die Grausamkeit der Seminolen entrüsteten, verübelten ihm, daß er Hernandez befohlen hatte, Osceola unter der Flagge des Waffenstillstands festzunehmen.

»Ich verlange die Gerechtigkeit, die mir zusteht«, fuhr James fort. »Aber um sie zu erlangen, werde ich nicht versprechen, unsere Indianerhäuptlinge wie ein Bluthund aufzuspüren. Und ich werde niemals die Menschen verraten, die mich um Hilfe baten. Ebensowenig will ich das Vertrauen meiner weißen Freunde mißbrauchen. Das können viele der hier Anwesenden bestätigen. Gentlemen, mein Schicksal liegt in Ihrer Hand, doch meine Seele gehört mir allein.«

Nach diesen letzten Worten herrschte tiefe Stille, dann brach ein Chaos aus.

Man hatte ihn vor seiner Aussage des Mordes an Warren und des Massakers beim Fort Deliverance beschuldigt. Um ihn zu entlasten, waren Jarrett, der junge Offizier Noonan und die Überlebenden des Gemetzels in den Zeugenstand getreten. Trotzdem wußte James, daß er sich letzten Endes selbst retten mußte. Nach dem Geschrei zu urteilen, hatte er das Publikum überzeugt. Hoffentlich auch die Richter ...

Jesup schlug mit der Faust auf den Tisch und rief die Zuschauermenge zur Ordnung. Dann beriet er sich mit den Beisitzenden und stand auf. »Was Colonel Warrens Tod betrifft, wird keine Anklage gegen James McKenzie erhoben, da er eindeutig in Notwehr gehandelt hat. Warren war nicht befugt, ihn zu hängen. Bezüglich des zweiten Punktes: James McKenzie ist unschuldig am Massaker beim Fort Deliverance. Mr. McKenzie, Sie sind ein freier Mann.«

Wieder erhob sich gellendes Geschrei, und eine helle Stimme übertönte alle anderen. James bahnte sich einen Weg durchs Gedränge der Gratulanten, zu seiner Frau.

Seine Frau. Was für süße Worte ...

Überglücklich warf sie sich in seine Arme und küßte ihn vor aller Augen. Reporter umringten sie und bestürmten sie mit Fragen. In welcher Beziehung hatte sie zu ihrem Stiefvater gestanden? Was hielt sie vom Krieg, von Jesups Taktik, von Osceolas Verhaftung?

»Ich glaube«, teilte sie ihnen lächelnd mit, »jetzt möchte mein Mann seine Tochter sehen.«

Mit einiger Mühe schoben sich Tara und Jarrett zwischen den Leuten hindurch. Obwohl James freigesprochen worden war, wirkte sein Bruder ernst und bedrückt. Schnell verließen die vier das Zelt und stiegen in die wartende Kutsche.

Tara küßte Teela, Jarrett umarmte James und versprach, sie würden Champagner trinken, sobald sie das Haus in St. Augustine erreichten.

Unter diesem Dach fühlte sich James so wohl wie schon lange nicht mehr. Nicht, daß die Umgebung eine Rolle gespielt hätte. Endlich war er wieder mit seiner Familie zusammen, mit Tara und Jarrett, Ian und seiner schönen kleinen Tochter. Seit er das Haus betreten hatte, umklammerte Jennifer seine Hand.

Und Teela — die Frau, deren Liebe keine Grenzen zwischen verschiedenen Hautfarben kannte, kein Hindernis auf dem Weg zu ihrem Glück ...

Bald würde sich die Familie vergrößern. Nicht nur Jennifer, auch Ian sollte ein Geschwisterchen bekommen.

Jarrett wartete bis zum späten Abend, um allein mit seinem Bruder zu sprechen, dann führte er ihn in die Bibliothek.

Lächelnd hob James sein Cognacglas. »Heute ist die Welt restlos in Ordnung. Vielen Dank.«

»Ich wünschte, sie wäre wirklich in Ordnung«, erwiderte Jarrett, und James starrte ihn erschrocken an.

»Was meinst du? Mary ...«

»Deiner Mutter geht es gut. Das sagte ich doch.«

»Und du hast nicht gelogen?«

»James ...«

»Natürlich nicht, aber ...«

»Ich habe für uns alle eine Reise nach Charleston arrangiert.«

»Ist einer deiner Verwandten krank? Gibt's Probleme mit Teelas Erbe?«

»Osceola wurde nach Charleston gebracht, ins Fort Moultrie, zusammen mit anderen gefangenen Seminolen. Wie ich vor kurzem erfahren habe, liegt er im Sterben, und er möchte dich noch einmal sehen.«

Sobald James den Raum betrat, in dem der alte Freund den Tod erwartete, merkte er, daß er nicht zu heucheln brauchte. Osceola wußte Bescheid über seinen Zustand. Schon seit vielen Monaten rechnete er mit seinem Ende. Er trug einen Kopfputz aus prächtigen Federn. Über seiner Brust hingen mehrere silberne Amulette.

Langsam ging James zu ihm und fürchtete, der Kriegerhäuptling hätte bereits seinen letzten Atemzug getan.

Aber Osceola mußte die Anwesenheit des Blutsbruders gespürt haben, denn er öffnete die Augen und brachte sogar ein Lächeln zustande, ehe er die Lider wieder senkte. Dann bedeutete er dem Besucher, an seiner Seite Platz zu nehmen. James gehorchte und griff nach seiner Hand.

»Kein ruhmreicher Tod für einen Krieger, was, mein Freund?« fragte Osceola leise.

»Dein Tod bedeutet die ewige Ruhe für einen großen Krieger, der sein Volk in die Freiheit führen wollte.«

»Für einen sehr müden Mann ...«, flüsterte Osceola.

So viele waren gestorben, Weiße und Rote und Schwarze. Der Druck seiner Finger verstärkte sich. Zahlreiche Seminolen hatten gelernt, ihren weißen Freunden die Hände zu schütteln. Osceola war berühmt für die Kraft, mit der er manchen Männern fast die Arme ausgerenkt hatte.

Seinetwegen waren unzählige weiße Menschen gestorben — und erstaunlich viele nannten sich seine Freunde.

Für James würde er stets ein Rätsel bleiben. Jetzt zeigte er sich bereit, ins Jenseits hinüberzugehen, ein Krieger, der den Tod sehr gut kannte. Trotzdem mußte James die Zähne zusammenbeißen, um den Schmerz in seinem Herzen zu bekämpfen, das heiße Brennen hinter seinen Augen.

»Weiße Künstler sind gekommen, um mich zu malen«, berichtete Osceola. Die Lider blieben geschlossen, die Lippen verzogen sich zu einem schwachen Lächeln. »Für alle habe ich posiert. Am besten gefiel mir der Mann, den sie Caitlin nennen. Er kennt die Indianer, und er interessierte mich.«

»Überall wird man dein Bild sehen«, versicherte James.

Da öffnete Osceola die Augen. »Ich habe gehört, was in den Zeitungen steht. Nachdem Jesup meine Festnahme veranlaßt hat, nennt man ihn einen betrügerischen Feigling.«

»Ja, viele Weiße verübeln ihm den niederträchtigen Verrat, denn sie finden dich edel und tapfer. Deshalb wollten sie dich malen.«

»Er dachte, mit meiner Verhaftung wäre der Krieg beendet. Aber er irrt sich. Junge Krieger wachsen zu Männern heran. Und letzten Endes werden die Moskitos den General besiegen. Im Sumpf gibt es Gebiete, in die uns die Soldaten nicht folgen können. Das alles werde ich nicht mehr erleben.«

»Trotzdem gebührt dir das größte Verdienst.« James umfing fest die Hand seines alten Freundes. »Sogar in der Welt des weißen Mannes bist du berühmt. Überall wird man dein Bild bewundern und wissen, was für ein stolzer Krieger du warst, der nur durch einen hinterhältigen Betrug geschlagen wurde. Und du wirst in den Gedanken der Menschen weiterleben.«

»Ich sterbe unbesiegt«, betonte Osceola, und James

glaubte plötzlich, Tränen unter den dunklen Wimpern zu sehen.

»Gewiß, unbesiegt. Und wie ich bereits sagte, du wirst weiterleben. Schon jetzt bist du eine Legende, niemals wird man deinen Namen vergessen.«

Erfreut über diese Worte, schwieg Osceola eine Weile. »Und du, mein Freund?« fragte er dann. »Für mich ist der Krieg beendet. Was wirst du tun?«

»Auch für mich ist er vorbei.« James seufzte leise. »Die ganze Zeit über dachte ich, ich könnte meinem Volk helfen. Doch ich bin machtlos.«

»Wirst du Florida verlassen und das Leben eines weißen Mannes führen?«

»Das weiß ich noch nicht. Ich habe geheiratet ...«

»Ah, die rothaarige weiße Hexe, Warrens Tochter! Das habe ich gehört. Vielleicht wären wir längst geschlagen worden, hätte sie gegen uns gekämpft.«

»Aber sie will uns nicht besiegen.«

»Jetzt ist sie also deine Frau. Du hast Warren getötet, und ihr beide erwartet ein Kind. Was bedeutet das für deine Zukunft?«

»Vielleicht bleibe ich eine Zeitlang in Charleston, Teelas Heimatstadt. Oder ich gehe nach Hause.«

»Wirst du inmitten deiner weißen Familie glücklich sein, während der Krieg immer weitertobt?«

»Wahrscheinlich ziehe ich in den Süden. Jarrett und ich besitzen Ländereien im Südosten.«

»In der Nähe des Forts Dallas? Dort sind Soldaten stationiert.«

»Und die Seminolen sind nicht weit entfernt. In dieser abgeschiedenen Gegend werden keine allzu schlimmen Kämpfe stattfinden. Die beiden Seiten behalten einander nur im Auge. Möglicherweise kann ich eingreifen, wenn sich die Situation verschärft.«

»Mag sein. Also haben dich die Weißen freigelassen. Man hat mir erzählt, wie großartig du dich vor Gericht verteidigt hast. Nun, du konntest schon immer gut mit Worten umgehen. Obwohl dein Leben auf dem Spiel stand, sprachst du für dein Volk. Nun kannst du nicht mehr kämpfen. Für dich gibt es keine Schlacht zu gewinnen. Du bist ein anständiger Mann. Und du hast dein Herz und deine Seele wiedergefunden. Schau nicht zurück, mein Blutsbruder. Uns allen warst du ein wahrer Freund. Weder wir noch die Weißen haben dich jemals übertroffen. Auch du wirst zu den Unbesiegten zählen. Geh jetzt, Running Bear, laß mich mit meiner Familie allein. Kehr zu deiner Frau zurück, in dein neues Heim. Und hilf den Menschen in den nächsten Jahren, eine Welt zu erschaffen, wo wir alle friedlich leben können.«

»Osceola ...«

»Bitte, geh. Du hast mir eine große Freude bereitet.«

Ohne ein weiteres Wort erhob sich James und verließ das Zimmer. Wheedon nickte ihm zu und trat wieder ein, gefolgt von Osceolas Seminolenpriestern, seiner jüngeren Frau und mehreren Kindern.

Im Vorraum wartete Teela auf ihren Mann. Sie hob die Brauen, doch er schüttelte nur den Kopf. Schweigend führte er sie zum Kai, und sie gingen an Bord des Navy-Schiffs, das sie nach Charleston zurückbringen würde.

Als sie die Battery erreichten, blickten sie zur Festung hinüber und spürten den frischen Wind.

»Wahrscheinlich wird er den morgigen Tag nicht mehr erleben«, erklärte James.

»Es tut mir so leid«, erwiderte Teela und legte einen Arm um seine Taille, »denn ich weiß, wie sehr du ihn liebst.«

»Ja, ich liebe ihn. Andere werden noch schmerzlicher um ihn trauern — und manche seinen Tod begrüßen. Einige Häuptlinge beneiden ihn um seine Macht und geben ihm die Schuld am Unglück der Indianer. Was bis jetzt noch niemand erkannt hat — der Krieg wird immer schrecklicher toben. Nicht nur bei den Seminolen, auch im Kreis der Weißen wird Osceola den Status einer Legende einnehmen. Wildcat kämpft weiter, ebenso so wie Arpeika. Und wenn man sie gefangennimmt, werden sich die Stämme zur Wehr setzen, die bereits in die Tiefe der Everglades geflohen sind.« Plötzlich wandte er sich wieder zu ihr. »Und wir? Was sollen wir tun? Bald wird unser Kind zur Welt kommen. Dies ist deine Heimatstadt«, fügte er hinzu und wies auf die Häuser entlang des Hafens. »Schön und kultiviert, so viele Annehmlichkeiten ...«

»Hier wärst du niemals glücklich«, entgegnete sie ernst.

»Immerhin habe ich Freunde in Charleston, Jarretts Familie mütterlicherseits, großartige Menschen ...«

»Trotzdem wärst du nicht glücklich.«

»In etwa acht Wochen wird unser Baby geboren ...«

»Sicher, ich liebe Charleston, und wir besitzen hier ein wunderschönes Haus. Manchmal werden wir darin wohnen, wenn wir uns um die Plantage kümmern müssen. Und vielleicht will eines unserer Kinder irgendwann darin leben. Oder wir verkaufen es. Aber nun will ich mit dir nach Hause zurückkehren.«

»In dieser Stadt bist du zu Hause.«

»Nicht mehr«, widersprach sie. »Hast du jemals eine Frau im Wasser geliebt, während die Sonne untergeht? Wenn sie sich in eine rotgoldene Kugel verwandelt und am Horizont versinkt, in einem prächtigen Farbenspiel? Hast du die Brise unter den Palmen gespürt, das Rascheln der Blätter gehört, einen weißen Reiher über orangegelbglänzenden Wellen dahinfliegen sehen? James, ich bin dort daheim, wo wir einander gefunden haben, wo unsere Träume entstanden sind, wo wir unsere Zukunft aufbauen werden.«

»Aber ich sag dir doch — der Krieg ist noch lange nicht vorbei.«

»Was macht das schon, nachdem der Kampf zwischen uns beiden beendet ist?«

Er lachte leise und zog sie an sich. »Um die Wahrheit zu gestehen, ich bin mir nicht sicher, ob dieser Kampf jemals enden wird. Wo du doch so unglaublich willensstark und störrisch bist ...«

»Ah, mein Liebster«, unterbrach sie ihn. »Wie soll ich denn sonst mit einem Wilden fertig werden?« Herausfordernd schaute sie in seine Augen, und er wußte, welch ein schönes, erfülltes Leben er führen würde, trotz aller Kämpfe.

Ein Leben, von unwandelbarer Liebe geprägt ...

EPILOG

Südost-Florida, 1842

John Harrington ritt am Strand entlang. Zwischen den Bäumen sah er bereits sein Ziel, ein einstöckiges Haus aus Dade County-Kiefernholz — so genannt, weil es sich ebenso wie Major Francis Dade als besonders hart und widerstandsfähig erwiesen hatte. Es war ein wunderbares Heim, nicht so verschwenderisch ausgestattet wie Cimarron, aber sehr gemütlich. Den Mittelpunkt bildete der große Eßraum, wo die Familie zahlreiche Gäste zu bewirten pflegte.

»Hallo, John!« rief Jennifer, ein hübsches, schlankes elfjähriges Mädchen. Sie saß auf einem Baumstumpf, ein Buch in der Hand, und hütete ihre kleinen Brüder — Jerome, fast fünf Jahre alt, Brent, dreieinhalb, und Sydney, der demnächst seinen zweiten Geburtstag feiern würde.

»Ah, da ist ja die ganze McKenzie-Bande!« John schwang sich lachend aus dem Sattel, umarmte Jennifer und überreichte ihr einen eleganten Kamm mit Elfenbeingriff, der ihr einen Jubelschrei entlockte. Den älteren Jungen hatte er Spielzeugtrommeln mitgebracht, dem kleinen Sydney eine Puppe.

»Natürlich freuen wir uns sehr über die Geschenke«, beteuerte Jennifer »Aber du weißt, wie ungeduldig wir auf Neuigkeiten warten . . .«

»Dann will ich dich nicht länger auf die Folter spannen. General Worth, der zur Zeit das Kommando führt, hat verkündet, der Krieg sei beendet.«

Glückstrahlend hielt sie den Atem an. Doch ihr Lächeln erlosch sofort. »Hat sich mein Volk — *ergeben?«*

Die Kriegsjahre hatten das ganze Land schwer belastet. Am 31. Januar 1838 war Osceola gestorben und zur Legende geworden. Obwohl sich mehrere amerikanische Politiker über die hohen Materialkosten beklagten, setzte man die Kämpfe beharrlich fort.

Zachary Taylor nahm einem erschöpften und verzweifelten Jesup die Zügel aus der Hand, gefolgt von Walker Keith Armistead und schließlich auch William Jenkins Worth.

Immer mehr Indianer wurden nach Westen getrieben. Sogar der kampflustige Wildcat gab sich geschlagen. Viele Stammesbrüder begleiteten ihn zu den neuen Jagdgründen. Aber andere blieben in Florida — fest entschlossen, niemals auszuwandern.

Mittels des sogenannten Armed Occupation Act wies der Kongreß den Siedlern große Florida-Gebiete zu, und die Bevölkerung der Halbinsel wuchs sehr schnell, trotz der zahlreichen Kämpfe, die der großen Schlacht am Lake Okeechobee folgten.

Und jetzt ...

Bedeutsamere Schlachten hatten nicht mehr stattgefunden, die restlichen Indianer hatten nicht kapituliert, und der Krieg war für beendet erklärt worden.

»Nein, Schätzchen«, antwortete John, »dein Volk hat sich nicht ergeben. Der Clan deiner Großmutter lebt immer noch im Süden. Zu deinem nächsten Geburtstag will Mary hierherkommen. Es ist — einfach vorbei. Sicher wird's dein Dad verstehen. Weißt du, wo deine Eltern sind?«

»Als ich sie zuletzt sah, wollten sie zur Lagune wandern. Mein Vater war verreist, um das Volk meiner Großmutter zu besuchen und Vorräte aus einer Siedlung beim Fort Dallas zu holen. Nach langer Zeit ist er endlich zurückgekommen, und Teela hat mich gebeten, auf die Kinder aufzupassen.«

Jennifer sprach in ernsthaftem Ton, beinahe wie eine

erwachsene Frau. John senkte den Kopf, um ein Lächeln zu verbergen. »Also sind sie zur Lagune gegangen?«

»Ja. Willst du mit uns essen?«

»Sehr gern.«

Gemächlich schlenderte er um das Haus herum, zur Lagune, die hinter dem Anwesen lag. James hatte sein Heim nicht direkt an der Bucht gebaut, sondern an einem Meeresarm auf der Westseite, mit vielen kleinen Strandseen.

Als John um die Ecke des Gebäudes bog, hörte er Teelas Gelächter und blieb wie erstarrt stehen. Splitternackt stand sie auf einem Baumstumpf über dem aquamarinblauen Wasser, das nasse Haar so lang, daß es ihre Blößen fast bedeckte. Sein Herz begann schneller zu pochen, tat aber nicht mehr so weh. Denn jetzt, nach dem ersehnten Kriegsende, wollte er möglichst bald ein Mädchen heiraten, das er in Tampa kennengelernt hatte. Er hoffte, James würde ihm ein Stück Land verkaufen und er könnte mit seiner jungen Frau hierherziehen.

Wieder erklang ein fröhliches Lachen.

»Spring doch runter!« hörte er James rufen, der im seichten Wasser auftauchte, ebenfalls nackt und kraftvoll gebaut wie eh und je. An diesem schönen Paar schien die Zeit spurlos vorüberzugehen.

»Und wenn du mich nicht auffängst?«

»Nun komm schon!«

Da sprang sie hinab, landete in seinen ausgebreiteten Armen und küßte ihn.

Erheitert kehrte John zum Haus zurück. Beim Dinner würde er genug Zeit finden, um mit den beiden zu reden.

DIE GESCHICHTE FLORIDAS

1492 Christoph Columbus entdeckt die neue Welt.

1513 Am 27. März erblickt Juan Ponce de Leon die Halbinsel, später Florida genannt, von seinem Schiff aus. Anfang April geht er an Land, in der Nähe der jetzigen Stadt St. Augustine.

1539 Hernando de Soto landet an der Westküste der Halbinsel, nahe dem jetzigen Tampa.

1564 Die Franzosen errichten das Fort Caroline am St. Johns River. Wenig später beauftragen die Spanier Pedro de Menendez, die französischen Eindringlinge — »Piraten und Unruhestifter« — zu vertreiben. Pflichtbewußt erobert Menendez die französische Festung und tötet oder versklavt die Bewohner.

1565 Pedro de Menendez gründet St. Augustine, die erste permanente europäische Siedlung in den späteren USA.

1586 Sir Francis Drake greift St. Augustine an, plündert die Siedlung und brennt sie nieder.

1698 Pensacola wird gegründet.

1740 Der britische General James Oglethorpe fällt von Georgia aus in Florida ein.

1763 Am Ende des Siebenjährigen oder Französisch-Indianischen Krieges werden Ost- und West-Floria an die Engländer abgetreten.

1763 — 1783 Die Briten regieren in Ost- und West-Florida.

1774 In Concord wird der Schuß abgefeuert, »den die ganze Welt hört«.

1776 Der Amerikanische Freiheitskrieg beginnt. Viele britische Königstreue fliehen nach Florida.

1783 Im Pariser Vertrag wird Florida den Spaniern zurückgegeben.

1812 Der Krieg von 1812.
— 1815

1813 Die Creek-Kriege. Das »Red Stick«-Land
1814 wird dezimiert. Viele Indianer suchen bei den »Seminolen« im Süden eine neue Heimat.

1814 General Andrew Jackson erobert Pensacola.

1815 Die Schlacht von New Orleans.

1817 Der erste Seminolenkrieg. Die Amerikaner be-
— 1818 schuldigen die Spanier, die Indianer bei den Plünderungen jenseits der Grenze zu unterstützen. Um sich noch mehr Land anzueignen, wollen die Siedler Spanien zwingen, Florida an die Vereinigten Staaten abzutreten, indem sie behaupten, die spanische Regierung könne die Situation in ihren Kolonien nicht kontrollieren.

1819 Don Luis de Onis, spanischer Gesandter in den Vereinigten Staaten, und der amerikanische Außenminister John Quincy Adams unterzeichnen einen Vertrag, der Florida den USA zuerkennt.

1821 Der Onis-Adams-Vertrag wird ratifiziert. Ein Kongreß-Erlaß vereinigt die beiden Florida-Territorien. Jackson wird Militär-Gouverneur, gibt den Posten aber nach ein paar Monaten auf.

1822 In Pensacola findet die erste gesetzgebende Versammlung statt. Die Ratsmitglieder aus St. Augustine absolvieren eine Seereise von neunundfünfzig Tagen, um daran teilzunehmen.

1823 Die zweite gesetzgebende Versammlung wird in St. Augustine abgehalten. Die Delegierten aus dem Westen erleiden Schiffbruch und entrinnen dem Tod nur um Haaresbreite. Die großen Seminolenhäuptlinge und die U.S.-Regierung ratifizieren den Vertrag von Moultrie Creek. Kaum ist die Tinte getrocknet, als die Indianer auch schon klagen, ihr Gebiet sei zu klein. Die weißen Siedler bitten die Regierung, die Seminolen zu vertreiben.

1824 Die dritte gesetzgebende Versammlung findet in Tallahassee statt, das zur ersten Hauptstadt des Territoriums ernannt wird.

1832 Payne's Landing. Mehrere Häuptlinge verpflichten sich vertraglich, nach Arkansas zu ziehen, wenn sieben aus ihrer Mitte das Land gesehen und gutgeheißen haben. Der Vertrag wird im Fort Gibson, Arkansas, ratifiziert. Einige Häuptlinge protestieren dagegen.

1835 Sommer. Wiley Thompson behauptet, Osceola habe ihn wiederholt in seinem eigenen Büro beleidigt, und läßt den Häuptling festnehmen. Osceola wird gefesselt und eingesperrt.

November. Nachdem Charlie Emathla sich bereiterklärt hat, nach Westen auszuwandern, wird er ermordet. Die meisten Historiker glauben, eine Kriegertruppe unter Osceolas Kommando hätte die Exekution durchgeführt. Einige halten den Mord für einen persönlichen Racheakt, andere meinen, mehrere Häuptlinge hätten die Maßnahme veranlaßt, da ein Indianer, der sein Volk verriet und den Weißen half, sein Leben verwirkte.

21. Dezember. Die erste Schlacht vom Withlacoochee. Osceola befehligt die Seminolen.

28. Dezember. Major Francis Dade und seine Truppe fallen auf der Reise vom Fort Brooke zum Fort King einem Massaker zum Opfer. Wiley Thompson und ein Begleiter werden außerhalb

der Mauern vom Fort King getötet. Auch der Marketender Erastus Rogers und seine beiden Schreiber werden vom selben Kriegertrupp unter Osceolas Kommando ermordet.

1836 Januar. Major General Winfield Scott wird vom Heeresminister beauftragt, das Kommando in Florida zu übernehmen.

4. Februar. In Süd-Florida wird das Dade County gegründet, zum Gedenken an Francis Langhorne Dade.

16. März. Der Senat ernennt Richard Keith Call zum Gouverneur von Florida.

21. Juni. Nach dem Fehlschlag von Scotts Strategie und den militärischen Differenzen zwischen Scott und General Gaines, wird Call, ein Zivilist, mit dem Kommando der Florida-Streitkräfte betraut. Er versucht eine »Sommerkampagne« durchzuführen und erzielt ebenso geringe Erfolge wie seine Vorgänger.

1837 2. Juni. Osceola und Sam Jones befreien oder »entführen« fast 700 Indianer, die im Gefängnis von Tampa auf die Deportation nach Westen warten.

27. Oktober. Osceola wird unter einer weißen Flagge gefangengenommen. Mit dieser Aktion gerät General Sidney Jesup ins Kreuzfeuer von Weißen und Indianern.

29. November. Coacoochee, Cowaya, sechzehn Krieger und zwei Frauen fliehen aus dem Fort Marion.

Weihnachtstag. Jesup versammelt in Florida die größte Streitmacht des ganzen Konflikts, fast 9.000 Mann. Unter seinem Kommando befehligt Colonel Zachary Taylor die Schlacht vom Lake Okeechobee. Die Seminolen halten die Stellung und erleiden trotz ihrer Unterzahl viel weniger Verluste als die Weißen.

1838 31. Januar. Osceola stirbt im Fort Marion, South Carolina. (Eine eigenartige Randbemerkung zu einer traurigen Geschichte: Dr. Wheedon, Osceolas weißer Arzt, schnitt dem Häuptling den Kopf ab und konservierte ihn. Wheedons Erben berichteten, der gute Doktor habe gedroht, den Kopf übers Bett eines seiner drei Kinder zu hängen, falls es sich schlecht benehme. Sein Schwiegersohn, Dr. Daniel Whitehurst, erbte den Kopf und übergab ihn Dr. Valentine Mott. Dieser besaß ein medizinisches und pathologisches Museum. Angeblich wurde der Kopf vernichtet, als das Museum 1866 brannte.)

Mai. Zachary Taylor übernimmt das Kommando, als Jesups Wunsch, den Dienst quittieren zu dürfen, am 29. April endlich erfüllt wird. Die gesetzgebende Versammlung Floridas debattiert über die Eigenstaatlichkeit.

1839 Dezember. Wegen seines Streits mit den Bundesbehörden über den Seminolenkrieg wird Gouverneur Richard Keith Call des Amtes enthoben. Robert Raymond Reid tritt die Nachfolge an.

1840 24. April. Zachary Taylor erhält die Erlaubnis, sein Kommando abzugeben, das als schwierigstes in den Vereinigten Staaten gilt. Walter Keith Armistead wird zu seinem Nachfolger ernannt.

September. William Henry Harrison wird zum Präsidenten der Vereinigten Staaten gewählt. Vermutlich hat der Florida-Krieg seinen Vorgänger Martin Van Buren die Wiederwahl gekostet. John Bell ersetzt den Heeresminister Joel Poinsett. Robert Reid wird als Gouverneur Floridas abgesetzt, und Richard Keith übernimmt erneut das Amt.

Dezember 1840 — Januar 1841. John T. MacLaughlin führt eine Kanu-Flotille von Osten nach Westen durch die Everglades, die erste weiße Truppe, die dieses Wagnis unternimmt.

1841 4. April. Präsident William Henry Harrison stirbt, John Tyler wird sein Nachfolger.

1. Mai. Coacoochee beschließt, sich zu ergeben. Ein Mann, der später berühmt werden soll, eskortiert ihn — Lieutenant William Tecumseh Sherman.

(Sherman schreibt seiner Braut, der Florida-Krieg sei einem Soldaten dienlich; er könne den Indianer kennenlernen, den man künftig als »Hauptfeind« betrachten würde.)

31. Mai. Walter Keith Armistead wird abgelöst. Colonel William Jenkins Worth übernimmt das Kommando.

1842 10. Mai. Winfield Scott erhält die Information, die Regierung habe entschieden, die Feindseligkeiten müßten möglichst bald beendet werden.

14. August. Colonel Worth erkennt, daß es unmöglich ist, die Kämpfe einzustellen und alle Indianer nach Westen zu schicken. Er schlägt ihnen vor, das Land zu verlassen oder Grenzen zu akzeptieren, und erklärt den Krieg für beendet. Der Konflikt hat die Nation dreißig bis vierzig Millionen Dollar und das Leben von vierundsiebzig Offizieren gekostet. Mehrere tausend Indianer sind gestorben. Aber die Seminolen (die während des Kriegs als die Gesamtheit der Florida-Indianer galten) behalten ihr Land und bleiben unbesiegt. Die Army hat sich neue Taktiken angeeignet, den Partisanen- und Guerilla-Krieg. In Florida erlernten jene Männer die Kriegskunst, die wenig später am größten Konflikt in-

nerhalb der Nation teilnehmen sollten: William T. Sherman, Braxton Bragg, George Gordon Meade, Joseph E. Johnston und — als künftiger Präsident — Zachary Taylor.

1845 3. März. Präsident John Tyler unterzeichnet die Urkunde, die Florida zum 27. Bundesstaat der Vereinigten Staaten von Amerika erklärt.